メイフェア・スクエア7番地

弁護士ロイドの悩める隣人

ステラ・キャメロン

井野上悦子　訳

MIRA

MIRA文庫

7B

by Stella Cameron

Published by Harlequin K.K., Tokyo, 2003

わたしたちのかわいいセリーナにささげる

弁護士ロイドの悩める隣人

■主要登場人物

シビル・スマイルズ……………………メイフェア・スクエア七番地の下宿人。
ハンター・ロイド…………………………法廷弁護士。
サー・セプティマス・スピヴィ…………七番地に住み着く幽霊。
エトランジェ伯爵夫人（メグ）…………シビルの妹。
エトランジェ伯爵ジャン・マルク………モン・ヌアージュ公国のイングランド大使。
デジレー王女………………………………ジャン・マルクの異母妹。
ラティマー・モア…………………………七番地の下宿人。骨董商。
レディ・ヘスター・ビンガム……………七番地の持ち主。スピヴィの孫娘。
ネヴィル・デボーフォート………………ハンターの依頼人。
グレートリックス・ヴィラーズ…………被告人。
コンスタンス・スミス……………………ヴィラーズの関係者。
フィッシュウエル卿………………………ハンターの先輩弁護士。
チャールズ・グリーヴィ・シムズ………ハンターの同僚。
ジョージ四世………………………………イングランド国王。

プロローグ

一八二二年
ロンドン　メイフェア・スクエア七番地

柱の幽霊。

なんともはや。これが、わたしのような非凡な男につけられた呼び名であろうか？　一族のために自ら設計した屋敷の現状を直視するくらいなら、喜んで死を受け入れんとする男に――もっとも、すでに死んでいるのだが。一族というのは、わたしの子孫を指すのであって、断じて――もう一度言うが、断じて下宿人のことではない！

惨めな気持に追い討ちをかけるように、口の悪いシェイクスピアがわたしにあだ名をつけおった。柱の幽霊。わたしが今、七番地の階段の、精巧な彫刻が施された親柱を住処《すみか》としているからだ。シェイクスピアは今や生前のような名声を博しておらず、その悔しさから毒舌に磨きをかけておる――わたしも彼と同じくらい言葉の魔術師として知られているのだが。

まあ、どうでもよい。わたしは今は亡きサー・セプティマス・スピヴィだ。一七一二年、建築家としての業績を評価され、ナイト爵を授かった。構想、技術、創造性、いずれをとってもほかに類を見ない見事な建築物の数々。なかでも七番地の屋敷は世の人々の賞賛を集めたものだ。なのに現在の持ち主、わたしの孫娘のレディ・ヘスター・ビンガムはあろうことか、その家に下宿人を置いているのだ！　〝芸術家の卵たち〟などと彼女は呼んでいるが、ばかげた話である。

思いやりを持たない輩《やから》であれば、こうした不快な侵入者たちの心情を顧みることもないだろう。だが、サー・セプティマスは違う。断じて違う。霊としての力を行使できるようになってからというもの、わたしは最も穏やかなやり方で他人をわが屋敷から追いだしにかかった。下宿人に既婚者はひとりもいない。そこで彼らを結婚させ、出ていくよう仕向けることに決めた。彼らがほかの場所で幸せな結婚生活を送れるようにしてやったのだ。いささか野暮な手も使ったが、急を要するのでやむをえなかった。わたしはなんと慈悲深い幽霊だろう――そういうものが存在するとしてだが。

ところが、努力の成果はいかなるものだったか？　目的は達せられただろうか？　答えは否だ。下宿人はふたり出ていった。ミス・フィンチ・モアとミス・メグ・スマイルズはそれぞれめでたく結婚し、いまいましいことに――もとい、喜ばしいことに――幸せを得

かったのだが。

シビル・スマイルズもエトランジェ伯爵夫人となった妹の家族の一員となってくれればよかったのだが。

　ところがこの愚か者ふたり、ラティマー・モアとシビル・スマイルズはそれぞれの部屋に居座り続けておる。どのつまりは、まだひとつの部屋も空いてはいないのだ！

　このままにしておくわけにはいかない。前回の失敗のあと、わたしには少々休息が必要だった。今はもう活力をとり戻した。次の犠牲者は――もとい、わたしのありがたき心づかいを受ける者は――ミス・シビル・スマイルズと決めた。すでにいろいろと考えをめぐらせている。そして、ついにやるべきことはひとつだという結論に達した。

　女というやつは。シビル・スマイルズのような物静かな女性でさえ、簡単に扱えなくなりうることを承知しているべきだった。妹のメグは強情で大胆、言ってみればなにをしでかすかわからない。一方のシビルは存在感が薄い。いや、薄かったと言うべきだろう。彼女になにがあったのかはわからない。妹に嫉妬《しっと》し、自分だって、同じように人にあっと言わせる大胆な振る舞いができるのだと証明してみせようと決意したくらいしか考えられぬ。彼女が内心不安なのはわかっている。そのとんでもない思いつきを実行に移さんとしているとき、全身の勇気をかき集めているところを見たからだ。ついに彼女は最初の一歩を踏みだそうとしている。彼女が目的を達成し、常識では考えられない自立を成し遂げたらどうなるだろう？　当然ながら、またしてもわたしの計画は失敗に終わる。しかも二重の意味で。

　その計画というのはこうだ。ヘスターの甥《おい》で、同じく七番地の邪魔な住人であるあのつまらん男、ハンター・ロイドは弁護士であり、近々ナイト爵を授かることになっている。理由は皆目わからない。それほどの地位にある男性であれば、妻と自分の家を持ってしかるべきだ。だから、ハンターはシビルと結婚する。シビルはハンターと結婚する。結果は明らかだ。わたしが願っていたとおりになる。

　なんと！　ヘンリー八世がこちらに歩いてくる。いまだに妻全員を自分のそばに呼び寄せようとしているらしい。償いがしたいのだそうだ。たとえ国王といえどもとり戻せないものはある。彼がなぜそれを受け入れようとしないのか理解に苦しむ。

　しゃべりすぎたようだ。つい口が過ぎた。もう退散しよう。

　だが、シビルとハンターのことは？　ひとつ大きな問題が立ちはだかっているということに言及せぬまま、消えるわけにはいくまい。

　わたしが見たところ、ハンターはミス・シビルに興味を持っている。ときどき彼女の姿を目で追っている。しかし、ミス・シビルの関心は別のところにあるらしい。彼女は今稽古《けい》古《こ》中だ。鏡の前でおかしな顔をしてみたり、気どった尊大な歩き方を練習したり。あの愚かな小娘は、自信たっぷりな物腰、世慣れた雰囲気を身につけようとしている。新しい友人たち――売れ残ること確実な、さえない、頭でっかちの女性たち――とともに、人生において最も望むものを手に入れる方法を模索中なのだ。
ミス・シビル・スマイルズは子供を欲しがっている。
だが、夫は欲しくない。
わたしが彼女の意思を翻してみせよう。

1

シビル・スマイルズは思案をめぐらせた。子供を産むことに決めたけれど結婚する意思はない、と愛する妹に伝えるには、なんと言ったらいいものだろう。

メイフェア・スクエア七番地の家はシビルにとってわが家だった。エトランジェ伯爵夫人となった妹のメグにとっても、かつてそうだったように。ここにいるとシビルは安心できた。自分がなにをしようと受け入れ、守ってくれるような——少なくともそうだと願いたい——いい友人たちに囲まれていた。

「ほら、それよ」メグは声高に言うと立ちあがった。「さっきからそわそわしたり、気どった態度をとったり。そういうの、まるでお姉様らしくないわ。このところずっとじゃなくて？　せっかくの機会なんだから、かつてのように互いの胸の内を語り合いましょうよ。知ってのとおり、ジャン・マルクとわたしはロンドンに数日しかいられないの。それに義妹は早く7Bを訪れたくてうずうずしているわ。彼女が言うには、お姉様とふたりきりでお話がしたくてたまらないんですって。なんの話かは知らないけれど」

「あなたとデジレー王女の期待を裏切ったのなら、ごめんなさいね」シビルは言ったが、顎はつんとあげたままだった。自分らしくない振る舞いにどれほど苦労しているかは、なにがあっても悟られてはならない。

「期待を裏切る？」メグも同じく顎をあげた。好みの黄色に身を包んだ彼女は威厳があり、なんともいえず美しかった。「それが、愛するお姉様がわたしに言う言葉？　ねえ、もうそんなわざとらしい態度はやめて。まず、いったいどういうわけでお姉様はわたしの前でさえ演技をするようになったのか説明してくれない？」可憐《かれん》なすずらんの小枝がメグのボンネットの縁からのぞいていた。彼女は白い三重の飾り襟をつけ、縁に小さな釣鐘形の百合《ゆ り》の刺繍《ししゅう》が入った外套《がいとう》を着ている。黄色いサテンのハーフブーツがひときわ春を感じさせる装いだ。「シビルお姉様」メグは眉をひそめて言った。「お願いだから説明してちょうだい」

「ん……」シビルは口ごもり、咳払《せきばら》いをした。「わたし、あなたがセリーナを連れてくるものと思っていたのに」

「娘は眠っているわ。お姉様も結婚して母親になったときには――そして、なるだけ子守りの助けを借りないで子供の世話をしようとするなら、眠っている赤ん坊は起こさないに限るとわかるはずよ」

シビルは思わず泣きたくなった。少なくともメグは、わたしが〝母親になったとき〟と言った。〝もし母親になったら〟ではなく。でもやはり、誰かの妻になってからと断った。

「お姉様、お願い」

「わたしはいつもと同じよ」シビルは答えたが、自分の声がうわずって不自然に聞こえることには気づいていた。「相変わらず、毎日ピアノを教えているわ。今は生徒が少ないの。でも、こう天候が悪いとそんなものだわ。きっとあなたがわたしとあまり顔を合わせていないからよ。だから、わたしがどんなふうだったか忘れてしまったんだわ」

「ばかなこと言わないで」メグはシビルに近づくと、姉の顔をしげしげと眺めた。「顔色はとてもいいわ。でもそれはいつもよね。目が輝いている。それもいつものこと。世の男性を惹《ひ》きつける、明るく輝く青だわ」シビルの反論を封じるように、メグは首を振った。「本当よ、お姉様はとってもきれい。その髪！　わたしもありきたりな茶色の髪じゃなくて、そんなふうにつややかで、殿方の好む金髪だったら！」

「あなたの髪は栗《くり》色で豊かだわ。ジャン・マルクはあなたをこの世でいちばんの美女と思っているのでしょう――事実そうだけれど。さあ、もういいわ、わたしの観察はそれくらいにして。早くかわいいセリーナに会いに行きたいわ」

「だめ、だめ。簡単にはごまかされないわよ。わたしがここに着いたとき、三人のひどく陰気な顔つきをしたご婦人があなたの部屋から出てきたわ。そのうちふたりは軽蔑《けいべつ》したようにわたしのほうをちらりと見たの。あの人たちの反応はそうとしか説明できないわ。三人目のご婦人は感じのいい方に見えたから、こちらのほうを見れば、会釈くらいはしたかもしれないけど。シビルお姉様、いったいなにが起こっているの？」

「デジレー王女はいつ来るのかしら？」

「これ以上ごまかすのはやめて。お姉様はなにか隠している。そんなにはぐらかすところを見ると、とても大事なことに違いないわ。のらりくらりとはぐらかすなんて、お姉様らしくないもの。ところでわたし、お姉様がそういう淡いブルーを着ているところ、とても好きよ。妖精《ようせい》みたい。絵に描《か》いたような繊細な美人ね。無理に尊大に見せようとして失敗しているときでなければ。それとも、向こう見ずな態度と言うのかしら。歩き方もなんていうか……変に気どった……」

シビルは首から顔にかけて真っ赤になるのを抑えることができなかった。「そんなことないわ。あなたがわたしを観察して、あらを探しているような気がするから、ついぎこちなくなってしまうの。それだけよ。わたしが変わったと言うなら、それはわたしも子供が欲しくなったというだけ。だって、そうでしょう？　どうして自分の血を分けた子供を胸に抱き、慈しむのが、あなただけでなくちゃいけないの？　どうしてわたしがこの先、子供にピアノを教えるだけで一生を終えて満足だと思うの？　あなたが、セリーナや間違いなく生まれるであろうほかの子供たちに囲まれているのを横で見ているだけでわたしが平気だと思って？　ときおり赤ん坊を抱かせてもらいはしても、存分に愛情を注げる自分の子供を持つことができなくても?」

シビルが一気にまくしたてるのを、メグは仰天して聞いていた。そして、色褪《いろあ》せた薔薇《ばら》色の張り地をようやく青と金のタペストリーに張り替えた長椅子にへなへなと腰をおろした。

メグはなんと言っていいかわからなかった。機転のきく彼女にとってはきわめて珍しいことだ。

ようやくいくらか気をとり直し、小声で言った。「お姉様は二十八よ。まだまだオールドミスという年ではないわ。もちろんいずれは子供を持つことになるわよ。どうしてわたしがそう思っていないなんて考えるの?」

「待っていることに飽き飽きしてしまったの。情熱的な思いをささげてくれる夫なんて現れないわ。この先若くなっていくわけじゃない。子供を産むなら今。だから、そうすることに決めたの」

メイフェア・スクエア7Bの居間に沈黙がおりた。シビルがふたりに注《つ》いだ紅茶は冷め、キャラウェイ・ケーキの香りももはや食欲をそそらなかった。メグは、頭を垂れたシビルの金色の髪をじっと見つめ、やがて目をそらした。そして立ちあがって窓際に行き、白いレースのカーテンを引いた。広場の向かいに十七番地の屋敷が見えた。以前は十六番地と十七番地にそれぞれ屋敷が立っていたが、伯爵の父上がそれをひとつの壮麗な屋敷に建て替えたのだ。そこではジャン・マルクが、夫婦でロンドンへ来た目的である仕事をしていることだろう。デジレーはシビルを訪ねていいと言われるまで、いらいらと部屋のなかを歩きまわっているに違いない。いとしいセリーナはじきに目を覚まし、母親のおっぱいを欲しがる。母親が自ら授乳するのはメグのまわりでは一般的なことではなかったが、上流社会のしきたりがどうあろうと、彼女は自分の子供は自分の手で育てるつもりだったし、ジャン・マルクも彼女が決めたことを喜んでくれた。

メグはしぶしぶ自分の意識をシビルの言ったことに引き戻した。「お姉様が本気なのはよくわかったわ」メグはようやく言った。わたしはシビルお姉様のことを誤解していたのかもしれない。「お姉様は誰かと出会って、結婚を申しこまれたのね。その人のことは愛していないけれど、今すぐ子供が欲しいから、イエスと言おうとしている。そういうことなんでしょう?」

「違うわ」シビルの声には断固とした響きがあった。「結婚する予定の男性はいないの」

メグはたじろぎ、再び姉を見つめた。「だったら、お姉様、お願い、後生だからおかしなことは考えないで。そんな……あの……」

「子供を産むなと言うの?」シビルの強がりは崩れ始め、今にも泣きだしそうな声になった。

「そ、そうではなくて……お姉様と、なんの罪もない子供を辱めるような行いはしないでと言っているのよ」

シビルは眉間《みけん》に深いしわを寄せた。繊細な両眉がくっつきそうになった。「わたしがそんなことをするはずがないでしょう？　子供を産むために、しなくてはいけないことをするだけよ。無意味な情事を求める生娘とは違うわ」

なんてこと！「わたしたち、もっと話し合う必要があるわ。お姉様って、もう少し世間を知っているものと思っていた。実はまるっきりの世間知らずなのね。だいいちお姉様は生娘じゃないの。そのはずよ」メグはうろたえることに慣れていなかった。手袋をはめ、いったんはずしてまたはめた。「セリーナのところに戻らなくちゃ。あさっての夕方会えるかしら？　ここで話をしましょう。もう少しざっくばらんに、いろいろな助言ができるよう心の準備をしておくわ。それと、これから十七番地に来て一緒に夕食はいかが？　ジャン・マルクはまだ誰かが訪ねてくる予定がないものだから、やきもきしているの。お姉様に今夜ぜひ来ていただきたいと言っているわ」

「あなたたち、ゆうべロンドンに着いたばかりじゃないの。行きたいのはやまやまだけれど、今日も明日も夜にピアノのレッスンがあるの」

「そうだったわね。でもジャン・マルクのことは知っているでしょう。こうと決めたら必ず思いどおりにするのよ」そう、必ずね。メグは内心ほほえんだ。「じゃあ、あさってということでいい？」

「楽しみにしているわ」

「デジレーはそれまで我慢できないわね。今日これから彼女がここを訪ねてきてもかまわなくて？」

シビルはモン・ヌアージュ公国のデジレー王女が大好きだ。王女はジャン・マルクの異母妹で、父上の跡を継いでフランスとイタリアの国境に位置する小さな公国を統治することになっている。「来てくれなかったら、わたしのほうが気を悪くするわ」シビルはメグに言った。「でも、二時間ほどあとにしてもらってもいいかしら？　朝の会合で少し疲れているの」

「あの退屈な女性たちとの？」

「そんなことを言うものではないわ」シビルは言った。つい口調が鋭くなる。「あのご婦人方はわたしのお友達よ。みな親切で頼りになるの。いずれあなたにも紹介したいわ。とても興味深い人たちだということがわかってもらえるはずよ。知的で、自由な思想の持ち主で、女性に定められた役割――男性によって定められた役割に甘んじたりしないの」

メグは真の危険をかぎとった。「お会いできるのを楽しみにしているわ。じゃあ、デジレーに二時間後に来るように伝えておくわね」

シビルはさよならを言って玄関までメグを見送り、妹がメイフェア・スクエアを横切って向かいの十七番地へと帰っていくのを眺めた。それから扉を閉め、そこに寄りかかった。

目を閉じ、長いため息をもらす。「さあ、彼が家にいることを祈らなくちゃ」ひとりごちて三階の廊下を見あげた。「家にいてくれますように。でないと勇気がくじけてしまうわ、ハンター。ことさえすめば、あなたはもうなにも心配しなくていいのよ。要はするべきことをするだけじゃないの。そんなに難しくないはずだわ」

ぞっとする。なぜこの親柱が住処《すみか》として最適かおわかりいただけたであろうか？　ここからだとあらゆるものが見えるのだ。だが、聞いたであろう。ああ、なんたることだ。わたしが自分で思っているほど勘が鋭くなかったとしても、あのいまいましい娘がこれから……いや、とても彼女の頭にある行為を思い描くことはできない。シビルはハンターに子供を授けてくれと頼むつもりなのだろう。ほかにはなにも望まないからと。もし本当に子供ができたら、彼女はなおのこと屋敷に居座り続けるだろう。それも、きいきい泣きわめくがきと一緒に！　だが、シビルがヘスターの甥《おい》を誘惑してあれをするのを――つまり、その、彼女の目的はおわかりだと思うが――わたしが手をこまねいて見ていると思ったら、大きな間違いだ。ハンターは節操のある男だ。つかのまの快楽のためだけに寝台に入りこむようなまねは決してするまい。

くそっ！　いや、失礼。ともかくすぐに行動を起こさなくては。

「モン・ヌアージュ公国王女、デジレー殿下がおいでです」長年レディ・ヘスター・ビンガムの執事を務める老クートは得意気に言った。彼はシビルの居間の扉を押し開けると、足を引きずりながら部屋のなかに入り、十八歳のデジレーを部屋へ通した。「お飲み物をお持ちいたしましょうか？」老クートの飛びでた丸い目は、例によってシビルの変化をとがめるように部屋を一瞥《いちべつ》した。

「お願いするわ」シビルはそう答えつつ、レディ・ヘスターの家政婦兼側仕《そばづか》えのバーストウは憤慨するだろうと思った。

扉が閉まるとデジレーは王女らしい態度を振り捨て、淡い藤《ふじ》色の上質なサテンをさらさらいわせながらシビルに駆け寄って腕をまわした。「本当に久しぶりね、シビル。会いたかったわ。あなたはどうしてもわたしたちと一緒に住むとは言ってくれないのね。なぜそんなに頑固なの？」

「せっかく一緒にいるのだから楽しく過ごしましょう、殿下」シビルは精神的に疲れ果て、これ以上議論ができそうになかった。「あさってにはあなた方と一緒に食事をすることになっているの。そのときに、ジャン・マルクから同じことをきかれるのはわかっているわ。だから、今は楽しい話だけして、ほかのことは忘れない？」

デジレーは粋《いき》な紫のベルベットの帽子を美しく結った明るい茶色の頭からとり、持ってきた大きなかばんとともに脇《わき》に置いた。そして腰に両手をあてた。「わたしたちは友達よ。

親友同士だわ。でも、もう一度わたしを〝殿下〟なんて呼んだら、敵になるかもしれなくてよ。ばかばかしい。二度とそんなふうに呼ばないと約束して」

シビルは考えてから同意した。今日はどうもままならない一日だ。ハンターはノックに応《こた》えて扉を開けてほほえんだ。シビルの顔を見てうれしそうだったが、その直後、〝最重要〟と書かれたメモがメイドのひとりから手渡されると、すぐに出かけなければならなくなった。彼が見るからに残念そうだったのは事実だ。でも、シビルは再び勇気をかき集めなくてはならないし、今はとてもそんな気力は残っていなかった。

「この部屋はすてきね」デジレーが言った。「とても洗練されていて、それでいてとても居心地がいいわ。シビル、あなたにぴったりの部屋だわ。魅力的な部屋に魅力的な女性。ね？」

シビルは笑って、自分で覆いに刺繍を施した優美な金張りの椅子を指し示した。「本当にお世辞が上手だこと。あなたがこれから、わたしの助けを必要とするいけないたくらみを打ち明けようとしているような気がしてならないのだけれど。そうでしょう？」

「たあぶんね」デジレーの愛らしい英語は、ときおり母国語であるフランス語のアクセントがまざっていっそう愛らしい響きを帯びた。「わたしの大事なハリバットのことをきいてくれないのね。もうあの子のことを愛していないのかしら」

ハリバットはデジレーの大きな灰色の猫で、見るものすべてを支配していた。ジャン・

マルクでさえハリバットを溺愛《できあい》している。

「ハリバットは十七番地で快適に過ごし、いつにもましてわがまま放題にしているのはわかっているもの。ねえ、それより、どうしてあなたの目が茶目っ気たっぷりにきらきらしているのか教えてくれない？」

デジレーはいささか見苦しい茶色のかばんに駆け寄ると、それを拾いあげ、金張りの椅子まで戻って膝の上にのせた。「わたしが考えていることに、あなたも興味を持ってくれると思うわ。あなたのメギーは幸せな結婚生活を送っているけれど、すっかり秘密主義になってしまったの。わたしの傲慢《ごうまん》な兄と結婚する前は、ある問題を一緒になって考えてくれたのに、今はちょっと澄ました顔で、来るべき時が来たらあなたにもわかるわ、なんて言うのよ。意地悪でしょう。わたし、もう我慢するのはやめて、その神秘を解き明かすことにしたわ。あなたはわたしよりもはるかに自由に動けるから、手伝ってもらいたいのよ」

シビルは長椅子の端に体をずらし、脚を椅子の上にのせた。「それって、わたしたちにふさわしい話題とは言えないんじゃないかしら。でもまあ、話を聞いてみてもいいけど」

実際のところ、好奇心がふつふつとわきあがってきた。

デジレーは細心の注意を払って、大きくて重そうな革表紙の本をとりだした。そうとう使いこまれている。背表紙には金の型押しがされているものの、かなりすり切れていた。

デジレーは手をとめ、大きな灰色の瞳でシビルをまじまじと見つめた。「あなたのなにが変わったのかしら？」デジレーは唐突に尋ねた。「あなたは変わったわ。歩き方も、話し方も以前と違う。もうはにかみ屋さんには見えない。どうしたの？　もちろん、すばらしいことよ。会ってすぐに変化に気づいたのだけれど、自分の目的のことで頭がいっぱいで、注意を払わなかったの。わたしって自分勝手ね」

「わたしはなにも変わっていないわ」嘘《うそ》は言いたくなかったが、もうひとりの観察眼の鋭い女性とこうしたことについて論じる気にはとてもなれなかった。「それにあなたは自分勝手なんかじゃないわ。それで、その本はなに？」

デジレーは目を細めた。「そう、この本よ」ゆっくりと言い、シビルの顔つきをさらにじっくり観察するかのように眺めた。「シビル」デジレーの口調には熱がこもっていた。「わたしと同じであなたも男性に関する知識は皆無と言っていいでしょう。もう長いことそれがわたしの悩みの種だったけれど、この現状を打破することに決めたの。あなたにもぜひ一緒に研究してほしいのよ」

シビルはあいまいな返事をしたが、内心、デジレーも自分の新しい友人たちとの集まりに興味を持つかもしれないと思っていた。彼女たちのおかげで、シビルの男性心理についての知識は大いに広がった。そのために悲しい気持になったけれど、考えていたことを実行するのが容易になったのも事実だ。男性というのは本当の意味での恋愛はしない。母親にとってと同じようには、父親にとって子供が重要な意味を持つわけではないのだ。男性には……女性が当然のように持つ心の一部分が欠けている。悲しいことに。

「この本を見れば、女性がいかになにも知らされていなかったかがわかるわ」デジレーは熱心に言った。「わたしたち女性はずっと目隠しをされてきたようなものの。男性の途方もなくすばらしいものがもたらしてくれる大いなる喜びについて、謎めいた描写やあいまいな比喩でごまかされてきたのよ。女性が詳しく——いえ、なにひとつ知らされていないその驚くべき部分とは、まさに人類の礎石であり、全女性が求め、敬い、そして自己をゆだねたくなるような喜びと満足感をもたらしてくれる頂点ですって。でも」彼女はそっと本を指さした。「どんなものにせよ、それを経験しないことには、頂点をこの目で確かめてみないことには、知りたいことは明らかにならないわ。ありえないことだとは思うけれど、それが女性にとって苦痛な場合もね」

シビルは相手の意気込みの激しさにおののいた。男性心理については洞察を重ねてきたものの、男性の肉体についてはほとんどなにも知らない。「確かに昔から、こうした事柄においてははなはだしく不公平だったわ」

「そうなのよ」デジレーはぱっと立ちあがり、部屋を横切って長椅子のシビルの横に座った。「あなたも同じ考えに違いないと思っていたわ。いいこと、シビル、わたしの研究からわかったところによると……そうだわ、まず本を見ましょう。これは芸術家、主に彫刻家たちの勉強のための本よ。いろいろなことがわかるわ」彼女は大きな本を開き、捜しているものを見つけるまで手垢《てあか》のついたページを繰った。「たくさんの絵が載っているでしょう。それに数々の彫刻があって、少なくとも、これらが奇妙だってことはわかるわ。ほめたたえられたくて男性の肉体を忠実に再現した彫像とは言えないと思うの。忠実じゃないもの。忠実だったとしたら、わたしたちがここに注目する理由なんてないことになるわ。つまり、黒い四角を使っているか使っていないかの問題なのよ。実際の人間をスケッチしたものはとても興味深いわ。見て」デジレーは本をシビルの腿の上にのせて水平になるように支えた。

端正で筋肉質な男性の体が詳細に描かれた絵を前にして、シビルは息をのんだ。

「そうなの」デジレーは興奮のあまり飛びあがった。「彼がわたしの特別お気に入り。彼の顔を見て――彼の唇も。ああ、シビル、この唇をよおく見てみてちょうだい。それから髪！　この濃い色の髪が肩にかかる様子ときたら！　肩も腕もすてきだわ。彼ってなんていうか……野性的じゃなくて？　荒々しくて刺激的で、わたし、見ているとおかしなところが震えてくるの」

シビルはなんと答えていいものやらわからなかった。だが自分も同じような震えを感じていて、しかもそれを楽しんでいた。

「彼は美しいと思わない？」

「思うわ。ええ、確かに思うわ」シビルは絵から目を離せないまま言った。「でも」デジレーはいかにも満足そうに言った。「いちばんいいところはここなのよ。それを見ることができないの。この黒い四角、どれにもあることに気づいたでしょう。彫刻を除くと。でも、この黒い四角は少しずれているわ。見て」

シビルは目を凝らし、デジレーが指さした黒い四角をまじまじと見つめた。

「ここのところよ」デジレーは爪の先でページを指した。「ねえ、ここに毛が生えていないこと?」

「まあ」シビルは手探りで扇をとりだしてぱちんと開いた。体が熱かった。「確かに生えているようだわ。でも、本当はこんなものを見てはいけないんじゃないかしら」

「いけないはずないわ。これは本よ。本は見るためにあるのよ。ちなみにそれは彫像についてもあてはまるわ。彫像には黒い四角はないけれども、だからといってより多くのことを教えてくれるわけではないの。突起した部分は絵と同様に隠されているから。もちろん」デジレーは言葉を切り、考え深げに唇を噛《か》んだ。「女性が真実を知っておびえることのないようにという意図があるのかもしれないわね……」

シビルはいっそう激しく扇を振った。

「目を凝らして見なくちゃ」デジレーは続けた。「ほら、見える? ここのところになにか丸いものの端っこが見えるでしょう。わたしって、とても研究熱心なのよ。丸いもの、

「それから、これ」彼女は爪を〝丸いもの〟の下の、黒い四角によって完全に隠されている部分へと走らせた。「わたしがこれをなんだと思っているか、わかる?」

シビルは首を振った。「このページのここに小さな穴が開いているわね」本の上にかがみこみ、デジレーの示す黒い四角の端を指先でたたいた。

デジレーは頭を揺すって笑いを隠そうとしたが、できなかった。「うふふ……確かめようとしただけなの。その――」

「黒い四角の下が見えるかどうか?」シビルがあとを引きとった。「いけない子ね」

「わたしが思うに」デジレーのためらいがちな口調と勝ち誇った表情は、あたかもドラムロールのようだった。「これこそ、頂点なんじゃないかしら。公園の彫像にあるみたいに花で飾られていない本物よ。そう、ときには小さな葉があてられていたりするじゃない! 蔦《つた》やらなにやら実際にはありそうにない装飾で覆われているの。殿方がズボンのなかに葉のついた蔓《つる》をたくしこんでいるとは思えないでしょう。それなら、いったいなにが――」

「つまり、頂点というのはあくまで比喩なのね」シビルは即座に指摘した。「だって、頂点が下を向いているなんてありえないでしょう?」

「そこなのよ」デジレーはわが意を得たりとばかりに叫んだ。「それこそ、わたしたちが探りださなくてはいけないことなの。それっていつも下を向いているのかしら? 根元だと思うほうが実は先端だとしたら、これは上を向いているんじゃない? でなかったら」

彼女は効果的な間を置いた。「なんらかの理由でなにかが起こって、向きが変わるとしたら？　形や大きさまで変わるとしたら？　なにかが起こるってことが、この秘密すべてにかかわっているのかもしれないくらい醜くなるか、持ち主が制御できないものに変わってしまうのよ。きっと信じられないわ。結局のところ、わかっているのは、なぜか男性には女性に子供を授ける力があるということだけ。その力がこれと無関係なはずないわ。わたしがそういうことに興味を持つと、乳母はすごく怒って、キスは女性を堕落させると言ったわ。〝わたくしはキスなど夫にしかさせませんし、それも子供が欲しいときだけです〟だって。そんなのおかしいわ。ジャン・マルクはしょっちゅうメグにキスしているけれど、彼女はまだセリーナしか産んでいないもの。メグがわたしたちに秘密を教えてくれたらいいのに！　どれだけ時間の節約になるか」デジレーは身を乗りだしてシビルの耳にささやきかけた。「メグとジャン・マルクは夜、別々の部屋で寝ているふりをしているの。でも違うのよ。偶然知ったのだけれど、兄は毎晩、化粧室を通って彼女の部屋へ行き、朝まで過ごしているの。そして朝食に現れるときには、ふたりは腕を組んで笑みを浮かべていて、互いにとても満足しているように見える。それってふたりが朝食におりてくる前に、わくわくするような時間を過ごしているからだと思わない？」

「こんな話をするのはよくないわ」シビルは弱々しく言った。かつてはすべてを分かち合ったメグが自分に隠しごとをするようになった事実を受け入れたくなかった。

「まだあるのよ」デジレーはシビルの忠告など耳に入らなかったかのように続けた。「メグはなにかにかかわる喜びを示してくれているんだと思わない？　それを楽しんでいることを教えてくれているのよ。わたしたち未婚女性にとってはすごくいい見本ってわけ」

「もう一度言うけど」シビルは言った。「こんな話をするべきじゃないわ」

「そうかもしれない。でも、崇高な目的のためにこの問題を追求しようとしているのよ。わたしたちも含めて、すべての女性を啓蒙《けいもう》するためにね。少なくとも、いずれメグを幸せにした秘密がわかると思えば、わたしたちが結婚初夜を不安におののきつつ迎えるとしても、その不安に耐えられるかもしれないでしょう。まずは何度も実験してみる必要があるんだと思うの。でも、もしかしたらできるだけいい方法を学んでいくのかもしれないわね。努力を惜しまず訓練することによって、セリーナのような美しい子供が生まれるのだとしたら、なおさら」

シビルは再び本に目を向けた。まずは何度も実験してみるですって？　いいえ、だめよ。そんなことをしたら、この先、ハンターの顔をまともに見ることができなくなってしまうわ。

2

成功しても、ラティマー・モアの外見はほとんど変わらない。ラティマーがじっと物思いに沈んでいるあいだ、ハンターは考えるともなしに考えていた。近ごろ仕立てのいい服を着てはいるが、相変わらずぼうっとしていて、多忙でも顔に衰えは見えない。

ラティマーが7Aの部屋に戻ったらすぐに、ハンターはシビルに会いに行くつもりだった。彼女の突然の訪問を邪魔した緊急の要件とやらは、腹の立つことにいたずらだとわかった。ハンターが事務所に着いてみると、彼を待っている人物などどこにもいなかったのだ。結局ハンターはアイヴィ・ウィロウなる女性――メモで〝深刻な苦境〟を訴え、自分の名前をサインして、七番地まで使いをよこした人物――と会うのはあきらめた。そして部屋に戻ったハンターを、ラティマーが待っていた。ラティマーがメイフェア・スクエアに住むようになったここ数年で、ふたりはかたい友情を築き、しばしば酒を酌み交わしていた。

「これもほかの件と関係があるとは考えられないか？」ラティマーはアイヴィ・ウィロウ

のメモから顔をあげて尋ねた。「きみを誘いだして、ほら、きみにとどめを刺そうという計画だったのかもしれない」

ハンターは友人の真剣な濃い茶色の瞳を見つめた。そこにはユーモアのかけらも見あたらなかった。「そういう考えも頭をよぎったよ」ハンターはこのところ脅迫状を受けとっていた。もし彼がまもなく国王ジョージ四世によって授与されるナイト爵を辞退しなければ、いずれにしても〝サー・ハンター〟と呼ばれる前に命を奪われるという内容だ。「だが、時期尚早だろう。どこの誰だか知らないが、犯人はぼくを困らせたいんだ。ぼくは相手の警告をさほど気にしていない。たぶん、単なるいたずらさ。遅かれ早かれ犯人は明らかになるよ。いやがらせをして喜んでいるに違いない」

「本当にそう思っているわけではあるまい」ラティマーは言い、ハンターお気に入りの革張りの椅子から身を乗りだした。一月の夕方近くで、冷えこんできており、ラティマーはてのひらを暖炉の火のほうへ向けた。「心配しているのでなければ、きみはこんなことを話題にしたりはしない。ぼくも心配だよ。ぼくにとってどういうことか考えてみてくれ。〝サー・ハンターはぼくの親友だ〟と言うのを楽しみにしているんだ。すでにまわりには何度かそんなことをほのめかしたりしていた。〝亡くなった友人、ハンター・ロイドは立派な弁護士でした〟なんて言わなくてすむよな。実際、恥ずかしいほど陳腐に聞こえるじゃないか」

「すまない」ハンターはにやりとして言った。「きみの心づかいには感謝しているし、死んだりしてきみに恥ずかしい思いをさせないようにするから」

ラティマーはかすかな笑みを浮かべた。「事態を深刻にとらえてくれてうれしいよ。チルワースがまもなく大陸から帰ってくる。彼も護衛に手を貸してくれるだろう。それまではぼくができる限りのことをするよ」

アダム・チルワースは屋根裏部屋の7Cに住む画家だ。今はフランスとイタリアのほか、画家が敬意を表すべき国々をまわっている。オーストリアやギリシアにまで足をのばすと言っていた。

「ありがとう」ハンターは言った。「だが、今のところ必要ないよ。心配しなくても大丈夫さ。なにかあったら、大声で叫ぶから。雨の音がするな。突然降ってきたようだ」

ラティマーは話題を変えなかった。「きみは変だぞ」彼はハンターのほどよく使いこまれた足台の上で足首を交差させ、高価なブーツを履いた足を揺すった。

ハンターは小さく首を振った。「なにが言いたいのかわからないな。とにかく、きみの商売が順調なのはうれしいよ。みんな珍しい輸入品を買いたがるんだろう?」

「まあね。ハンター、最近のきみは近寄りがたい。言わせてもらえば、浮かない顔をしているよ。気持を明るくする必要がある。たとえば、妻をもらうとか」

ハンターの触れたくない話題だった。「グラスが空じゃないか」彼は言い、ウイスキーのデカンタをとりあげた。「ぼくももう一杯つき合おう」

ラティマーはなにも言わなかった。ハンターがラティマーのつややかなブーツの下から足台を引き抜いてその上に腰をおろしても、彼は抗議しなかった。

ふたりはしばらく心地よい沈黙のなかでウイスキーをすすっていたが、やがてラティマーが口を開いた。「はぐらかすのか。きみらしくもない。必ずしも情熱が必要なわけではないんだ。わかっているだろう」

ハンターがラティマーの言葉の意味を理解するのにいくらか時間がかかった。意味がのみこめると、ハンターは一気に酒をあおったのでむせてしまった。

「ぼくたちはふたりとも、寝台での行為が結婚のすべてではないとわかっている」ラティマーはそう言って姿勢を正した。「優しくて頼りになる家庭的な女性こそ、きみに必要なんだ。家のなかをうまく切り盛りしてくれる女性を見つけて――」

「ラティマー」ハンターは遮った。「いつからきみはこういう問題の専門家になったんだ？　ぼくに隠していることがあるのか？　どこかに妻がいるとか？　そうに違いない。それくらい気づいてもよさそうなものだった。きみがよそで有名になったのはその女性のせいなんだな」彼は身を乗りだした。「ぼくたちのあいだに、互いの、言わば秘密の生活については話題にしないという暗黙の了解があったのはわかっている。だがもういい年なんだから、包み隠さなくてもいいんじゃないのか。少なくともふたりのあいだでは。結局、ぼくたちはある界隈《かいわい》ではよく知られている。それとも、そうではなくなったのかな？」

「〝イングランド一の恋人〟としてか？」ラティマーは今度はにこりともせずに言った。「ときにはそんな噂《うわさ》も役に立った。もう全盛期は過ぎたがね。きみの言うとおりかもしれない。確かにぼくは二重生活を送ることに以前ほど興味を覚えなくなった。もちろん、そもそもきみのような男にはとうていかなわなかった」

事実、ふたりは以前ともに盛り場に繰りだし、幾多の夜を過ごしたものだったが、これまでそれについて話し合おうとしたことはなかった。

「どんなふうなんだ？」ラティマーが思いついたように尋ねた。「一瞬のうちに回復するのか？　何度でも絶頂を迎えられるのか？　近ごろああいうところできみの姿を見ない。性欲がなくなったのか？」

「おいおい」ハンターは咳《せ》きこみ、ハンカチで口をぬぐった。「あまりにもあけすけだと思わないか？　それもまた、ただの噂さ。愛人を見つけてどこかに囲い、それで完全に満足しているか、まあ、互いに妥協しているのかもしれないじゃないか」

「いいや、きみはそんなことをしていない。ぼくと同じで、押しの強い女性に飽き飽きしているはずだ。このところのきみは法廷にいるか、この部屋にいるかだ。ほとんどはね。とりつかれたように馬に乗っているときもあるが、いつもひとりでいる。片時もじっとしていない。過度に体を動かしたがるのは、一種の欲求不満の表れと考えられる。聞いたところによると……いや、ぼくが知る限り、きみが特定の女性と噂になったことはない」

「誰から聞いたんだ?」ハンターは足台の上で向きを変え、まっすぐにラティマーを見つめた。「誰とぼくの話をした?」

「名誉を重んじる男は、信頼を裏切らないものだ」ラティマーは言った。「きみもそろそろ自分の家庭を持つべきだよ。どうしてここに住み続けているのかわからないね」

「ぼくも、なぜきみがここに住み続けているのかわからないよ。きみにも自分の家庭が必要だ。そして妻も」

「ぼくの話をしているんじゃない。きみのほうが生活も安定しているし」

「きみだって安定しているじゃないか」ハンターは指摘した。

「ぼくと知り合って以来、きみはこの部屋になにひとつ手を加えていない。上等な絨毯《じゅうたん》。クッションつきの足台。いつ見ても感心する。漆喰《しっくい》の壁も見事だ」ラティマーは椅子に座ったまま目を細めて部屋を見渡した。「チッペンデール様式の家具も文句なし。目の粗いくるみ材もぼくの好みだ。机だってすばらしい。だが、問題は壁だ。全部赤ときている。当世風の売春宿と呼ばせてもらおう」

まったく、失礼な男だ。「売春宿という感想は無視するよ。ぼくの勘違いでなければ、きみだって部屋にほとんど手を加えていない。それに、ぼくは慣れ親しんだものが好きなんだ。悪いが、この環境が気に入っているんだよ」

「冒険心がないな」ラティマーは小声で言うと、暖炉の前に片膝をついて、真鍮《しんちゅう》製の石炭入れから石炭をとってくべ、ふいごで火の勢いを強めた。

「なんだと?」ハンターはききかえした。「いや、いい。きみの言ったことは聞こえたよ。ぼくに冒険心がないって?　きみのほうは近ごろどんな刺激的な冒険をしたんだ?」

ラティマーは手をたたいて汚れを払うと立ちあがった。彼は背が高く、足台に座って見あげると、いっそう高く見えた。「話をそらすなよ。まずは、きみのもとに来る脅迫状をなんとかしなくては。互いの欲求について考えるのはそれからだ」ラティマーは数カ月前にハンターに売ったガラス瓶をとりあげた。「今見てもすばらしい品だ。ベネチア人というのは昔からたぐいまれな感覚を持っている。訓練が完璧《かんぺき》をもたらす。彼らはそう言うんだ」

「ベネチアン・グラスのことかい?」

ラティマーは笑って瓶をマントルピースの上に置き直した。「女性のことを考えていたのさ。妻にどうやって男を喜ばせるかを教え、どうやって妻を喜ばせるかを学ぶのは男の務めだ」

おもしろい話になってきたぞ、とハンターは思った。彼は立ちあがり、目の粗いくるみ材と革でできた大きな机まで歩いていった。それは父から譲り受けたもので、その前は祖父が、そしてその前はサー・セプティマス・スピヴィが使っていたという机だ。「どうやら結婚というややこしいことを考えているのはきみのほうらしい。先々のことを考える男だからな、きみは。もしかしたら、心に決めた女性がいるのかもしれない。男は妻を喜ばせる方法を学ばなくてはいけないという結論にどうして達したのか、教えてくれ」

「いいとも」ラティマーは濃い茶色の髪をかきあげ、部屋のなかを行ったり来たりし始めた。「きみが寝台に入ってくるのが待ちきれないような女性を妻にできたら、最高じゃないか。必ずしも寝台でなくてもいいんだが。妻をめとり、じっとされるがままになっていなくてはいけないと教えられた無反応な体を抱いて過ごして男が完全に満足だなんて、誰が決めたんだ？」

ハンターは机の後ろに座り、椅子の背にもたれかかった。足を振りあげて机の上にのせ、風変わりなリボンの巻きつけられたさまざまな大きさの巻物、ペン、本などの彫刻が施された天井を仰いだ。「これは驚いたな」彼はようやく言った。「この話題に興奮し始めていた。「ぼくも以前からまったく同じことを考えていたんだ。実を言うと、女性がぼくと体を重ねるのを怖がると思うと、とてもいやな気持になるよ。いや、もちろん男が一家の主人であり、大黒柱である事実に変わりがあってはならないが、どうしていけないんだ――ある女性を愛し求め、その女性も自分に夢中だからという理由で結婚することが？　それができたら、すばらしい結婚生活が送れるだろうに」

「そのとおりだ」ラティマーは長々とため息をついた。「大切なのは情熱なんだ。寝台のなかでさえ女性はできる限り肌を隠していなくてはいけないなんてばかげているったらないよ。まったく、どうしてそんな調子で情熱が感じられるんだ？」

「感じられるはずがない」ハンターは同意し、ウイスキーをぐいと飲んだ。

「そうさ」ラティマーは言った。「だが、毎晩寝台で嬉々《きき》としてきみを待っているような女性だったら――」

「笑いながら」ハンターは口を挟んだ。「大胆にも、すでに服を脱いで、両腕を広げているような女性だったら」

「彼女は今にもきみの服をはぎとろうとしている」ラティマーは、ほとんど黒に見えるきらめく瞳に夢見るような表情を浮かべてつけ加えた。「そしてきみを引き寄せる」

「キスをし、求める……」

「情熱を」ラティマーは力強くうなずいた。「ありとあらゆる形の情熱を、だろう？」

ハンターは歯をむきだしにし、そんな場面を想像して高まる興奮を楽しんだ。「そう、情熱を。演技をしているわけでも、絶え間ない苦痛に耐えているわけでも、避けられないことを黙って受け入れているわけでもない。まったく、どこの男が自分を求めていない女性の腕のなかで満足できるというんだ？」

「ぼくはできない」ラティマーは断固たる口調で言った。

「女性が、柔らかな、けれども力強い手できみを癒《いや》し、同時に――」

「情熱へ導く」ラティマーはため息をついた。「そう。女性は恍惚《こうこつ》を装う必要もない」

「ああ、どれほどすばらしい夜になることか」ハンターは両手を首の後ろで組み、ほほえみながら自分を見おろす女性の姿をくっきりと思い浮かべた。「そして朝も」

「昼も」ラティマーはグラスを置き、腕を組んだ。「けっこう。きみには自分の求めるものがわかっている。それを――そうした女性を探すべきだ」

「ぼくが？　きみはどうなんだ？　きみだって、同じものを求めているのは明らかじゃないか」

今度はラティマーは黙りこむことも、皮肉でごまかすこともしなかった。「おそらくね。そのことはいずれ考えるつもりだ。だが、ぼくはきみほどふさぎこんではいないし、孤独でもない。反論するな、きみは孤独な男だ。見ればわかる」

孤独な男？　ハンターは一度もそんなふうに思ったことはなかった。

「子供は欲しいか？」ラティマーが尋ね、ハンターがすぐに答えられないでいると続けた。「この先若くなっていくわけじゃないんだぞ。急いだほうがいい。情熱、毎夜の営み、そして子供の誕生、さらなる情熱。きみが望むのであればさらに子供が生まれるんだ」

ハンターは思わず笑った。「モア、きみはお節介な男だな。男の三十代は人生の盛りだ。きみとぼくはまさにそうじゃないか」

「だからこそ考えてみるべきなのさ。愛らしくて優しくて情熱的な妻を迎え、しかるべきときに――つまりすぐに彼女の胸に抱かれた赤ん坊が家族に加わる」

ハンターは胸が締めつけられるのを感じてとまどった。「まあ、きみがそう言うなら。だが、ものには順序がある。赤ん坊より先に、結婚と夫婦の営みだろう」

扉を小さくノックする音がして、ハンターの心地よい空想はかき消えた。「どうぞ」彼は鋭い声で言った。

扉が少し開いて、シビルが顔を出した。「幾度もごめんなさい、ハンター。あなたとふたりきりで話がしたくて」彼女はそう言ってから、再び暖炉の前に立っていたラティマーに気づいた。

たちまちシビルは顔を真っ赤にし、部屋に入ってくることも、引っこむこともできなくなった。

ハンターはほほえみながら立ちあがった。だが、ハンターがシビルを招き入れる前に、ラティマーが言った。「きみに会えるのはいつだってうれしいよ」ラティマーのぎこちない口調と、シビルからハンターへと視線を移す様子を、ハンターは見逃さなかった。「ぼくはもう自分の部屋に戻るところだ。今話し合ったことを考えてみてくれ、ハンター。だが、気をつけるんだぞ」

ラティマーの言葉には警告がこめられていた。脅迫状が来て困っていることを言っているのではない。ラティマーはぼくがシビルの好意をもてあそんで――もしくはそれにつけ入ろうとしているのではないかと考えていることを、ぼくにわからせようとしているのだ。ラティマーがシビルに保護者のような気持を抱いているのは知っている。ぼくも同じ気持を抱いているからだ。だが、ラティマーの言い方には腹が立つ。

ラティマーは扉を大きく開け、一歩さがってシビルをなかに通した。顎をあげた彼女の顔をのぞきこみ、表情を和らげた。「いつもながらきれいだね。グリーンがとてもよく似合っているよ」

ラティマーはハンターとシビルを残して出ていった。ハンターの頭は疑問と穏やかならぬ思いで混乱していた。

「また都合の悪いときにお邪魔してしまったかしら?」扉が閉まるとすぐに、シビルは尋ねた。「そうだったら、ごめんなさい。でも、あなたに頼みごとがあって、勇気がなえてしまう前に話したいの」

3

シビルはさっき会ったときとは違うドレスに着替えていた。彼女がすり切れた赤い絨《じゅう》毯《たん》を横切ると、グリーンの更紗《サラサ》のドレスがかすかにきぬずれの音をたてた。

ラティマーのやつめ、とハンターは思った。ぼくがシビルに言いたかったせりふを言ってしまいやがって。

「もちろん、ほんの冗談よ」シビルは首もとの飾り襟をなにげなくいじりながらほほえんだ。「勇気がなえたりはしないわ。古いお友達に頼みごとをしようというときは」

「そう聞いてうれしいよ」ハンターは言ったが、彼女が以前より大胆になったような、でなければそう振る舞おうとしているような印象を受け、妙に落ち着かない気持になった。

「こちらにいらして」シビルは言った。そして、すでにぴんとのばしている背中をさらにのばし、顎をあげた。「一緒に暖炉のそばに座りましょう。あなたに提案があるの」

確かにグリーンはシビルによく似合っている。だが、それはハンターが彼女のすべてに魅了されていると思うようになる以前からのことだ。

「ハンター？　どうかしたの？　まだ耳が遠くなるような年ではないでしょう？」

勘違いではなかった。シビルは確かにいつもとどこか違う。彼女は物静かで穏やかな性格で、押しつけがましいところは少しもなかったのに。ハンターは立ちあがりながらシビルにほほえんだ。「ぼくがもう耳が聞こえないほど年をとっていると思うのかい？　じゃあ、きみのお誘いに従ってぼくの暖炉の前に腰かけたほうがよさそうだ」

「そうして」ちょっとした皮肉に気づいていたとしても、シビルは顔に表さなかった。

窓の外では夕闇《ゆうやみ》がおり始めていた。窓ガラスをたたく雨も激しくなった。ハンターは立ちどまって、厚手の濃い赤のベルベットのカーテンを引いた。

わたしはハンターを愛している。

ハンターはわたしを友達のように、おそらくはほとんど妹のように思っている。まもなく彼はサー・ハンターとなり、もっと立派な家に移って自分にふさわしい女性と結婚することを考えるようになるだろう。もし彼がわたしを女として見てくれているとしても、パックリー・ヒントンという小さな村の田舎牧師とミセス・スマイルズの――どちらもすでにこの世にいない――娘として生まれたわたしでは、彼の名声を高められる保証はない。

わたしが考えていることを知ったら、ハンターは困惑するだろう。

シビルは絶望感に襲われた。けれども今は落ち着いて、できる限りさりげなく振る舞うことが肝心だ。

ハンターは黒い服を着ていた。事務所に出かける日は決まってそうなのだ。彼の習慣はシビルの生活にとって時計のチャイムのようなものだったから、彼女はそうしたことをよく知っていた。朝と夕には、階段に彼の足音がするのが聞こえる。聞こえなかった日はがっかりする。ハンターが玄関のタイルの上を歩いていくと、シビルはこっそりカーテンの後ろに立って、そこから彼が家を出るところを見守るのだ。実際に姿が見えなくても、彼が馬車に乗りおりするときに頭をさげる角度や、陽光を受けてきらめく明るい茶色の髪や緑色の瞳をはっきり思い描くことができた。馬に乗っているハンターを見かけたりもする。なんとりりしい姿だろう。彼がなにを身につけるかも知っている。外套《がいとう》が、肩と引きしまったまっすぐな背中にぴったりなのだ。ハンターの器用そうな手を見つめないようにするのは難しい。そして脚は……。彼がシビルのほうを向いた。彼女は暖炉を見つめていた。

「頼みがあると言ったね、シビル。なんでも言ってほしい。力になるよ」

なんでも？　本当にそうだといいけれど。「隣に座ってくださらない？」彼女はほほえみ、今までしたことのない行為に及んだ。彼に手を差しだしたのだ。わたしのことを、とても大胆になることができ、ひとりで困難を切り抜けられる女性だとハンターに思いこませない限り、決して頼みを聞いてもらえないだろう。

ハンターはシビルの瞳をのぞきこみ、それから彼女の手を見つめた。驚きを隠せず、彼女の振る舞いを無視するか、なにげなく受け入れるか迷っているようだったが、やがてその手をとった。

ハンターの指は思ったとおりあたたかくてたくましかった。いつも手綱があたるところがかたくなっているのがわかる。シビルは何度も練習した軽薄そうな笑みを浮かべてみたが、ひどくわざとらしい気がした。

自分の手を包みこむハンターの手を見つめずにはいられない。つかのま、彼の指を口もとに持っていって、キスしたいという衝動に駆られた。

「椅子に腰かけて」いらだたしいことに声がかすれていた。「お疲れのようね。わたしもそう。新しい生徒がさっき帰ったところなの。小さな女の子で、一分たりともひとつところにじっと座っていられないのよ。わたしがピアノを弾いているあいだ、踊っていたかったんでしょうね」シビルはほほえんだ。

ハンターがシビルを見つめたまま立ちつくしているので、彼女は足台に座り、彼の腕を引っぱって横の椅子に腰かけさせた。

ハンターは口もとに笑みを張りつかせ、とまどいを顔に表さないようにした。シビルはハンターの手を放そうとしなかった。彼も手を離すことはできなかった。

シビルの頬は真っ赤に染まり、目が異様に輝いていた。なまめかしく首をかしげ、かわいらしく顔をしかめているところからして、彼女は勇気を出しているのだろう。しかしハンターにはシビルの呼吸が速くなっているのが聞こえ、胸もとが大きく上下しているのがわかった。手は氷のように冷たい。

「冷たいね」ハンターは彼女の手を両手で包みこんでさすった。「バーストウに頼んでお茶を持ってきてもらおう」

「いいえ、けっこうよ」

答えが早すぎる、とハンターは思った。「足台ではなく椅子に座って、もっと暖炉に近づいたほうがいい」

彼女はかぶりを振った。

「じゃあ、どうすればきみの力になれるのか教えてくれるかい？」

シビルは再びかすかなきぬずれの音をさせて立ちあがり、ハンターの膝のすぐ前まで近づいて、ウエストのあたりで両手を握り合わせた。「お願い、立ちあがらないで」彼が立とうとすると、彼女は言った。「風も出てきたわね。ひどい嵐《あらし》になるわ」

ちょうどそのとき、ハンターの祖父のものだった古いランタン時計が時刻を告げた。シビルはびくっとし、それから照れくさそうに笑った。積極性を身につけたとはいえ、彼女は不安を感じずにはいられないのだ。笑い声やほほえみや体を揺らす仕草も、その事実をハンターに悟らせない役には立たなかった。ほんの一瞬たりとも。

こういう角度からシビルを眺めるのははじめてだ。ぼくが座っていて、彼女が立っている。しかもこれほど近くに。ぼくが味わっている興奮や体のなかを走る鋭い感覚を、彼女も少しくらいは味わっているのだろうか？

味わっているはずはない。育ちのよい女性がそんな感覚を知っていると期待するほうが無理だ。だが、先ほどラティマーと話し合ったように、無垢《むく》な女性に喜びを教える方法はあるはずだ……。

「わたし、秘密があるの」シビルは言った。暖炉の明かりが彼女の首と顔をまだらに照らし、結いあげた髪を金色に輝かせていた。喉もとが大きく上下した。「秘密の願いごとが」

ハンターも息をのんだ。そんな告白に男はなんと答えたらいいのだ？

「わたしがここに来たのは……あなたのところに来たのは、あなたが唯一……ハンター、あなたが必要なの」

これは驚きだった。うれしいことだが驚きだ。この内気で小柄な女性が――今まで内気に見えた女性が、愛の告白をするためにぼくの部屋に来たのか？　ハンターはすぐにシビルと目を合わせることができず、代わりに高い切り替えの位置に巻きつけられた幅の広いグリーンのサテンのリボンを見つめた。確かにシビルは小柄だが、均整のとれた体つきをしている、とかねてからハンターは思っていた。彼女の腰はとても女らしいし、胸はちょうどてのひらにおさまりそうで、唇も……。

座っていてよかった。シビルに体のある部分をじっくり観察されずにすみそうだ。今決意が揺らいだら終わりだとシビルにはわかっていた。なんとしても口にしないと、二度と彼に頼む気になれないだろう。

ハンターはなにか言おうとするように口を開いたが、再び閉じて、両手の指先を軽く打ち合わせた。長い指だった。手の甲に細いけれどはっきりわかる毛が生えていて、てのひらは大きい。

「シビル？」彼は静かに言った。

今よ。今言わなければ。必要なことをきちんとしてほしいと彼に頼むのよ。シビルはハンターの手よりさらに下へと素早く視線を走らせた。そしてすぐに顔をそむけた。じっくり眺める勇気があれば、デジレーが置いていった本と今見たものを比較することができただろう。それでも、黒い四角の下に隠されているものの形をはっきり想像させる部分は見た。いや、想像どころではない。

口にできないような部分をわざわざ盗み見るなんて！　まったくはしたない。すぐに部屋を出ていったほうがいいのかもしれない。

「きみはいつも物静かだが、そんなふうに押し黙っているのはきみらしくない」ハンターは言った。

今だわ。「わたし、子供を産むわ」シビルは言った。「つまり、赤ん坊を」

ハンターの表情が凍りついた。彼はゆっくりと両手を椅子の肘掛けに落とした。彼女の言葉の意味がわからなかった。文字どおりとはいえ。

「あなたは、少なくとも今までは親しい友人だったから――親切な隣人と言ったほうがいいかしら――相談しようと思ったの」

「これは驚いた」ちくしょう。悪い冗談に決まっている。いや、独身女性が冗談でこんなことを口にするはずはない。ハンターはふいに立ちあがったので、シビルとぶつかった。バランスを崩して暖炉に倒れこみそうになる彼女を抱きとめる。シビルを腕に抱くと、引き寄せて口づけをし、安心させてやりたいという衝動がわき起こった。

冷静にならなくては。その場で後悔するようなことを言ったりしたりしてはいけない。ハンターは自分の反応にとまどっていた。とんでもない告白をされ、彼女への欲望を覚えていることにすっかり混乱している。

「ああ、ハンター」シビルはささやき、瞳をきらきらさせた。

「しーっ」ハンターは言った。「泣くことはない。頼むから泣かないでくれ、シビル、お願いだ」泣かれたら、完全にお手あげだ。ハンターは細心の注意を払って彼女の向きを変え、自分が腰かけていた椅子にそっと座らせた。「そこを動かないで。飲み物を持ってこよう。足台に足をのせて休むといい」妊婦にはたっぷりの休息が必要だ。ハンターだってそれくらいは知っていた。情熱が必要でないのは確かだった。

ハンターはシビルの足を持ちあげて足台の上に置き、暖炉にさらに石炭をくべると、彼女をあたためるための膝掛けを探した。もちろんなかった。彼はそんなものを使ったことなどない。

「ここに座っているんだよ、シビル。いいね、絶対だよ。ぼくがいなくなったことにきみが気づかないうちに戻ってくるから」ハンターは寝室に続く扉へ駆け寄り、念を押した。「身動きしちゃだめだぞ」人さし指をあげ、怖い顔をしてみせる。

ハンターが隣の部屋へ入ったのを見て、シビルはようやく思いだしたように息を吐いた。彼の振る舞いはどうも変だ。わたしが病気だと思っているのかしら？　もちろん彼の指示に逆らう気はなかった。手足の震えが全身に伝わっていく。強い態度に出るとどうしていいかわからなくなって、いつも涙が出てくる。でも、ハンターは泣かないでくれと言った。彼も強い口調だったけれど。泣いてもどうにもならない。ハンターはわたしの不安を感じとり、彼らしいやり方でわたしを慰めようとしてくれているだけなのだ。

ハンターがパッチワークのキルトを抱えて戻ってきた。濃い色のベルベット地でかなり大きく、楕円《だえん》をつなげた模様のなかに、動物や鳥――そして裸の女性が刺繍《ししゅう》されていた。

ハンターはあたたかなキルトをシビルの体に巻きつけるのに忙しく、彼女が豊満な女性たちの刺繍と彼の顔を交互に見ていることには気づかなかった。やがてシビルは視線を落とし、彼が気づいていませんようにと願った。彼にこんな低俗な趣味があるなんて思わなかった。しかもこれを寝台の上にかけているなんて。

ハンターは両手をこすり合わせ、彼女の上にかがみこんでじっと顔を見つめた。「顔色が悪い。体をあたためるものがもっと必要だと気づくべきだった。シェリーを少し飲んでも問題はないだろうか?」

シビルは何度かシェリーを飲んだことがあり、味は好きだった。「問題ないと思うわ。ありがとう、ハンター」気持が落ち着けば、もっとしっかりできるだろう。

ハンターは赤い漆塗りの背の高い中国製のキャビネットのところまで行き、いちばん上の両開きの扉を開けた。濃い色をした瓶と小さな青いクリスタルのグラスをとりだし、グラスに半分ほどシェリーを注《つ》いだ。彼が眉をひそめたので、シビルは胸を締めつけられた。大きく弧を描く眉を見ていると、体にかすかな震えが走った。やがてハンターは目をあげ、濃いまつげに縁どられた、さまざまな色合いに変わる緑色の瞳で彼女を見つめた。今は深く陰った緑だった。

「さあ」彼の声には怒りが感じられた。「一気に飲んではだめだよ。こういうものに慣れていないのだから」

シビルはグラスを受けとり、言われるままに少しすすった。それでも喉を心地よく焼かれ、血管を通して全身にぬくもりが伝わった。素早くもうひと口すすり、両手でグラスを持ったまま目を閉じた。

今度は、ハンターが立ったままでいた。両足を開いてシビルを見おろし、両手を後ろで組んで引きしまった顔をこわばらせている。広い胸を覆っているしわひとつない黒のベストは、腰の部分が細くなっていた。腹部は真っ平らだ。足を開いているので、ズボンがよく発達したかたい筋肉にぴったりと張りついている。この脚には幾度となく目を引かれた。彼が乗馬をしているときには特に。シビルはため息をついた。グラスに目を落としているふりをして、こっそり彼を観察することができた。画家が裸のハンターを描いて本に載せるとしたら、かなり大きな黒い四角が必要になるに違いない。

「顔が赤いよ、シビル。なぜだい？　暑いのかい？」

さらに顔が赤くなったのがわかり、シビルはシェリーをもうひと口飲もうとした。

「そんなに一気に飲まないほうがいい。まったくぼくは鈍いな。シェリーのせいで体が熱くなっているんだね。シビル、はっきり言わなくてはならない。きみはぼくの友達だし、今後も友達でいたいと思っている。だが、きわめて深刻な問題が生じた。ぼくの質問に率直に答えてほしい。嘘《うそ》やつくり話はなしだ」

そんなものはありえない。「ありのまま正直にお話しするわ」

「ならいい。今は落ち着いているかい？」

「ええ」

「気分は悪くない？」

彼女はためらってから答えた。「ええ」本当は頭がくらくらしていた。

「気分が悪いんだね」ハンターはシビルの手からグラスをとると、逆らう隙《すき》を与えずに、彼女を抱きあげて寝室へ連れていった。「怖がることはない。きみの純潔を汚したりはしないから。玄関に鍵《かぎ》をかけて邪魔が入らないようにしてくる。必要なだけ時間をかけて、ぼくにすべて話すといい」

彼はシビルを寝台におろし、枕《まくら》を彼女の背中にあてた。それからシビルにキルトを再びしっかりとかけた。

ハンターは部屋を出ていった。廊下へ続く扉に鍵をかけに行ったらしく、すぐに戻ってきた。「ちくしょう、暖炉の火が消えかかっているじゃないか。もっと若い家政婦を雇うべきだな。老クートにも納得してもらわなくては。そろそろヘスター伯母さんにはっきり言ったほうがよさそうだ」

ハンターが慣れた手つきで火をおこすと、火はたちまち煤《すす》けた暖炉のなかでぱちぱちと音をたてて燃え始めた。

シビル・スマイルズというほとんど恋愛経験のない独身女性が、ハンター・ロイドという弁護士であり、まもなくサー・ハンター・ロイドとなる男性の部屋にいる。しかも彼の寝台に横たわっているのだ！　部屋にはふたりきり。ハンターは布で手をふき、眉をひそめてこちらを見ている。彼の瞳は、シビルがはっきりとは知りたくない感情に陰っていた。

「きみは、その……」ハンターは寝台に近づき、シビルの隣に座った。「子供を産むんだね。きみが言ったのはそういう意味なんだろう？」

「ええ」彼女は背筋をのばした。「確かにそう言ったわ」

ハンターはシビルの一方の手をとって握った。あまりにきつく握られて痛かったが、彼女は声をあげることができなかった。「シビル」彼は食いしばった歯のあいだから言った。頬の筋肉が引きつっていた。「ぼくは……シビル、誰が……つまり、このことは別の男性に打ち明けるべきじゃないだろうか?」

「できないわ」シビルは言った。「絶対に無理よ」

「相手の反応が怖いのかい?」

「ええ、とても。でも、あなたに話すのは怖くないの。本当よ。ハンター、完全にあなたを信頼しているから」こうした言葉を発するだけで、悲しく甘い切望がこみあげてきた。「わたし、あなたのためならなんでもするし、あなたもわたしの味方でいてくれると思っているわ」彼がわたしの気持に応《こた》えてくれることを望めないとは、なんと悲しい運命だろう。

だしぬけに、ハンターは膝に肘をつき、こぶしを額にあてた。

「ハンター?」シビルはためらいがちに言った。「あなたを困らせてしまったのね。ああ、そんなことはしたくなかったんだけど」こんな頼みは自分勝手だった。でも、今引きさがったら、夢への扉が閉ざされてしまう。わたしはきっといい母親になる。世の中は多くのいい母親を必要としているはずだ。

「思いも寄らなかった」ハンターはつぶやいた。「考えられないことだ。エトランジェ伯爵のところには行けないのかい？　彼なら必要なことをしてくれるに違いない」

シビルは愕然《がくぜん》としてハンターの手をつかみ、彼が顔をあげるまでその手を引っぱった。「問題外よ」彼女は言い、体を起こしてハンターに顔を近づけた。「考えるだけでも恐ろしいわ。お願いだから、このことは決してジャン・マルクに言わないと約束して。いえ、わたしがいいと言うまで誰にも話さないで」

ハンターは美男子で、輪郭のくっきりとした唇をしていた。触れたことはないけれど、シビルはその唇をよく知っていた。ふっくらしていながら引きしまっていて、笑うと上唇から犬歯がのぞき、頬骨の下にえくぼが現れる。ときどき少年のように見えるのだ。

「きみの許しなしには、誰にもなにも話さないよ」彼は言った。

ハンターの息がかすかにシビルの唇にかかった。すぐそばにいるので、彼女には彼の瞳の色合いの変化や、黒と金の斑点《はんてん》まで見えた。

ハンターは体を離そうとしなかった。シビルもだった。彼はひどく心配そうな顔で彼女を見つめていた。心から気づかっている顔だ。あと数センチで唇が触れ合いそうだった。

ハンターがシビルの唇を見つめている。

彼女は唇を噛《か》んだ。

彼は大きく息を吸いこみ、ゆっくり吐きだした。「シビル、きみが本来このことを話すべき男のことだが……」

「あなたほど信頼している男性はほかにいないわ」シビルの表情は愛らしく、疑うことを知らないかのようだ。ハンターは無謀な想像をめぐらした。彼女をどこか安全な場所に連れていって、すべてがすむまでそこにかくまう。そして、卑劣な男の名前をつきとめ、無垢な女性をもてあそんだ罪で告訴してやる。

こう話したらシビルはなんと言うだろう？　ぼくはある界隈《かいわい》で――そこではいまだに本名を知られていない――かなりの女たらしと評判である一方、素性を知られている世界では、行事に出席するたび、結婚相手を探している独身女性や熱心なその母親に追いまわされると。心を開いてこう告白したら、シビルはどういう反応を見せるだろう？　きみこそ妻にしたいと思う唯一の女性だが、恥ずかしがり屋のきみのことだから、愛情を示したら嫌われてしまうかもしれないと思い、今まで口に出せなかったのだと。

いったいなんだってシビルはこんなことになってしまったんだ？　彼女は妊娠している。しかし、どうやら結婚できる見込みはないらしい。「シビル、これはお互いにとってつらいことだが、ぼくがきみの力になるにあたって、いつ子供が生まれるのか知っておいたほうがいいだろう」

シビルの瞳が和らいだ。彼女は口もとにかすかな笑みを浮かべ、目をあげてハンターの顔をのぞきこんだ。彼はこれほど美しい女性は見たことがないと思った。なにがそうさせたのかわからなかったが、シビルはハンターの手をとって自分の頬にあて、目を閉じた。

彼女の顔に安らぎの表情が広がった。

シビルはゆっくりと額をハンターの顎にもたせかけた。彼女の胸が上下するのを、彼は前腕に感じた。

くそっ。ぼくこそシビルへの思いを長いこと胸に秘めてきた男なのに。

ハンターは深呼吸した。そしてシビルの手から手を引き抜くと、彼女の顔と耳を包みこんだ。できるだけ優しく、シビルの額からほつれた髪を払う。

それから口づけをした。優しく、シビルの唇の形と、その質感と、かすかに下唇にあたる歯を感じながら。ハンターは目を開けていたが、彼女は閉じていた。その顔に浮かぶ切実な思いに、彼はどきりとした。困惑している女性には、慰め、守ってくれる強い男が必要だ。そう、彼女はぼくが守る。

ふたりは抱き合い、幾度も唇を重ねた。未熟な若者同士がするような軽い口づけだった。ハンターがシビルに合わせていたからだ。彼女は唇を開こうとしなかったので、やがて彼が開かせた。シビルは体をこわばらせたが、動揺や嫌悪感をあらわにしたりはしなかった。眉をひそめている様子から、気持を集中しているのがうかがわれた。そう、彼女は気持を集中してどんどん学びとろうとしている。ハンターはシビルを寝台に押し倒し、上に覆いかぶさった。やめることも、ゆっくりにすることもできなかった。彼女も彼を制するようなことはしなかった。彼の顔や髪を撫《な》で、震える手で肩をさすり、やがて両手をベストのなかに滑りこませてなめらかなリネンのシャツをまさぐった。

ハンターは、血がどくどくと全身を駆けめぐる音が耳もとで聞こえる気がした。心臓の音がとどろき、それに応えるかのようなシビルの速い鼓動を感じた。

彼女は彼のベストのボタンをはずして胸と腹部に軽く触れ、シャツをなぞって息を切らした。

ハンターの頭のなかは真っ暗になった。考えられるのはシビルのことだけだ。情熱……もしくは欲望につき動かされた体の一部をもはや制御できなかった。

飾り襟をとり去るのは簡単だった。ハンターはドレスの後ろボタンを素早くはずした。そして激しい口づけをした。彼女の唇を大きく開かせ、下唇を吸う。次いでドレスを肩から脱がせ、一緒にシュミーズもはぎとった。

シビルの胸があらわになった。思ったとおり、非常に小柄なわりに豊満で、乳房は丸く、乳首はピンク色だった。

ハンターはわれを忘れた。

再び唇を重ね、両手で胸を包みこんで上へ押しあげた。自分の高まりは隠しようもなく、彼女もそれを感じているに違いないが、もうかまっていられなかった。

「きみは美しい」彼は言った。「きみの胸は最高に魅力的だ。完璧《かんぺき》だよ」舌で一方の乳房に円を描く。その円は襞《ひだ》の寄ったピンクの頂に近づくにつれて小さくなった。頂にたどり着いたところで唇を離し、乳首を親指と人さし指でつまんで軽く引っぱった。

この数分ではじめてシビルが声をあげた。背中を弓なりにして細いうめき声をもらす。ハンターはもう一方の乳房にも舌を這《は》わせ、乳首に到達すると、今度はそこを歯で挟んで吸った。

シビルが頭を後ろにそらした。手の届く限り、ハンターの体のあらゆるところをまさぐっている。彼はドレスをめくりあげ、ズロースのなかに手を差し入れて腿の付け根のあたたかく湿った場所に触れた。彼女が身をよじった。ハンターは最も秘めやかな部分を探りあてると、片膝をついてシビルの脚を開かせた。

シビルが手を下のほうへ持っていき、ハンターの下腹部をつかんでぎゅっと握った。彼は思わず叫び声をあげた。彼女が震えているのを感じ、はじめは怖がるか嫌悪するかしているのかと思った。しかしシビルはもう一方の手もそこに添えて彼を包みこみ、形を確かめた。

どうにかなりそうだ。孤独な男と、彼に助けを求めに来ただけの女のあいだに生じた狂おしいほどの熱情。

「だめだ」

シビルも動きをとめた。ふたりの行為に彼女が衝撃を受けていることはどんな愚か者でもわかる。ハンターはシビルの手をほどき、ドレスの裾《すそ》をおろした。彼女の両手首を頭の上へ持っていき、かなり長いあいだ乳房をじっと見つめていた。やがて片手をシビルの手首からはずし、てのひらでかたくなった乳首を愛撫《あいぶ》した。彼女が体を上につきだそうとむなしい努力をするのを見て、再びわれを忘れそうになる。

ついにハンターはシュミーズとドレスをもとの位置に戻した。そして彼女の上体を起こして自分にもたれさせると、ドレスの後ろボタンをとめた。それから飾り襟をつけた。

「すまなかった」彼は言った。「謝ってすむものではないが。自分がわからない。きみにこんなことをするべきではなかった」

「わたしが求めていたことをという意味？　わたしはとめなかったわ」

「それはきみが慰めを必要としていて、ぼくが決してきみを傷つけたりしないと信じてくれていたからだ」今した行為以上にシビルを傷つけることなどあるだろうか？「ぼくは過ちを犯した。きみにあんなことをしてしまった。許されるわけがない。どうかなにも言わないでくれ。気持の整理をしなくては」抵抗できる状態でなかった彼女に、ぼくはつけ入ったのだ。

シビルはハンターの顔をまともに見られなかった。彼は……そう、彼はしてくれた。わたしはその一分一秒がうれしかった。今は自分を愚かで厚かましいと感じる。ハンターは怒っている。友人たちと話し合ってきた動物的な反応を抑えられなかったからに違いない。

これは男性にとって肉体的充足以外のなにものでもない行為なのだ。一方、女性にとっては心に――もちろん体にも――影響を及ぼす行為なので、もし本当に相手のことが好きな場合、その男性が自分の気持に応えてくれたと錯覚してしまう危険性がある。

だが少なくとも、わたしはハンターに、男性が享受し必要とする肉体的快楽を与えてあげたい。彼のためならなんでもできる。

ハンターは寝台の端に移動し、うつむいて座った。「ぼくにきみの代わりに誰かと話をつけてほしいわけじゃないんだね」

考えただけでぞっとする。「ええ。お願い、やめて、ハンター」

「子供はいつ生まれる予定なんだい？」

「まだわからないわ。でもお願い、そんな人のことなんて考えないで。わたしが毎週自分の部屋で会合を開いているのを知っているでしょう？　ときには週二回」

気位が高そうな女性数人がシビルとともに7Bの部屋へと入っていくところをハンターも見たことがあった。法曹学院であういう女性にでくわしたことがある。信念のある女性たちだ。かわいそうに。彼女たちは、自分たちが男性よりも優れていることを、また男性を必要としていないことを証明しようと険しい道を選び、自分たちの擁護論を探し求めているのだ。「きみに来客があるのには気づいていた。あんなに長いあいだ部屋にこもってなにを話し合っているんだい？」

「女性にとって最も重要なことよ。男性に――無礼に聞こえたらごめんなさいね――男性に、女性にも強い精神力や、自分のことは自分で決める判断力や、男性がこれまでわたしたちに秘密にしてきたことを理解する能力があると認めさせるには、どうするべきかという問題について。政治、国益、国家改革などは女性が知る必要のないこととされてきたでしょう。それから、わたしたちの――そして男性の体のより複雑な秘密の機能も。そして」シビルの一気にまくしたてる様子は、彼女がかなり狼狽《ろうばい》していることをうかがわせた。「すべての女性が守ってくれる男性を本当に必要としているわけではないという考え方も」

なんということだ。ハンターはかねてから一部のそうした風潮に懸念を抱いていた。シビルが愚かにも未婚のまま子供を産むことを身の破滅と考えていない理由はこれで説明がつく。「そうなのかい?」ハンターはあいまいな返事をして、どうやって友人の目を覚まさせたらいいか考える時間を稼いだ。すでにふたりはただの友人同士という一線を越えてしまったのだが。

「そうなの」シビルは答えた。「会合を開くたびにいろいろなことを学んでいるの。プレヴォーやデュマの作品を読んだことはある?」

「いいや」

「すばらしいのよ」シビルは言った。胃がおかしくなるほどの緊張を和らげることができればいいのに。「そうした本を読むと、せ、精子が――ちなみにそれは男性によってのみつくられるんだけれど――じゅ、受胎には欠かせないとわかるわ。つまり、それが赤ん坊がこの世に生まれてくることを可能にするのよ」

まいったな。「なるほど。そんなようなことをどこかで読んだ気がするよ」

「ええ」シビルは言った。「すなわち、男性との交際を避けたいと思っている女性も、ある種の目的の達成をあきらめなくていいということなのよ。でも、わたしが今日あなたのところに来たのは個人的な用件があるからなの」

「だろうね」

ハンターになにを考えているのかわからないまなざしで見つめられ、シビルはますます惨めな気持になった。「力を貸してくれる、ハンター？」これだけの言葉を口にするのに、どれほど勇気がいったことか。

「具体的にはなにをすればいいんだい、シビル？」

シビルがこれほど魅惑的に見えたことはない、とハンターは思った。彼女への気持が友人に対する憧《あこが》れや好意でしかないというふりはもうできない。ぼくはシビルを求めている。今までも階下で眠っているシビルを――ちょうど自分の寝台の真下にある寝台に横たわっている彼女の姿を想像しながら寝返りをくりかえした夜が何度となくあった。この一時間のあいだにあんなことがあったあとでは、想像するだけではすまされないに違いない。シビルの裸身が目に浮かび、朝さらに長く乗馬をしなくてはならなくなる――でなければ、以前のやり方で息抜きをするか。

シビルを求めているという表現では足りない。彼女が欲しくてたまらないのだ。なのに、どこかのろくでなしが彼女を誘惑したせいで、ぼくは人生最悪の板挟み状態に直面している。今すぐ彼女と結婚しても、やはり〝月の合わない〟出産と噂《うわさ》されるだろうが、そんなことはじきに忘れられるだろう。

少なくともハンターはわたしの考えを検討してみてくれるに違いない、とシビルは思った。彼に頼みを聞いてもらえなければ、ほかの不愉快な手段をとらざるえないと説明すればきっと。「いろいろ方法は考えてみたの」彼女は言った。「田舎の農場かどこかに行くこともできるわ。そういうところって、たいてい健康な男性は大勢いるけれど、未婚女性の数は足りていないでしょう。仕事を見つけられるはずだわ。そんな場所でなら、望む結果が得られると思うの」

ハンターは懸命にシビルの言うことを理解しようとした。彼女は農夫と結婚することを考えているのか？　なんのために？

「でなかったら」シビルは濃い色のベルベットのキルトを体の上に引きあげながら続けた。「大きなお屋敷に行って、必要な期間だけ仕えるの。特権階級でありながら節操のない人たちが奔放な振る舞いをしていると聞いたことがあるわ。もちろん考えただけでも不快だけれど、目的は手段を正当化すると思わなくて？」

失敗だった、とシビルは思った。ハンターはわたしをそんな目に遭わせたくないと思ってくれるはずだったのに、協力を申しでるそぶりも見せない。

「そうなのかい?」かなり長い時間がたったと思われたとき、ハンターはきいた。そして立ちあがってランプに火をつけた。炎が大きくなったり小さくなったりして、彼の顔や瞳に揺れる影を落とした。ハンターはまばたきもせずにじっとシビルを見ている。ほとんどが東洋のものと思われる美しいけれど重厚な古い家具の置かれた部屋は、彼によく似合っていた。ここにいるのは、シビルの知っているハンターとは別人の、もっと謎《なぞ》めいた計り知れない男性だった。

シビルは音をたてて息を吸いこみ、適切な説明を思いつこうとした。「わたしの友人のひとりがそうしたことを全部知っているの。彼女は別の方法を選んだけれど、わたしはそれをやり遂げられそうにないわ。修道院と呼ばれるところがあるの。監督する人のことを修道院長と言うけれど、あなたが考えるような場所ではないわ」

ハンターは口をあんぐりと開けてしまわないように必死で耐えた。

「わたしがなんの話をしているか見当はついているわね」シビルの声は小さくなっていった。「そこは売春宿とも呼ばれているの。ミス・フィリスはそういうことに詳しいのよ。わたしはよく知っているとは言えないけれど、ミス・フィリスの話によると、少しのあいだそこにいれば目的が達成できるんですって。ただ、なにをするのかはよくわからないの。

実際には彼女もその方法をとらなかったから」

「シビル」ハンターは動揺がいくらかおさまると言った。「きみが言っているのは……いや、もちろん違う。ぼくは誤解しているんだ」

「そうは思わないわ。今話した友人の女性は、目的を達成する方法を見つけて、最後の仕上げに大陸へ渡ったの。戻ってきたときには子供が一緒だったわ。これって、生涯夫を持たないあらゆる女性がずっとやってきたことなのよ。わたしも同じようにするつもりなの。必要なのは進んで協力してくれる男性だけ。お酒に酔った男性をつかまえる方法を見つけるのがいちばん簡単だと言われたわ。でも、わたしには難しいと思うの。男性に手ほどきをしてもらうなんてぞっとするわ。他人の弱味につけこもうとは思わない。それがすんでしまえば、相手になんの迷惑もかけないわ」

ハンターは体がほてってきた。汗すらかいている。つまり、シビルはおなかに子供を宿していているわけではなく、宿そうとしているだけなのだ！　いったい全体、なんだって彼女はそんなおぞましいことを考えたうえに、それを実行に移そうとしているんだ？

「ハンター？」

彼は遮るように手をあげ、心を静めようとした。だが、シビルが寝台の上にいてはそれもかなわなかった。「ようやくきみの言わんとすることがわかった。ぼくにそんな権利はないが、きみが今言ったようなきわめて危険で恐ろしい考えを実行することは断じて許さない。話を聞いていて、きみがどれほど世間知らずかわかったよ」

「世間のことならよく知っているわ」シビルは反論したが、怒っているハンターを前にして体が震えた。「わたしはいい年をした独身女性で、結婚にはさして興味がないの。そのうちに最大の望みをかなえられる時期が過ぎ去ってしまうわ。そんなのあんまりよ。だって、わたしはとてもいい――とてもいい親になるとわかっているんだもの」

「なんてくだらないことを!」ハンターは怒鳴った。とにかくこう言えば彼女は怖《お》じ気づくだろう。「そんな心配をしなくちゃならない年齢にはほど遠いじゃないか。考えてごらん、シビル、ほかの人にどう説明するんだ? どこかから子供を連れて帰ってきたりしたら?」

シビルは頬が染まるのを感じた。「大陸にいるあいだに捨て子を助けたと言うのよ、もちろん。細かいことは心配してくれなくていいわ。さっき口にしたような方法をとりたいとは思っていないけれど、わたしの望みをかなえるには男性が必要なの」彼女は大きく息を継いだ。自分の気持を率直に言ってしまおう。「子供の父親が尊敬に値する男性で、自分が大いに好意を持っている相手だとわかっていたらなによりでしょう?」

今夜のことは生涯忘れないだろう、とハンターは思った。「ぼくには断りようがない頼みに聞こえるな」彼女は夫はいらないと思っているが、そんな考えは捨てさせてやる。それがどんなに大変でも。

シビルは鼓動があまりに激しくて、彼の言葉がよく聞きとれなかった。「じゃあ、わたしたち合意したわけね。わたしが選んだのがあなただということはわかってくれたわよね？　あなたほど完璧な人はいないの。わたしのために協力してくださるのね、ハンター？」

4

スピヴィだ。

なにを予想していたにせよ、思ってもみない事態になってしまった。

わたしは途方に暮れている。悲しんでさえいる。

いや、今言ったことは忘れてほしい。もちろん、悲しんでなどおらん。敵はあくまで敵なのだ。

だが、シビルがあんなに世間知らずだとは。実のところハンターには哀れみを覚える。なんといっても、血は水よりも濃い。あの若者は……いや、なんでもない。わたしはすべきことをしなくてはならない。柱に、階段の親柱に戻って休むとしよう。疲れているせいで、感傷的になっているのだ。

さて、いかにしてこの緊急事態を脱するか？

過去の苦境の解決策は——さして満足のいく結果は得られなかったが——適当な人間をわたしの使者とするというものだった。俗世におけるわたしの使者とは、わたしが目的を果たすために用いる、目に見える肉体を持つ者だ。アイヴィ・ウィロウを探しだすのにずいぶん苦労したのに、彼女は勝手な振る舞いに及び、ハンターが事務所に着く前に逃げだしてしまった。要はわたしがあの女を制御しきれなかったのだ。アイヴィは本能的な恐怖のあまり、わたしの指示を自分の頭から締めだしてしまい、わたしを置いて逃げ帰った。ついでに言えば、そのせいでこちらは家までの長い距離を飛んで帰らなくてはならなかったのだ。こういう境遇になってからも、いまだ滑空は得意ではないにもかかわらず。

待てよ、まったくの不運というわけではないかもしれない。ハンターはあの女に会っていないのであろう？　つまり、彼女はまだ使えるわけだ。充分若いし、魅力的でなくもない。それは重要なことだ。

アイヴィのところに行ってもう一度乗り移ってみよう。寂しい、孤独な女なのだ。結婚したいと思っていた男はほかの女と結婚し、以来あの女はひとりで暮らしている。わたしは彼女を不幸から救ってやるわけだ、少なくともしばらくのあいだ。そう、アイヴィはわたしが与える役割を存分に楽しむに違いない。

シビルの新しい信頼の置ける友人という役割を。あのおかしなクラブだかなんだかの――7Bに集まっている女たちが自分たちをどう呼んでいるのかは知らないが――新しい仲間となるのだ。

もちろん名前は変えなくてはならない。だが、このすばらしい思いつきはわたしのためではないのだ。シビルに自らを辱めるようなまねをやめさせ、ハンターが彼女に負わされた重責をとり除いてやろうというのだから。

ところで、わたしはまだ事情をすっかり説明していなかった。読者諸君が知りえないことがある。愚かな孫、レディ・ヘスターの胸の内だ。知ってのとおり、あれはわたしが会ったなかで最も身勝手な女だ。自分以外の人間のことなどこれっぽっちも考えておらん。何度彼女と意思の疎通を図ろうとして失敗したか。

信じられないかもしれないし——孫を寛大な目で見てやってほしいと諸君に頼むべきだが、そうするつもりはない——わたしには理由がわからないが、ヘスターはシビルが七番地を去ることに耐えられないのだ。言うまでもないが、ヘスターはシビルの驚くべき計画についてはなにも知らない。だが、ハンターとシビルが見つめ合っているのに見つめ合っていないふりをする様子を目にして、ハンターが彼女に結婚を申しこむのではないかと心配している。結局のところ——あるいはヘスターが考えるところ、ハンターはじきにナイト爵を授かり、自分の家を持つ。少なくとも彼はヘスターの衝動的な行動を抑制しようとするので、彼女は甥《おい》に出ていってもらいたいと思っている。一方、シビルにはずっとここにいてほしい。というわけで、ヘスターは目の前の若いふたりの幸せを願うどころか、ふたりの仲を邪魔しようとしているのだ。

愚か者め！

もちろん、父親のわからない子供が生まれるのは困る。だが、結婚して夫婦の契りを結ぶことはやってもらわねば。ここから遠く離れたところで！　その結果、部屋がふたつ空くのだ――ついに。

そして、あのふたりはともに幸せになる。目に浮かぶようだ。

そんな話はどうでもよい。わたしが心配することではあるまい。

わたしはいささか混乱している。スマイルズ牧師――メグとシビルの亡くなった父親で、しじゅうわたしに話しかけてくる――はいちだんと高潔になっており、天界での覚えがめでたく、まもなく天使の羽が生えてきそうな兆候を見せている。わたしがいまだ宙ぶらりんの状態で、将来についての決定を待っていることを考えると、彼のような地位の高い者を怒らせるのは得策ではない。娘たちから目を離さないでほしいとわたしに頼んできたときも、スマイルズ牧師はきわめて穏やかで友好的だったことだし。メグとエトランジェの結婚が天界への推薦状になったと思いたい。天界で、ふんぞりかえって歩い《ストラット》てみたい。もとい、ハープをつま弾い《ストラム》てみたいものだ。だが、スマイルズ牧師は毎日のようにシビルのことをきいてくる。すでにわたしに失望している様子もうかがえる。知ってのとおり、彼のような地位にあって法律を猛勉強しているときとそのあとしばらくは――うまく説明できないが、スマイルズのような連中は重大な事柄を決定する官吏になるので、法律にも通じていなくてはならないのだ――俗世で未熟な状態にある者とかかわりを持ってはいけない。だから、わたしが彼の代わりにできることをすると約束したわけだ。それもいいではないか、自分の目的を果たすついでであれば。

困り者のヘスターに話を戻そう。彼女は友人の娘をメイフェア・スクエアに滞在させようとしている。その娘の母親は社交界への足がかりをつかもうと躍起になっている野心家だ。悩めるわが子孫ハンターは、その娘の理想的なエスコート役、さらには結婚相手と見なされている。ヘスターの望みがかなえば、シビルはここに残り、しかるべき身分である娘の母親は――ヘスターには少なからず俗物的なところがある――ハンターがほかにもっと大きな家を構えることを要求するだろう。

読者諸君に尋ねよう。それは哀れなシビルにとって、また、わたしが喜んで一族のひとりに数えたい実に尊敬すべきハンターにとって公正なことだろうか？

そう、諸君は正しい。公正とは言えない。

わたしは彼らを彼ら自身から守る。ふたりに少々力添えをするのだ――アイヴィ・ウィロウの助けを借りて。ハンターとシビルは結婚して、ともにこの家を出ていくべきだ。

ああ、わたしは呪《のろ》いをかけられたようだ。自分が自分ではないように感じる。これから、わたしの新たな助っ人《すけと》がむなしい人生を送る場所へと向かい、彼女の体に乗り移るための最後の仕上げを行うために気を引きしめなければならないのに。

呪い？　たわけたことを。呪いなどではない。わたしが情に流されたりなどするものか。

ただ家を守ろうとしているだけだ。心の平安を乱すような、めそめそとぐずる子供などいらん。まったく、考えただけでとり乱してしまう。ただちに行動を起こさなければ。

なんと、またしても嫌われ者がやってくる。とっとと追っ払ってしまおう。

「近寄らんでくれ、ミスター・ガイ・フォークス。おまえの話に耳を貸すつもりはない、裏切り者め！」

5

「シビルがなんらかの理由で遅れざるをえないとしても、ハンターは時間に几帳面《きちょうめん》な男だ」エトランジェ伯ジャン・マルクは妻に言った。「それにラティマー・モアとレディ・ヘスター。そろいもそろって遅刻とはおかしなことだ」

彼らは緑の間で客を待っていた。イートンにあるリバーサイドの屋敷を離れてロンドンにいるときは、ここがメグのお気に入りの部屋だ。デジレー王女は濃いピンクと淡いピンクのストライプが入ったスカートを揺らしながら部屋の隅をうろうろしていた。

「いい子だから座りなさい、デジレー」ジャン・マルクは腹違いの妹がすねているのを知っていた。その理由もわかっている。

「いらいらして、とても座ってなんかいられないわ」デジレーは美しい横顔を見せていた。ピンク色の天然石のビーズを編みこんで頭のてっぺんにまとめたシニヨンがかわいらしい。

「どうしてアダム・チルワースはまだ大陸にいるの？　こちらを発《た》ったのはずいぶん前のはずよ。シビルがリバーサイドにいるわたしたちに手紙をくれたんだもの。そうよね、メグ？」彼女は口をとがらせた。

「チルワースがどこにいるかをおまえが気にする必要はないだろう」ジャン・マルクはきっぱり言った。「彼はすぐれた画家だから、おまえが彼の作品に興味を持つのはわかる。もちろん、おまえが彼のことを気にしているのは肖像画の続きを描《か》いてほしいからに違いない。だが彼は非常に世慣れた男だし、男なら当然の欲求——」

「ジャン・マルク」メグが声をあげた。

目をみはるほど背が高く優雅で、父親の公国のために重責を担う者としての威厳を備えたジャン・マルクはにやりとし、大股で歩いていって女らしい妻の腰に手をまわすとさっと抱きかかえた。「怖い顔をしないでほしいね、奥様。わたしがきみの夫であり、主人であるということを忘れてはいけないよ」

「まあ」メグは彼の胸の中央を押した。「あなたはそう思いたいのね。さあ、おろして」

「わたしが一家の長としてなにをすべきか、ふたりきりで話し合う時間が少しばかり必要なのだ。その機会をつくるにはこうするしかない」

メグはジャン・マルクの肩に両手をついて下におりようとしたが失敗し、彼をにらみつけた。「乱暴なことはしないで。なんの話をするというの？」

「義姉のシビルのことさ、もちろん」フランス語のアクセントのおかげで、ジャン・マルクの完璧《かんぺき》な英語は魅力的に感じられた。彼はメグの耳に口を近づけた。「わたしは一家の女性全員の面倒を見なくてはいけないからね」

メグは一瞬うろたえたが、すぐに立ち直った。「お節介はやめて。シビルお姉様はひとりで自由に暮らすことを選んだのだから、あなたの干渉は喜ばないと思うわ。なにも言わないと約束してくれたわよね。秘密にするということで話したのよ」

「秘密にする」ジャン・マルクは言い方をまね、首をかしげた。「わたしの優れた問題解決能力を必要としているからこそ秘密を打ち明けたのだろう？ それくらいわかっている。心配はいらない。疑いを招くようなことはしないから」

「ジャン・マルク」メグはデジレーがいるのもかまわず訴えた。まもなくかつてない窮地を経験するはめになる。「かわいそうなシビルお姉様を困らせるようなことを言ったら、わたしが許さないわ。さあ、すぐにおろしてちょうだい」

ジャン・マルクは言われたとおりにしたが、メグの体に腕をまわしたままだった。そして大きく開いた襟もとをちらりと見て再び彼女の耳のそばでささやいた。「かわいいセリーナを母乳で育てているために、きみの魅力的な部分がいちだんとすてきになった」

メグは眉をひそめて言った。「手を離してちょうだい。晩餐《ばんさん》にご招待したお客様にこんな格好でいるところを見られたら、どう思われるかしら？」

「みんな、やきもちを焼くだろうな。そう思わないか、デジレー？」

「意地悪ね。わたしの前でわざと幸せをひけらかして。お兄様はいい年なんだから、もっと落ち着いているべきだわ」デジレーのアクセントは愛らしいが、いまだに異母兄よりかなり強く、彼ほど流暢《りゅうちょう》な英語ではなかった。「それに、自分たちがすっかり満足しているから、わたしの悩みに気づきもしない」

「そんなことはない、デジレー。若者の恋の悩みはよくわかる」

「誰が恋なんて言ったの？」デジレーは声を荒らげてぶしつけにつめ寄った。「晩餐が退屈なのは目に見えているし、アダムならいつもわたしを楽しませてくれるというだけよ」

ジャン・マルクは最近、この若い女性にときおりうんざりする。「食事が退屈だから悩んでいるのか、デジレー？　おまえはわたしが考えていた以上に甘やかされている」

ふいに扉をノックする音がして、数年来ジャン・マルクの執事を務めるレンチが入ってきた。背が高くやせている彼は薄くなった銀髪の頭をさげて言った。「ミスター・ラティマー・モアがミス・シビル・スマイルズとともに到着なさいました。レディ・ヘスター・ビンガムはミスター・ハンター・ロイドとご一緒です。勝手ながら、皆様を食堂へ直接お通しいたしました。スープが冷めてしまうと、料理人がやきもきしておりますので」

「本当に？」メグは言った。「今後は自分で判断する前に、わたしたちに相談してちょうだい。お客様に失礼だし、そのことのほうが料理人のものすごい癇癪《かんしゃく》よりも重大な問題だわ。ジャン・マルク、急いでお客様のもとへ向かいましょう」

「今日の客はみな古い友達か親戚《しんせき》だ」ジャン・マルクは指摘した。「わたしたち抜きでも、楽しくやっているさ。デジレー、そのかわいい口の端をあげてごらん。ラティマー・モアともっとよく知り合ういい機会だ。彼は珍しい骨董《こっとう》にとても詳しい教養のある男だ。興味深い話をしてもらえるだろう」

「古いものについて？　彼はめったにしゃべらないじゃないの」

「おまえが望めば、彼はきっとすぐにしゃべってくれる。おまえの魅力に抵抗できる男がいると思うか？」

王女はうめき声をもらし、異母兄と義姉の前をすたすたと歩いていった。

メグは夫の腕をとって引きとめた。「わたしが話したことはなにひとつ口にしないと約束して」

「シビルには驚いた。きみもそれは認めざるをえないだろう？」上質なシルクのペルシャ絨毯《じゅうたん》をそこここに敷いた石づくりの玄関広間をゆっくりと歩きながら、ジャン・マルクは答えた。「彼女はハンターに子供の父親になってほしいと思っている。違うかい？」

メグはうめいた。「お姉様がなにを考えているかわからないわ。あまりに突拍子もなくて。自分がじきに子供を産めない年齢になってしまうと考えているのよ。そして、自分を妻にしたがる男性などいないと思いこみ、だったら今のうちに――」

「子供を授けるという忌むべき仕事を引き受けてくれる男を見つけるわけか。なんとも気の毒な男を」

これにはメグも笑みをもらした。「シビルお姉様はどこからこんなことを思いついたのかしら？　わたしがなんとかするわ、ジャン・マルク。お姉様は物静かで従順に見えて——そうでないように振る舞うときもあるけれど——とても独立心が強いの」

「心配しなくていい。人を困らせるようなことはなにもしない」

白いかつらとお仕着せを身につけたふたりの召使いが食堂の扉をぱっと押し開けた。お仕着せにはモン・ヌアージュ公国の紋章が入っていた。黒と金に塗られた盾形の紋章には、赤、白、紫の皇太子の紋章が組み合わされている。大公が庶子であるジャン・マルクの忠誠な働きを認めて授けた紋章だった。

細長い部屋の端にある狭い側廊からバイオリンの演奏が聞こえてくる。召使いたちはそれぞれの位置について両手を脇《わき》に置き、まっすぐ前を見ていた。テーブルに置かれた最高級のクリスタルや磁器や銀器がきらめいている。こぼれんばかりの花や果物、砂糖菓子、木の実、異国の珍味が入った容器が並ぶ何段にもなった銀製の飾り皿が中央に据えられていた。

レディ・ヘスター・ビンガムは好きな薄紫《ライラック》色のドレスに同色のターバンというきらびやかな装いだった。彼女の容姿はすばらしい。五十代なのに肌はなめらかで、明るい青の瞳に見事な金色の髪——ターバンをとれば——をしている。その気になればいくらでも故ビンガム卿《きょう》の代わりを見つけられただろう。レディ・ヘスターは落ち着き払っていて、今宵《よい》を大いに楽しみにしている様子だった。ジャン・マルクの姿を見ると、彼に向かって手を振ってみせ、優雅にお辞儀をした。

ジャン・マルクもメグとともに近づいて頭をさげた。料理人特製のスープは確かにおいしそうなにおいを漂わせており、一方の壁いっぱいの長さの棚にすでに運ばれている食器の数からして、今夜はたいそうなごちそうらしい。

「こんばんは、伯爵」ラティマー・モアが言った。「予定より早く来てしまってすみません」

メグはすぐにラティマーのもとへ行き、小声で話しかけた。おそらく主人が無作法な出迎えをした罪をかぶろうとしてくれたことに礼を言っているのだろう。ジャン・マルクはラティマーににやりとしてみせて言った。「きみが非常に珍しい〝根付け〟なる留め具でわたしを驚かせてくれるのを楽しみにしているのだよ。象牙《ぞうげ》のね。それでメグをびっくりさせたいのだ。腰につける小さな彫刻品をおもしろがるだろうから」

「もちろん、忘れてはおりません。十八世紀初期の貴重な品があると聞いております。すぐにお持ちできるはずですが、お約束はできません」

ラティマー・モアは人目を引かずにはおかない容姿でまさに男盛りといった感じだ、とジャン・マルクはいつものように思った。もちろんデジレーの相手として考えているのではない。シビルにどうかと思っているのだ。ジャン・マルクはいまだにメグの信じがたい打ち明け話に動揺していた。

シビルもそこにいる。飾り気のないグリーンのタフタのドレスは彼女の白い肌と魅惑的な体つきによく映えていた。ふくよかな女性が好みの男には物足りないかもしれないが、彼女の体は均整がとれていて動作には自然な優雅さがある。そして、なんともかわいらしい。

シビルは元気がなく緊張しているようで、ジャン・マルクは心配になった。彼はシビルの傍らへ行って腕を絡めた。「ようこそ、シビル」ジャン・マルクは言い、なれなれしすぎただろうかと即座に思った。「理想の女性と結婚したと同時に、美しくかつ知的な姉ができるのがどれほどすばらしいことか、おわかりかな？　その姉が広場を渡って晩餐に来てくれるのに数日かかったとしても」

シビルの唇に笑みが浮かんだ。メグを思わせる様子で首をかしげ、彼にいたずらっぽいまなざしを向ける。「生徒がいるんですもの。わたくしがメグならあなたから目を離さないようにしなくてはなりませんわね、伯爵。口がお上手だこと」

「口がうまい？」ジャン・マルクは手で胸をたたいて数歩あとずさりした。「このわたしが？　本心しか口にしない正直な男をつかまえて？　ましてや今は間違いなく本心だというのに。だから、毒舌は控えてほしいな。ハンターもやはり口数が少ないようだ。おやおや、どうやら七番地は暗い雰囲気に包まれているらしい。やあ、ご機嫌いかがかな？」

ハンターはいつもどおり非の打ちどころのないいでたちだった。燕尾服《えんび》が堂々とした体つきをうらやましいほど引き立てていた。シビルがこの男を求めたとしても不思議はない――子供の父親としてだけであっても。もちろん、そんなものはばかげた口実だ。彼女はハンターに恋をしているに違いない。わたしが一計を案じれば、状況はまたたくまに進展し、愛する妻も心の平安をとり戻すはずだ。当然、ハンターとシビルはこれ以上ないくらいお似合いだ。ジャン・マルクはすでに、必要とあらばハンターをその気にさせることのできる方法を考えていた。メグは余計な口出しをすべきではないと考えているようだが、シビルの評判に深刻な傷がつくかもしれないのに、じっとしてはいられない。

「どうぞお座りになって」メグはえくぼを浮かべてほほえんだ。「うちの料理人はすばらしいんですのよ。ひと皿残らず堪能《たんのう》していただきたいわ。今日はなんのスープなの、レンチ?」

「厨房《ちゅうぼう》に戻してあたため直しております」彼は顔をしかめてぼそぼそと答えた。

「そう」メグはレンチのいつもの反抗的な態度にめげまいと心を決めて言った。「じゃあ、熱くておいしいスープがいただけるわね。で、なんのスープなの?」

「ロブスターと海老《えび》のミント風味クリームソース、生姜《しょうが》スライス入りでございます」

ラティマーは目を閉じ、深々と息を吸った。「すばらしい」

「食べてもいないのに、どうしてわかるの?」デジレーはいらだちを隠さずに尋ねた。

ラティマーはデジレーにほほえみかけ、自分の鼻をとんとたたいた。「ぼくはたいそう鼻がきくんですよ。かなり遠くからでもいいものはかぎ分けられる。角をいくつも曲がり、扉の下を何度もくぐって、最も魅惑的な香りをひたすら探し求めるわけです。あなたの横に立って香水の香りを楽しむだけでも充分満足なのですが。すずらんでしょう？　柔らかくて甘くて、たまらない香りだ。つけている本人と同じように」

デジレーはえくぼを浮かべ、ふわりとした白い羽根に縁どられた美しい絵つきの扇を開いた。扇で隠された妹の顔がほんのり赤く染まっていることに気づき、ジャン・マルクはひとりほほえんだ。

「こんばんは、ハンター」ジャン・マルクはそう挨拶《あいさつ》しつつ、不安を感じていた。ハンターは少し離れて立っていて、シビルをじっと見つめていた。あの愚かな女性はわたしがとめようとしている行動をすでに実行に移し、とんでもない計画を弁護士に打ち明けたのではないか、とジャン・マルクは思った。

ハンターは一、二歩前に進みでて言った。「こんばんは、伯爵。あなたとメグ――伯爵夫人は、この屋敷を見事に洗練しましたね」

「メグと呼んでちょうだい、ハンター」すぐにメグは言った。

「わたしのことはジャン・マルクと」彼も即座にあとに続いた。「燕尾服を着たきみは実に凛々《りり》しい。誰もかなわないよ。もちろん、いつだってひときわ目を引く存在だが」

メグがさりげなくジャン・マルクの足を踏みつけたので、彼は声にならない声をあげた。彼女は知らん顔を決めこんでいる。

なるほど、これまた教訓というわけか――なにか言う前に妻に相談すること。

「お客様を席にご案内して」そのひとことで、待機していたお仕着せ姿の召使い一同が進みでて椅子を引いた。席順はメグが決めてあった。七人しかいないので、自分がジャン・マルクの右隣、彼の左隣はレディ・ヘスター。その横がラティマー、続いてシビル。メグの右隣はハンターで、その隣がデジレー王女だ。

全員が席につき、膝の上にナプキンを広げたところで、ジャン・マルクは言った。「どうもこの席順はよくない。デジレーはラティマーといちばん話が合うだろう」全員が大きく眉をひそめた。「席を交替してもらえるかい、ハンター？　悪いね」

ふたりの男性がそそくさと席を替わるさまは、礼儀を欠いてはいなかったものの滑稽《こっけい》だった。

メグはまわりに気づかれないように、疑わしげにジャン・マルクを見つめた。この人はなにかたくらんでいる。面倒を起こしたらただではおかない。

「始めてくれ、レンチ」ジャン・マルクが命じると、たちまち銀器と磁器がかすかに触れ合う音があちこちで起こった。

「実においしいスープだ」ラティマーは早々に皿を空にしたが、お代わりは断った。「ひとり暮らしで不自由するもののひとつが、おいしい食事ですからね」

「つまり、奥方が必要というわけだ」ジャン・マルクは言った。「いや、もちろんだね。きみも結婚を考えるころだ。フィンチとロスが適齢期の女性を片端からきみに引き合わせないとは意外だな」

ラティマーはうなった。「どうして彼らがそうしないなんて思うんです？　妹とその夫はぼくの自由を奪う方法を見つけるまで満足しないらしい。仕立屋に通ったり、半日噂話《うわさ》をしたりするような頭の空っぽな女性に、ぼくは興味などありません。自分の結婚相手は自分で見つけますよ、ご心配なく」

メグはスープに目を落として無力感にさいなまれつつ、ジャン・マルクが巧妙に次の手にとりかかるのを待った。

「きみはどうなんだ、ハンター？」

ああ、ジャン・マルク、そうくると思っていたわ。

「おかげさまで仕事は順調です」ハンターは答えた。「悪いことをする人間と、そいつらを訴えたいという人間には事欠きません。ぼくは大忙しですよ」

「ところで」ラティマーが口を挟んだ。「グレートリックス・ヴィラーズの件は納得いかないな。彼は間違いなく、国王の親しい友人であるデボーフォートを殺そうとした。そして、不運な純情娘を救おうとしたのだと言い逃れをしている。その謎《なぞ》の娘はいまだ現れない」

ハンターは眉をあげてワインを飲んだ。なにも言わなかった。ラティマーが事件を話題にしたことに驚いていた。

ラティマーは鼻にしわを寄せた。「今はぼくたちだけだ。他人の集まりじゃない。誰かを弁護する際、実は依頼人を信じていなくても、信じているふりをするものなのかい？グレートリックス・ヴィラーズは話をいくらか粉飾しているのかもしれないが、デボーフォートの証言をうのみにはできないだろう。ヴィラーズはデボーフォートが謎の女性に乱暴しようとしたところに割って入ったに違いない。ところが、国王の息がかかった弁護士であるきみは、デボーフォートを弁護し、彼に有利な判決が下るようにした」

「適切な判決だという証拠はある」ハンターは言った。

「だが、ネヴィル・デボーフォートというやつは曲者《くせもの》だろう？」ラティマーはさらにつめ寄った。「きみの同僚のグリーヴィ・シムズに会ったよ。彼はきみがデボーフォートの件を扱ったことをうらやむ気にはなれないと言っていた。デボーフォートが王とつながりがあるとしてもね」

この発言に、ハンターはとまどった。軽率にそんな話をするなんてチャールズ・グリーヴィ・シムズらしくない。チャールズとは長年一緒に仕事をしてきた仲で、彼の手腕は高く買っている。

「チャールズはいい友人だし、優秀な弁護士だ」ハンターは言った。「どうやら彼はきみを親しい人間と考えているようだ。彼が内々に話したことをほかのところでしゃべるべきではないね」

「ここにいる人たちはみな口がかたいわ」レディ・ヘスターは言った。彼女はスープを飲み終えていた。スープ皿はさげられ、小さく切った洋梨《ようなし》と砂糖漬けシトロンの芸術品のようなサラダが置かれた。「こんな内輪の集まりでそういうことを話題にしたからって、なんの問題があるというの？　そうでなくても、わたくしたちは信頼に足る人間だわ」

「もちろんです」ジャン・マルクは、レディ・ヘスターのドレスの深い襟ぐりをびっしり埋める黒玉やダイヤを眺めながら言った。「美しい宝石ですね、レディ・ヘスター」

彼女は喉もとに手をやった。「夫はわたくしをたいそう愛してくれました」

だから、あとに残った彼女に苦労をさせるようなことはなかった。みんなにそう信じさせたいらしい、とジャン・マルクは思った。ふいに主人《ホスト》に関係なく会話が始まった。ハンターがシビルのほうに身を乗りだして聞きとれない早口でなにかを話しかけた。彼女はずっと目を伏せて膝の上で手を握り合わせていた。

ジャン・マルクは顎に手をあててメグを見つめた。彼女はすぐに彼のほうを向いた。

「シビルとハンターはずいぶん深刻そうになにか話し合っている」ジャン・マルクは声をひそめて言った。「シビルはばかげた計画をハンターに伝えたに違いない」

「そんなはずないわ」メグは反論した。「それよりあなたのいけない妹は、関心もないく
せにラティマーに愛想を振りまいているわよ」
「あの母にしてあの娘ありだな」ジャン・マルクの口調はかたかった。「心配するような
ことはないが、アダム・チルワースがずっと大陸にいてくれることを願いたくなってき
た」
「願っているといいわ、だんな様。彼はあと数日で帰ってくるはずよ」
「まったく」
「わたしがパリで買ったネグリジェを覚えている、ジャン・マルク？」
彼は目を輝かせた。「思いださせてくれるかい？」
「熟れた石榴《ざくろ》のような暗赤色で、なまめかしいデザインなの。のぞき穴のような穴がいく
つか開いていて、そのまわりにレースや刺繍《ししゅう》の縁どりがしてあるのよ。でも、いいわ。あ
なたは忘れてしまったみたいだから」
テーブルの下で、ジャン・マルクは注意深くメグのドレスの裾《すそ》を持ちあげていき、腹部
に直接触れた。そしてそこを撫《な》で、親指でもう少し下を愛撫《あいぶ》した。彼女は首のあたりがか
っと熱くなるのを感じた。
「これでもわたしが忘れたと思っているのかい？　魅惑的な部分がすっかりのぞける穴
を？」ジャン・マルクはメグの耳にキスをしてささやいた。「今夜はあのネグリジェを着

るんだよ、奥様。穴からきみをいじめてうっとりさせてあげよう。きみがそれを着なかったとしても、いじめる方法はあるんだ。別のやり方を試みるからそのつもりで」彼はドレスの裾をおろして彼女の膝に手を置いた。

メグはほほえみ、洋梨のサラダをつついた。「あれを着るつもりよ。でも、あなたはってても心をそそられるもうひとつの選択肢を用意してくれた」

「なにか言った、メグ?」レディ・ヘスターが尋ねた。彼女のサラダはすでになくなっていた。「今夜はぜひセリーナの顔を見て帰りたいものだわ」

「そうしてください」メグは言った。「娘を連れてきます」

さまざまな味の氷菓が盛られたクリスタルの皿を前にして、レディ・ヘスターは幸福そうな笑みを浮かべた。

メグは自分の右側に座っているハンターとシビルのあいだに漂う緊迫した空気に気づいていた。ふたりの会話の内容を聞きとろうとしたが、うまくいかなかった。

「ふたりはもめているようだ」ジャン・マルクはつぶやいた。「仲裁に入ったほうがよければ、そうするが」

「だめよ!」メグはとっさに言ってから声を落とした。「なにもしないと約束して、だんな様」

「わたしが大使だということを、モン・ヌアージュ公国のイングランド大使だということを忘れているね。交渉は外交官の仕事だ」

「気持を、人の気持をなんとかするのはあなたの仕事じゃないわ。約束して」

「そうするのがいちばんだと思うことしかしないと約束する」

メグはため息をついた。ハンターとシビルのあいだの熱のこもった会話が気にかかった。

「黙ってぼくの話を聞くんだ」ハンターはワイングラスをもてあそぶふりをしながら、低い声でシビルに言った。「きみがなんと言おうと、ぼくはきみをほうっておけない。少なくともあのとんでもない望みを捨てると約束してくれるまでは」

「とんでもない?」シビルはスプーンを皿の上に落とした。「あなたが子供の父親になることに関心がないから? 拒絶するならそれでもいいと言ったでしょう。気持を変えてと無理に頼む権利はわたしにはないし、そうするつもりもないわ。わたしの言ったことは忘れて。わたしも忘れるから」

「いや、忘れるわけにはいかない。絶対に。ぼくのしたことは――きみが破滅への道をたどろうとしているのを思いとどまらせようとしたことを言ってるんじゃないよ――ぼくのしたことは卑劣な行為だ。なんとか償いをしなくてはならない。それから、どうか、ぼくが子供を持つことに関心がないなんて言わないでほしい。それは今重要な問題ではないし、事実でもないからだ」シビルは長いこと黙っていた。ハンターは彼女の目をのぞきこみ、即座に首を振った。「だめだ。絶対にだめだ。種馬みたいにただ子供をつくるなんて断じてできない。その息子か娘に大変な苦労を背負わせることになるんだから。別の方法で償うべきだ。ぼくが自ら進んできみに子供を産ませておいて――それも、きみがぼくのことを尊敬しているからという理由で――そのあとなにごともなかったかのように振る舞えると思うのかい？　子供はすぐそこにいて、自分の子だとはっきりわかっているのに。きみの要求は残酷すぎるよ」

「あなたの言うことを聞いていると、わたしに償いをしようとしているとは思えないわ。わたしを非難して、貶《おとし》めることだけが目的みたい。実際、自分がいけないことをしているような気がするわ。だから、反対にあなたは正しいことをしたと思えばいいのよ。それに心配は無用だわ。ほかにも頼む相手はいるもの」

ハンターはテーブルの下でシビルの手首をつかみ、彼女の肩にもたれかかるようにした。

「無垢《むく》な若い女性を傷物にすることなどなんとも思っていない上流階級の男たちか？」

「そういう人たちが望むのが若い女性なら、うまくいかないわね」

「ばかな……きみは若いよ、シビル。子供ではないけれど、若いし、とても美しい。きみは……」ハンターは心から後悔するようなことを言ってしまう前に口を閉じた。「きみが農場に行ってなにをする気なのかは本当のところよくわからない。乳しぼり女みたいに干し草の上を転げまわろうというのでなければ」

「乳しぼり女はたくさん子供を産むのかしら？」シビルは興味津々といった口調できいた。

「きみは救いがたいな。そんなことはわからないよ。ともかく娼家《しょうか》へ行こうなんて断じて考えてはいけない。わかったね?」

「売春宿のこと?」

ハンターは目を閉じた。「きみはなにも知らないんだな。そう、そのことだ。そういう場所では女性が行方不明になり、暴行されたあげくテムズ川で死体で発見されたりする。連れ去られて白人奴隷の市場で売られたりも。そんなばかげた計画はすっかり捨て去ったと、きみの口から聞きたい」

「わかったわ」シビルは自分の膝に目をやった。彼の手が自分の手に重ねられていた。

「もうこの話はしない」

「いや、そうはいかない。ぼくはきみを傷つけた。ぼくはろくでなしだ。きみの純潔を汚したりはしないと言っておきながら、あんなことをしてしまった」

シビルが訳知り顔でかすかにほほえんだので、ハンターの体の一部が好ましくない反応を示した。

「わたしの純潔は救いがたいと思ったのでしょう。わたしがいけないんだから、あなたが謝ることはないわ。わたしがあばずれみたいなまねをしたんだもの」

「それは違う。そんなまね、きみはしたくてもできないよ。きみはなにも知らないがゆえに無防備なんだ。きみにとって危険なのはきみ自身だよ」

「わたしがあなたに服を半分脱がされ、胸を触られるままになっていたから？」

「おいおい、シビル。言葉に気をつけないと」ハンターはさっとまわりを見渡した。いっせいに始まった会話にごまかされはしない。全員がこちらを見て、話を聞きとろうとしていた。彼は胡椒《こしょう》風味のバターソースのかかったスモークサーモンの皿を受けとり、魚を食べ始めた。

シビルの手が今度はテーブルの下の自分の腿に置かれるのを感じ、ハンターは喉をつまらせそうになった。彼女は料理に夢中であるかのようにゆっくりと食べていたが、同時に彼の腿のたくましい筋肉をもみ、手を上に滑らせていった。ついにシビルの指先が脚の付け根に触れた。

信じられない。

ハンターは彼女の手をつかみ、ふたりきりになれる場所へ引っぱっていきたい誘惑に駆られつつ、苦心して食事を続けた。

「これでもわたしがあばずれでないと思う？」シビルは魚をのせたフォークを口に運びながら言った。「もっと本を研究する機会が持てるまで待っていてね。本当にあなたを驚かせてあげられると思うわ」

「こんなことをしてはだめだ」ハンターはシビルを見つめた。ふたりとも食べるのをやめていた。「この新しい今までと違うシビルになるためにどれくらい稽古したんだい？　どんな犠牲を払ったんだ？　これはきみじゃない。ぼくの知っている女性じゃないよ」

「わたしはこういう女になったのよ」シビルは言った。「はにかみ屋で、いつも慎重な娘なんておもしろくないと悟ったの。そういう女は殿方の注意を引くこともない。なんの得があるというの？」

姉とハンター・ロイドのあいだの切羽つまったやりとりを遮ることも、ほかの客の気をふたりからそらすこともできず、メグは訴えるように無言で夫を見た。

ジャン・マルクは肩をすくめ、デジレーに言った。「おまえの友達のアダムがいつ帰ってくるのか、ラティマーにきいてごらん」そんな話を持ちだした自分が信じられなかった。

「アダムは芸術と歴史の世界に魅せられていますからね」ラティマーはどこか棘《とげ》のある口調で答えた。「そうでしょう、レディ・H？　行くつもりだったところにはすべて行き、今は行くつもりはないと言っていたところをあちこちまわっています。大陸で出会う異国の女性たちに魅せられているに違いない」

メグの小さなうめき声がジャン・マルクの耳に入った。

「若い殿方はおうとうするものなのかしら？」デジレーは見るからに動揺していた。

「放蕩《ほうとう》ですわね」レディ・ヘスターがやんわり言い直した。「アダム・チルワースがヨーロッパじゅうに種をまくなんてことがないといいけれど。あとに父《てて》なし子を大勢残してくるなんて感心しないもの」

今度はジャン・マルクがうめいた。ハンターとシビルはようやく黙り、まわりの会話に耳を傾けていた。シビルは一語一語に集中して興味のある話題を見つけようとしているのか、眉根を寄せている。ハンターは椅子の背にもたれて天井を見あげていた。

しばらくして、ジャン・マルクは今夜最も意外で最も穏やかならぬ場面をまのあたりにした。ラティマー・モアがハンターをじっとにらみつけているのだ。明らかにハンターが自分の視線に気づくのを待っていた。

決して鈍感ではないハンターは視線をおろし、ラティマーの視線とぶつかった。ふたりはにらみ合った。ラティマーの細めた目が発しているのは……威嚇？　なんということだ《モン・デュ》。思った以上にややこしいことになっているらしい、とジャン・マルクは思った。ラティマーがシビルに目を移すと、彼の表情には優しさと悲しみが同時に浮かんだ。

今宵の晩餐の席で表立った反目があってはならない。「王はグレートリックス・ヴィラーズの処刑を望んでいるのだろう、ハンター？」ジャン・マルクは再び話題を変えるのがひどく不自然であることを充分承知で尋ねた。「そうなると思うか？」

「判決が下されるときにわかるでしょう」

少なくとも、ハンターとラティマーの気をそらすことには成功した。「ヴィラーズの動機がどうもわからない。彼はおそらく前の晩に泥酔し、妹の家へ帰る前に酔いを覚まそうとハムステッド・ヒースをうろついていた。厚顔なネヴィル・デボーフォートは明け方女性をそこに連れていき、あたりが明るくなるのもかまわず乱暴した。それから話にあるように、ヴィラーズはデボーフォートを撃ち、女性は逃げた！　デボーフォートは死なず、ヴィラーズを殺人未遂と窃盗で訴えた。だが現場にほかの目撃者はいなかったし、ヴィラーズは一貫して無実を主張している。そこへ王と親しいらしい証人が次々現れて、犯人は強盗目的だったとしゃべり始めた。しかし、なくなったというデボーフォートの名高い指輪と時計は見つかっていないうえ、噂によるとヴィラーズはつましいながらそこそこの財産はある正直な男だという。これをきみはどう考える？」

ハンターにとって困惑することばかりの一日にとどめを刺す質問だった。「ぼくはネヴィル・デボーフォートに雇われています。あなたのおっしゃったことはいずれも正しい。ぼくはあらゆる状況や証言を踏まえたうえでネヴィル・デボーフォートの代理人を務めていますし、彼の主張は筋が通っていて疑う余地はありません」

「なぜなら、きみが非凡な弁護士だからだ」ラティマーはひどくこわばった声で口を挟んだ。「きみは口がうまいし、なんでも思いどおりにすることに慣れている。まわりのものは手あたりしだい利用して、自分の目的のために使うのが当然だと思っているんだ」

「ラティマー」シビルは気の毒なほどとまどっていて泣きだしそうだった。「なにが言いたいの？　ハンターは仕事でなにかを利用したの？　意味がわからないわ」

「ハンターにはわかっているだろう」ラティマーは答えた。「違うかい？　きみは好機とあらば無節操に飛びつく男だ」

ハンターが立ちあがった。一瞬遅れてジャン・マルクも立ちあがり、大股で歩いていって若者の肩に片手を置いた。「わたしが悪かった。こういう席で、政治や宗教、または法律といった議論の分かれる話題を持ちださないくらいの分別を持っているべきだった。紳士諸君、愛すべき淑女たちのために、この続きはうまい白ワインでも飲みながらするとしよう。彼女たちが引きあげたあとにね」

ハンターは背中をこわばらせたままだった。同じく立ちあがっていたラティマーも隣人をにらみつけたままだ。

ジャン・マルクは笑い声をあげた。「ありがとう、みんな。今後は口を慎むよう心がけるよ」ジャン・マルクがハンターの肩に置いた手に力をこめると、若者は椅子に座りこんだ。

ラティマーのほうはまだ座る気になれないようだった。しかし、ジャン・マルクの目配せを受けたデジレーが哀れっぽくはなをすすって「どなたかアンカチをお持ちではない？」と言うと、ラティマーは素早くハンカチをとりだし、横に座って彼女のほうに身をかがめて「ああ、かわいそうに」と申し訳なさそうに言った。

嵐《あらし》は過ぎた。今のところは。だが、シビルとハンターが個人的に深くかかわっているのは間違いない。残念なことにうまくいってはいないようだ。ラティマー・モアがまた問題だ。彼はシビルと急接近したハンターに嫉妬《しっと》している。ジャン・マルクはそう確信した。

新たな皿が出され、大仰に蓋《ふた》がとられると、こんがり焼けたパンとレモンソースが添えられたひばりのローストが現れた。

ジャン・マルクは妻の見事な采配《さいはい》に心のなかで拍手を送ると同時に、妹のひそかな行動に気づいた。デジレーは右手の親指と人さし指をそっと皿の端に近づけ、あらかじめ端に寄せてあった柔らかそうなひと切れの肉をそっとつかんだのだ。肉はひと切れずつ消えていった。ジャン・マルクはわざとスプーンを下に落とすと、手を振って召使いを制し、それをとろうと身をかがめた。

糊《のり》のきいた白いリネンのテーブルクロスの下では、デジレーの巨大な猫、ハリバットがもらったごちそうに舌鼓を打っていた。また驚いたことに、シビルがハンターのあらぬところに手を触れようとしているらしく、彼が彼女の手をしっかりと押さえているのが目に入った。ジャン・マルクは動転してハリバットに注意を引き戻した。猫は彼に気づくと、大好きな家族――もちろん、デジレーの次に――のほうへ特大の足でのそのそ歩いてきた。灰色の猫はジャン・マルクのくるぶしのあたりに近づいた。ジャン・マルクはほどよく柔らかな肉片を選んで下へ落とした。デジレーのずるそうにきらめく瞳と目が合い、妹に共犯者めいた笑みを送った。

召使いのひとりが食堂に入ってきて、畳んだ紙片を持ってまっすぐレンチのところへ行った。レンチは眉をひそめてその紙片を読むと、召使いに低い声でなにか言った。それからハンターに近づき、肩のあたりで丁重に頭をさげた。

「サー」レンチは言った。「ミスター・チャールズ・グリーヴィ・シムズが薔薇《ばら》の間でぁなたをお待ちです。以前お通ししたことのある緑の間の右隣でございます。ミスター・グリーヴィ・シムズは、お食事中邪魔をして申し訳ないが、あなたと話し合いたい非常に重要な用件があるとおっしゃっているそうです」

「ありがとう」ハンターは答え、ジャン・マルクとメグのほうを向いて言った。「ちょっと席をはずさせていただきます。同僚が急ぎの件でわたしに会いにここへ来ているそうなので。なるだけ早く戻ります」

　ジャン・マルクは好奇心に駆られて部屋を出ていくハンターを見守った。そのときふとシビルもハンターを見守っていることに気づいた。好奇心だけでなく切実な思いをこめて。シビルはわたしとメグのあいだに愛情が芽生え始めた微妙な時期に力になってくれた。デジレーにもいつも変わらず親切にしてくれる。今度は自分がシビルの幸せに力をつくす番だとジャン・マルクは思った。

6

ハンターは女性的な薔薇《ばら》の間に通された。とたんに、ここにいるシビルを思い浮かべる。彼女がくつろいだり、友達をもてなしたり、そして子供と遊んだりするのにぴったりの部屋だ。いや、こんなことを考えていてはいけない。

チャールズ・グリーヴィ・シムズはおびえているようだった。

泥道を歩いても汚れが目立たないようにするためか、ベルベットの裏地がついた灰色の長い外套《がいとう》を着ていて、やはり灰色の、乾きかけた泥がこびりついているストライプのズボンの裾《すそ》をどろどろのブーツのなかにたくしこんでいた。普段は身だしなみにうるさいのに、銀色のベストをボタンもとめずにだらしなくはおっており、いつもはきちんと結んであるネクタイがほどけかかっている。金髪は広がってぼさぼさだ。チャールズは泥が飛び散ったビーバー帽の縁をつかんで、攻撃から身を守ろうとするかのように体の前に持っていた。

そして、なにも言わずハンターを見つめている。

ハンターは傍らの扉を閉めてまっすぐ進むと、マデイラワインをグラスに注《つ》いでチャールズの右手に押しつけた。「なにがあった？　頼むから、早く教えてくれ」

チャールズが形のいい、けれども震える手でグラスを持ちあげたので、グラスのなかでマデイラワインが揺れた。彼は一気に飲んでグラスを空け、もう一杯という仕草をした。

「ぼくの馬車は数キロ先で車輪が壊れてしまったんだ。辻馬車《つじばしゃ》を探したがあいにく見つからず、ここまで歩いてきた」

ハンターはマデイラワインをもう一杯注いでやった。「それは気の毒に」

「きみの家に行ったら」チャールズの声は低く、とても落ち着いているとは言えなかった。彼はがっしりしていてたくましく見えるが、今夜は服のなかで身を縮めているかのようだった。「執事が――クートという男だったと思うが――きみがここにいると教えてくれた。邪魔をしてすまなかった。だが、とんでもない事態になりかねないんだ。ある女がぼくに会いに来た。そして、きみのことをいろいろ言って脅迫してきたんだ。これは脅しではなく、きみにとって有益な情報だなどととぼけていたが」

ハンターは胃のあたりに経験したことがないほどひどい不快感を覚えた。それから数日前に事務所へ行ったときのことを思いだした。「ああ、あのおかしなアイヴィ・ウィロウだろう。ぼくが呼びだされて会いに行ったところ、彼女はすでに帰ったあとだった。それでもう一度ぼくに会いに来たに違いない」

チャールズは眉をひそめ、またグラスに口をつけた。深くくぼんだ青い目に眉毛が覆いかぶさらんばかりだ。「なんの話をしているのかわからないな。その女は名を名乗らなかった。ヴィラーズの妹で未亡人だとしか言わなかったんだ。背は中くらいで、体つきは均整がとれ、濃い茶色の髪に濃い茶色の瞳、非常に色白だった。怒りをあらわにしようとしていなければ美人なんだろう。少なくともぼくはそう思った」

ハンターは再び胃が沈みこむような感覚に襲われた。

「女の目的はなんだ?」

「きみだ。女はきみに復讐《ふくしゅう》したいんだ。ハンター、彼女はなにを言うときも静かで落ち着いた口調だったが、目は怒りに燃えていた。事務所に厄介ごとを持ちこむつもりだ。ぼくもきみもそういう人間のことならわかっている。かたくなで、こうと決めたらてこでも動かない」

ハンターは自分にも極上のマデイラワインを注ぎ、全身泥まみれのチャールズに布張りの椅子に座るよう示した。自分はほかの椅子の張り地と同じ模様のクッションが置かれた背のまっすぐな椅子に腰かけた。「落ち着いてくれ。お願いだから。なぜか知らないが、きみは気が動転している。その理由をぼくに話してくれるべきだと思わないか?」

チャールズは椅子に座り、前かがみになってグラスを膝のあいだでぶらぶらさせた。ピンクと白のタイルが張られた暖炉の上にある金色の時計が、かちかちと時を刻んでいた。トルコ製らしい真鍮《しんちゅう》のテーブルの中央に置かれた大きな花瓶には温室育ちの薔薇が生けられ、香りを漂わせていた。

「チャールズ？」ハンターは穏やかに促した。

「あの女はわれわれを破滅させようとしている。いいか、彼女は言ったんだ。〝思ったことを口にしたからって人を罰することはできないでしょう〟と。ぼくは、たいがいはそのとおりだが、常にそうだというわけではないと答えた。その言葉が彼女をさらに怒らせた。女は悪態をついたり声を荒らげたりはしなかった。ただ立ちあがって部屋のなかを行ったり来たりし始めたんだ。それから〝判決を覆す方法を探したほうがいいわよ。さもないと後悔するから〟と言ったんだ。これはあらかじめ計画されていたことで、彼女は使いにすぎないそうだ。情報を持ってきた彼女になにもしないことを約束させられたよ。ヴィラーズの有罪判決について言っているのは明らかだった」

ハンターは考えをめぐらせた。この事件ははじめから奇妙なところがあった。確かに裁判の結果に王が感謝の意を示し、ハンターはナイト爵を授かることになった。だがその名誉も、ユダがキリストを売って得た銀貨三十枚のようなものに見えてきた。

「続けてくれ」ハンターは言った。

「再審理が行われ、判決が覆されることを彼女は望んでいる」

「不可能だ」

「われわれに新しい証拠を提出してほしいそうだ。その証拠は彼女が安全に保管しているらしい。おそらく再審理の当日に法廷に持ちこむんだろう」

「ぼくには準備をする時間がないわけか」ハンターはあざけるように言った。「もし彼女の望むとおりにするなら。もっとも、そうするつもりはないが」

チャールズは汗をかいていた。額に光る汗を大きなハンカチでぬぐった。「望みどおりにしなければ、われわれは終わりだ。あの女はそう言った。彼女が頭のいかれた女で、明日にはわれわれのことをすっかり忘れていると期待するのは危険だと思う」

「きみの考えではな」ハンターはそっけなく言った。「きみはとり乱している」

チャールズははじかれたように立ちあがり、ハンターを見おろした。「彼女はこう言ったんだ。一週間以内に要求どおり彼女の持っている証拠を提出し、裁判所に判断をゆだねなかった場合、弁護士としての体面を保つことすらできないと」

「笑えるね」ハンターは言い、自分にもう一杯マデイラワインを注いだ。「見ず知らずの人間から脅迫を受けて、それを信じるべきかどうか皆目わからないなんて。今われわれが譲歩すれば、彼女は何度でもやってくるだろう、確実にね。目的は金だろう？」

チャールズは歩いていって窓台の下の椅子に座って身を縮め、両開きの窓を開けた。そして空気をいっぱいに吸いこんだ。こんなチャールズを、ハンターは見たことがなかった。

「いや、違う。われわれが法廷で過ちを認めることだ」

「彼女の言うとおりにしなかったらどうなるのか今ひとつわからない。われわれはデボーフォートの主張をきちんと証明したし、裁判所はこちらの言い分を認めた。その女はなにができると思っているんだ？」

「きみを屈服させることさ。あの女の言葉を借りるとな。彼女は、グレートリックス・ヴィラーズがあの朝ハムステッド・ヒース周辺にはいなかったと間違いなく証明できるそうだ」

「じゃあ、どこにいたんだ？」

「彼女の女友達と同じ部屋にいて、同じ寝台で眠っていたんだと」

ハンターは目を閉じた。「よくある話だ。その女友達はなぜ裁判のときに名乗りでなかった？　きみが会った女によればデボーフォートがヴィラーズをはめたことになるが、なぜそんなことをする？」

「再審理の法廷で明らかにするそうだ」

「気を落ち着けろ。家に帰ったほうがいい」ハンターは言った。「あれこれ悩んだってなんにもならないよ。今夜はこのことは忘れるんだ。明日になったら、ぼくがその女性をなんとか捜しだして、ぴしゃりと言ってやるよ。偽証罪にはどんな処罰が課せられるかきちんと教えてやれば、どんな女であろうと二度と姿を見せないだろう」

手をのばしたハンターに、チャールズは自分のグラスを手渡した。それから立ちあがって外套の前をとめようとしたが、指がうまく動かなかった。「脅しが本当ならわかるものだ。あれは本当だ。きみ個人にとっては汚点になるとしても、事務所のために正しいことをするべきだ。所長のパーカー・ボウルも同じ意見だろう」

「サー・パーカーがこの件を知ることはない。きみが話さない限り」

「ぼくだって話したくはない。その必要がないようにしてくれよな」

友情なんてこんなものだ。「ぼくを脅迫しているのか。気に入らないな」

「ハンター、ぼくは事務所と自分ときみを守ろうとしているんだ。きみをきみ自身から守ろうとしているんだよ」

「ぼくが自分で片をつけられないと思っているのか？」

「たぶんな。それによってきみが失うもののことを考えると」

ハンターの顔から表情が消えた。彼は続きを待った。

「ナイト爵だ。きみが爵位を与えられるのは、ひとえに王の操り人形だからにすぎないと誰もが知っている」

冷たい怒りのあまり、ハンターの全身の筋肉がこわばった。「今の発言はとり消してもらおう」

「そうはいかない。事実だからね。きみが王にそむいたら――つまり、デボーフォートの裁判に疑問を投げかけたら――ナイト爵を授かる話はなくなるだろう。だからきみは正しいことをするのをためらっているんだ」

ハンターはグラスを置き、ドアまで歩いていってさっと押し開けた。「帰ってくれ」彼は言った。怒りを爆発させてしまいそうだった。「ぼくの話を聞いてくれないんだな。きみの知らないことがたくさんある。それを探りだすべきだ」

「きみの話を聞いたおかげで気分が悪くなった。早く出ていけ。ぼくがきみをたたきのめす前に」

「きみとは長いつき合いだ」チャールズは言った。「友情を壊すつもりはなかったんだ。きみの幸せを考えているし、きみが幸せでいるために力になりたいと本気で望んでいる」

チャールズ・グリーヴィ・シムズは乱れた格好のまま外套をさっとはためかせ、床を踏みならしながらハンターの横を通り抜けて玄関広間へ向かった。ジャン・マルクとすれ違ったが、家の主人のほうをちらりと見ることもなく嵐《あらし》のなかへ出ていった。

「なんの話だったのかときいてもかまわないかい？」伯爵は尋ねた。

ハンターはいらだちを抑えて答えた。「事務所でのもめごとです。たいしたことじゃありません。もう帰らなくては。非礼をお許しください」

シビルが食堂からそっと抜けだして後ろ手に扉を閉めたので、ハンターは動揺した。彼女は両手を握り合わせて立ち、様子を見守っていた。

ジャン・マルクは振りかえると、ハンターの肩に腕をまわしてシビルから充分離れたところへ導いた。「話しておかなくてはならないことがあるんだ。出すぎたまねであったらすまない。だが、シビルにとって男の親戚《しんせき》と言えるのはわたしくらいなのだ」

今日はこれでもかというほど厄介な問題が起こる。「彼女のことを気にかけていらっしゃるのですね」

「頑固者はなにかと気にかかる」

「ぼくが知る限り、シビルは穏やかで素直な女性だと思います」

「最近までは、だろう？　わたしが思うに、きみは彼女からある提案をされ、そのために困惑し、非常に惨めな思いをしている。そして、きみは彼女のことをとても大切に思っている。違うかな？」

こんな質問に今この場で答えなくてはいけないのだろうか？

「ハンター？」

「おっしゃるとおりです。違うと言いたいが、すでにご存じのようだから、否定しても無駄でしょう」

「わたしをシビルの父親と考えてくれたまえ」

ハンターは暗くて、涼しくて、静かなところに行きたかった。

「わたしが父親役を買ってでるのは、ある人がそれを望んでいると思うからだ。その人の性格から言って」

「ご立派ですね」

「利己的なのだよ。妻はわたしの生活の中心だ。わたしは妻を喜ばせたいし、彼女の姉が幸せになれば妻も大いに喜んでくれる。さて、手短に話をしよう。男同士で。気づかれないように」ジャン・マルクは後ろにいるシビルを示した。

「わかりました」ハンターはちらりと彼女を見たとたん、そばに駆け寄りたい衝動に駆られた。

「けっこう。で、なぜ彼女と結婚しない？」ジャン・マルクはほほえんだが、あまりにぶしつけだと気づいて心配になった。「彼女を愛しているのだろう？」

すばらしい。ぼくの世界はちぐはぐで突拍子もない場面が続く喜劇の様相を呈してきた、とハンターは思った。「シビルのことは大切に思っています、伯爵」

これを聞いて、ジャン・マルクはハンターの背中を思いきりたたいた。「やはりな、わかっていたのだ。ならばわれわれの問題は解決したも同然だ。きみはシビルと結婚する。そして彼女はこの世でなにより望んでいる赤ん坊を産むのだ」ジャン・マルクはすぐに失言に気づいた。「もちろん、きみは別にしてなにより望んでいる赤ん坊ということだが」

「最初におっしゃったことが本音なのでしょう。シビルも同じことを言いました。それが幸せな結婚と言えますか？　そんな結婚が、幸せと公私にわたる伴侶《はんりょ》を与えてくれるのでしょうか？」

ジャン・マルクは重心をかかとから爪先へ、次いで爪先からかかとへと移動させた。眉をひそめて、この大失敗を挽回《ばんかい》する方法はないものかと考えをめぐらせた。「公私にわたる伴侶は、あらゆる男性が求め、夢見るものだ。ハンター、きみにとってはシビルがそういう女性なのだよ。わたしにはわかる。彼女は家を見事に切り盛りし、客を完璧《かんぺき》にもてなすだろう。きみも鼻が高いはずだ」

「だが、シビルはぼくを愛してはいない。ぼくは彼女にとって都合のいい存在なだけだ」

「とんでもない!」ジャン・マルクは大声で笑った。シビルにもふたりの会話の断片くらいは聞こえているに違いなかったが、もう気にしなかった。「シビルがきみを見つめるまなざしに気づいたぞ。彼女はきみをじっと見つめ、きみに手を触れていた。実を言うと、テーブルの下をのぞいてハリバットを見つけたとき、彼女がきみに触れているところを見てしまってね」

「男性が性的に興奮したとき女性に触れるように、ですか?」

「女性が性的に興奮してはいけないという法はない」

「そして、女性が自分の子供の父親になってくれる男を、子を授けてくれる男を探してはいけないという法もありません。失礼します、伯爵。本当に行かなくては。ラティマーが女性たちを家まで送ってくれるでしょう」

今行動を起こさないとすべてが台なしになりかねないので、ジャン・マルクは決意した。

「わかった。だが、帰る前に、ちょっと書斎に寄ってくれないか？」

「無礼はしたくないのですが、ひどく疲れているのです。次のときにしていただけませんか？」

ジャン・マルクは譲歩した。「詳しい話はあとでもいい。だが帰る前に、わたしはきみを援助するつもりだということを心にとめておいてほしい。きみはほとんど家族の助けもなしにこれまで自分ひとりの力でやってきた。でもこれからは違う。わたしは正しい目的のために寄付がしたいのだ。その価値があるイングランド法曹界最高の弁護士、きみにね、ハンター」

「寄付？」ハンターは目を細め、混乱している頭を整理しようとした。「ぼくに？」

「そのとおり。シビルの結婚持参金にたっぷり上乗せすると言ったほうがいいかな。そうすることによってシビルの、そしてきみの幸せにひと役買えるのが、わたしとメグにとってどれほどうれしいことか、きみには想像もつかないだろう」

ハンターは頭のなかが凍りついていく気がした。氷のように冷たく感じられた。彼は外套を着ていないこともかまわず、扉へ向かった。「つまり、伯爵、ぼくを買収してシビルの幸せを手に入れてやるのがどれほどうれしいことか、ぼくには想像つくまいというわけですね！」ハンターの大声は、家じゅうの者に聞こえてもおかしくないほどだった。

「ハンター、違うの。気にしないでちょうだい」シビルはハンターのほうへ駆けだした。

「ジャン・マルクは自分が正しいと思うことをしようとしているのよ。勘違いしているだけなの」

「きみたちみんな勘違いしているよ」ハンターは言った。「おやすみ」

7

三十の坂を越えて今が女盛りのフィリス・スマートは、どこにいても存在感があった。格別大柄なわけでもなく、格別小柄なわけでもないのだが、人に強い印象を与える。言ってみれば、場の雰囲気を支配するのだ。

悲惨だった晩餐《ばんさん》から一週間たった日の午後、沈みきった雰囲気のなかで唯一沈んでいないのが、フィリスの巨大な胸を押しあげる役目を果たしている胴着《ボディス》の下の骨で張りをつけた胸飾り《ストマッカー》だった。そのために彼女はずっと顎をあげていなければならなかったが。

「コーラは遅いわね」ジェニー・マクブライドが言った。いつもよりスコットランドなまりが強く、見るからに気をもんでいる様子だ。ジェニーの服はあちこち繕われていて、苦しい生活がうかがえた。「遅れたことなどないのに、ねえ、フィリス？」

フィリスが小さな茶色の知的な瞳を赤毛のジェニーに向け、ため息をついた。

シビルが刺繍《ししゅう》を施した椅子のひとつに浅く腰かけたジェニーは、ほかのふたりを心配そうに見やった。あるときフィリスがジェニーをシビルの承諾もなくここへ連れてきたのだ。

だが、シビルは気にしなかった。ジェニーの輝く緑の瞳をすばらしいと思った。無邪気そうな顔つきやきびきびした動作が示すとおり快活な性格だとわかってからはなおさら。ジェニーはロンドンでも最高の婦人帽子店で見習いとして働いていたが、生い立ちはよくわからなかった。ほんの二十二、三歳の女性が——それも彼女のような境遇にあって——どのように子供の世話をするつもりなのだろう、とシビルは思っていた。

「コーラは遅れてきたことないわよね、シビル」ジェニーは言った。白い肌にそばかすが際立って見える。「でも、きっともうじき来るに違いないわ。この部屋はとてもすてきね、シビル。あなたには本当にブルーがよく似合うし——」

「ブルーはシビルにぴったりの色だって何度くりかえすつもり？」フィリスはくすんだ濃い薔薇《ばら》色のしゃれたドレスと同色の外套《がいとう》を着ていた。ドレスの裾《すそ》と外套の縁にはぎざぎざの飾りがついている。彼女はお世辞に我慢できないたちだった。少なくとも、自分以外の人間に向けられたお世辞には。

ジェニーはぴんと背筋をのばし、瞳をきらめかせた。「わたしたちは思っていることを口に出し、自分の行動に責任をとれる誰にも束縛されない人間であろうとしているんじゃない。わたしはシビルと彼女の趣味のよさを賞賛したいの。フィリス、あなたやあなたの趣味のよさを賞賛するのと同様に。そして、親切にもわたしたちに部屋を提供してくれているシビルにもう一度ありがとうと言いたいのよ。シビル以外の全員がせいぜい子猫を招き入れることしかできないような部屋に住んでいるんだもの」

「たとえばあなたの大事なマクシミリアンとかね」シビルはほほえんだ。先日の惨めな晩以来、はじめて心が軽くなったような気がした。

フィリスは鼻を鳴らした。「痛々しいくらいやせこけた雑種の猫には不似合いな名前だこと。でも」彼女は手袋をはめた手をあげ、半ばまぶたを閉じた。「その猫が、もっと価値のある同居人を持てそうにない孤独な女性の慰めになるのなら、文句は言わないけど」

シビルはジェニーと目が合い、ふたりは同情するような視線を交わした。どちらも、皮肉屋のフィリスが自分の血を分けた息子――父親は彼女が大陸へ〝旅行する〟前に住んでいた村を通りかかった拳闘家《けんとう》だ――を育てることに期待したほどの幸せを見いだしていないのを残念に思っているのだ。シビルやジェニーから見れば、ハーバート・コンスタンティン・スマート――養子は当然ながら養母の姓を名乗らなくてはならない――は不幸にも父親の喧嘩《けんか》好きを受け継いでしまった愛すべき少年だった。二歳のハーバートはどこへ行ってもこぶしを握って小さな顔をしかめ、ことあるごとにうなり声をあげる。それでも、抱っこされたり、バーストウのつくるおいしいクッキーをもらったりすれば、いつもこのうえなく上機嫌になった。一方フィリスの意見はこうだ――〝ちやほや甘やかされるのは男の子にとって不健康よ。厳しくして男性本来の荒々しい性質をのばすようにしないと〟

そうするには幼すぎるハーバート・コンスタンティンは今日は来ていなかった。目下フイリスは息子に弟か妹をつくる決意をかためていた。そしてフィリスがみんなに集まってほしいと言ったので、シビルは困惑していた。

「本題に入りましょう」フィリスは言った。「シビルが気のめいる告白をしたものだから、もう無駄にできる時間はないわ。コーラが来たら、せいぜい話についてきてもらうしかないわね」

そのときノックの音がしたので、ジェニーが急いで扉を開けに行った。「コーラのことだから、遅れるにはなにか理由があったに違いないわ」

「あなたの高貴な親戚《しんせき》が貸してくれた本はどこにあるの?」フィリスは尋ねた。「じっくり見てみたいわ」

フィリスがあの図版を凝視すると思うだけで、シビルはどぎまぎした。

「まあ」扉を開けたジェニーは言った。「コーラじゃないわ」

「入って自己紹介してもかまわないかしら?」扉の前に立っている女性が言った。「執事の方が親切にも直接部屋へあがるように言ってくださったんです」

「え、ええ、もちろん」シビルはぱっと立ちあがった。「どうぞお入りになって。ご用件をおうかがいしますわ」

「そうさせていただきます。実を言うと、わたしの用件はみなさんに関係のあることなんです」

邪魔が入ったので、フィリスは再びため息をついて腕を組んだ。腕を組んだために、胸を支えるために両肘をしっかりつかんでいなくてはならなかった。

「どうも、どうも」女性は言い、部屋のなかへ入ってきた。フィリスはどちらかといえば背が低く、ジェニーも小柄だったが、この女性は鮮やかな色の服を着た鳥のようだった。

「ありがとうございます。みなさん、ご親切に。わたしはみなさんの古いお友達、コーラの古い友達なんです。彼女がうちに来ておしゃべりをしているときに、わたしもあなた方のちょっとした集まりに興味を持つだろうから、今日一緒に来たらどうかと誘ってくれたんですよ。とても光栄ですわ。とても」

「それで、あなたは？」フィリスが横柄な口調で尋ねた。

「わたしは、あの……」女性は眉をひそめた。「おほん。コーラに急用ができたというお話はしたかしら？　彼女には北部に親戚がいましてね。その人がなにかの病気、そう、病気なんだそうです。コーラは親戚の看病をするために北部へ向かいました。親戚がなにかの病気で。あら、わたし、さっきも同じことを言いましたわね。彼女、急に出発しなくてはならなくなってとても残念だとみなさんに伝えてほしいと言っていました。でも、たいがいのことは突然起こるものですわ。コーラからあなた方の集まりの目的を聞いて、すぐに興味を持ちましたの。なにしろ大人になって以来ずっと性差別と闘ってきたんですから」女性がこぶしを振りあげたとき、レースの縁どりがされた袖《そで》から、力のある男性なら握ったただけで折ってしまいそうな細い腕がのぞいた。「これまでずっと性差別と闘ってきたんです。わたしたち女性は団結して、たくましい肉体に宿る脆弱《ぜいじゃく》な精神を打ち負かし、体が大きいからというだけで、体は小さいながら強靭《きょうじん》な精神を持つわたしたち女に勝っているなどと考える男性の誤りを正さなくてはならないのです」

シビルは圧倒されて黙りこんでいた。気がつくとジェニーも同じく言葉を失っていた。この小柄な新参者は、濃いグリーンのサテンの裏地がついた目の覚めるような赤の毛織りのマントをまとい、その下には裾にかたいサテンで渦巻き模様をつけた同じグリーンのサテンのドレスを着ていた。上質なアーミンの豪華なマフをはめ、田舎風の赤いボンネットをかぶっていて、サテンの裏地がついた広いつばの縁にもアーミンが使われている。彼女は、毛並みは悪くないもののさえない色をした鶏にまじった南国の鳥のようだった。シビルは中座して、地味な花模様のモスリンのドレスからもっと華やかなものに着替えたくなったが、ジェニーが色褪《いろあ》せたグリーンの更紗《サラサ》のドレスを着ているのだから、それは不公平だろう。

女性は一同にほほえみかけると、小ぶりのハンドバッグをせわしなく探って小さな箱を引っぱりだした。そこからかぎ煙草《たばこ》をひとつまみとりだし、慣れた手つきで吸った。シビルたちははっと息をのみ、それぞれ煙草を勧められると首を横に振った。

ふっくらした唇に疑わしげな笑みをかすかに浮かべたフィリスは、そわそわと落ち着きのない客を黙って観察していた。

「まあ、紅茶とビスケット」赤いマントの女性は言った。「すばらしいわ。こちらではいつもおいしいお菓子がいただけるとコーラが言っていたんです。わたしが恥ずかしいくらい食欲旺盛《おうせい》なのを知っているから」

「名前をうかがっていなかったわね」フィリスは言った。大きな声だとシビルは思った。

「そうでした?」女性の黒くて細い眉がひょいとあがった。濃い茶色の目がうつろになる。

「名前はあるはずなのに、思いだせないわ。本当に思いだせない。さっぱりだめ」

「自分の名前を覚えていないの?」フィリスは尋ねた。

「もちろん、覚えています」女性は笑った。シビルにはぎこちない笑いに思えた。「アイヴィ・ウィロウといいます。ヨーク出身ですが、今はロンドンに住んでますの。ここに来たのは——そう、ここに来たのは生活を変えるためです。ひとりでいることにはうんざりしているけれど、夫が欲しいとは思いません」彼女はかすかに体を震わせた。「でも子供はどうしても欲しいんです。それに種についてもっと学びたいわ。女は知りたいと願っているのに知らされていないことがたくさんあるのですもの」

「ええ、そうね」ジェニーはあいづちを打った。そして、真ん中で分けてひっつめにしてもほつれてきてしまう巻き毛を後ろに撫《な》でつけた。「コーラがあなたにここへ来るよう勧めた理由はわかったわ。大歓迎よ。この集まりを始めたときに、わたしたちを必要としている人、知識を提供してくれる人、研究に協力してくれる人は喜んで仲間に迎えようと決めたんだもの。だから、わたしはあなたを歓迎するわ」

「わたしも」シビルは心から言った。「どうぞお座りになって。お茶をいれますから」

「彼女が自分で言ったとおりの人間だとどうしてわかるの？」フィリスはまだアイヴィを疑わしげに見ていた。「コーラはいつ戻るのかしら？」

アイヴィは悲しそうな顔をした。彼女はカップを横に置き、ボディスのなかに手をつっこんで、シビルにはシュミーズとしか思えないものを直した。それからさらに着心地をよくするためか、もぞもぞと身じろぎした。風変わりな女性だが、シビルは好感を持った。

「コーラの話によると、その親戚は助からないのだけれど、まだしばらくは持ちそうだとか。悲しいことです。悲しいことですわ。コーラはできるだけ早く手紙を書くと言っていました。でもわたし、みなさんのお邪魔でしたら帰りますし、そのことで気を悪くしたりはしません。実際、あなたたちがためらう気持はよくわかります。わたしはあなたたちにとって未知のもの、海図のない海のようなものなのですから。新しいことに挑戦するには勇気が必要です。しかもみなさんはすでに大きな挑戦を計画しているんですもの。ええ、もちろん、無理にとは言いません」アイヴィは立ちあがった。

シビルはとっさにアイヴィのところへ行き、再び座らせた。そしてカップに紅茶を注《つ》いでアイヴィに手渡し、ビスケットとケーキを勧めた。「仲間になっていただかないと。あなたとは気が合いそうだもの。それに、わたしたちは海図のない海を渡ろうと誓っているのだから。答えを、そしてわたしたち女性にとって非常に重要な事柄における平等を求めて」

「その重要な事柄とはなにか説明できる？」フィリスはお茶を断って尋ねた。

アイヴィはカップを脇《わき》に置いて受け皿にビスケットを山盛りにし、その上にべとべとする菓子パンを危なっかしくのせてから答えた。「できると思いますわ。わたしたち女性は国政にかかわっていかなくてはなりません。社会改革もしかり。生活に関係する主な決定すべてにということです。また、わたしたちは男性を恒久的に人生の一部とするつもりはないし、男性にもそうしてもらうつもりはありません。けれどもなかには子供は欲しいという女もいる。だからその望みを成就すべく行動を起こそうとしているのです。わたしはフィリスが幼い息子の母親であることを知っています。すばらしいわ。シビルは自分の子供の父親となる男性を見つけるという決定的な一歩を踏みだしました。ジェニーはカトリックだからさらに難しい境遇ですね。確かに難しいと思いますわ」アイヴィはピンクの糖衣がかかったパンを口に押しこんで大きく口を動かし、音をたてて紅茶をすすった。

「コーラはわたしたちのこと、あなたにずいぶん詳しく話したようね」フィリスは言った。

アイヴィは紅茶を飲み、ビスケットを三つ食べてからもうひと口お茶を飲んだ。それからフィリスのほうを見た。「そうなんです。ええ、いろいろ話してくれました。コーラに言われたんです。みなさんはとても慎重だけれど、彼女がわたしを信頼しているとわかれば、みなさんも安心してわたしを信頼してくれるだろうと。それにわたしはある分野における有益な情報を提供できますのよ」

「ほらね、フィリス」ジェニーのそばかすが浮いた顔がうれしそうに赤く染まった。「アイヴィはわたしたちに協力してくれるのよ」

フィリスの険しい顔つきがゆがんだ。黒髪に輝く白い肌が映えている。「わたしたちだけでもちゃんとやってきたわ、今まで」

「でも、わたしたちには新しい友達ができるのをいつだって歓迎できるくらいの度量はあるでしょう」シビルは急いで言った。「それに個人的には、もっと助言が欲しいの。今のところ目的達成への試みがうまくいっていないから」

「ハンター・ロイドね」アイヴィ・ウィロウは当然のように言った。「もったいつけた男だわ。それに頑固」

「そんな人じゃないわ」シビルは抗議した。「彼はすばらしい人よ。わたしが驚かせてしまったの。それだけよ。ほかにも不運なことが重なったし」

「あなたは彼を愛している。彼のズボンのなかに進入すればいいだけでしょう?」

シビルはぽかんと口を開け、どうやって閉じたらいいかわからなくなった。心が千々に乱れていた。

「自然なことよ。妊娠しようという女の本能だもの。こうした感情、欲求、興奮ゆえに女は男性に惹《ひ》かれ、自ら進んで性の奴隷になってしまう。ことがすむまでは心配しなくても大丈夫。たいていうまくいくわ。男性というのは欲望を満足させずにいられない生き物なんだから」

ジェニーは長椅子に腰をおろしてアイヴィの話に聞き入っていた。それをちらりと見て、この部屋に卒倒しそうな人はいないようだとシビルは思った。

「続けて」フィリスは言った。彼女も椅子から身を乗りだしていて、もはや退屈そうには見えなかった。

「男性が自分を抑制できない状況へ追いこむのがこつなの。なかにはためらうことなく天から授かった疲れ知らずの道具を出し、女の体のなかで暴れまわらせて苦痛を与え、道具から放出されるものを放出してしまったら、満足して長いこと眠りこける男性もいるけれど。冬の亀《かめ》みたいに。そして起きあがって服を着ると、部屋を飛びだし——たいがいはものも言わずに——馬に乗るか、喧嘩をするか、クラブへ自慢話をしに行く。この手の男性は自分の収穫を報告し合うのが好きだから気をつけないと」

「収穫？」ジェニーの声はうわずっていた。「絶頂《ピナクル》へのぼりつめるのは女性なのに、どうしてそれが男性の収穫になるの？　あの、その瞬間を観察したというわけじゃないんだけど、よくわからなくて。実は、うちで小さな動物を飼っていて、動物もわたしたち人間とそう変わらないんじゃないかってちょっと思ったの。わたしたちが男性のあの部分を突起《ピナクル》と呼ぶのはなにかにこう書いてあったからよね。愚かな男性たちは自分たちの性器を人類のよりどころである突起と考えていて」彼女はそこで十字を切った。「女性がその突起に触れているときはそれを敬うためにわが身を差しだすべきだって。神を冒涜《ぼうとく》しているように聞こえるわ。もっともわたしは単純なスコットランドの小娘だから。その天から授かった疲れ知らずの道具について詳しく説明してもらえる?」

「わたしはただ聞いた話をしているだけ」アイヴィは受け皿に再びたっぷりと軽食をのせ、さらに紅茶を注いだ。「あなたは単純ではないわ。とても賢い女性よ。みなさんとても賢いわ。では、欲望と闘う男性の話に移りましょう。シビルが見つけた相手というのはそういう男性のようね」彼女は短い脚を広げてドレスの裾を膝までまくりあげ、ケーキにかぶりついた。

「彼を選んだのは間違いだったわ」シビルは言った。「すぐにほかの男性をあたってみるつもり」考えただけで胃がよじれ、泣きたくなった。

アイヴィはとり分けた軽食を時間をかけて食べつくした。それから立ちあがってシビルの前に行き、彼女を見おろした――かなり背の低い人間が可能な限り見おろしたということだが。「絶対にだめよ。たいてい直感がいちばんあたっているんだから。さて、わたしはここに来る前、勝手ながらハンター・ロイドのことを少し調べたの。それで遅れてしまったのよ。ごめんなさいね。まもなくサー・ハンター・ロイドになるミスター・ロイドは、あなたの子供にとって最高の父親となるでしょう。子供たちにとって、と言ってもいいわ。あなたが一度ならず試みるつもりであれば。彼はいい人だわ。野心があって、勤勉で、誠実で、男性的。ええ、とっても、とっても男性的ね。女性を喜ばせるのも上手に違いないわ。もっとも、今はあなたのほうがこの点についてよくご存じかもしれないわね」

シビルは全員の視線が自分に集まっているのを感じて、いやな気分だった。「デジレー王女の――わたしの義弟の腹違いの妹なんだけれど――本を見てみたらどうかしら。この前会ったとき、わたしが預かったの」

「あとでね」アイヴィは言った。「あなたがそのときの様子を詳しく教えてくれたら、わたしたち全員にとってとても参考になると思うわ。あなたがミスター・ロイド、まもなくサー・ハンター・ロイドになる人と接触したときの様子を」

「さっきも同じことを言ったわ」フィリスが指摘した。

アイヴィはほほえんだ。彼女の顔はなめらかでしわもなかった。年齢は見当がつかない。「そうだったわね。そういうことには必要以上に感心してしまうのよ。話しにくいようね、シビル。助け船を出してあげましょう。ミスター・ロイドはあなたに触れたのよね？」

シビルはドレスのなかで身を震わせた。そして消え入るような声で答えた。「ええ」

「ははん」アイヴィは手をたたき、フィリスとジェニーにも拍手を求めた。「すばらしいわ。男性は女性に触れるとたちまちその気になってしまって、ほとんど意志の力が働かなくなるのよね。彼はどこに触れたの？」

ジェニーはものすごい勢いで目をしばたたきながら、自分のドレスの花模様を見つめていた。

「どこよ？」フィリスが尋ねた。

「いろいろなところよ」ほら、みんなが知りたかったことには答えたでしょう。「本を研究したほうがいいんじゃないかしら」

「ふん」フィリスは鼻を鳴らした。「それはあとでいいわ。あなたも彼に触れたわけね」

「いえ、そんな」シビルはうめき、顔を手で覆った。「そのことは思いだしたくないわ。ええ、わたしも彼に触れたの。怖かったわ」

「すごいじゃない」アイヴィの声が太くなった。「どこに触れたの？」

「彼に触れられたところ。もちろん、わたしたちは構造が違うけれど」

「ふたりとも裸だったの？」と、フィリス。

「完全にではないわ」

アイヴィはくすくす笑った。「ほとんど、ということね」

「上半身だけよ」シビルの胸がうずいた。わたしは欲望に身をゆだねた。もう二度と自分を無垢《むく》だとは思えない。

「それで充分よ。下半身はどうだったの？　彼はそこにも触れた？」アイヴィ・ウィロウは再び自分の椅子にゆったりと腰かけ、およそ淑女らしからぬ仕草でスカートを膝の上までまくりあげたので、シビルはびっくりした。「彼はズロースの下に手を入れてきた？」

シビルは顔をそむけた。「ええ。それでわたし……例の本では黒い四角で覆われている部分に触ってみたの。わたしの思っていたような形をしているのかどうか確かめたくて」

「それで、どうだった？」ジェニーが息を切らして尋ねた。

「ええ、思ったとおりだったわ」

「ぞっとした？」ジェニーが小声できいた。

「というより……驚いたわ。すばらしかった。突起の部分から力が送りこまれてくるような気さえしたの。もちろん、それが実際にはどのように行われるのか見極めなくてはならないわ。そして、その過程を楽しむべきよ。夫に触れられるのがいやな女性がいると聞くけれど、そんなの信じられないわ」

「わたしもそう思うわ」ジェニーはまださささやき声だった。「前からそう思っていたの」

シビルはフィリスのほうを向いた。「あなたはすべてを経験した。でも、そのことについては話してくれていないわ。どうしてなのかしら。あなたなら黒い四角の下にあるものがどんな形をしていて、しかるべきときになにが起こるのか正確に説明できるんじゃなくて？　お願い、フィリス。わたしは勇気を出して話したのよ。今度はあなたが思いきって話してくれる番だわ」

フィリスは立ちあがった。彼女はいつになく口数が少なく、自信なさげだった。「わたし、そのものは見ていないのよ。つまり、突起は」

「でも、なにかしたんでしょう?」ジェニーがきいた。

フィリスの落胆の表情に、シビルは悲しくなって言った。「無理に話さなくてもいいのよ。どんなときも思いやりを忘れないようにしようって、わたしたちいつも言っているじゃない」

「いいえ」フィリスは言った。「わたしは強い人間よ。説明できるわ。ただ……お尻に風を感じた、というくらいにしか言うことができないのよ。彼は汗をかいていた。そして低い声でうなりながら、わたしを持ちあげたの。つまり、その、彼はとても大きいからそのほうが楽だと言って」

「彼のなにがそんなに大きいの?」アイヴィ・ウィロウは大きく眉をひそめた。

「よくわからないわ。なにがなんだかわからなかったの。一瞬のことだったし、怖かったし。拳闘の三回戦と四回戦のあいだの出来事だったの。彼は四回戦でのされて友人たちに担架で担ぎだされていったわ。それきり二度と会っていないの。会いたいとも思わないわ。でも、会わなければよかったとは思わない。だって、ハーバート・コンスタンティンが生まれたんだもの。大切なのはあの子だわ」

「もちろんね」ジェニーは声をあげ、目に涙を浮かべてほほえんだ。「今度はシビルが子供を持つ番よ。その次がわたしかしら――それまでにコーラが戻ってこなかったら。あなたはどうなの、アイヴィ・ウィロウ？　赤ん坊を産みたいと思う？」

アイヴィは鼻にしわを寄せたが、すぐに表情を和らげた。「当然でしょう。なんのためにここにいると思って？　でもわたしは最後でけっこう。順番を待たなくてはね。まずはシビルよ」

「思った以上に大変そうだわ」

「ばかなことを」アイヴィが言った。「勇気を出して。才覚のあるフィリスは少ない機会を生かして巡業中の拳闘家を誘惑したのよ。ハンター・ロイドは同じ屋根の下に住んでいるんじゃない」

「一緒に住んでいるわけではないし、彼は二度とわたしとふたりきりになる気はないわ」

フィリスは勢いづいた。「わたしは拳闘家を誘惑した。あなたは弁護士を誘惑する。どこが違うの？」

「わたしたちのために、シビルが答えを見いだしてくれるでしょう」アイヴィは言った。

「でもその前に、彼の服をすべて脱がさなくては」

「まあ」ジェニーが叫んだ。

「なに言ってるの」フィリスが口を挟んだ。「服をすべて脱ぐ必要なんかないわ」

アイヴィはふたりを無視した。「男性がすっかり裸になっているときに、女性は相手が残りもすべて脱がせてしまいたいと思う程度のものだけを身につけておく。それが誘惑には効果的なの。男性は興奮して自制心がきかなくなる。ハンターは、暴力的なことや、普通とちょっと違うものに興奮する、なんてことを言っていなかった?」

シビルは大きく息をのむことしかできなかった。

「試してごらんなさい」アイヴィは言いきった。「彼が眠っているときに、そっと寝台に忍びこむのよ」

「無理よ」

「無理なものですか。そして彼が目を覚ますまで愛撫《あいぶ》するの。わたしが以前手に入れたものを貸してあげるわ。目覚めているのに、どうして夢から覚めないのだろうと彼が思っているときに、これから説明することを試してごらんなさい。あなたはきっと気に入るわ。彼もね。あなたにぜひやってもらいたいの」

8

この家にはぼくひとりしかいないみたいだ、とハンターは思った。アダムの屋根裏部屋は別にして、どの階にも人が住んでいて生活をしているのに、エトランジェ夫妻宅の晩餐《ばんさん》以来三週間、ハンターはそのうちの誰ともほとんど顔を合わせていなかった。

みんな〝おはよう〟の挨拶《あいさつ》すら避けているらしい。なにもここの住人たちの顔が見たいわけではない。本音を言えば、どこの誰とも会いたくなかった。

雪が降っていた。クリスマスの季節なら雪もいいが、今は二月。戸外が好きな男にとっては、不自由でありがたくない。

書斎の窓から建物より高い位置へ目をやると、空はすでに明るくなり、乳白色の雲から朝日が透けて見えた。路面に積もった雪が凍って青く輝き、さぞ美しいだろう。

扉をノックする音がして、ハンターの主張で新たに雇われた召使いが入ってきた。メグから強い推薦のあったマスターズという男だ。メグはスコットランドの狩猟小屋や時間をかけて修復中のいささか崩れかけた古城を切り盛りしなければならないので、大勢の人間を雇っていた。この男はイートンの屋敷にいる召使いのいとこだ。「おはよう」ハンターは声をかけ、ひとりほほえんだ。

「おはようございます、サー。寒い朝ですね」マスターズはハンターのふたつの暖炉に薪《まき》をくべながら答えた。

まもなく、また別の新顔の召使い――これは若い娘だ――がハンターが病みつきになりつつあるコーヒーとゆで卵、トースト、りんごのピューレを運んできた。彼女は口を開くつもりも、目をあげるつもりもなさそうだったので、ハンターは彼女が扉を後ろ手に閉める直前に「ありがとう」と言った。

実際、雪は降っているのだし、それはそれで魅力的だ。彼は朝食のトレイを机まで運んでそこに置くと、外の美しい景色が見えるようにトレイの横に腰かけた。

十七番地は鎧戸《よろいど》がおりていた。最小限の召使いはいるだろうが、メグたち家族は不審に思えるくらいあわただしくイートンに戻ってしまった。自分のせいだろうかと思うとハンターは気まずさを覚えたが、深く考えないことにした。

少なくともじきアダム・チルワースが七番地に戻ってくる。そうすればこのところの出来事について冷静な分析をしてもらえるだろう。ラティマー・モアが自分のことをシビルの貞操を汚そうとする悪者扱いし、避けているというのは残念極まりない。

くそっ、乗馬がしたい。事務所に顔を出さなくてはならない時刻までまだ数時間ある。

今事務所に行く気にはとてもなれない。エネルギーを発散させないことにはいらいらして仕方がなかった。

長年の習慣からくる正確さで、ハンターはゆで卵のてっぺんをそぎとり、トーストの端を黄身のなかへ浸した。ひとりで食事をするときのささやかな楽しみだ。無作法をしようと気にする人はいない。

彼はすでにブーツを履いていた。いつもの癖で、カーテンを開ける前にブーツと乗馬服を身につけてしまった。だが、いい。雪は馬を走らせるには深すぎるが、歩けないほどではない。深い雪のなか、早足で長い散歩をすればいい欲求不満解消になるだろう。

机からひょいとおりると、ハンターは外套《がいとう》と帽子、厚手の黒い襟巻きを身につけ、手袋を片方だけはめて、その手に手袋とステッキを持った。そして空いているほうの手で残りのトーストを口に押しこんでから部屋を出た。彼は乳母に何度言われても〝かかとをあげて歩く〟ことを学ばなかった。相変わらず足を引きずるようにして歩いたが、まだ寝ている人がいるのを考え、なるだけ足音をたてないようにした。

階段のいちばん上まで来た。ヘスター伯母の部屋からは物音がしなかった。ハンターは階段を見おろし、足をとめた。下のほうで扉が開いて閉じる音が聞こえたからだ。シビルの部屋だ。ラティマーの部屋なら、もっと音が遠いだろう。

ハンターが手すりから身を乗りだして下をのぞいてみると、はたしてシビルだった。茶色のケープをはおった彼女はやけに太って見えた。下にたくさん着こんでいるのだろう。そしてフードをかぶり、首にはスカーフを巻いていた。足どり軽く階段を駆けおりていく。彼女もブーツを履き、手袋をしているのがわかった。

こんな悪天候の朝に女性がひとりで外出するなんて、いったいどんな用事があるというのだろう？

玄関の扉が閉まると、ハンターは足音をたてないように注意することも忘れて足早に階段をおりた。

玄関の踏み段に出たものの、はじめ彼女の姿は見あたらなかった。だがぱっと右を向くと、幸運にも茶色い人影がふたつの建物のあいだの路地に入っていくのが見えた。ハンターは邪魔になりそうなステッキを扉のそばに立てかけてから、シビルのあとを追った。幸い足もとは確かで滑ることはなかった。

彼女が入った路地は家々の裏にある厩《うまや》へ続いている。ハンターはとまどった。しかし、シビルの新しい一面を発見することになるかもしれない。

エトランジェ伯爵はシビルのためにぼくを買収しようとした。そう思っても、ハンターはあのときほどの苦々しさは感じず、ただシビルがあの場にいたことが悔やまれるばかりだった。彼女はさぞ不愉快な思いをしただろう。それにエトランジェ伯爵を全面的に悪者にするわけにはいかない。彼は家族に対する責任感が強いだけなのだから。とはいえ――

いかなる状況であろうと――賄賂《わいろ》に心を動かされるような節操のない男だと思われていい気がしないのは事実だった。

シビルはハンターの少し前を小走りで厩に向かっていた。今し方出発した馬車がつけた轍《わだち》から轍へとひょいひょい飛び移りながら、ある厩の戸まで来た。戸は上半分が開いていて、そこから見事な黒毛の大きな馬が雪の降る外に立派な頭をつきだしていた。

シビルは旧友に会ったかのように馬に近づき、首を撫《な》でてやったり耳のあいだをかいてやったりした。馬は頭を振りあげ、歯をむきだしにしていた。穏やかな性質の馬ではなさそうなので、彼女があの歯のすぐ近くにいると思うと彼は気が気でなかった。

ハンターは雪の積もった低い生け垣の後ろに隠れた。

「わたしがこんな日にあなたのことを忘れると思う？」一面の雪のせいで彼女の声はくぐもって聞こえた。「ご主人様がいないときはほうっておかれているのを知っているもの。でも、いい子にして、飛びかかったりしないでね。この前はわたしの指を嚙《か》んだでしょう」

誰かあの無知な娘に、よく知らない馬に手を差しだすなと教えてやらなかったのだろうか、とハンターは思った。

シビルはケープの下から大きな袋をとりだし、なかを探った。

手を袋から出す前に、シビルは恩知らずな友人に鼻面で胸をつかれてしまい、ドレスの裾《すそ》を膝までめくれあがらせ、ブーツの爪先を外に向けた格好でしりもちをついた。フードが脱げたが、すぐにかぶり直した。

ハンターは笑いを押し殺したものの、助けに駆け寄ろうとはしなかった。優雅とは言えない転び方を見られたと知ったら彼女は喜ばないだろう。

「まあ、悪い子ね。わたしは親切にごちそうを持ってきてあげたのに」シビルは雪のなかを探って手をつくのにいい場所を見つけ、注意深く立ちあがった。そして袋から大きなパンの塊をとりだして馬の横に立ち、少し離れたところから食べ物を差しだした――指でつまむようにして。

ハンターは息をつめたが、黒毛の馬はきわめてお行儀よく、口をもぞもぞ動かしながら、なんとかそっとパンを受けとった。むしゃむしゃと食べ、頭を上下させながら大きな歯を円を描くようにすり合わせる。

「おいしい?」シビルは尋ね、再び手をのばした。今度はどうやら馬の鼻を撫でようとしているらしい。馬はされるがままで目を潤ませ、穏やかな表情を見せるようになった。

シビルが馬に興味があることをハンターは知らなかった。普段はこの時間遠乗りに出ているので、彼女が朝早く家を出るところを見たことがなかったのだ。

シビルは袋のなかから青菜をとりだし、花束のように馬に差しだした。

「あっ」シビルがずっと小声で話しているのにハンターは気づいた。「痛いじゃないの、ナイトライダー。血が出たかもしれないわ」彼女は手袋を脱いだ。「もっとお行儀よくならないとね。こんなことをするなら、あなたの分はもうあげないわよ。リビーのところへ行くわ。彼女もおなかをすかせているだろうし」血は出ていなかったらしく、シビルはまた手袋をはめた。

ハンターはこれ以上見ていられなくなり、生け垣の後ろから飛びだした。そして彼女のそばに早足で近寄りながら言った。「ちょっと待って、シビル」袋のなかを見ると、ごみ箱から拾ってきたに違いないさまざまな残飯が入っていた。「それじゃ馬が気の毒だよ。馬の性質上できることとできないことをわかってやらないと。この大きなやつはしじゅうおなかをすかせている。そこへきみは手で食べ物をあげようとしたんだ」

シビルにじっと見つめられているのを感じたが、ハンターは目の前の問題に気持を集中しようとした。

「ありがとう」彼女は言った。

ハンターは残飯をいくつか選ぶと、シビルの指を広げさせ、てのひらに食べ物をのせた。「いつもてのひらを平らにして差しだすこと。少なくとも癖を把握するくらい、その動物のことをよく知るまではね。このまま手をあげて」

シビルが言われたとおりにすると、ナイトライダーは紳士的に食べ物を受けとった。「いい子ね！」彼女は叫んだ。「えらいわ。あなたはすばらしい馬ね！」

「ぼくはどうだい?」ハンターは親しげな雰囲気につられて言った。

「もちろん、すばらしいわ」シビルは答えた。「でも、あなたにはいつもそう言っているでしょう」

シビルはぱっと顔を伏せて駆けだすと、いくつかの戸を過ぎていちばん奥の厩までたどり着いた。そこで戸の上半分を開け、なかをのぞいた。「リビー?」彼女は小声で呼んだ。「リビー、起きているの?」

なかの藁《わら》が敷かれた床を歩いて、栗毛《くりげ》の小さな馬が愛らしい顔を見せた。「いい馬だ」ハンターは言った。「きみが馬を好きだとは知らなかったよ、シビル」

「メグとわたしは子供のころ年をとった牝馬《ひんば》を飼っていたの。あの馬はずいぶん長生きしたわ。リューマチがあったから乗ることはできなかったけれど、わたしたち、まめに世話をしていたのよ。馬を飼うにはお金がかかったでしょうに、父は一度も文句を言わなかったわ」

栗毛がシビルの持ってきたものを満足そうにすべて平らげると、彼女は注意深く袋を畳んでケープの内ポケットにしまった。

ハンターを見あげたときは、ほほえみは浮かべていなかった。

「雪が降ると生活習慣が乱れてしまう。馬に乗りたくても、そうもいかない。乗って乗れないわけじゃないが、不必要に馬を危険にさらすことはしたくないからね」

シビルはケープのなかで体を丸めてうなずいた。しばらくじっと立っていると、雪片が彼女のまつげやフードからはみだした髪にかかり、頭や肩にどんどん積もっていった。

「家に帰って火にあたったほうがいい」ハンターは言った。

「あなたもだわ」

「ぼくは……エネルギーを発散させる必要があるんだ」

「わかるわ」シビルは同意した。「問題を抱えているときはなおさらね」

「そのとおり。じゃあ、ぼくはもう行かないと」

「どこへ行くの、ハンター？」

彼はシビルの肩から雪を払った。「散歩さ。特に行き先は決めていない」

「そう。楽しんできて」

ハンターはうなずいた。「ありがとう。気をつけて帰るんだよ。雪で足もとが滑りやすくなっているから」

「帰るときには気をつけるわ」

シビルはお辞儀をして急ぎ足で立ち去り、別の路地を曲がって見えなくなった。女性というのはあまのじゃくだ。彼女は明らかに七番地とは違う方向へ向かった。

「まったく」ハンターは再び彼女のあとを追い、今度はメイフェア・スクエアを出てベア・ウォークと呼ばれる狭い通りに入ったところで追いついた。

「まあ、ハンター、わたしに目を配っていなくてはいけないなんて考えているわけじゃないでしょう。もうすっかり明るいし、ごろつきがうろうろしている時間帯でもないのに」

「いつもこの道を通るんだ」彼は嘘《うそ》をついた。「別々に歩くのは意味がないね。ぼくの腕をとって。そばに寄ればいくらかあたたかいだろう」

シビルは言われるままにハンターの腕に手をかけた。そのときの気持といったら、なんと表現していいかわからないほどだった。彼はわたしのあとを追ってきた。ほんの数週間前には、わたしにあんなに怒っていたのに、どうしたわけかしら？

ハンターは彼女の手を自分の前腕に巻きつけ、その上に手を重ねた。

「あなたがこの道を通ることはあまりないはずだわ」シビルは言った。「嘘をつくなんて、あなたらしくないわね」

「頭が混乱して、状況にどう対応していいか決めかねているときでなければね。きみのおかげでぼくはかつてない板挟み状態に陥っている。きみのことはよく知っているから、そっぽを向いて、きみの問題はぼくに関係ないと言いきることはできない。かといって、ぼくが怒りやとまどいを感じていないと言ったら嘘になる」

「ええ」ほかになんと言えるかしら？　でも、ハンターはわたしのことを完全に無視するつもりにはなっていないらしい。無視するつもりなら、仲よく散歩したりしないだろう。

彼はわたしの全身が震えているのに気づいていない。ハンターに触れられ、彼に身を寄せているなんて夢のようだ。あの親密な行為を忘れることはできないけれど、今も充分すてきだ。ハンターに少し時間があるときにそばにいられるだけで、わたしは満足なのだ。けれどもまずは、子供をつくることに協力してもらえないかもう一度だけ頼んでみなくては。いずれ彼もそれがわたしにとってどれほど重要かわかってくれて、きっと協力してくれるはずだ。彼女は心の底でそう期待していた。

ハンターはシビルを雪から守るように身をかがめた。彼女が彼のほうを向くと、真剣なまなざしで見つめかえされた。ハンターのまつげが濡《ぬ》れてとがっていた。「ちょっと待って」彼はそう言って足をとめると手袋を脱いだ。それからそっと、けれども器用にシビルのほつれた髪を直し、フードを少し引っぱってきちんと顔にかかるようにしてから、首のスカーフをしっかりと巻き直してくれた。そして目を細めた。「きみのことをどうしたらいいだろう、シビル？　きみの不可能な要求を無視してしまえば楽なのだろうが、ぼくにはそんなことはできない」ハンターは今度は彼女の肩に腕をまわし、歩くのが難しくなるほど近くに引き寄せた。

ついにやったわ！　シビルは不安と興奮で体が震えた。

「きみの要求はわけがわからないよ」ハンターの口調にとげとげしさが戻った。「どうしてそんな困難な道を選ぶことにしたんだ？　どうしてまず夫を探さない？」

「じっくり考えた末なの。あなたはどうして怒っているの？」

「金を出すと言われるのは男にとって――」

「ええ、もちろんそうね」シビルはあわてて遮った。あのときの言葉をくりかえされたくない。「でも、ジャン・マルクのことは気の毒に思ってあげて。メグはかんかんに怒って、これ以上問題を起こす前にすぐにロンドンを出発すべきだと彼に言ったの。彼は当然のように人に命令してまわったり、偉そうに眉をひそめたりしているけれど、メグと喧嘩《けんか》をするとしょげてしまうのよ。ジャン・マルクはセリーナの世話に多くの時間を割いているわ。家族のなかでありのままの彼を愛してくれるのはセリーナだけだと言って。デジレー王女もジャン・マルクにおかんむりなんだもの。ロンドンを発《た》たなくてはならなくなったから。彼女はまだイートンに戻りたくなかったの。あそこは彼女には静かすぎるのよ」

「アダム・チルワースがいないし」ハンターはずばりと言った。「ふたりのうちどちらかがすぐにも結婚しないと、大変なことになりそうだ」

「そうね」ふたりは小さな石づくりの教会を囲む狭い庭を横切った。「聖ポール教会ね。わたし、ここが好きでときおり来るの。でも今朝は外よりなかのほうが寒いでしょうね」

ハンターは重たそうな樫材《かし》の扉に近づいた。苦心してノブをまわすと、きしむ木製の扉をなかへ押し開けた。「ちょっとだけのぞいてみようか」

のぞくだけと言いながら、ふたりは飾り気のない石づくりの建物に入り、中央の通路を無言で歩いた。天井はアーチ形で、古びた長椅子が並んでいる。祭壇には美しい刺繍《ししゅう》が施された布がかけられ、常緑樹の枝を差した厚みのあるガラス瓶が置かれていた。外にある錫杖草《しゃくじょう》の香りが教会内にも漂ってきた。祭壇の背後にあるステンドグラスの窓は外の柔らかな光に輝いていた。

シビルはハンターを見守った。彼は帽子をとり、頭をさげてしばらくじっと立っていたが、ふいに振り向いて彼女を見つめた。シビルは目を合わせることができなかった。

「こんなことをしていても仕方がない」彼はかすれた声で言った。「他人行儀な態度はやめないか。沈黙と怒りはなにも解決しない。自尊心や利己心を捨てなければいくら話をしてもわかり合えないよ。きみとぼくのあいだには解決していない問題がある。こんな天候でなかったら、ほかの場所へ行くこともできるが今日は無理だ。七番地へ戻って胸を開いて話し合い、意見の相違を解消しないか？」

「ぜひそうしたいわ」シビルはハンターが今朝、いや毎朝、毎日、毎晩どんな状態かわかっていて――彼の本心を知っていて、なにを言われようがはねつけると言わんばかりだった。

ふたりは家へと向かった。シビルは友人たちが集まったときのことを幾度となく思いかえしていた。異彩を放つアイヴィ・ウィロウにはとても好感を持っていたが、ハンターをその気にさせるための突拍子のない、破廉恥でさえある彼女の助言にはひどくとまどっていた。しまいにはフィリスとジェニーまでアイヴィに加勢し、三人してシビルにあれこれ助言を与えた。正確に言えば、アイヴィがあれこれ助言を与え、ほかのふたりはそれを実行するようシビルに迫ったのだった。

シビルはフードを直して顔をあげ、降る雪を通してハンターを見た。彼が寝ている寝台に忍びこむ？　少しだけ荒っぽいこと、普段と違うことをしてみる？　荒っぽいこと――“暴力的”という言葉を使うことはとうていできない――に男性は刺激されるらしい。特に興奮している男性は。女性も同様だという。みんなはわたしのことを知らないのだ。それはははっきりしている。男性に関心があることを示す方法をいろいろ学んだので、今のわたしはもう昔みたいなはにかみ屋ではないけれど――少なくとも表面的には――荒っぽいことなんて……。そこまではできない。できるかしら？

ハンターがシビルを見おろしていた。ふたりがベア・ウォークまで戻ってみると、吹きだまりのせいで道の中央にわずかに通れる空間があるばかりだった。彼らはまた身を寄せ合うようにして歩かなくてはならず、再びハンターは彼女の肩に腕をまわした。彼の顔に浮かぶ表情は想像がついた。困惑だ。

「きみの心のなかをのぞいて答えを見いだしたいのかどうか自分でもわからないんだ」ハンターがふいに立ちどまって言った。「一見変わったところはないように見えるが、きみは変わった。シビル、ぼくの人生は前から複雑なんだ。それなのに今はきみのことが心配でどうしたらいいかわからない」

「わたしのことを心配する必要はないのよ」よく言うわ、と以前のシビルが反論した。心配していると言われてうれしいくせに。「なんとかするから、大丈夫」

「確かにきみはなんとかするだろう。それが余計に心配なんだ」

「あなたが心配しなくてはいけないようなことはしないわ」

ハンターは雪のついた手袋で顔をこすった。「神よ、忍耐力を授けたまえ。トランジェ伯爵の厚かましい行為も許せそうな気がしてきたよ」

「ええ」シビルは口もとをゆがめてため息をついた。

「きみにはまいったな」ハンターは言った。そしてシビルを自分のほうに向かせて彼女の肩をつかみ、だしぬけに額にキスをした。しばらく唇を押しつけたままでいたが、やがて顎をあげ、その顎をシビルの頭の上にのせた。腕を彼女の体にまわし、きつく抱きしめる。

「ぼくにはきょうだいがいない。両親は幸せな夫婦ではなく、そのせいか早くに死んだ。ずっと家族が欲しいと思っていたんだ。きみさえよければ、ぼくはきみの兄になりたい」

わたしの兄？　シビルは指で彼の外套の端をつかみ、ぎゅっと目を閉じた。

「きみを守り、きみに助言したいんだ。ぼくはもっと豪奢《ごうしゃ》な屋敷へ移るべきだと考える人もいる。よくわからないが、そうすべきなのかもしれない。そのときは、きみもそこに住んでぼくの庇護《ひご》のもとで暮らすことを考えてみてくれるかい？　もちろん、ふたりきりではないが。そのうえで正式に社交界にデビューすればいい」

「ジャン・マルクも同じことを言ってくれるの」シビルは指摘した。「わたしにはそのつもりはないんだけど」

「彼は自分の家族のことで手いっぱいだろう。腹違いの妹さんもいるし。ぼくには大勢友人がいる。そのなかにきみが結婚したいと思う男がきっといると思うんだ。そうだ、これまで考えたことがなかったが、きみを養子にしてもいい。きみには両親がいないから、手続きは簡単だろう。そうすれば、きみがぼくと一緒に暮らすことに異を唱える者もいなくなるに違いない。いや、先走りすぎてきみを驚かせてしまったようだね。さあ、家に戻って体をあたためてから、もう一度話をしよう」

目の端からこぼれ落ちた涙に彼が気づかなくてよかった、とシビルは思った。

スピヴィだ。

ハンターがシビルの兄になる？　それどころか、彼女を〝養子にする〟だと？　あの若造は頭がどうかしてしまったに違いない。でなければシビルが男としての自分に興味がないと思いこみ、彼女をそばに置いておく方法を模索しているのか。

わたしの使者であるアイヴィ・ウィロウは手に負えない。どうしてかなどときかないでほしい。わたしにだってわからないのだ。二度目に乗り移ったとき、彼女のなかに一種の生気が残っていたのだ。理想的な使者と思ったのは間違いだった。はじめ見たときは、こつこつ仕事をこなすだけの、人生にほとんど、もしくはまったくおもしろみを感じていない無気力な人間に思えた。わたしはアイヴィに故郷を離れる目的を与えてやったわけだが、そのときから彼女は堕落し始めた。しかもますます勝手な行動をとるようになっている。抑えつけるのがひと苦労だ。彼女がかぎ煙草《たばこ》を吸うたび、こちらは病気になりはしないかと心配になる。かぎ煙草なんて我慢ならん。

なんともはや。

彼女にアイヴィ・ウィロウという名前を忘れさせ、ファーン・エルムという名前を与えた。わたしは昔、ファーンという名前の女の子が好きだったのだ。なのに、彼女はわたしを無視した。でなければファーンという名前を忘れてしまったのだ。後者だと思いたい。あの服を見たか？　必要なものを買いに行かせたあげく、ばつの悪い思いをさせられた。あんな格好ではまわりの注意を引いてしまう。アイヴィの体から逃げだすことも考えたが――いや、もちろん彼女に返すという意味だ――代わりを見つける時間がない。ハンターに彼女の名前を覚えられてはならない。姿を見られるのも困る。一方で、わたしの計画が再び泡と消える覚悟をしておかねばならぬ。

さて、目の前の最も重要な問題へ話を戻そう。シビルとハンターだ。ハンターは明らかにシビルにぞっこんだ。彼の気持を思うと胸が痛む。いや、痛むだろう、痛みを感じることができれば。そして、シビルもハンターにぞっこんだ。彼女のために胸を痛めるつもりはない。なにしろ、しわくちゃで、しじゅう腹をすかしていて、手ばかりかかる子供を産もうと躍起になっているのだから。そのために今の快適な生活を脅かされることになろうとも。なんと愚かな！　だが、わたしはシビルを屋敷から追いださなくてはならないので、ハンターとともに出ていかせることに献身――いい言葉だ――している。

アイヴィ・ウィロウが持ちだしたアイデアについては、おほん、よく知らないが、一般的にそうしたことは有効だと言われている。驚きの要素だ。男がすっかり寝入っているが、その、ひとりで眠りたくはないと思っているときならなおいい。ミス・アイヴィの言う〝荒っぽいこと、もしくは普通と違うこと〟にハンターがどういう反応を示すかは、あいにくわたしにはわからない。しかし、そうしたことを勧めてみる価値はある。思いだしてみると――当然、わたしの経験ではないが――ちょっとばかりもみ合ったり、ふざけ合ったりするのは、女性の側が男をうまく操る努力さえすれば、またとない経験になる場合があるようだ。もちろん実例をいちいちあげようとは夢にも思わない。そういうことは慎みのない下品な三流作家に任せよう。そういうやつを、少なくともひとりは知っている。せいぜいやるがいい。

聖アウグスティヌスは若いころ、どんな祈りをささげていたのだろう？　〝わたしに慎みと自制心をお与えください。でも今はけっこうです〟とでも？　この言葉を、ハンターの耳もとでくりかえしささやいてやらねば。彼が自らの心の声だと思いこむまで。

もっとも、シビル・スマイルズが暗闇《くらやみ》のなかでハンターの寝台に入りこみ、無理やり彼に覆いかぶさって誘惑するところなど想像できるか？

お笑いだ！

聖アウグスティヌスはどこかへ行ったらしい。おそらくシビルに適切な助言を与えに行ったのだろう。でなければ、アイヴィ・ウィロウに胴着《ボディス》のなかに手を入れないよう、ドレスの裾はきちんとおろしておくよう注意しに行ったのかもしれん。

9

今日のような日に老所長のサー・パーカー・ボウルから呼びだしを受けるなんて、ハンターは思ってもみなかった。サー・パーカーはパートナー会議の際——それ以外はほとんど事務所に顔を出さない——籐《とう》製の車椅子を口やかましい看護婦に押させて登場する。そして会議のたびに引退すると脅しては、まわりで起こるぼそぼそとしたつぶやきを、とどまってくれという嘆願と受けとるのだ。

ハンターがシビルと七番地に戻ると、クートがメモを手に待っていた。メモにはサー・パーカーのおぼつかない筆跡で、非常に重要な用件があるので至急事務所に来るようにと記してあった。

後ろ髪を引かれる思いだったが、ハンターはシビルになるべく早く話の続きをしようと約束し、彼女を残して家を出た。

ハンターは御者にフリート・ストリートの法曹学院へ向かうよう命じて、馬車に乗りこんだ。町中を走る馬車のなかでじっと座っていると、シビルと一緒に住んだらどれほど楽しいだろうと思えた。こちらから話しかけられない限り、彼女はあまりしゃべらない。でも、シビルが関心を示してくれたり、ほほえみかけてくれたりすると、ほかのどんな女性といるときも感じたことのないような気持になる。

そう、昔のシビルは話しかけられない限り口を開かなかった。最近のシビルはおしゃべりをしたり、笑ったり、自分から話しかけたりするのかもしれない。

それが気に入らないか？

意味のない質問だ。町の空気はすがすがしく、一面が寒々しい雪景色だった。御者はハンターの好みを承知していて、ピカデリーを通ってセント・ジェームズ宮殿を過ぎ、リ・モールへ、そしてストランド街を抜けてフリート街へ着いた。いつものようにこの時間は『ダイアリー』、『クロニクル』、古くからある大手の『クーラント』といった新聞の三文記者や印刷工が重い足どりで仕事へ行くか、仕事から帰るかしている。ぼさぼさの髪、丸めた背中、服のみすぼらしさが、彼らの稼ぎが少ないことを物語っていた。貧しい者にとって今日の寒さは格別に違いない。

ハンターは馬車をおり、ミドル・テンプル・レーンを歩いていった。右に折れてクラウン・オフィス・ロウを抜けると、入口の門にシンボルであるペガサスを頂いたインナー・テンプルに着く。あたりは静かで、烏《からす》たちが雪に埋まった芝生の上の見えない餌《えさ》を争う声だけが響いていた。

身分の高い若者が大勢いるなかで、ハンターが法廷弁護士の資格を得ることができたのは、めったにない幸運と言ってよかった。自分にそんな機会は永久にめぐってこないのではないかと思っていた。ましてや王座裁判所通り《キングス・ベンチ・ウォーク》に事務所を構えるサー・パーカー・ボウルに招かれるなどとは考えてもみなかった。とはいえ、ハンターはその幸運に感謝しているし、勤勉な性格――野心的な弁護士のなかでは珍しい――も非常に幸いした。今やボウルに次ぐ年功者のフィッシュウェル卿《きょう》と並んで次期所長候補と見なされているのだから。チャールズはふたりからだいぶ水をあけられた三番目の候補だ。フィッシュウェル卿はほかに楽しみがあるときは法律業務に身を入れようとしないので、ハンターは自分に分があるとひそかに期待していた。

赤い煉瓦《れんが》の建物に入ると、ハンターは自分の居場所に戻ったような一種の心地よさに満たされた。今日はここに来たくなかったが、ほこりや磨かれた家具の慣れ親しんだにおい――そして古い本、古い紙、古いウイスキーのにおい――をかぐと、自分がいるべき場所、最もふさわしい場所にいると感じた。

法曹学院内に住んでいる弁護士も幾人かいた――たいていは事務所がある敷地内の快適な一画に。フィッシュウェルはそうしているが、サー・パーカーとチャールズ・グリーヴィ・シムズは違う。サー・パーカーはセント・ジェームズ公園近くの立派な家にずっと年下の三番目の妻と住んでいる。チャールズはカーゾン・ストリートに家を借りていて、よく働き、よく遊ぶことで少なからず有名だった。

事務所には、いつもいるふたりの事務員の姿はなかった。ハンターはあたりを調べ、昨夜自分が帰ってから事務員が入った様子がないことを確かめた。

しんとした部屋で待つというのは落ち着かない。

チャールズは部屋にいなかったし、フィッシュウェルの姿もなかった。ハンターがサー・パーカーの私室の外をうろうろしていると、老人の震える声に呼びとめられた。「よかったらきみの部屋で話そう、ロイド。そっちのほうが暖炉の火もよく燃えるし、きみのほうが上等なウイスキーを持っているからな」

サー・パーカーはけちで有名で、自分の石炭やウイスキーを消費したがらない。ハンターはこの老人に好意を持っていたし、並々ならぬ恩義を感じていた。ハンターはサー・パーカーと、めったに笑顔を見せないいかめしい顔つきの看護婦に快活に挨拶《あいさつ》して自分の部屋へ向かい、手早く器用に火をおこし始めた。

「あそこへやってくれ」サー・パーカーは言った。ハンターは老人が看護婦の名前を呼ぶのを聞いたことがなく、彼女がなんという名前かも知らなかった。

看護婦は車椅子を暖炉の前まで押していき、サー・パーカーの脚に毛布をかけた。彼は手を振って彼女を制した。「そこまでしなくていい。わたしはまだすっかり老いぼれたわけではない」それから少し声を和らげ、彼女の肩をたたいた。「遊んでおれ。事務員たちの部屋でお茶でも飲んでいるといい」

看護婦は言われたとおり出ていった。がっしりとした体格で、〝遊んでおれ〟などと言われる年はとうに過ぎた女性だった。

ふたりきりになると、ハンターはサー・パーカーにウイスキーを、自分には水を注《つ》いだ。ハンターは朝から飲むのは好きではない。「どうぞ」サー・パーカーに勧めた。「これを飲めばあたたまるでしょう。ところで、なにがあったんです？」

サー・パーカーはウイスキーを飲み、わずかに潤んだ隙《すき》のない目でハンターを見た。「まだ知らないのか？」

「話してくださっていないじゃないですか、サー・パーカー。重要なことであるのはわかっていますが」

それぞれ飲み物を飲んだあとで、サー・パーカーは言った。「世の中は悪くなっていく一方だ。なにもかも昔とは変わってしまった。子供たちに残してやれるものなどほとんどない」

ぼくには子供がいませんと指摘しようとしたとき、ふとハンターの脳裏にシビルの顔が浮かんだ。茶色のフードをかぶり、降る雪を通して自分を見あげていた彼女の顔が。「まったくですね」彼はあいづちを打った。「それはそうと、あなたはぼくを呼びだしましたね」

「そうしないと危険なことになると警告を受けたからだ。わたしがこんな日に外に出たがると思うかね？　凍えるほど寒いし、不自由このうえない。きみも、がみがみ女に車椅子を押してもらわねばならん年になったらわかるだろう」

「さぞ大変でしょうね」

サー・パーカーは隙のない目を再びハンターへ向けて言った。「きみにわかるものか」

ハンターは首をかしげて待った。

「うちの執事が言うには、若い娘が伝言を持って現れたそうだ。その伝言というのが〝キングス・ベンチ・ウォークへ行って指示を待て〟と、それだけだった。だから、待ってるのだ。近ごろの連中ときたら、目上の者に命令することをなんとも思っていない。そう、きみもここへ来るようにということだった。デボーフォートの裁判に関係することであるのは間違いない。きみはあの事件を引き受けるべきではなかったな」

「陛下のご友人の弁護をする気はないと言って王に断ればよかったということですか？」

「わたしならそうした」

「あなたならばね。でも、あなたの場合は事情が違います。それにこの件はぼくに担当させると、あなたが陛下におっしゃったんじゃないですか」

「そうだったかな？」サー・パーカーはぼさぼさの白い眉の下からハンターを見あげた。

「だからどうだと言うのだ。受けなければよかったことに変わりはない」

部屋の外の廊下から叫び声が聞こえてきた。続いて騒々しい靴音。どうやら叫んでいるのはひとりで、女性だ。なんと言っているかまでは聞きとれなかった。ハンターが扉を開けて飛びだすと、サー・パーカー・ボウルの看護婦とぶつかった。

ふたりはもみ合い、やっと体勢を立て直した看護婦が言った。「見ましたか、女がいたんですよ。あなたのせいで逃げてしまいましたけど。わたしがとっつかまえてやったでしょうに」

「そうだろうね」ハンターは少しおかしくなった。攻撃は最大の防御なりというサー・パーカーの戦術を看護婦は学んだと見える。「きみは話しかけたのかい、その女に?」

「そりゃ話しかけましたとも。でも、その女が答えたと思います? ひとことも発しやしませんでした。信じられないことですが、彼女はチャールズ・グリーヴィ・シムズの部屋の窓から入ってきたんです。わたしが戸口に現れるとは思ってもみなかったんでしょう。叫び声をあげて駆けだしていきました。全身なにかにくるまれていましたが、大人の女でした」

「看護婦さん!」サー・パーカーが怒鳴った。「芝居がかった話はやめにして、すぐに部屋に入らんか」

ハンターは看護婦の自制心に感心した。彼女は目を伏せて従順に雇い主の前まで行き、半分に折り畳まれた薄汚い厚手の紙を渡した。

「われわれふたりの名前が書かれている」サー・パーカーは紙を開きながら言った。「ふむ、匿名の手紙というやつだな。全部赤インクで書いてあって、小さな子供みたいな字だ。きみも目を通したほうがいい」

ハンターは紙を受けとり、部屋が薄暗いので窓際へ行って読んだ。

〝グレートリックス・ヴィラーズはやっていない。ヒースでデボーフォートが誰と一緒だったかを探りだせば、なぜデボーフォートがヴィラーズを窃盗と殺人未遂で訴えたかわかる。おまえたちは刑が宣告される前にそれを食いとめなければならない。法廷で自らの主張に間違いがあったことを話し、控訴してデボーフォートについての真実を暴く努力をするべきだ。すぐに行動を起こさないと、われわれはおまえたちの友人をグレートリックスの身代わりとして拘束したままでいなくてはならない……〟ハンターは両手を脇《わき》におろした。どの友人だ？　誰を拘束したというのだ？　彼は帽子と手袋をとりあげた。

「どこへ行くつもりだ？」サー・パーカー・ボウルは尋ねた。

「家です。住人みんなの安全を確かめなくては」シビルの無事は真っ先に確認しなくては。

「チャールズが近ごろメイフェア・スクエアに引っ越したとは知らなかったな」サー・パーカーはすっかり当惑した様子だ。「いつカーゾン・ストリートの家を出たんだ？」

「出てはいません」ハンターは混乱し、再びメモに目を落とした。

〝特にすばらしい態度というわけではないが〟メモは続いていた。〝おまえたちのチャールズ・グリーヴィ・シムズは今のところおとなしくしている。こちらの意味するところはわかるだろう〟

「チャールズ?」ハンターは言った。「チャールズが誘拐されたんですか?」

「連中の言うことを信用するならな。きみはほかのことで手いっぱいだ。どこから手をつけるつもりだ?」

「思いつくところから。ひとりでは無理です」

「無理なものか。わたしは協力できん。家で安静にしていなくてはならないからな。妻がうるさいのだ。それにこのことをほかで話してはならんぞ。もしこの話がもれたら、われわれは判決について質疑を受けることになり、事務所にとってはとりかえしのつかない打撃だ。そんなことはさせん、きみはひとりでやれ。どこから手をつける?」

ハンターはこぶしで机の端をたたいた。「ぼくにわかるはずがないじゃないですか」

「きみは洞察力のある男と見なされている。推理力も法曹学院じゅうに認められている。でなかったら、王はきみを抱えておくことに賛成しない。もう一度きく。どこから手をつける?」

ハンターは網にかかって身動きができないような気分になった。「気の毒なチャールズ」彼はいくらか落ち着きをとり戻して言った。「まず彼の家へ行ってみます。チャールズが家にいて、これがすべてぼくを意のままにするためのでっちあげであることを祈りますよ」

「いい考えだ」サー・パーカーは言った。「看護婦さん、帰るぞ」

「あなたとフィッシュウェル卿で、適切な処置を話し合ってくだされば幸いです」

「内密にしておくのが適切な処置だ。いずれにしてもフィッシュウェルは旅行に行くしな」

「旅行ですか」ハンターは部屋を行ったり来たりし始めた。「そんな話は聞いていません。いつ出発なんです？」

「いや」サー・パーカーはあいまいな口調になった。「もう発《た》った。今朝だったと思う」

「今朝？　昨日会ったときは今扱っている事件の話をしていましたよ。一週間もしないうちに裁判が始まるのに」

「延期になったのだ」外へ出る前、サー・パーカー・ボウルは苦心の末にきちんと外套《がいとう》を身につけた。「わたしにはどうしようもない。つまり、この事務所の評判は有能なきみにかかっているのだ。万事解決したという報告を楽しみに待っているよ」彼はメモを手にとってもう一度読むと、火のなかへ投げ入れた。「わたしもこういう連中と一度ならずやり合ったことがある。きみもそうだろう。迅速かつ静かに行動するんだ。疑いを招いたり、捜査の痕跡《こんせき》を残したりしてはならん。必要とあらば相手の言うことを聞いて懐柔する。そして、時が来たら相手を追いつめ、正体を暴くんだ。きみはさらなる名声を得るに違いない」

「わかりました、サー・パーカー」逆らわないほうがいいと思い、ハンターは言った。

「幸運を祈っているぞ」

10

どうもハンターの様子が変だ。

シビルを置いて突然出かけてしまってから何時間もたって、ハンターは家に戻ってきた。彼女は彼が馬車からおりるところを窓越しに見ていた。ハンターはなんだか……とり乱しているようだ。ほかには表現のしようがない。遠目からでも、彼が眉をひそめているのがわかった。

ハンターは、いつものようにかかとを引きずりながら足早に階段をあがったのではなかった。駆けあがったのだ。扉に耳を押しあてていたシビルは、彼は少なくとも二、三段ずつあがっていると思った。扉を閉めるときも、彼は屋敷じゅうに響き渡るような音をたてた。他人への配慮を忘れないハンターらしくないことだ。

少しのあいだ晴れ間がのぞき、太陽が輝く銀世界を照らしていたが、今は再び雪が降り始めていた。シビルは時計を見た。暗くなりつつあるものの、まだ四時だ。

落ち着いて、ハンターと会う心構えをしておかなくては。彼は家に戻ったらすぐに話し合おうと——少なくともそのようなことを——約束した。そのうちここに来るだろう。今朝の話の続きをするために。わたしの兄になり、わたしを養子にさえするというあの提案について検討するために。

アイヴィ・ウィロウが午後の早い時間にシビルを訪ねてきた。ひとりで。押しが強く、妙な癖があるけれど、シビルはアイヴィが好きだった。誰のことも——フィリスのようなとっつきにくい人のことも——決して悪く言わないからだ。とはいえアイヴィは押しが強すぎる。彼女のとっぴな助言に、シビルはとまどっていた。アイヴィの言うとおりになど、とうていできそうにない。

ピアノの上に箱が置いてあった。なかには、赤と黒の房をより合わせ、両端に飾り房をつけた紐《ひも》が入っている。箱とその中身はアイヴィがくれたもので、彼女によると、それはとても古く、かつてさる有名な娼婦《しょうふ》たちが使っていたのだそうだ。シビルが尋ねたわけでもないのに、アイヴィは紐の使い方を詳しく教えると言って聞かなかった。

信じられないような話だった。

興味をそそられたのも事実だ。自分の目で確かめられるので、ほかの人に使ってみて効果のほどを試すのが好きな人がいるらしい。一方、どんな感じかわかるので、自分で試す人もいるようだ。

ハンターはこういうものをどう思うだろう？

シビルは自分を抱きしめて身を震わせた。心地よい震えだった。パックリー・ヒントンの牧師の娘、清純そのものと思われている娘がどうしてこんなことになってしまったのだろう？

ああ！　シビルは勢いよく寝室に入ると、自分の服を眺めた。わたしはあまりに長いこと品行方正でいたから、こんなことになってしまったのだ。でも品行方正なままで、男性と——ひとりの男性と——楽しむことだってできるはず。アイヴィが指摘したように、必要なものを得るためなら、なにをしても許されるのだ。人に迷惑をかけるわけでもないのだし。

かつてメグと共有していた大きなマホガニーのクローゼットには、人前では着られないが好きでつくったものが数点あった。でもどうして人前で着てはいけないの？　どれもごくまともよ。少しきわどいかもしれないけれど。

黒はわたしのような立場にある女性が普通は着ない色だが、着てみてもいいかもしれない。開放的で大胆な気分になれそうだから。

時計の針はもう五時を指していた。まだハンターが来る気配はない。

シビルは服を脱ぎ、大理石でできたつくりつけの洗面台にのせた水差しの冷たい水で顔を洗った。体が震えたが、寒さからというより、妙な興奮にとらわれたからだ。ばちあたりだわ。

〈アッカーマンの店〉で見たデザインをまねてつくったドレスがあった。インド綿を使った異国風のドレスで、ぴったりした胴着《ボディス》の下、高めの位置からスカート部分が広がり、裾《すそ》に沿って黒いサテンの薔薇《ばら》がつけられている。〈アッカーマンの店〉では、イブニングドレスとしてつくったのだろう。シビルはひとりのときに着る部屋着にするつもりだった。でも、ひょっとするとハンターはこのドレスを垢《あか》抜けていると感じ、シビルが世間知らずだとか、彼女を養子にしようとかいう考えを改めてくれるかもしれない。

シビルはむきだしの肩に黒いビーズで縁どりされた透ける素材のショールをかけた。黒いレースのストッキング。真紅の薔薇を散らした黒いガーターに黒いサテンの室内履き。すべてを身につけると、彼女は髪をゆるく結いあげ、ほつれた巻き毛が顔や首にかかるのに任せた。心臓が激しく打っている。どうしてかしら？　お遊びでおしゃれをしただけなのに。

ハンターに来てほしいから。それが理由だ。彼に自分を見てほしい。男が女を見るように――たまらなく魅力的だというように。

シビルは紅の入った小瓶をいくつか持っていた。以前メグからもらったものだ。唇につややかなピンク色をほんのり差すと、唇がしっとりと柔らかそうに見える。頬にのせれば、血色がよく映った。彼女がクローゼットの内側の鏡の前で息を吸いこむと、大胆に開いた胸もとが持ちあがった。そこにも淡い紅をそっとはたく。もっと大きく息をすると、乳首がのぞきそうになった。

シビルは目をそらした。いかに殿方が不可解な方法で興奮するかについて、友人たちと話すことがある。彼女は再び鏡を見つめた。はじめは寒くて全身に鳥肌が立っていた。それからいつのまにか耐えきれないほど体が熱くなってきたので、乳首をドレスの胸もとから出してみた。親指で触れているところから、うずくような、けれども心地よい感覚がわきあがった。彼女は鏡のなかの上気した顔を見つめ、半ばむきだしになった乳房に視線を移した。乳房も同じくピンク色になっている。シビルはゆっくりと手をボディスのなかへ入れ、乳房をすっかり出した。ハンターがてのひらで乳首を愛撫《あいぶ》したことが思いだされた。舌を歯のあいだに挟んでボディスを押しさげ、かたくなっていく乳首がすっかり見えるようにした。片方のてのひらで軽く撫《な》でてみると、乳房が張りつめるのがわかった。

シビルは紅の小瓶に手をのばして指につけ、注意深く淡いピンク色をした胸の先端を赤くした。

シビルはじっと自分の体を見つめ、頭を後ろにそらした。全身が激しい興奮に震え始め、たまらなくなる。最も秘めやかな部分がうずいて、立っていられないほどだった。「だめ」口のなかでつぶやいたが、彼女の体はできる限り長くこの感覚を味わおうとしていた。

心臓の鼓動が速くなり、胸が大きく上下する。乳房はふくらみ、青い血管がうっすらと浮きでて見えた。てのひらを脚のあいだにあててうずきを静めようとする……いや、静めようとしたのではない。もっともっと感じたかった。

シビルはもう目をそらしていることができず、ドレスの裾をゆっくりと持ちあげた。数センチずつ、黒いレースのストッキングに包まれた脚、やがてなまめかしいガーターが、そしてその上の白いほっそりとした腿まであらわになった。ついに脚のあいだの赤みがかった金色の巻き毛が見えてくると、彼女は脚を少し開いてみた。湿っているのがわかった。

動悸《どうき》が激しくなり、気を失うのではないかと思うほどだった。わたしはどうしようもなくみだらな女なのだ。

ためらいがちに指でなめらかなところをなぞってみた。触れたところがかっと熱くなり、思わず飛びあがりそうになる。同じことをくりかえしてみた。もう一度。両脚を開き、踏ん張って膝ががくがくしないようにして鏡を見つめる。そこに映る女性はシビル・スマイルズとは思えなかった。

腹部は平らで、腰骨がくっきり浮きでて見える。むきだしの胸は張りつめたままだ。シビルは赤く塗った乳首に興奮をかきたてられ、先端をひとつずつつまむと、低いうめき声をもらした。

それでも、欲望はおさまらなかった。部屋に持ってきたたった一本のろうそくの明かりを受けて光る赤みがかった金色の巻き毛に覆われた部分が、なにかを待っていた。

シビルは罪悪感を覚えながら特別な場所に手を触れ、あふれる喜びに思わず歯を食いしばった。クローゼットのもう一方の扉に寄りかかってリズミカルに指を動した。しだいに激しく。呼吸が荒くなってきた。舌を歯のあいだに挟むと、その先端が自らの意思を持つかのように動くのが見えた。

あと少しで立っていられなくなりそう。それでもシビルはさらに指を動かし続けた。必死なあまり痛みを感じ、今まで行ったこともないような絶壁の縁にしがみついている気分だった。じき奈落《ならく》の底へ落ちていく。そこにあるのは快楽と、さらなる快楽を求める気持だけだ。

シビルは目を閉じた。再び開け、鏡に映る自分の体を見た。もつれた髪からレースがまつわりついている足首に至るまで。それからあとずさりした。

そのとき、自分の後ろの戸口にハンターが立っているのが目に入った。

11

鏡のなかの女性を見て、ハンターは腰が抜けそうになった。同時に、部屋に入らなければよかったと思った。いや、それは嘘《うそ》だ。この瞬間を頭のなかから消し去るなんて考えられない。だが、彼女にそんな大きく見開いた、傷ついた表情の浮かんだ目で見つめてほしくなかった。ぱっとドレスの裾《すそ》をおろし、胸もとにショールを引き寄せてほしくもなかった。ショールは黒とはいっても透ける素材なので、かえって彼女を信じられないほど魅力的に、なまめかしく見せただけだったが。

まもなくシビルは小さなくぐもった声をあげはじめ、クローゼットのほうを向くと、そこにかかっている服をかき抱いて顔をうずめ、そのままゆっくりとうずくまった。

世慣れていて、どんな状況にも対応できる男が聞いてあきれる。ハンターは自分がほとんど息もできず、目がひりひりしているのに気づいた。シビルを慰め、きまり悪さや罪悪感をとり除いてあげたいと思う一方で、部屋に入った瞬間の彼女の姿は生涯忘れられないとわかっていた。「シビル?」ハンターは声をかけたが、彼女が応《こた》えるとも、自分の言葉が耳に入っているとも思わなかった。

シビルほど求めた女性はこれまでひとりもいなかった。今彼女が欲しい。どうなってもかまうものか。うずくまっている彼女の捨て鉢な姿はなんとも言えず官能的だった。ぼくはシビルが心をかき乱す発見をした姿を垣間見てしまった。彼女は新しい自分を知り、淑女にあるまじき行為とされていることをした。誰かがシビルを正しい方向に導いてやらなくてはならない。それがぼくであっていけない理由があるだろうか？

彼女が驚くべき発見をどう思っているのか――特にハンターに見られていたとわかったあとでは――彼には想像することしかできなかった。

ハンターはシビルに近づき、身をかがめて背中に触れた。

彼女は背中を丸めて彼の手を払いのけ、服のなかでつぶやいた。「お願いだから出ていって」

「きみが心配だったんだ。扉の下から明かりがもれていたから二度ノックしたが、応えがなかった。それで、きみが無事かどうか確かめたくて部屋に入った。そうするべきだと思ったんだ。きみはなにも恥ずかしがることはないんだよ、シビル」

「出ていって」

「だめだ。きみをこのままほうっておけない。きみの力にならせてほしい。簡単なことをいくつか説明させてくれないか？」それは男にすらめったに説明されないようなことだが、今はするべきだ。ハンターはシビルの腕をとった。「さあ、立って」

彼女は首を振り、彼の手を弱々しくたたいてどけようとした。

「シビル、いい加減にしろ！　これが世界の終わりというわけじゃない。きみは自分がすばらしい恋人になる素質を持った女性だということに気づいたんだ。それは――」

「忌まわしいことだわ」彼女はなんとか服で体を覆いながら、かすれた声でささやいた。「やめて。この話はもうしないで。わたしは恥じ入っているのよ。わからない？」

「誰にだってわかるさ」ハンターは口調がきつくなったことを少し後悔した。「自分で立って歩いてごらん、シビル。ほら」彼はシビルがこぶしを振りまわすのを無視し、体を引っぱりあげて立たせると、自分の前を歩かせて居間の長椅子に座らせた。

彼女は座るやいなや体をふたつに折り曲げて両腕で膝を抱えた。

ハンターは背のまっすぐな椅子に座ろうかと思ったが、座り心地のよさそうな古い肘掛け椅子をつかんで暖炉を挟んで長椅子の向かいに置き、腰をおろして待った。

まったく、カーゾン・ストリートのチャールズの家を訪れ、なんの手がかりも得られずに帰ってきてから着替えるのを忘れていた。書斎に入り、絶望に沈んでいたが、ふとシビルに会いたくてたまらなくなり、急いでここへおりてきたのだった。だらしなく見えるに違いない。

だがハンターはシビルと一緒にいたかったし、彼女は彼の外見を気にしている様子はなかった。

ハンターのほうはシビルの外見が大いに気になった。涙に濡《ぬ》れ、髪はほとんどほどけて肩にかかっていても、彼女はなんとも言えず魅力的だ。無防備で、自然な欲望に動揺しているゆえに、なおのことそうなのかもしれない。

シビルは大きな音をたててはなをすすり、体を起こした。そして手の甲で顔をぬぐった。ハンターは立ちあがってハンカチを貸してやった。それで彼女は目を押さえ、頬や唇を勢いよくこすった。白いリネンが淡いピンク色に染まった。シビルはそのしみをじっと見つめた。それからハンカチを畳んで膝にのせながら豊かな髪を撫《な》でつけようとしたが、うまくいかなかった。

ハンターはほほえみ、首をかしげてシビルの顔をじっと見つめた。やがて彼女が彼を見つめかえした。「きみはすてきだよ」ハンターは言った。「混乱していても、すてきだ」

「混乱なんかしていないわ。自分がどんな人間かよくわかっているし、それがいやでならないの。でも、自分のことは自分でなんとかするわ」

シビルはごくりとつばをのみこんでせわしなくまばたきしたが、再び泣きそうになっていることを隠せなかった。

「そう、自分のことは自分でなんとかできるだろう」ハンターはくつろいで見えるよう心がけながら言った。「だが、友人同士というのは互いに相手のことをなんとかしてやるものだ。きみはぼくの友人じゃないか」

「わたし……わたし……」シビルは唇を開いたままで、恐怖に近い感情にとらわれているように見えた。「お願いだから出ていって、ハンター。わたし、とても恥ずかしくて、立ち直ることも、忘れることもできそうにないわ」

ショールはずり落ちていた。ぴったりした黒いドレスは胸もとがかなり大きく開いているうえ、急いで引きあげられたせいもあって、紅を塗った乳首がはっきりと見えた。ハンターは目をそらした。彼女を辱めないためというより自分のためだった。男には男であることが許されないときもある。

「今朝きみと別れてから、ぼくは事務所へ行った」ハンターは言った。

「知っているわ」

「大変な一日だったよ」あらゆる意味で。「事務所で話し合いをしたあと、ある場所へ行った。安心材料が得られないかと思ってね。無駄足だったよ」

シビルの表情がわずかに変わった。「気にかかることがあるのね。今気がついたわ」

ハンターはうなずいたが、まだ彼女の体は見ないようにしていた。「怒ったところでどうしようもない。でもぼくは腹を立てているんだ。約束どおり、帰ってきたらすぐにきみの部屋へ来るべきだった。待たせてすまなかった」

「約束はしていないわ。なるだけ早く話の続きをしようと言っただけよ」再びシビルの目から涙があふれ、頬を伝った。「つまり、あなたが来ていたら、わたしは悪魔に誘惑されずにすんだのにと言いたいのね？」

　ハンターは言葉につまったが、やがて笑いだした。腿をたたいて笑い続ける。

　シビルはもう一度ハンカチを使い、潤んだ目で彼を見た。

「許してくれ」ハンターは話せるようになると言った。「悪魔に誘惑される？　きみはそう言ったのかい？　まあ、確かにそうだな。どれくらいの頻度で自分を楽しませているんだい？」

　シビルはしじかれたように立ちあがり、しゃっくりをしながら言った。「これまであんなことは一度もしたことがないし、これからもしないわ！」しゃっくりで喉と胸が引きつった。「いつもあんなことをしていると思われても仕方がないけれど、絶対にそんなことはないの。どうやって発見したのか……どうしてあんなことになったのかわからないの。あることが次のことを誘発したのね。ああ、こんな話できないわ！」今度は長椅子につっ伏し、クッションに顔をうずめた。

　ハンターは自分が人でなしになった気がしたが、少なくとも目的は果たしたようだった。彼の目が確かなら、シビルは屈辱的な気分でありながらも滑稽《こっけい》さを感じ始めている。

「ぼくはきみを信頼している」ハンターは言った。なぜこんなことを言う気になったのかわからない。しかし事実彼はシビルを信頼していた。「だから階上の自分の椅子から立ちあがってここに来たんだ。ぼくはひとりで大きな悩みを抱えている。それで、きみのそばにいたかった」

「わたしを信頼し、友人と思ってくれているなら――そして、わたしのそばにいたいなら――どうしてひとりで悩みを抱えているの？」

なぜなら、他人に話すわけにはいかない事柄だからだ。「きみの理論はもっともだ」

シビルは体を起こして注意深くドレスの裾を直し、クッションを置いて少しふくらませた。それでも彼には横顔しか見せず、目を伏せたままだった。「変なところを見せてしまってごめんなさい。よかったら、あなたの力になりたいの。かまわない？」

「ああ」あっさり断るのは気が引ける。「ああ、かまわないどころかうれしいよ」本音を言えば、ぼくが今度雪の夜の憂鬱《ゆううつ》な外出から帰ってきたときには、彼女に寝台で待っていてほしい。まったくぼくは卑しいげす野郎で、おまけに好色漢だ。「ぼくがもう一度出かけて戻ってきたときに、きみと話ができたらありがたいな。カーゾン・ストリートへ行って、ある人と話をしなくてはならないんだ。でもきみとの問題はまだ片づいていない。それを片づけられれば、ぼくの心は軽くなる」

「こんな夜遅く、カーゾン・ストリートの誰と話をしなくてはいけないの？　外は寒いし、天候がよくないわ。どうして朝まで待てないの？」

ハンターは自分がなにをするつもりかについてあれこれ質問されることに慣れていなか

った。妻のいる男はきっとしじゅう自分の行動を説明していなくてはならないのだろう。

「そういうわけにはいかないんだ。すぐに行かなくては。あとで話せるかい？」

「あとって何時くらい？」

まったく。「わからない。扉をノックして返事がなかったら、きみはもう寝たものと思うよ」

シビルは少し彼のほうへ顔を向けた。「あなたが無事だとわかるまで寝ないわ」

「でも……」この女性は自分でわかっているのだろうか？　暖炉の火を受けて輝く淡い金髪の巻き毛が肩や胸のふくらみにかかっている姿がどれほど魅惑的かを。「ぼくの仕事は法律にかかわっている。きみにその話をするわけにはいかないし、何時に帰ると約束して自分の行動を制約するわけにもいかない」

「一緒に行くわ」

ハンターは彼女を見つめた。

「馬車で行くんでしょう？」部屋に使われているブルーはシビルに似合っていて、彼女の青い目を濃く見せ、白い肌を引き立てていた。「ハンター？」

「ぼくはひとりで行く。この話はこれで終わりだ」彼は立ちあがりざま真鍮《しんちゅう》のテーブルにぶつかり、その拍子に落ちた中国製の漁夫をかたどった陶器の人形を床に落ちる寸前でつかんだ。

「ラティマーからもらったの」シビルは言った。「落とさないでくれてありがとう」

ハンターは人形をまじまじと眺め、わけもなくいらだった。「気に入っているのかい？」

自分なら、もっと繊細な細工のものがいい。「でも、彼とはあまり親しくしないほうがいい」陰険で不適切な発言だ。

「ラティマーはいい友達よ」シビルは言い、疑わしげにハンターを見た。「この漁夫はとても気に入っているわ。仕事をしている人々を描写したものが好きなの。厚手の外套《がいとう》をとってくるわね」

「その必要はないよ。外套にくるまって寝るつもりでなければね、シビル」

「そうするかもしれないわ。馬車のなかで。でも心配しながら、ここでじっとしているなんてできない」

どうして問題を抱えていると彼女に言ってしまったのだろう？「心配するようなことはなにもないんだ」本当は心配なことだらけだが、それは自分の問題だ。「すぐに帰ってくるよ。さあ、少しのあいだおやすみ」

「もう馬車は呼んだの？」

「シビル、ぼくの話を聞いていないんだね。きみが案じてくれるのはうれしい。実際、きみのおかげでかつて味わったことがないような気分になるし、その感じは好きだ。でも、これ以上引きとめないでほしい」ハンターは扉へ向かった。「戻ってきたとき、きみが待ってていてくれることを祈るよ」

一時間ほど、シビルは愛と冒険の物語を読んだ。というよりも、一ページ読んでは同じページを読み直すことを、次のページでもまたその次のページでもくりかえした。やがていらいらしてきて本を置いた。こんなときは気持を落ち着けるためにピアノを弾きたいところだが、時間が遅すぎた。

寝室にいるときにハンターが来たら、ノックの音に気づかないかもしれないと思い、服もあえて着替えなかった。

暖炉の火にかけておいたホットチョコレートは鍋底《なべぞこ》のほうが煮つまっていたが、飲むと体があたたまり、神経が和らいだ。

夜が更けるにつれ、寒さもさらに厳しくなっている。かすかに窓をたたく雪からそれがわかった。外を見て、シビルは体を震わせた。生け垣、灌木《かんぼく》、木、屋根、すべてが雪にこんもりと覆われていた。広場中央の公園も周囲の通りと区別がつかないほどだ。

シビルは疲労と闘った。このところ昼も夜も悩みもだえてばかりいて、めったに心が休まらない。メグが急いでイートンに帰らなくてはなどと考えないでくれたらよかったのに。お茶目なデジレーがそばにいて、気を紛らわせてくれたらよかったのに。

外ではなんの動きもなかった。家のなかも物音ひとつしない。みな、あたたかなベッドに入っているのだろう。

シビルはとても眠れそうになかった。ハンターが戻ってくるまでは無理だ。でも寝台へ行ってキルトの上に横になろう。

寝室に向かう途中、シビルはアイヴィが持ってきた箱をとりあげ、寝台の自分の脇《わき》に置いた。なかの紐《ひも》は柔らかかった。シビルは肩にかけ、シルクの繊維をなぞった。房飾りを指ですくと、はじめ気持が休まり、やがて下腹部に小さな震えが走った。

娼婦《しょうふ》たちがこの紐を、この房飾りを使っていたという。

シビルの部屋をノックしても返事がなかったので、今度はハンターはそのまま自分の部屋へあがった。彼女が眠っていてくれてほっとした。

いや、それは嘘だ。

どこがどうとは言えないが、ぼくは変わった。シビルが変えたのだ。ヴィラーズ－デボ－フォート裁判が引き起こしたいまいましい災難が変えたのだ。人生はもはや以前と同じではないだろう。体内にわきあがり、血管という血管に行き渡って、肌を熱くするこの感情は未知のものではないが、これほど強く意識したことはない。怒りだ。これまでの人生は自分の思うまま生きてきた。大人になると、最も近い親戚《しんせき》である伯母に対する責任感からこの家に住むことを決めた。両親に顧みられなかったにもかかわらず、なんとか成長してひとかどの人間になったぼくに、伯母はとてもよくしてくれた。とはいえぼくが本当に恩義を感じている人間はいない。ほとんど誰にも頼らずに生きてきたのだ。たぶん、自分を見いだしてくれたサー・パーカー以外には。

ハンターは書斎に入って扉を閉めたが、明かりはつけなかった。暖炉の火は消えかかっている。火をおこす気にもならなかったし、召使いが石炭をくべておくべきだという考えも浮かばなかった。体のなかを駆けめぐるものを静めるには、暗く寒い部屋がちょうどいい。誰とも顔を合わせたくなかった。

やっぱりシビルが待っていなくてよかった。今の自分はどちらにとっても危険な存在になっただろう。

ハンターが空を見あげると、かすかな月明かりが凍った雪片をきらめくダイヤモンドのように輝かせていた。雪にあたったせいで顔がまだちくちくする。帽子をとり、空に向かってふざけて一礼すると、帽子を脇へほうり投げた。外套を脱いで手袋と一緒に下に落とした。そしてステッキを手にしたまま寝室へ向かった。

チャールズ・グリーヴィ・シムズはカーゾン・ストリートの家にはいないようだ。やはりその家に住んでいるミセス・コンスタンス・スミスは、はじめハンターと話をしようとしなかった。彼は今日の午後すでに二度もここへ来ているのだと説明し、名刺を渡した。彼女が字を読めないことには気づかないふりをした。そして自分はチャールズの同僚で、彼のことを心配していると言った。チャールズが家にいるかどうか尋ねると、ミセス・スミスは首を横に振った。小柄な女性で、落ちくぼんだ目をしている。やつれているものの美しく、せいぜい二十代後半と思われた。名前と外見がそぐわない。フランス人と間違えそうだ。彼女が少し頭を傾けると、その肉体が明かりを受けて黒く浮かびあがった。息をのむほど豊満な体だった。ハンターはここへ来た理由に意識を集中することが難しくなった。チャールズの部屋を見せてもらえないかという頼みに、ミセス・スミスは再び首を横に振った。そのときようやく、この女性はヴィラーズの妹だと気づいた。この女性についで、以前チャールズがぽろっともらしたことがあったけれど、被告との関係は言っていなかった。

ハンターはカーゾン・ストリートの家の戸口に長いこと立っていたので体が冷えきってしまったが、扉のわずかな隙間《すきま》からミセス・コンスタンス・スミスに訴えた。彼女によれば、チャールズは親切にも、家政婦になる代わりに住むところを提供してくれたという。「あの方は本当の紳士です」ミセス・スミスは言った。チャールズが家を空けていて心配ではないのかとハンターは尋ねた。目や頬骨の下の影がいっそう濃くなったが、彼女はなおも首を振って答えた。「ミスター・グリーヴィ・シムズは気ままな方です。出かけるときに、いちいちわたしに断ったりはしません」ハンターがききだせたのはそこまでだった。しかしながら、なんとしてもチャールズ・グリーヴィ・シムズを見つけなければという決意はいっそうかたくなった。

ミセス・スミスの同意を得ないで家に入る方法を見つけるしかない。つまり、こそ泥のように忍びこむ機会をうかがうのだ。なんてざまだ。たまたま名声を得て、続いて爵位を授かることになったが、そのせいで自分が最も嫌悪する人間になってしまった。自分の主義を曲げてまで手にしたものを守る男に。

チャールズは、脅しをまじめに受けとって、なんであれ被告に有利な証拠を提示し、自らの進退を法廷にゆだねるようハンターに迫った。だが、チャールズに嫉妬《しっと》されているのを知っていたので、ハンターはその要求を退けたのだ。

今やそのチャールズは失踪《しっそう》してしまったらしい。ハンターが奇跡を起こさなければ、非情な連中は結果などおかまいなしにチャールズを殺すだろう。こうなった以上、内情や犯人を知っているチャールズを生かしておくのは危険すぎる。

ハンターの気持は夜の闇《やみ》よりも暗く冷え冷えとしていた。

赤ん坊の吐息が、松雪草の愛撫《あいぶ》のようにそっと首にかかった。小さな顔がすり寄せられる。甘い香りのする不思議な生き物が両手でわたしをつかんだ。無力であどけない赤ん坊も母親の愛情に包まれて確かに育っていく。髪はシルクのよう。柔らかな唇が触れ、妖精《ようせい》のような指が肌をくすぐる。愛によって結ばれたふたりから生まれた命だ。

なんてあたたかくて柔らかいのだろう。なんて完璧《かんぺき》なのだろう。

シビルはゆっくりと重いまぶたをあげた。そして光がちらちら揺れる白い天井をじっと見つめた。腕のなかで身をすり寄せてくる赤ん坊はおらず、寒さが身にしみた。悲しみが押し寄せてくる。今日、わたしはハンターの前で自分を辱めてしまった。それもすべて、不可能な願いをかなえようとしたからであり、独身女性が踏みこんではいけない領域に踏みこんだからだ。やっと手に入れた大胆さのせいで、自分を貶《おとし》めてしまった。夢のなかの子供で満足するべきなのかもしれない。

少しのあいだ、うとうとしていたようだ。

シビルは体を起こすと、室内履きを履いた足を寝台の横におろした。ハンターがすぐに戻ってきて、わたしを必要としてくれたなら、大いに助けになれただろう。彼はわたしを信頼していると言ってくれたのに。

ハンターはわたしを信頼できる友人だと言った。女性は、特にわたしはそれで満足しなくては。

シビルは居間に入ると、消えかかっていたろうそくが燃えつきる前に新しいろうそくに火をつけた。今暖炉に石炭をくべても意味がない。

開いているカーテン越しに通りを見おろすと、車輪や蹄《ひづめ》の跡がない銀世界が広がっていた。彼女は広場を囲む家々に目をやった。明かりのついている家はほとんどない。寒さのせいでみな早々にベッドに入ったのだろう。

七番地も静かだった。普段の夜なら、レディ・ヘスターの世話をするバーストウのせわしない足音が聞こえてくるのに。

シビルは父の形見である天使の装飾がびっしりとついた金時計に目をやった。それは父が教区民のひとりから感謝の印にもらったものだった。彼女は愕然《がくぜん》とした。うとうとしていたのではなかった。眠っていたのだ——何時間も。今は真夜中近い。ハンターはどこだろう？　もっとしつこくせがめばよかった。そうしたら彼は根負けして一緒に連れていってくれただろう。せめて馬車から様子を見ていて、必要とあらば助けを求めに行くくらいのことはできたはずだ。

たぶんハンターはもう家に帰っていて、なにごともなく寝台で眠っているに違いない。様子を見に行くなんてとんでもないことだ。彼の安否を確かめるのは朝まで待たなくては。

でもそれまでに、きっとわたしは心配のあまり死んでしまう。

こういうときこそ、よく考えて行動すべきだ。以前の臆病《おくびょう》なシビルを追い払って堂々と正しいことをするべきなのだ。正しいこととは、自分を信頼してくれている大事な友人が無事かどうかを確かめることだ。

注意深く忍び足で歩いても足音が耳に響き、空気までぴりぴりと音をたてているようだった。階段が最悪だった。階段をのぼりきると、シビルは爪先立ちでハンターの部屋へ向かった。すぐに彼の書斎の前まで来たが、どうしていいかわからず、しばらくうろうろしていた。扉の下から明かりはもれていないし、なかから人が動く音は聞こえてこない。

これこそ恐れていたことだった。ハンターは戻ってきていない。

すでに戻ってきているということもありうる。わたしが眠っているのを知って、自分も寝ることにしたのかもしれない。

思いきったことをしてみないと。シビルはノブをまわし、扉が開くとそっとなかに入ってささやいた。「ハンター、いるの？」

暖炉の火は消えていて、明かりひとつともされていなかった。幸い窓を通して雪が淡い光を投げかけていた。すぐに目が慣れ、部屋の様子が見えてくると、絨毯《じゅうたん》の上になにか落ちているのがわかった。シビルは思わずばたんと扉を閉め、急いで駆け寄って膝をついた。

ハンターの外套だ。彼が家を出たときに着ていたものでは？　シビルがまわりを見渡すと、帽子が外套のそばに落ちていた。どちらも彼がほうり投げたように見える。

彼女は立ちあがって寝室のほうを向いた。扉はきちんと閉まっていなかった。近づけば、彼が寝台にいるかどうか確かめられるだろう。

ゆっくりと音をたてないようにして寝室に近づき、わずかに開いている扉の隙間からなかをのぞくと寝台が見えた。

　空だった。

　シビルの頭にさっと血がのぼり、鼓動が速くなった。ハンターは帰ってきていない。彼女は扉を押し開けて寝室に入り、寝台へ近づいた。どうして寝台が整っていないのだろう？　彼は召使いの怠慢をほうっておくような人ではないのに。

　いったん戻ってきてまた出かけたのかもしれない。マットレスにぬくもりが残っているだろうかと、シビルはなにも考えずに右手をシーツとキルトのあいだに滑りこませた。

「ああ、ハンター」彼女はつぶやき、膝をついて頭を手の上にのせた。「どこにいるの？」

　寝室の扉が閉まる音がした。「きみは今夜ここに来てはいけなかった」

　ハンターの声に反応する前に、シビルは寝台の上にうつぶせにされた。

12

スピヴィだ。

言い争っている暇はない。わたしの言うことをよく聞くのだ。そして、すぐに言われたとおりにすること。こちらへ来い。丈夫なブーツを履き、いちばんあたたかい帽子と手袋をするのだ。さあ、一緒に雪のなかへ出よう。雪だるまをつくったり、走りまわったりして遊ぶのだ。今見たことはすべて忘れるのだぞ。あとで冷たいミルクと、あたたかいクッキーをあげるから、それまで外で遊んでいるんだ。

ああ、あのハンターが。わたしは彼をすっかり買いかぶっていたらしい。

13

シビルは空気を求めてもがいた。

ハンターに頭の後ろを押さえられ、顔をマットレスに押しつけられている。彼女はもがくのをやめた。抵抗しても無駄だ。

「そうだ、おとなしくしたほうがいい」ハンターは言った。

これはシビルの知っているハンターではない。彼がこの部屋にいるとき、いつもと様子が違うと思ったことが前にもあったけれど、そのときも、今自分を見おろすように立っている男性よりはずっと穏やかだった。

「じっとしているんだ」ハンターは彼女の頭を押さえていた手の力を抜いた。

シビルはほっとして息を吸い、耳を澄ました。

ハンターは歩きまわっていた。やがて一本のろうそくに火をつけたが、今にも消え入りそうな炎は部屋をさらに不気味な雰囲気にする役にしか立たなかった。「きみはばかだと思われたいのか？」彼は言った。「どうしてここへ来た？」

「あなた、どうかしてるわ」男性に怖がっている様子を見せたら危険だとコーラが言っていた。「よくもわたしをばかだなんて言えるわね。あなたが無事かどうか確かめに来ただけなのに」

「本当かい？　男を誘うためにつくられたようなドレスを着て、こっそり忍びこんでおきながら？　さっき一緒だったときから何時間もたっていると思うが、着替える暇はなかったのかい？」

「あなたが戻ってきたのに気づかないといけないと思って着替えなかったの」シビルは立ちあがろうとしたが、彼に再び押さえつけられた。「恥ずかしいと思うべきよ、ハンター。あなたが女性に暴力を振るえるような人だとは思わなかったわ」

「結局ぼくが戻ってきたのに気づかなかったじゃないか」ハンターは短く笑った。「証人としては失格だな。きみはぼくを怖がっているね。声でわかるよ。いとしいシビル、それは当然の反応だ。もっともぼくは暴力など振るっていないし、きみは二度とそんなことをほのめかさないほうがいい」

　シビルは寝台の反対側に転がって下に飛びおりた。ハンターは寝台のまわりをまわって近づこうとしたが、彼女は片手をあげて制した。「そばに来ないで。言っておくけど、もう一度わたしに触れたら、大声をあげるわよ。みんながわたしを助けに来るわ」

「そしてきみがぼくの寝室に、そんな格好でいるところを見つけるわけか？　ここにいることをどうやって説明するつもりだい？　ぼくにつかまって部屋へ連れてこられたと言えばいいかもしれない。だが、寝室に入るまでにひとことも声をあげなかったのはなぜだ？ここへ来る途中一メートルごとに悲鳴をあげなかったことをみんなにどう説明する？」

シビルは自分の手を見つめた。この人の仕事は知性で難問を解決することなのだ。それを忘れたらばかを見る。

「ほかに言うことはないのかい？」ハンターは言った。この女性に対する感情が彼を内側から燃えあがらせていた。「ぼくのほうにはある。きみはなにかを求めてここへ来た。それを与えてあげよう。今夜のぼくはやけになっている。やけになっているから、体のなかで燃えている炎をたとえいっときでも鎮められるなら、手段は選ばない。きみはぼくを楽しませるために来たんだろう。その願いを退けたら、失礼というものだ」

ハンターは何年も前からシビルを知っているが、彼女はずっと華やかな妹の陰に隠れていた。内気な女性なのだ。だが、そういう人のことをなんと言うか？　沈黙の人ほど思慮深い。シビルは想像以上に思慮深くて複雑な性格であることはもはや疑いようがない。彼はそれを知って、ますます彼女が欲しくなった。

シビルは子供を産みたいから協力してほしいと言った。ハンターが知っていると思っていたシビル・スマイルズは人にそんなことを頼めるような女性ではなかった。いや、おそらく本当の自分を隠していたのだ。だが、そんなことで彼女を嫌いになったりはしない。

状況が行動を決定する。今彼女は独り身で、誰に対しても責任はなく、本当に性交を求めているに違いない。露骨ではあるが、この特別な目的をずばり表した言葉だ。ぼくもまた高級娼婦《しょうふ》たち――あるいは売春婦たち――の奉仕に喜びを感じられず、欲求不満である。自分を求めてくれる女性が必要なのだ。たぶんシビルがその女性なのだろう。本当にそうかどうか見極めたいが、受け入れられない約束をさせられるようなことがあってはならない。

シビルはまたハンターを見つめていた。彼も立ったまま彼女の心のなかを探るようにじっと見つめかえした。

シビルはハンターが怖くなった。彼に襲われることがあるなどと考えたこともなかった。友人たちと集まって話し合い、こうした状況について書かれたものを研究してきたけれど、今夜のハンターのような男性を前にしたときの心構えはできていなかった。

見たところ、そのもつれた髪からして、彼はさっきまでしわくちゃの寝台に横になっていたようだ。乗馬用のズボン――ウエストのボタンははずれている――にブーツ姿だが、シャツは着ておらず、たくましい肩と胸、そして茶色の胸毛がつややかに光っていた。髭《ひげ》を剃《そ》ってから何時間もたっているらしく、頬から顎にかけてうっすらと影ができ、ハンサムな無法者といった感じだ。

「もうぼくの体は充分見たかい?」ハンターはきいた。「もちろん、まだだね。こうした振る舞いに対するきみの突拍子もない説明を信じるとすれば、ぼくの体の別の部分がきみにとって重要なのだから。心配無用。期待に応《こた》えよう」

「わざとひどいことを言うのね」シビルは不相応な黒いドレスの襞《ひだ》のなかでこぶしをかためた。「無礼で卑猥《ひわい》だわ。もうやめてちょうだい」

「卑猥？　無垢《むく》な女性がどうしてそんな言葉を知っているんだ？」

「わたしは教養のある女よ。本を読んだり、人と話したりするの。なにも知らない女だと思っているなら、それは間違いよ」

「実際に試したりもするんだろう？」ハンターは寝台の柱をつかんでブーツを片方脱いだ。「一生懸命やってみて、興奮する方法を見いだしたに違いない。そう思うとぼくのほうも興奮してくるよ。きみはぼくを冷静で自制心のある男だと思っているだろう。実は違うんだ」彼はもう一方のブーツも脱ぎ捨てると、ズボンのウエストに手をかけた。

「やめて」シビルは懇願した。「なにを考えているの？」

「きみにもちゃんとわかっているだろう」ハンターはボタンをはずしてズボンをおろしていった。体にぴったり合うように仕立てられているので、もみ革の生地を腿からふくらはぎへと押しさげていかなくてはならなかった。

シビルの前で、ハンターは全裸になった。彼女は唇をきゅっと引き結んで震えを抑え、おびえていないことを示すためにできる限り背筋をのばして立った。

ああ、でも怖くて仕方がない。

黒い四角の下にあるものがなにか、ほんの少しでも疑問に思うことは二度とないだろう。彼のきらめく瞳からしっかりと踏みしめた足に至るまで、男らしさがみなぎっていた。そそり立つ男性の象徴を見て、シビルは息をのんだ。力がなえ、口に出せないところがこわばって甘くうずく。

「こちらへおいで、シビル」ハンターは低くかすれた声でささやいた。彼女の本当の気持が表情にちらりとでも表れるのを見逃すまいとしながら。「さあ、きみの番だ。今度は自分で脱ぐ必要はない」

シビルは頬を赤らめたが、抗議はしなかった。けれども言われたとおりにするつもりもない。

ハンターが寝台のまわりをまわって彼女の前に立った。そして目を細め、ほほえみかけた。相手を安心させるような笑みではなかった。

シビルはどこを見ていいものやらわからなかった。

ハンターに腕をまわして抱きしめたいなどと思ってはいけない。だが、彼女はそうしたかった。服を脱ぎ、じかに彼と肌を合わせたい。頭が混乱していた。

「なんという本からこれを思いついたのか教えてもらわないと」ハンターはシビルが首にかけたまま忘れていたシルクの紐《ひも》をつかみ、彼女をゆっくりと少しずつ引き寄せた。

『初心者のための崇物愛《フェティッシュ》』かな？　それともきみはマゾヒズムについて勉強しているのか？」

「紳士はそんなことを口にしないものだわ」

「そう、紳士ならね」シビルが性に関する本を読みつつ彼を求めているところを想像すると、ハンターは気も狂わんばかりになった。「ぼくの質問に答えていないね」

シビルは首をかしげて言った。「そういうことは全部本で読んだわ」嘘《うそ》はつきたくないが、彼に子供扱いされたくはない。

ハンターはまた笑い、だしぬけにろうそくを吹き消した。「ぼくはできることなら女性を喜ばせたい。役に立つものを持ってきてくれて感謝するよ」

「ハンター――」

「なにも言わないで」ハンターはシビルに紐を巻きつけながら、ショールを脱がせてドレスの後ろの留め金を手探りではずした。顔を彼女の首に押しつけてキスをし、キスの合間に肌を吸った。「きみが欲しい」彼は歯を食いしばって言った。「ぼくのものにしたい」ハンターの荒々しいほどの激しさにシビルは魅了された。おびえていながら、胸がどきどきする。ドレスが破れる音が聞こえたが、なにか言いたくても言葉が出てこなかった。胸が締めつけられる。欲望のあまり不安が大きくなり、どうすることもできなかった。

ハンターは慎重に振る舞うことをやめた。ドレスを引きちぎり、肩と腕からはぎとった。

シビルは手を自由にしようともがき、胸を覆おうとした。

そんな彼女を見て、ハンターは再びこわばった笑みをもらした。

シビルの両脚のあいだに手をのばして愛撫《あいぶ》し、ズロースを脱がせた。彼女は熱く濡《ぬ》れていた――ハンターを受け入れる準備はできている。彼の下腹部はうずき、触れなくてもどれだけかたくなっているかわかった。シビルがストッキングと室内履きだけになると、ハンターは窓の近くへ引っぱっていき、彼女を眺めた。ピンク色の乳首や、丸みのある乳房を見ていると、紳士にあるまじきものと考えていた本能が目覚める。彼女は初々しく、手つかずで、彼に奪われるのを待っていた。

シビルはあえいでいた。ハンターは彼女の両腕を背中にまわして片手で拘束し、体を観察した。そして、紐の端の房飾りを使って胸をそっとなぞった。乳首を優しく愛撫しながら頭をおろし、シビルの唇を舌でまさぐる。彼女が唇を開くと、彼は舌を差しいれ、口のなかを探った。シビルは胸を震わせ、その震えが脚のあいだまで伝わって襞のなかに隠れた部分を熱くした。ハンターの動きはすべて計算されており、挑発的で完璧《かんぺき》だった。それでも彼が欲望を抑えているのはわかる。狩りの前に手綱で押さえられている荒馬のようだ。

限界だ、とハンターは思った。こらえるのはつらすぎる。ふいに彼は乱暴にシビルの首から紐をはずした。一方の端で輪をつくって彼女の左手首に通し、器用にぎゅっと締めてから再び寝台に戻った。シビルは身を振りほどこうとしたが無駄だった。彼は紐を寝台の頭板にゆるく結びつけ、彼女をマットレスの上にのせると——再びうつぶせにして——腰に馬乗りになった。

シビルは気が動転して抵抗したが、ハンターは彼女がおとなしくなるまで腰を優しくさすっていた。

彼はシビルのウエストからうなじにかけて口づけをしていった。シビルは体の震えも、肌に感じる彼の唇に反応してしまうこともとめられなかった。

ハンターはシビルの縛っていないほうの腕をとって体の脇《わき》に置き、注意深く肘を曲げさせると、てのひらを彼女の腿の裏へ持っていった。彼が姿勢を変えたので、シビルは息をとめた。

「ハンター——」

「しゃべらないで。今は黙って、ただ感じるんだ、シビル」

ハンターの意図はわかった。シビルの手に、いまだよくわからないことの多い彼の一部が押しつけられた。そして指でそれを包みこまされた。彼女は彼をつかんでいた。なめらかで、かたく大きくなっていて、熱い。彼はシビルの手に自分の手を重ね、しっかり握らせた。そして、ぎゅっとつかんではゆるめることをくりかえした。手のなかのものが脈動しているのを感じて、シビルの胸は熱くなった。

ハンターが自分の手を離しても、彼女はまだきつく握ってはゆるめることをくりかえしていた。だがふいにシルクの感触を胸の側面に感じ、はっとして手をとめた。

近ごろのぼくは激しい怒りに駆られてばかりいる。その怒りを抑制しなくてはいけない。特に今は。シビルを自分のもの、自分だけのものにするのだ。そのためには今夜彼女を手荒く扱うような間違いを犯してはならない。今夜に限らずいかなる夜も。だが境目は微妙だ。シビルが本来持つ性衝動を利用しつつも、ゆっくりと、ごくゆっくりとことを進めるのだ。ぼくへの信頼を育てながら。

シビルは彼女なりの考えがあってぼくのところに来たのだろう。教わった方法を試すつもりだったのだ。ぼくに自制心をなくさせ、彼女の求めに応じさせる方法を。

ハンターはシビルの手を自分の下腹部からどけさせ、彼女を少し横向きにした。シビルは腕をおろさせてもらって楽になったが、彼がしようとしていることを妨げるのは不可能だった。

彼女はこの出来事をどんなふうに思い描いていたのだろう？　それを知ることができたら。「きみたちはサディズムについても論じ合ったんだろう？　痛みによる興奮についても。紐はそのためなんだよね？」

「その話はしないで」シビルはささやいた。

ただ実行しろということか？　ハンターはサディズムに興味はなかったし、シビルもそれがどんな行為なのかを知ったら実行したいとは思わないだろう。

紐は長かった。ハンターはシビルの脇の下、マットレスに押しつけられた胸が背中越しに見えるあたりに息を吹きかけた。敏感な肌を吸い、軽く噛《か》む。彼女はか細い叫び声をもらした。ハンターはほほえみ、紐の先端を使ってシビルの背中やヒップをくすぐった。彼女が身をよじり、声をあげる。シビルのヒップがこんなに豊かだとは思わなかった。彼はますます興奮した。そしてヒップをわずかに開き、脚のあいだをなぞった。

彼女が身をくねらせた。意外にも声は出さなかった。

体のうずきが耐えがたく、シビルはヒップを動かしてすばらしい感覚をもう一度味わおうとした。以前も少し味わったことがあるが、自分の手によるものだ。これがコーラとフィリスが話していたことかしら？　性的絶頂？　オーガズム？　きっとそうだわ。もう一度感じたい。でないとどうにかなってしまいそう。

ハンターは紐の先端を、自分の長くかたくなった部分、彼女を興奮させると同時におびえさせる部分に替え、ヒップのあいだを撫《な》でた。

きっとこれはいけないこと。わたしはいけない女なのだ。でも少なくとも、男女のあいだに生じうる喜びをまったく知らずに死ぬことはなくなった。

シビルはぼくが与える新しい快感のすべてを喜んでいる。ハンターはほとんどそう確信していた。彼女の情熱、欲望を感じる。シビル・スマイルズ、独身のピアノ教師がぼくを求めている。実際のところは、性交と未知なる体験の喜びを求めているのだが。

ハンターが脚を開かせたとき、シビルは少し抵抗したが、彼の力にはかなわなかった。ハンターは膝で彼女の脚を大きく開いた。シビルはハンターに体を開いていて、彼がなにを奪おうとしようと拒めない状態だ。今度は彼女の感触をじっくりと楽しんだ。注意深く繊細な指先を陰毛のなかへと滑らせる。

シビルは声をあげた。再び驚いたような苦しげな声で叫び、身をくねらせてヒップを寝台から持ちあげようとした。

このまま彼女のなかに入るのは簡単だ。ぼくの準備は整っている。

だが、シビルのほうはまだ準備が整っていない。ハンターはさらにしばらく、彼女を確実に興奮させる場所を優しく撫でた。その彼も、シビルがこんなふうに体をつきあげてきたり、充血して脈打つ肉の襞をそっとつまんだときに、その部分を押しつけてきたりするとは思っていなかった。

彼女の体は快楽を求めている。

その快楽を与えてあげよう。だが、ハンターは決意していた。これはいけないことなのだから、どこかでとどまらなくては。彼は弓なりになったシビルの体に覆いかぶさり、片手を彼女の体の下に差し入れて片方の胸を包みこんだ。そして指を彼女のなかへ入れてリズミカルに動かす。シビルは前後に体を揺らした。

「本に書いてあるとおりよね?」シビルはあえぐように言った。「そのかたくなった長いものが女性のなかに入ると、子供ができる。あなたの出す液体のなかに、精子と呼ばれるものがあるのでしょう？」

ハンターは目を閉じ、心も閉ざそうとした。そして、シビルが余計なことを考えないようにオーガズムへと導いた。彼女は体をそらし、短くすすり泣くような声を出したかと思うと、ぐったりと寝台に身を沈めた。

ハンターは両手両膝をついたまま頭をさげ、鼓動が落ち着くのを待った。

だしぬけに彼女は寝返りを打ってハンターを見あげ、手をのばして彼をつかんだ。「これこそわたしが望んでいるものよ。してくれるでしょう？」

確かにシビルのなかへ入ることはできる。手早く適切な予防手段を講じて入ることはできる。ぼくは彼女以上にそれを求めているが、実行はしない。

シビルに尻をつねられ、ハンターはまたしても驚いた。彼女はぱっと手で口を覆った。

「なぜこんなことを？」彼は尋ねた。

「ごめんなさい」シビルはつぶやきながらも、人さし指で彼をつついた。

「まったく」ハンターはシビルの手首から紐をはずし、寝台から抱えあげた。彼女は数センチ浮きあがったので、足をばたつかせた。「本に痛みが性的興奮を高めると書いてあったんだな？」

「いいえ。つまり、わたし、本で読んだわけではないの」

「ほう?」シビルの胸が顔からほんの数センチのところにあるというのは気分がいい。

「じゃあ、どこでそんなことを習ったんだ?」

ハンターに友人たちのことを話すわけにはいかない。それは許されなかった。「覚えていないわ。人から聞いただけよ、たぶん」

「そして性的に興奮すれば――ことを成し遂げられる」

「ええ」シビルの声は情けないくらいうわずっていた。

「いいだろう。きみはぼくに痛みを与えないといけないわけだね? そうすればきみの求めているものをぼくが与えるから」

「わたしをばかにしているのね。それも仕方ないことだわ。わたしはもう帰って、あなたを休ませてあげるべきね」

ハンターが大声で笑いだしたので、彼女はばつが悪くなった。「休むだって? 今夜きみにこんなことをされたあとでぼくが眠れると思うかい?」

「おろして」シビルは命じた。「どういう意味? こんなことをされたって? あなただっていろいろなことをしたじゃない」

「ぼくたちはいろいろやってみないといけない」彼は言った。「しっかり立って、あるものを握るんだ」

ハンターが離れていってしまうと、シビルはひどく寒く感じた。わたしは大きな過ちを犯しているのかもしれないが、思い出をつくりたかったのだ。それが恥ずかしい思い出であっても。

「これだ」彼はステッキを持ちだした。いつも持ち歩いている柄が銀製のものだ。「こうやって握って、そう、柄《つか》のない剣みたいに。それでいい。つついたりつねったりしたって効果はないさ、お嬢さん。さあ、背中を向けるから、ぼくをたたいてごらん」

「ハンター！　ねえ、そんな恐ろしいこと言わないで。冗談なんでしょうけど、おもしろくないわ」

「言っただろう、殴るんだ。ここを」ハンターは自分の尻に触れた。「思いきりぴしゃっとやれば効果てきめんだと思うよ」

長い沈黙のあとで、黒檀《こくたん》製のステッキのなめらかな面がハンターの尻にそっと触れた。彼は笑いをのみこみ、ステッキの端を握ってシビルのほうを向いた。「サディズムを体験しないのか？　もう一度試してみるんだ。できるさ。こんなふうに音をたてるんだ」ハンターはステッキの反対端を握ると頭上でひと振りし、しゅっと音をたててみせた。シビルの目に涙がにじんでいるのに気づいた。

「わたしを辱めて喜んでいるのね」シビルは言った。「肉体的に痛めつけてはいないかもしれないけれど、そうやってわたしを軽蔑《けいべつ》していることをわからせようとしているんだわ」

ハンターは再びステッキを彼女の手に握らせた。「もう一度だ、シビル。その気もないのに男をからかっているわけではないと証明したければやってみるといい」

「からかっているですって？　人を棒で打つと思うとぞっとするから？」

彼は声をあげて笑った。「きみにそんなことはできないと――痛っ！」

シビルはハンターの尻を思いきり打ち、それからステッキを見つめた。一瞬どうしてこんなものを手にしているのかわからなかった。

「おお、痛い」彼はくりかえした。「きみのことを見くびっていたようだ。いつも後ろに気をつけていないと」

「あなたは退屈なものだから、女性の感情をもてあそんで暇つぶしをしているのね」

「怒っているんだね」ハンターはそう言いながら、ゆっくりとステッキを引っぱって彼女を引き寄せた。「きみを軽蔑することなど決してできない。それははっきりしている。きみはすばらしい女性だ。とはいえ、ものにはやり方がある。男を誘惑するなんてきみのような人にはふさわしくないよ。どんな理由をでっちあげようと」

シビルの心臓はとまりそうになった。「でっちあげる？　わたしがなにをでっちあげたと思うの？」

「きみは情熱的だ。きみのそばにいるだけで胸がときめく。自分の魅力を信じて、こんなくだらないことはやめないか？　これはこれで楽しいが」

ふたりの爪先が触れ合った。ハンターはシビルの顔を手で包みこみ、濃厚な口づけをした。再びかたくなったものが彼女の腹部にあたることもおかまいなしに。

シビルにてのひらで胸を押しかえされ、彼の心地よい喜びは終わりを告げた。

唇が離れるまで、彼女は押し続けた。

「なにが言いたいの、ハンター？」シビルは穏やかだがひどく小さな声で尋ねた。

「ぼくたちはこうしたゲームをするにはお互いを知りすぎている」彼は言った。「きみは男たらしを演じるのが上手だね。これほど平然と芝居をする女性に会ったことがないよ。高級娼婦でもね。いや、よく練習したんだろう。きみは冷静かつ官能的な人なんだ。でもシビル、ぼくはきみに友達でいてほしいし、ぼくもきみの友達でいたい。友情が与えてくれるものを台なしにするのはやめようじゃないか」

シビルはふらふらとハンターから離れ、服を、というより服の残骸《ざんがい》をかき集めて素早く身につけ始めた。

「わかってくれるね？」彼はきいた。

「なにをわかれと言っているのかわからないわ。あなたがなにを言いたいのかわからない」

ハンターはシビルがドレスを着るのを手伝おうとしたが、彼女はぱっと彼から逃れた。

「わかったよ、シビル。きみはあくまでぼくの意見に反対しているが、いずれ理解できるようになるだろう。そのとき、せめて自分に対しては認められるといいんだが。きみが本当に求めているのは子供ではなく恋人だってことを。飽くことを知らない性欲を受けとめてくれる男――完璧な夫だってことを」

14

　これ以上ひとりで部屋にいたら、残っていたほんのわずかな決意もくじけてしまいそう。シビルは昨夜ハンターの部屋から逃げ帰って以来ずっと部屋に閉じこもりきりだった。今夜も夜が更けるにつれ、気持が沈んでいきそうだ。

　ハンターはわかってくれなかった。というより、わたしの言ったことを信じてくれなかった。もちろん悪いのはわたし。彼に対抗しようとしたり、おびえていないふりをしたりするべきではなかった。興奮してきたときに、最後までやり遂げてくれるようにハンターを説得してみたけれど……彼の出した結論をどうして責めることができるだろう？

　ハンターに触れられ、支配され、たくましい肉体を感じてぞくぞくしたことは否定できない。でも、満足させられなかったときの彼の怒りを思うと怖かった。これまでハンターに暴力的な面があることに気づかなかった。今はあるとわかっている。人を見る目はあるほうだと自負していたのに。

　ハンターがわたしに対する軽蔑《けいべつ》を隠そうともしなかったことが、ゆうべ別れたときからずっと心にわだかまっている。それがなによりつらかった。あんまりだ。わたしは刺激的な恋人になってくれる夫をつかまえようとしているのだなどと言うなんて。自分が浅ましい人間に思えてしまう。

そのうえ、本当は子供が欲しいわけではないだなんて。あのひとことにはなにより傷ついた。そんな心ない人のことを忘れるのは簡単だろう。じきに、すれ違っても儀礼的な会釈をするだけで、なにも感じないようになるだろう。

ああ、でもハンターへの思いは捨てられない——それはどうしようもない。

シビルが書斎を出ようとしたとき、ハンターはこう言い捨てた。男たちに言い寄ってみた結果がどうなったか教えてくれと。

彼女は7Bに駆け戻って黒いドレスを脱ぐと、なるだけ小さく丸めて紙に包み、今朝馬の様子を見に行ったときに投げ捨てた。でも、その後の行動についてはわれながら感心した。寝台に横たわり、惨めな気持をかき抱いて二度と起きあがらなかったかもしれない。しかしそうする代わりに、柔らかなウールのすみれ色をしたドレスを着て、髪を頭のてっぺんで結いあげたのだ。独身女性にふさわしく。

そして決心した。子供を持つことをあきらめはしない。でも、同時に仕事に打ちこみ、もっと生徒を増やそう。穏やかで前向きな気持でいれば、子供にピアノを教えることにも喜びを見いだせるようになるはずだ。精いっぱいがんばって、自分の子にいい生活をさせてあげられるよう、できるだけお金をためなくては。

計画はすぐに実行に移さなくてはならない。昨日以来どの部分にも紅を差していなかったが、唇に淡いピンクを少しのせてみた。

そうして身なりを整えたものの、今は真夜中。暗闇《くらやみ》が七番地を包囲してしまったかのようだ。シビルは青いウールのショールを見つけて肩にかけた。あたたかくなると同時にいくらか気持が安らいだ。風が公園の木々のあいだを気ままに吹き抜けている。彼女は外に出てあの風のなかを走りたかった。雪を蹴散《けち》らしながら走って、すべてを忘れてしまいたい。

ラティマーはいつも夜遅くまで起きているが、さすがにこの時間の不意の来客はうれしくないだろう。ほかのみんなは――おそらくハンターも――眠っているに違いない。今日一日彼の顔を見ていなかった。

シビルはいちばん丈夫なブーツを履き、メグとジャン・マルクからのクリスマスプレゼントである白鳥の羽毛の裏地がついた黒いベルベットの外套《がいとう》を着た。これで充分あたたかいはずだ。外套に合う羽毛のマフもはめた。外套のフードをかぶれば風や吹きつける雪から頭を守ることができる。

シビルは音をたてないように注意しながら、部屋を出て広い階段へ向かった。つややかなオーク材の階段は各階ごとに二股に分かれ、左右の部屋へ続く小階段になっている。一階の玄関の横がラティマーの部屋だ。その向かい側の部屋のほとんどは閉めきったままになっていた。二階は左側がシビルの部屋で、もうひとつの小階段は図書室に続いていた。古きよき時代には小さな舞踏室だったらしい。別の一角には広々とした美しい部屋があり、貸している部屋からどかした家具が置かれていた。

その上はレディ・ヘスターの住まいだ。バーストウの居心地のよい居間兼寝室とハンターの部屋もある。屋根裏部屋にはアダム・チルワースが陣どっていて、ほとんど誰も入ることを許されなかった。数少ない使用人たちは裏側の棟に寝泊まりしているが、ハンターの御者だけはナイトライダーやリビーのいる厩《うまや》に住んでいた。

とても立派な屋敷なので、シビルはここの暮らしが気に入っていた。

明日は7Bで婦人たちの会合が開かれる。わたしの窮状に変動があったことを説明して――もちろん上品な表現で――みんなの助言を求めなくては。

シビルは足をとめて手すりをつかみ、玄関を見おろした。ハンターになにを言われようとわたしには彼を責める権利はない。ハンターは信じられないような無理難題を押しつけられながらも、できるだけのことはしたのだ。彼なりに。わたしを困惑させて考えを改めさせようとしたか、でなければわたしを慰めようとしたのだ。シビルは外套のなかで身を縮めた。適当な機会と方法を見つけて、ハンターに謝らなくては。

玄関の板石に足音が響き、シビルははっとした。食べ物をのせたトレイを持ったラティマーが自分の部屋へ入っていくのが見えた。

彼は起きているのだ。少し髪が乱れていたけれど、きちんと服を着たままだった。

シビルは玄関までおりた。人に見られないように素早く家を出るのがいちばんだ。でも、ラティマーがいる。彼は心の広い、頼りになる人だ。彼なら……。

考えすぎたせいで、かえって面倒に巻きこまれたことがこれまで一度ならずあったではないか。シビルは外套を脱いでマフをとったが、ショールははおったままにした。外套とマフを玄関の横の椅子に置くと、引きかえしてラティマーの部屋の扉をごく軽くノックした。すぐに扉が開いた。ラティマーは彼女を見つめ、明らかにとまどった顔をした。

「ごめんなさい、ラティマー」シビルはあわてて一気にしゃべった。「こんな時間に独身女性が男性の部屋を、男性の城を訪ねるなんて前代未聞よね。でもあなたにはいつも親切にしてもらっているから、わたしの惨めさをわかってくれるんじゃないかと思ったの。あなたの暖炉の近くに座っていてもかまわないかしら。仕事をしている友達のそばにいれば気持が安らぐわ。わたしがお願いしたいのはそれだけ。ひとりで二階にじっとしているのに耐えられなくて。つまり、その、今夜だけは。もちろん落ち着いたら自分の部屋に帰るわ」

ラティマーは扉を閉めると、黙って暖炉のそばへ行って石炭をくべた。「座ってくれたまえ」心配そうな口調だ。「この長椅子に。今動かすから」

ラティマーは、金色だった布がすり切れて色褪《いろあ》せた茶色になったいかにも年代もののフランス製らしい長椅子を動かした。そして、ほかの家具もいくつか配置し直す。金色で背と座面にグリーンの布を張った三つの椅子のひとつを移動させ、暖炉の前で会話をするのにふさわしい環境を整えた。それから、シビルの手をとって暖炉の近くに導いた。彼女が長椅子に落ち着くと、満足してその反対端に座り、彼女のブーツを脱がせた。

「風よけにショールはしたままのほうがいいかな？」ラティマーは尋ねた。

シビルはうなずいて言った。「ええ」

「それでも、上にかける毛布をとってこよう」

「いいえ！」シビルはとても笑いたい気分ではなかったが、ともかく笑ってみせた。「わたし、疲れているわけでも寒いわけでもないのよ。ただ寂しいの」

ラティマーはまっすぐにシビルを見た。彼の瞳は黒にも見える濃い茶色で、そのまわりをカールした黒いまつげが縁どっている。じっと見つめられると、シビルは落ち着かない気分になった。人はいちばん近くにいる相手――距離的に――で満足してしまうものだとよく言われる。今まで何度もラティマーと顔を合わせているが、彼をちゃんと見たことはなかった。乱れた濃い茶色の髪がラティマーをいくらか奔放に見せている。ハンター同様いつも髭《ひげ》をきれいに剃《そ》っているが、今夜は青味を帯びた濃いのびかけの髭が頬と顎を覆っていた。口は大きめで、黙っているけれど、今にも笑みが浮かびそうだ。その笑みは見るものの心と世界を明るくし、一度目にしたら忘れられなくなる。ラティマーは人の心に残る顔立ちをしている。その心がほかのことで占められていない限り。

ラティマー・モアはとても美男子だった。完璧《かんぺき》な身なりをしていない彼を見たことがない気がする。いつもきちんとネクタイまで締めている。ラティマーの場合、着る者が服を際立たせているのだ。その逆ではなく。

もちろん、服を着ていない彼を見るのも興味深いだろう。

シビルは長椅子の背にもたれ、手の甲で目を覆った。わたしは生まれ変わった。数週間前までは模範的な生活を送ってきたけれど、道徳心など捨ててもかまわなかった。それでも、ラティマーの裸のことなど考えてはいけない。ああ、わたしはみだらな女になってしまった。女として最悪だ。ラティマーのような男性は、わたしが服を脱いだばかりの彼の姿を想像していると知ったら、間違いなく憤慨するだろう。彼に対して失礼すぎる。

シビルはため息をついてラティマーを見つめ、さらに長いため息をついた。視界がぼやけてくる。ラティマーの肌はどこまでもなめらかだ。腹部は驚くほど引きしまっていて筋肉質。長椅子に前かがみに座っているので、丸めた肩にかたい筋肉がついていることがうかがわれ、背骨がくっきりと浮きでていた。胸毛と下腹部の毛はつややかで、あの部分は大きくなってはいないものの、変化を見せ始めていて、準備が整いそうだ……すぐにも。美しい肉体だ。ハンターほど魅力的ではないにしろ。なぜなら……ああ、どうしよう。この気の毒にも辱められた人は服を着ている。にもかかわらず、わたしはなぜか彼の裸の姿を鮮やかに思い描いているのだ！

ラティマーが立ちあがったので、シビルは少しほっとした。彼はかなりすり切れているが、珍しいものらしいセーブルの絨毯《じゅうたん》の上を歩いた。部屋は乱雑だった。本や専門的な出版物、封を切って中身が見えるように手紙を横向きに入れてある封筒の山。ラティマーは数年来まともに返事を書いていないに違いない。彼女は手紙に意識を集中した。なんでもいいから、あらぬ想像を抑制してくれるようなことを考えなくては。

「全部返事は出してある」ラティマーがふいに言ったので、シビルは驚いた。彼はほほえみ、表情に茶目っ気が戻った。「手紙の山を見ているから。心配そうな顔でね。大丈夫。全部返事は出してあるんだが、整理する暇がないんだ」

シビルは同情を示すような声を発し、簡単に整理できるようにしてあげましょうかと言いそうになったが、やめた。今は自分の問題だけで手いっぱいだ。新たに厄介な仕事を抱えこまないほうがいい。「美しいものがたくさんあるのね。どれもとても古そうだわ」

「そうなんだ」ラティマーは答えた。「本棚ができてから、ここに来たことがあったかな？」彼は壁一面を占める本棚を示した。わずかに扉と広い窓の部分が空いているだけだ。

「いいえ」シビルは言った。「すばらしいわね。本がたくさんある部屋なら何度も見たことがあるの。メグとわたしは本に囲まれて育ったようなものだし。でも、こんなのははじめてよ。壁が見えないから、壁紙を替える必要もないわね」

ラティマーは愉快そうに笑った。「考えてもみなかったが、確かにそのとおりだね。このあいだハンターに、部屋を全面的に改装したほうがいいと言われたよ。そのつもりなんだ。いいだろう？　新しくした部屋に一緒に住んでくれる相手はいないが、かまわないんだ。ぼくはここに住んで、美しいものに囲まれているのが気に入っている。どんなふうにしたらいいか考えてくれるかい？　きみはとても趣味がいいから」

シビルはほめられたせいで、新たに身につけた機知に富んで如才ない物言いを発揮できなかったが、うなずいてほほえみかけた。

ああ、だめ、またラティマーの体を分析し始めたりしては。いずれにしても、シビルはラティマーのことをよく知っているので、彼が親しげにしようとして笑顔を見せたり、頼みごとをしたりしても、それを素直に受けとることはできなかった。思ったとおり、ラテイマーの陽気な態度はまもなく消え、悲しみにとって代わった。おそらく悲しみのあまり不機嫌な表情を隠しきれないのだろう。

シビルは黙っていられなくなって言った。「どうしたの、ラティマー？　わたしのことを怒っているの？　そうよね、わたしにはあなたの邪魔をする権利なんてないんだもの。もう失礼するわ。ひとりに耐えられないなんて甘えたことを言うのはやめるから」

シビルが長椅子から立ちあがって帰ろうとしたとき、ラティマーは彼女の足に手を置いて引きとめた。

ここは素早くことを運ばなくては、とラティマーは自覚していた。でないと、シビルはまたたくまに逃げ帰ってしまうだろう。「ぼくも寂しいんだ。ずっと以前に自分で孤独な生き方を選んだのに。あのころは若くて、今より愚かだった。シビル、きみは優しい女性だから、ぼくを慰めるためにできるだけのことはしてくれるよね。きみを元気づけることができたら、ぼくの気持も慰められるんだ。ホットチョコレートを用意するよ。ふたり分。だが、逃げないと約束してくれなくちゃいけない」

シビルはラティマーに腕をのばそうとしたが、引っこめて言った。「チョコレートは好きよ。気持が落ち着くから。ありがとう、ラティマー。魔法の飲み物を注《つ》いでもらう前に帰ったらばかというものよね？　ええ、逃げだしたりしないと約束するわ」

くそっ、彼女の腕はチョコレートよりはるかに心を和ませる効果がありそうだ。ラティマーは立ちあがって歩いていき、ふたつのカップに甘い液体を注いだ。まったく、ビスケットの缶をしまってある寝室の戸棚を見てくる危険も冒せない。たぶん缶は空だろうし、キッチンまで食べ物を探しに行っているあいだ、シビルをひとりにしておくわけにはいかなかった。

「あなたのことを話して」シビルの言葉に、ラティマーは不意をつかれた。「キルルード子爵夫人となったフィンチがいなくて寂しいのでしょう。でも、彼女は一緒に住んで、季節ごとにあちこちの所有地をまわろうと何度もあなたを誘っているのに」

ラティマーは悪態をつこうとして口を開いたが、代わりにできる限りゆっくりと息を吸った。「仕事をするにはここのほうが便利だから」彼はようやく答えた。シビルは自分の言っていることがどれほどばかげているかわかっていないのだ。

「頻繁にロンドンに出てくればすむことだわ。そしてもちろん、倉庫やこの部屋はそのままにしておけばいいのよ。当然、留守中に倉庫の管理をしてくれる信頼できる人を見つけるべきね。考えてみて、異国の品や上質な骨董《こっとう》家具を手放したがっている人は国じゅうにいるのよ。妹と、その夫や子供たちと暮らしながら、同時に仕事もできるわ。そうしたら、もう寂しい思いをすることはないじゃない」

ラティマーは冷酷ではないし、シビルに対しては余計にそうだ。だが、彼女のように聡《そう》明《めい》な若い女性にはよくないところを指摘してやるべきだ。「主に女性たちが、男女のあいだに違いはないと主張する風潮があるのはよく知っている。聞くところによると、家庭内で男が女性と同じように家事をこなし、女性と対等の立場をとる時代に、もうとっくになっていていいはずなんだそうだ。そういう時代になるのはいいことかもしれないが、実際にはなっていない。男は普通、妹の家庭に入りこんで、彼女の家族のあとを飼い犬みたいについていったりはしない。健康な一人前の男がそんなことをしたら軽蔑の的になるのが落ちだ。あたりまえだよ。一方、女性が姉妹の家族の一員になることは世間で完全に認められている。広く認知された絶対的な事実だ」

「子守り役として？」シビルの顔がふいに青ざめた。「そこの家の娘が大きくなったときのお目つけ役として？　でなければ、自分のものではない暖炉のそばの椅子に座ってひたすら刺繍《ししゅう》をするのね。充分な収入があって親戚《しんせき》と一緒に住んでいる男性は、家族のなかの独身男性というだけで、自分の仕事をすることができる。女性が同じく親戚と一緒に住んでいる場合は、自分の立場を思い知らされるし――わたしの場合はあからさまにではなかったけれど――必要な役割を求められるのよ」

優しい言い方をしないほうがいいのかもしれない。「シビル、きみは優秀なピアニストだ。どれほどエトランジェ伯爵家の役に立つことか。客をもてなす際にはお呼びがかかるだろう」どこまでも青いシビルの瞳に怒りの炎がともったのを見て、ラティマーは満足感を覚えた。彼女は控えめで美しい女性だが、ときおりすねた猫のような表情を見せる。「きみはいまだにここでピアノを教えている」ラティマーは続けた。「好きなだけ生徒をとればいいじゃないか。あの幼いテディ・チャタムはずいぶん成長したね。前みたいに無愛想ではないし、人に見られていないと思うと変な顔をすることもなくなった」

「テディは少し大人になって、自信をつけたの。きっと立派なピアニストになるわ」シビルはレディ・チャタムの息子を弁護しなくてはという衝動にわれながら驚いた。あの子は自慢できるようなことをしない限り息子を無視するひどく見栄《みえ》っぱりの母親にずいぶんつらい思いをさせられてきたのだ。

シビルはチャタム母子《おやこ》のことを考えるのはやめた。場の雰囲気が微妙に変わった。ラティマーを見ると、彼は片方の手に小さなカップを、もう一方の手に受け皿を持ってすぐそばに立っていた。

シビルは下に足をおろして立ちあがった。「ラティマー、どうしたの？　どこか変だわ。怒っているの？　わたし、怒っている人を前にするとどうしていいかわからなくなってしまうの」

「長椅子に戻るんだ、シビル」シビルはあわてて言われたとおりにした。わすれなぐさを散らした模様の陶器のカップと受け皿が手に押しつけられた。「これを飲んできみが落ち着いたら、ぼくは長椅子の反対端に座るよ。そんななれなれしい態度をとられたら、きみは不愉快に感じるかもしれないが」

シビルがどうぞというように長椅子を示すと、ラティマーはチョコレートを手にそこに座った。彼はカップを持っていることを忘れているかのように、口もつけなかった。

シビルの力になってやる責任がぼくにはある、とラティマーは思った。彼女はなにか困ったことがあってここに来たのだから。

「あなたの悩みを話してみて」シビルが訴えるように言った。「あなたの悲しそうな顔、見ていられないの」

ならば無理にでも楽しそうな顔をしていなければならない。ぼくの悩みはシビルにはどうしようもないことなのだから。「ぼくはなんともないさ。いいかい、ぼくがきみの部屋の扉をたたいたわけじゃない。きみは深い悲しみに沈んでいるから、ここに来たんだ。来てくれてうれしいよ。さあ、もっとチョコレートを飲んで、話したいことを話すといい」

シビルは彼に話したいことがあるわけではなかった。「寂しい夜だから誰かのそばにいたいとわたしは言ったのよ。それ以外のことは考えていないわ」

ラティマーは体をねじってカップと受け皿をテーブルの上に置いた。「ぼくのことを心配してくれているきみに、お礼を言うべきだったね。本当にありがとう。きついことを言ってすまなかった。でも、シビル、お願いだからもうこれ以上ごまかさないでくれ。今夜なにがあったんだい？」

シビルがうつむいて顔をそむけたので、ラティマーは本気で心配になった。この前会ったとき、彼女はハンターの部屋を訪ねてきていた。ふたりが親しい、もしかするとごく親しい間柄にあるのは間違いないらしい。だがシビルにハンターとの関係を尋ねるのはためらわれた。

「シビル、きみはメグが恋しくてならないんだろう。以前とはまったく生活が変わってしまったことにようやく気づいたんだ。急にメグの家族がイートンに帰ってしまったから、悲しいんだね。いつもきみを楽しませてくれるデジレー王女やハリバットのことも恋しいんだろう。家族全員が十七番地にいるあいだは、きみも幸せと安心を感じていられたのに」

わたしの男性についての判断は正しかった、とシビルは思った。男性というのは、当然それぞれに個性があるけれど、一様に自信過剰だ。あらゆる悩みに関して答えを知っていると思いこんでいる。彼女はラティマーをこっそり観察した。彼は上着の裾《すそ》を片側だけ後ろに押しやり、そこにこぶしをあてている。無意識の癖なのだろう、前かがみになってじっと前を見つめていた。シビルはラティマーの考えていることが聞こえた気がした。彼の腿の筋肉が動いているのもはっきりわかった。そして引きしまったウエストは……。

彼との友情を保つためには真実を言わないと――それに自制しなくては。「そうではないの、ラティマー。いえ、確かに少しはあたっているかもしれないけれど、ジャン・マルクとメグの結婚を、わたしは妹のために望んでいたの。いつでもうれしく思っているわ」「もちろんだ」ラティマーの考え深げな態度は変わらなかった。「ということは、それが原因ではないんだね、きみが言うように。もしかして金に困っているが、恥ずかしくてメグと伯爵のところに借りに行けないのか？　金が問題なら、気にすることはない。過去にもずいぶん苦労したことがあるじゃないか。ぼくが銀行と相談して、きみに定期的にいくらか送るようにするよ」

シビルは彼を抱きしめ、なんていい人なんでしょうと言いたかったが、このときばかりは生来の内気さが顔を出した。そんな振る舞いはもってのほかだ。

「シビル、経済的なことで悩んでいるのかい？」

「ありがとう、ラティマー。あなたの心づかいには胸を打たれたわ。でもわたし、お金に困っているわけではないの。実を言えば、父の財産を整理してかなりのお金が入ったわ。それに生徒をもっと増やすつもりでいるし、レッスン料も値上げするかもしれないの」

「それを聞いて安心したよ。でも、きみはやはり悲しそうだ。ここに住むのがいやなんだね。そうだろう？」

「わたしはこの屋敷を愛しているわ。わが家同然よ」

「となると、答えを探すにはもっといろいろ考えてみないといけないな」ラティマー・モアはあきらめなかった。「ここは気に入っている。でもパックリー・ヒントンが恋しいとか」

「いいえ」シビルは言い張った。「父はもうこの世にいないし、母はその何年も前に亡くなっているの。それに、村はとても変わってしまったわ。ときおり訪ねていっても、なんだか悲しい気持になるの。わたしの居場所はここよ。ここで暮らしてきたんだもの。あなたはそのことでわたしを哀れんでいるみたいだけれど」

ラティマーは立ちあがって少し歩いた。シビルが彼の表情を見るためには首をのばさなくてはならなかった。やがてラティマーは言った。「哀れんでなどいないよ、シビル。でも、きみの言い逃れにはだんだん腹が立ってきた。いや、口を挟まないでくれ。きみは積極性を身につけたんだとか、ときには華やかで魅惑的な服を着るのだとか言いかねないからね。きみが軽快で楽しそうではずむような歩き方を練習し始めたときから、きみの変化には気づいていた。達者な物言いにはいらいらしたし、きみを訪ねてきて部屋にこもっているふんぞりかえった女性たちにはぞっとしたよ。仲間の振る舞いに困惑しているらしい赤毛の女性はまだ許せるが。ともかくきみはあの人たちのせいで変わったんだと思う。それもよくないほうに」

「ラティマー！」

「話の腰を折らないでくれ。彼女たちに、あんまり鼻を高々と持ちあげていると前が見えなくて危ないと忠告してやりたくならないか？　この家の階段から落ちたらそうとう痛いだろうからね。まあ、そんなことはいい。きみは自分の人生にうんざりし、あの女性たちを相談相手として家に呼んでいる。そうだね？」

嘘《うそ》を言っても無駄だ。ラティマーはわたしの心が読めるのではないかと、シビルは昔から思っていた。「あなたの言うとおりよ、少なくともだいたいのところは」

「具体的に言ってくれないか？　具体的な理由はなんなんだ？」

「わたし、あなたがとても理解のある人だからここに来たのよ。ときおりわたしに助言をしてくれるけれど、決して押しつけがましいところはなかった。でも変わったのはあなたも同じよ。今夜はひどく横柄だわ」

ラティマーは唇の端を引きつらせながらシビルを長いこと見つめていた。彼女は彼が今にも笑いをこらえきれなくなり、自分を侮辱し始めるのではないかと思った。

「今夜はきみをどこへも行かせないよ。ぼくとここにいるんだ。きみはなにが悲しいのかときくとはぐらかしてばかりいるが、そんなことはもういい。思いきって言うと、きみがこの屋敷から出ていったら、ぼくもみんなと同様大いに寂しいだろうからね」

この人はわたしに揺るぎない友情をささげてくれる。だからこそ、わたしはここに来たのだ。ラティマーの言うとおり、わたしの悩みがわからなければ、彼は力になることができない。「わたし、どうしていいかわからないの」シビルは小声でつぶやいた。スコットランドの山腹を氷の塊が滑り落ちていく光景が思いだされた。あの氷のように、自分がどんどん小さくなり、消えてなくなってしまいそうな気分だ。「身の破滅よ。事情を聞いたら、あなたはわたしと知り合いでいたくなくなるわ」

ラティマーはつばをのみこみ、咳払《せきばら》いした。「なにがあろうと、ぼくはきみの味方だ」

シビルはショールの端を持ちあげ、それで目からあふれる涙を隠した。「あなたは本当に優しいのね」ショール越しにくぐもった声で言った。「ゆうべ、とんでもない過ちを犯してしまって、恥ずかしくてならないの。羞恥《しゅうち》心のあまり今日は一日じゅう部屋にこもっていたわ」

ラティマーは金色の椅子のひとつをシビルのそばまで引っぱってきて座った。そして、彼女の手をショールの下からとり、ぎゅっと握った。

シビルは再び口を開いたが、涙で喉がつまってうまくしゃべれなかった。「わたし、子供を持とうと決心したの。自分の血を分けた子供を。その秘儀を行うにあたって男女の体の働きについて充分時間をかけて勉強したわ。お願いだから、ハンターを悪く思わないでね。彼はとても理知的な人だから、女性が夫をつかまえなければならないという軽はずみで愚かな習慣に従うために一生懸命になる代わりに、子供の父親としてふさわしい男性を探しているのがわからないの。最初、ハンターはわたしに協力してくれそうだった。でも、わたしは本当にばかなまねをしてしまったの。それで、彼はわたしが本気でないと判断したのよ。責めることはできないわ。彼は誤解して、こう言った。わたしが関心を持っているのは……とても口に出せないわ」

「性交だと？」

「そう。ハンターはわたしをはねつけ、もう二度と顔を合わせたくないと思っているの。すれ違うのすらいやに決まっているわ。わたしのことを淑女でないどころか、とてもふしだらな女だと思っているのかもしれない。そもそも彼のところに行くべきではなかったのよ」

ハンターは本当にしたかったことを思いとどまったに違いない、とラティマーは思った。

あのろくでなしを殴ってやりたいが、暴力ではなにも解決しない。「最初からぼくのところに相談に来ればよかったんだ。ハンターとぼくの気性の違いはわかっているだろう？彼はいい男だ。信念も誠実さもある。同時にぼくが知るなかで最も野心的な男だ。いや、今のは聞かなかったことにしてくれ。友達について否定的なことを言うべきではなかった。ぼくもいい人間だ。そう思いたい。ぼくは他人に気をつかう。仕事熱心だが、身近な人たち、大切な人たち――家族や友人――を忘れるほどではない」

熱心に聞いていたシビルは、そのとき不安になった。ラティマーは……わたしに……好意的みたい。彼のことは好きだけれど、愛してはいない。この計画において愛が重要な要素というわけではないが。だからこそ、ハンターのところへ行ってはいけなかったのだ。また喉にしこりができた。こんなに彼を愛しているのに、あったかもしれないわずかな望みすらも、わたしはふいにしてしまったのだ。

「ぼくになにをしてほしいのか言ってごらん」ラティマーは言った。「シビル、なんであろうとかまわないから」

なんてことかしら。ラティマーにはその気があるということ……いいえ、ハンターと同じく結婚もせずに子供の父親になるなんて考えには愕然《がくぜん》とするだろう。でも、そうではないかもしれない。

「驚いたわ」シビルは言った。「あなたの親切は身に余るわよ。あんなことをしたわたしのためにそこまで言ってくれるなんて」

「きみはいつだってきみだよ」ラティマーは言った。「ぼくになにをしてほしいのか、具体的に説明してくれるかい？　本当にぼくの協力を必要としているなら」

困ったわ、とシビルは思った。また雲行きが怪しくなってきた。あなたに協力してもらおうとは思っていないと言えば、ラティマーを傷つけてしまう。いずれにしても彼はどんな女性の子供にとっても最高の父親となるだろうから、そんな機会を――機会があるとしたらだが――見逃したらばかというものだ。

「いいんだよ、シビル」ラティマーは言った。「先走りしすぎたね。そもそも、どうしてきみはそういう個人的な悩みをぼくに打ち明けようと思ったんだい？　押しつけがましい発言は忘れてくれ」

「押しつけがましくないわ。あなたは親切よ。親切すぎて、どうしていいかわからないくらい。ねえ、わたし、子供は自分で育てるつもりなの。父親にはそのときだけ役目を果たしてもらえばいいの……わかってくれるわよね。その男性が子供の父親かもしれないと疑われることがないように手はずは整えるわ。わたしはヨーロッパへ行き、子供を連れて帰ってくる。捨て子を養子にしたと言って。そういうことにするの。でも、男性の協力なしにはうまくいかないわ」

ラティマーは言った。「なるほど」そういうことか、という表情をしている。「きみの言いたいことはわかった。妙なことを想像してしまったが、ようやくはっきりした。シビル、きみはひとりで大陸に行くわけにはいかないだろう」

「ええ、でも、お友達のひとりが一緒に行ってくれると思うの」

ラティマーはどう切りだそうかと考え、やがて言った。「口にするのが恥ずかしい気持はわかるよ。心配なのはお金なんだね。ヨーロッパに渡って貧しい夫婦から子供をもらい受けるには資金が必要だ。きみは勇気があるね」

なんてことかしら！

「ハンターがきみに協力しなかったことは意外と言わざるをえない。そうだ、彼は仕事で難しい局面に立たされているからな」

「ええ、ラティマー。わたし、ハンターのことがとても心配なの。誰かを捜しに何度もカーゾン・ストリートの家へ行っているのよ。その人にききたいことがあるみたい。でも見つからないらしくて、帰ってくるたびにすごく怒っているの。その人の身の安全が心配なのかしら？」

ラティマーは体をこわばらせた。背中が痛んだ。「ああ、そうだと思う。ハンターは今も出かけているのか？」

シビルはラティマーと目を合わせられないながらも答えた。「部屋にいると思うわ。この時間だから寝ているんじゃないかしら」

「そうだろうね。ついでだから言っておくと、早朝に厩へ行くのはしばらくやめにしたほうがいい。少なくとも雪が解けて、あの時間に人通りが戻るまでは」

「わたしを監視してるのね！」シビルはかっとなってすっとんきょうな声をあげた。「ほったらかしにされている二頭の馬に餌《えさ》をやりに行っているだけよ」

ラティマーは笑いをこらえることにした。「きみは監視と言うが、ひとつ屋根の下に住んでいればいたしかたないことだ。足音でこの屋敷の誰かわかるし、どこへ行くのだろうと思いもする。当然7Bのミス・シビル・スマイルズが、ミスター・ハンター・ロイドが出かけていったり帰ってきたりするのをじっと見ていることにも気づいてしまう」

「あなたの言うとおりね」彼女はつんとして言った。「もう帰るわ」

「けっこう。でもまた来ると約束してくれるかい？　ぜひそうしてほしいんだ」

「ありがとう。もちろんお邪魔するわ」

「朝にでも必要なことを知らせてくれたら、きみの口座にお金を振りこむように手配しておくよ。その、きみが考えているちょっとした冒険のために」

シビルは立ちあがってショールをしっかりと巻きつけた。「残念ながらあなたはわたしの言ったことをちゃんと理解してくれていないわ。恥ずかしい話題だから、わたしが言うべきことをはしょってしまったのがいけないのだけれど。自分の血を分けた子供が欲しいと言ったのを聞いていなかったのね。養子をとるつもりはないの」

ラティマーは一瞬シビルの顔に触れ、すぐにそれを後悔した。「聞いていたが、ぼくの勘違いだと思ったんだ。だいたい、どうしてきみは子供が欲しいと言い張るんだ、夫ではなく？　子供にとっていいことじゃないよ。それに海外に行くなんて危険だし……」彼女が言わんとしていたとんでもない計画がようやく理解できた。今の今まで、あえて考えようとしなかったのだ。「きみは目的のために赤の他人を、どこかの外国人をベッドに誘おうとしているのか。そして赤ん坊が生まれるのを待ち、その子が養子であるかのように装って家に戻る……なんてことだ、シビル。メグがなんと言うだろう？　お父さんが生きていたらなんと言うと思う？」

「メグはもう知っていて、心配しているわ。残念なことに」シビルは目をこすった。「お父様にはわかってくださいと毎日お願いしているの」

「伯爵が許さないだろう」

「あの人はわたしの父親でも後見人でもないわ」彼女はつんと顎をあげた。生まれ変わった威勢のいいシビルが現れる。「危険な行為に見えることはわかっているけれど、あなたが思うほど無謀なことではないのよ。はじめはわたしに協力することをいとわない相手を探そうと思っていたの。旅まわりのサーカスに近づくか、大きなお屋敷に仕えてそこの紳士から誘われるのを待つかしようって。売春宿へ行くことはすぐに除外したわ」

ラティマーは言葉を失った。

「でも、見ず知らずの人の子供を産むという考えは捨てたの。わたしはいろいろなことを学んだし、今も学んでいるわ。もううぶな娘ではないと断言できる」

「それはわかるよ」ラティマーは今ほど絶望的な気分で、どうしていいかわからないことはなかった。「これはきわめて難しい問題だ。慎重な手引きが必要だよ」

「もちろんよ。そうだと思うわ。だから、ある決心をしたの。一度は捨て去ったけれど、前から考えていたことよ。子供の父親は見ず知らずの人ではなく、わたしの知っている人、尊敬できる人でなくてはならないわ。いとしい、そしてすばらしいと思えるような、わたしの恋人でいてくれる男性でないと。子供を授かるまでは。そうなったらわたしは大陸へ行くの。数カ月後にわたしが戻ってきたとき、その人は子供と会う。でも、わたしが長いこといなかったから、彼には別の生活があって、子供に対する思いやり以上の感情は持っていない。そして誰ひとり、その人が父親であることに気づかないの」

「なるほど」ラティマーから見れば、自分の子供と対面しながら他人のように振る舞うなど不可能だった。

「自分の尊敬できる人に子供の父親になってほしいと思うのは正しいことでしょう？」

「確かにそれがいちばんだね」どうやらシビルの考えを誤解していたようだ。

シビルは歩いていって扉を開けた。「おやすみなさい、ラティマー。すぐに返事を求めるのはあんまりよね。でも明日じゅうに気持を決めてもらえると助かるわ。算数の答えを出すようなものだと思って。わたしたち、きっとうまくやれるわ。七番地が無理なら、ほかのところでもかまわないし」

「つまり」ラティマーは言った。「きみは本気で言っているんだね……ぼくに子供を授けてほしいが、結婚はしたくないと。ぼくの恋人になりたいんだね。子供ができるまでという期限つきで」

「あなたは自分のことで手いっぱいで、こんなことにかかわりたくないでしょう」シビルは言った。「もちろん、それはわかるわ。その場合はほかの人を紹介してもらえるかしら――あなたはわたしを助けると、わたしを見捨てないと言ったのだから。その相手と心の結びつきがないことに耐えられなくなるかもしれないから、なるだけ早く目的を達成するように努力するわ」

ラティマーは彼女を自分のほうに向かせ、肩に手を置いて目をのぞきこんだ。「約束してくれるかい？　この件については逐一ぼくに報告すると」

「ええ」シビルはまじめな顔でつぶやいた。「約束するわ」

「じゃあ、明日気持を決めてきみのところへ行く。それからシビル、きみがぼくを適切な相手と考えてくれたことをとてもうれしく思うよ」

彼女はうなずいて愛らしくほほえむと、部屋を出て扉を閉めた。

ラティマーはシビルが座っていた長椅子に腰をおろした。彼女はぼくのところに来た。

なんの見返りも求めず、自分を差しだそうとした。ふたりが恋人同士になる――このすばらしい考えに、彼は歯ぎしりした。そして子供ができたら、シビルは二度とぼくの寝室を訪れず、ぼくになんの要求もしない。その後もみんなこの屋敷に住み続け、ぼくとぼくの子供は他人ということになる。

ラティマーは横になり、脚が長椅子からはみでても気にしなかった。天井にちらちらと映る暖炉の明かりが心地よい。まだ空からは冷たく湿ったものが落ちてきているのだろうが、ここにいるとなにも聞こえず、なにも感じなかった。自分の頭のなかで響く大きな声以外は。

おまえは性欲の強い人間だ。きわめて性欲が強い。おまえが今惨めな気持でいるのは、その場限りの情事にうんざりし、妻と子供を欲しがっているせいだ。それならどうして、自分の望みをあきらめ、シビル・スマイルズの望みをかなえるためだけに彼女とベッドをともにすることに同意しようとしているのだ？

今はシビルを愛していないが、そのうち愛せるようになると確信しているからだ。そして子供を授けてさえもらえれば、男性などいなくてもかまわないという彼女の気持を変えることができると思っているからだ。

シビルは無垢《むく》だ。おまえは無垢な女性に手ほどきをしたことはないが、その考えには少なからず心をそそられているはずだ。ある界隈《かいわい》には〝イングランド一の恋人〟と呼ばれるおまえと先を争ってベッドをともにしようとする女たちがいる。売春宿や娼館《しょうかん》へ通ったのは昔の話だが、自分の特技を忘れたわけではあるまい。

気の毒なシビル。そんなこととは露知らず、控えめな――しかも退屈な――方法で目的を達成するには最もふさわしくないふたりの男に近づいたのだ。ラティマーに引けをとらない隠れた評判の持ち主と言えばただひとり、ハンター・ロイドだ。噂《うわさ》によると、ハンターは何度でも絶頂に達することができ、よほど体力のある女性でないと彼にひと晩つき合えないらしい。上流社会のなかでハンターがつまみ食いした女性はほとんどいない。その数が少なければ少ないほどいいのだ。ハンターとねんごろになった女たちは〝ロンドンの絶倫紳士〟とのすばらしい体験を忘れられず、語り草にする。だが彼は高級娼婦としか情事を楽しまず、自分のまわりに衝撃を与える評判を立てられないように細心の注意を払っていた。

ハンターはシビルを食い物にするだろう。ぼくなら彼女を傷つけたりはしない、とラティマーは思った。ぼくなら彼女を夢中にさせることができる。ぼくとシビルならうまくいく。最高の夫婦になるはずだ。

15

シビルは玄関広間に立ちつくしていた。あたたまった肌が冷えていく。ラティマーによくもあんな頼みごとができたものだ。

わたしはいったいどうしてしまったのだろう？

彼に対して感じている気安さから？

自暴自棄になっていたから？

ふいに頭がどうかしてしまったから？

だめよ、だめ、だめ、絶対にだめ。ハンターとの関係が失敗に終わったのに、性懲りもなくまた面倒を引き起こそうとしている。

わたしはラティマーに子供の父親になってくれないかと頼み、ハンターとのあいだになにがあったかほのめかした。

ラティマーはわたしの話を無視したりはしない。まじめに受けとり、力になろうとしてくれるだろう。そのうえ軽率にも、はじめにハンターのところへ頼みに行ったと打ち明けたせいで、いい友人であるふたりの仲がこじれてしまうかもしれないのだ。
仕事を離れると、ラティマーはあまり人とつき合っていないようだ。一方のハンターは
もっと世慣れている。彼はわたしの友人だから、あの夜のことはなかったふりをしてくれ、
じきになにごともなかったのだと思うようになるだろう。ラティマーがハンターを責めた
りしなければ。
シビルは階段の最下段に座った。ハンターとの経験はいつまでも鮮明な記憶として残る
だろう。たとえハンターがあのとんでもない密会について触れなくても、彼を見るたびに、
わたしのしたことを思いだしているに違いないと考えるだろう。
わたしだって思いだしてしまうだろう。自分のしたこと、そしてハンターのしたことを。
男性について、あるいは一部の男性について、またわからないことが出てきた。本で読ん
だこととは違い、男性にとっての性交は、女性にとっての性交ほど夢中になるものでも、
心に残るものでもないらしい。実際、男性が性交を必要とするのは体が欲するからなのだ。
その際、頭が働いているとは言いがたい。とはいえ、ある本には賢い妻なら独創的な技巧
を用いて夫の心を奪い、自分につなぎとめておくと書いてあった。その技巧とやらがどう
いうことを指すのかよくわからない。だが夫とベッドをともにするときはいつでも、妻が
シルクの紐《ひも》を――奇妙なステッキは言うに及ばず――とりだすなどということはないに違
いない。

わたしは一瞬ラティマーの姿を鮮やかに思い浮かべた。裸のラティマーの姿を。心をかき乱す出来事について深く考えるのはやめよう。あんなことは二度と起こらないのだから。でも、起きてしまったら？　あらゆる人の服を着ていない姿が見えるようになったのだとしたら？　シビルは身震いした。

大変なことだ。人間の性についてさまざまな研究をしたとはいえ、少し前までわたしが無知だったことは否めない。だが、そんなことはかまわない。もはやうぶな娘ではないのだから。そう、増えつつある体についての知識に最も重要なものが加わったのだ。世界じゅうの黒い四角も、その下に隠されているものを秘密にしておくことはできない。自分の観察力をありがたく思わなくては。ハンターの下腹部はふたりがベッドの上にいたとき、とても大きくなっていた。男性のあの部分は興奮すると変化を遂げるのだ。

シビルは両手のこぶしを握り、縦に重ねた。それを上にあげ、あらゆる角度からじっと観察して、驚いた。充分に観察できたわけではないが、それでもなお畏敬《いけい》の念を覚えた。ゆっくりとこぶしを開き、おおよその円周を測ろうとした。あのときは一方の腕が使えなかったので、今の段階では間に合わせのやり方だ。あとで定規を使い、用心深く秘密にされている部分がどれくらい長く、また太くなるのか測定しよう。長さは二十センチか、もしかすると二十五センチほどで、太さは真鍮《しんちゅう》のノブくらいある。でも、もっとあたたかくて――熱いくらいで――膨張した血管が浮きでていた。その先端を見たときは、まさに呆然《ぼうぜん》とした。熟れた桃のようにくぼみができていて、色は紫のヒヤシンスかプラムのようだった。

そして彼が歩くとそれ全体が揺れるのだ。ああ、なんて奇妙なのだろう。そして状況しだいではさぞかし不便だろう。

こんなことばかり考えていたら、下腹部がこわばってきた。外に出て夜気にあたって頭をすっきりさせ、ややこしい問題はすべて忘れてしまおう。

シビルは立ちあがって動きをとめた。自分ひとりではないという気がして胸騒ぎがしたのだ。まわりを見渡してみた。なんら変わったところはない。古い屋敷がきしむ音が聞こえるだけだ。それでも見られているような感覚は消えず、背中をゆっくり這《は》いのぼってくるかのようだった。

外から野良猫の鳴き声が聞こえた。猫が全身の毛を逆立ててしっぽを空へ向け、暗闇《くらやみ》のなかで鋭く白い歯を光らせながら、のびた爪の先で器用に歩くさまが思い浮かんだ。

やはり早くベッドに入ったほうがいいかもしれない。

昔のシビルならそうしただろう。こそこそ逃げだし、隠れてしまっただろう。変わる前のはにかみ屋のシビルなら。あとは苦心して身につけた――というより、もともと備わっていたのを発見した――自信という資質を自分のものにできればいいのだけれど。

かすかな物音が聞こえた。男性が静かに咳払《せきばら》いする音だ。シビルが見あげると、手すりの上で腕を組んでいるハンターの姿が目に入った。彼はじっとこちらを見ていた。

二階分離れていたが、ハンターが愉快そうな表情を浮かべているのがわかった。わたしのことを笑っているのだ。なんてこと！　こぶしで彼の性器の寸法を測っていたところを見られたのだろうか？　それはなくても、わたしがなにをしていたか推測されたとか？　ああ、シビル、落ち着きなさい。どうして彼が推測できるというの？

ハンターは彼女に素早く会釈した。

シビルも気をとり直して上品に会釈を返した。彼はとっくに眠っていると思っていたのに。もう一度カーゾン・ストリートへ行ってみるつもりなのかもしれない。そこで起こっていることをひどく心配しているようだから。

ハンターは体を起こすと、歩み去った。

「ばかね」彼女はつぶやいた。「なぜあの人に恋してしまったのかしら？」自分の問題だけでも手いっぱいなのに、愛する男性の身が案じられてならなかった。

シビルは外套《がいとう》をとってはおった。そしてマフについた黒いベルベットの紐を首にかけ、フードをあげると、外套のなかを調べた。ナイトライダーとリビーにあげる残飯をとりだしやすいように裏地にポケットをつけてあるのだ。忘れ物がないことを確認してから外に出た。あまりの寒さに息がとまり、慣れるまでしばらくじっと立っていなくてはならなかった。風が強くなってきた。絶えず風向きを変え、弱まったかと思うとまた勢いを増して吹き荒れる。

外はまだ真っ暗だったが、雪が不気味な光を発していた。細かな雪が再び降り始めている。遠くに目をやると、屋根の上の濃い紫色に染まった空に真っ黒な煙が細くたなびいていた。煙のつんとするにおいがシビルのところにまで漂ってきた。

彼女は手すりにつかまりながら、ゆっくりと階段をおりた。広場は異様な雰囲気だ。なにかを待っているかのように静まりかえっていた。気味が悪い。静けさを破って、ときおり屋根や木の枝から小さな雪の塊が滑り落ち、表面の凍った雪の上で音をたてて砕けた。

シビルは歩きだした。さっき丈夫なブーツで雪を蹴散《けち》らしながら走りたいと思ったっけ。大きな雪の塊が屋根からどさっと目の前に落ちてきた。降り積もった雪が突風にあおられて渦巻き、ときに高く舞いあがってシビルの顔を氷の針のように刺した。雪はしだいに激しくなってきた。彼女はほほえみながら小道を走った。

また同じ感覚に襲われた。誰かに見られているような感じ。まわりを見渡してみたが、変わったところはなかった。風はあるものの、景色は静止していた。ところどころ門や木から影がのびているだけだ。高いところからさらに雪が落ちてきて、積もっている雪に重なった。人気はなかった。

ナイトライダーの飼育係は怠け者だから、今日あの誇り高い動物は新鮮な食べ物を与えられていないに違いない。もしかすると水さえも。井戸の場所は知っていたが、それよりも馬に会いに行くほうが先だ。

路地に入ると、シビルはフードをしっかりとかぶって先を急いだ。一歩ごとに危険が迫っているという確信が強まっていく。歩きながら肩越しに振りかえった。路地には門も木もなく、ただ漆黒の闇があるだけだ。彼女から少し離れてあとをつけてきた黒っぽい服の悪漢がすぐそこにうずくまっているかもしれない。

どうして？

わたしは名もない人間なのに。

ハンターは玄関でわたしを見ていた。姿は見えなくなったけれど、部屋に戻ったとは限らない。

ハンターがあとをつけてきたのに決まっている。また兄の役を演じてくれているのだ。ハンターから妹のように見られていることには心が痛むけれど、今見守ってくれていると思うと悪い気はしなかった。夜中にひとりで外をうろついているのだから、さぞかし怒られるだろう。お説教をされても仕方がない。

シビルはほほえみながら、躊躇《ちゅうちょ》なくナイトライダーの厩《うまや》へ向かった。彼女の足音を聞いて、ナイトライダーが大きな頭をつきだした。今度ばかりは頭を振りあげて荒々しい声をあげることなく、うなだれた様子で、シビルが近づくと彼女の頭の横に鼻を押しつけた。数個のしなびたりんごがまたたくまになくなった。続いて少々柔らかくなった人参《にんじん》。馬の横に置いてある桶《おけ》には水が残っているものの、氷が張っていた。人手が欲しいところだ。シビルは振りかえって言った。「ハンター、隠れていないで、こっちへ来て手伝ってちょうだい」

ハンターが姿を見せないので、彼女はいらだった。そして、ナイトライダーにパン数切れともうひとつりんごをあげた。厩の壁の近くに雪に埋もれた大きな石があるのに気づき、両手で持ちあげる。戸に寄りかかるようにして桶のなかへくりかえし石を落とすと、やがて溶けかけた氷が割れて残った水とまざった。

「さあ、これでいいわ。あなたの世話がどうなっているのかきいてみないとね。あなたの主人がこんな怠慢を許しているなんて信じられないもの」シビルは馬の耳のあいだをかき、柔らかな鼻面を撫《な》でてやった。「さあ、少し休む時間よ」

ナイトライダーをそっと押しやり、厩の戸を閉めようとした。

シビルはそれ以上動けなかった。

何者かにフードで顔を覆われたのだ。シビルは悲鳴をあげ、足で蹴ったが、彼女を襲った人間はかなり大柄だった。相手はやすやすと大きなフードですっぽりシビルの頭を包み、なにかで首のまわりを縛った。彼女は完全に目隠しされた状態で、息苦しかった。

「誰？」シビルは叫んだ。恐怖感に襲われていた。ヒステリーを起こしては助かるものも助からなくなる。「なぜこんなことを？」

答えの代わりに、こぶしで頬を思いきり殴られた。間を空けずに二発目が目を直撃した。シビルは激しくよろめいた。襲撃者は丸石の敷きつめられた道から彼女を引っぱりあげて肩に担いだ。シビルの耳にナイトライダーのいななきと、厩の戸の下半分が開く音が聞こえた。

においと男のブーツが藁《わら》を踏むかさかさという音からして、ナイトライダーのねぐらに入ったことはわかった。続いて別の戸が開く音がした。奥の馬具庫へ続く戸だろう。馬を見に来たとき、そこはしばしば開いたままになっていた。油と蜜蝋《みつろう》のにおいがし、男が口のなかで立て続けに悪態をつくのが聞こえた。

わたしをここで殺すつもりなのだ。凶器になるものはたくさんあった。

「放して」シビルは言った。ときには観念して命乞《ご》いをしなくてはならないこともあるのだ。「わたしはほったらかしにされている二頭の馬に餌《えさ》をやりに来ただけなのよ。なんなら百数えるから、そのあいだにいなくなって。約束は守るわ。物音ひとつたてないし」

笑い声が聞こえ、シビルは乱暴に石の床におろされて腹部を蹴られた。激しい痛みに息もできなかった。男は向きを変えたらしく、今度力任せに蹴られたのはお尻だった。続いて背中に何度か足が食いこんだ。

「わたしがなにをしたの?」シビルはようやく尋ねた。人目もはばからずに泣いていることなど気にしていられなかった。

「なにも」男の答えはシビルを驚かせた。「単におまえはハンター・ロイドの親しい友人だというだけだ。おまえは役に立つ。言われたとおりにするなら生かしておいてやろう。ロイドはわれわれのためにあることをしなくてはいけない。あいつがこちらの要求に従えば、みんながまた幸せになる。それなのに、ロイドは渋っているのだ。幸い、あいつが本当に大切にしている人間をひとりふたり見つけることができた。おまえはそのひとりだ――どうしてあんな男に惚《ほ》れたのかはわからんが。あんな女癖の悪い男に。だが、こっちの知ったことではない。身持ちの悪い男を魅力的と感じる女もいるのだ。おまえはロイドに魅力を感じているようだから、あいつを助けさせてやることにした。ロイドがここへ来たら――間違いなく来る――こう言われたと伝えろ。おまえが殺されなかった唯一の理由はわれわれの伝言を伝えるためだとな。おまえの姿を見たらあいつの理性も吹っ飛ぶだろう。こちらの思う壺《つぼ》だ」

シビルの口のなかは血の味がした。唇ははれている。この男がハンターについて言ったことはすでに聞いていた。わたしがハンターに対して腹を立てれば、要求をのむことにしりごみしないだろうと踏んでいるに違いない。「伝言というのはなに？　誰かを危険に追いこむようなことなら、彼はしないと思うわ」

ゆっくりと規則的なブーツの足音がシビルの周囲をまわった。「するさ」男はそう言い、彼女の縛られた両手首を踏みつけた。シビルは悲鳴をあげ、手を傷つけられないように祈った。

「今のは痛かっただろう？　ロイドが現れたら、おまえはこう言うだけでいい。要求に従う気にならない限り、グリーヴィ・シムズを捜しても無駄だ、とな。覚えられるか？」

「え、ええ」

「よし。それからこう伝えろ。こちらの言うとおりにしないなら、われわれはシビル・スマイルズがまたひとりになるときを待つ。ちょっとした旅に連れだすが、もう伝言を持って戻ってくることはあるまい。二度と会うこともないだろうと」

ハンターは、シビルに会いに行くべきかどうか長いこと思案していた自分を呪《のろ》った。もはやじっとしていられなくなってシビルの部屋へ向かったが、彼女はラティマーに慰めを求めに行ったあとだった。それが問題なのか？　大いに問題だ。洗練された大人の男であるはずのハンターはじっと待っていた。しかし、玄関広間に出たシビルに見張っていたことを気づかれてしまい、いらだちを抱えてベッドに入ったのだった。

いったいあのはた迷惑なお嬢さんはこんな時間に、こんな天候のなか、なにをしに外に出たのだろう？　家にいるとばかり思っていたのに、昨夜のことを謝ろうと再び起きてシビルのもとを訪れたところ、部屋は空っぽだった。貸してほしいと言われていた本のことを思いだしたふりをしてラティマーの部屋にも行ってみたが、そこにも彼女はいなかった。

ラティマーの部屋に寄ったせいで、別の不愉快な事実が明らかになった。ハンターは以前からラティマーがシビルにつきまとったり、贈り物をしたり、必要以上になれなれしくするのが気に入らなかった。今回、そう思っているのは相手も同じだとわかったのだ。ラティマーからは前にもシビルに近づくなと言われたが、今度はずばりこう警告された。

「きみがあのすばらしい女性を不幸にするようなことをしたら、ぼくがただじゃおかない」

ラティマーにそんなことを言われる筋合いはない。

ハンターは言いかえした。「モア、きみこそシビルに近づくな。もう彼女にまつわりついて安っぽい人形を押しつけたりするな。いくら静かな生活を送っているシビルには芸術品とがらくたの区別がつかないからって。きみは彼女の機嫌をとりたいだけじゃないか。今度そんなことをしているのをぼくに見つかったら、きみはその日一日後悔するぞ」

部屋を出たハンターは、ラティマーが追ってこなかったことにほっとした。腹立ち紛れに玄関の扉を開けた。寒さに歯をがちがちいわせながら、家の前から通りへ続く足跡に目をとめる。

足跡はまだ鮮明で、男性のものにしては小さかった。だが、雪はほとんど降っていないので、どちらにしても埋まってしまうにはかなり時間がかかるだろう。ハンターは玄関に置いてあった外套と近くの戸棚にしまってあった帽子をつかんだ。ありがたいことに、手袋も見つかった。足跡を追って歩き始める。足跡は急に左に折れて路地に入り、厩へ続いていた。安堵《あんど》すると同時に腹が立った。しようのない娘だ。なんて愚かなことを。馬に餌をやりに行くとは！　こんな時間にひとりで馬のために外に出るなんて、いったいなにを考えているんだ？

ハンターは足を速め、厩の前まで来た。シビルの足跡のほかにもうひと組、かなり大きな足跡が残っている。たぶん七番地の外から続いていたのだろうが、気づかなかった。

彼はメイフェア・スクエアの屋敷の塀に張りつくようにして用心深く進んだ。塀は厩に面していた。厩の上は一部が住居になっていて、召使いの夫婦が住んでいた。

シビルはつけられていることを知らずにここまで来たのだ。ナイトライダーの厩が見えてくると、ハンターの全身から汗が噴きだした。数メートル四方の範囲で雪がかきまわされているところがある。彼女は襲われたに違いない。もみ合った跡があるが、もしシビルが反撃できたとしても、足跡からして相手はかなり大柄だ。

ハンターは少し歩いていったん厩を通り過ぎると、そこから出てきた人間にすぐには見つからない方面から再び近づいた。

建物の端に着くと、戸は上も下も少し開いているのがわかった。なかからはなんの音も聞こえない。

ちくしょう、ぼくのせいだ。シビルが部屋に来たとき、なぜあんな乱暴な振る舞いに及んだのだろう？　少しでも思いやりのある男なら、彼女がどれだけの覚悟でぼくのところへ来たかわかりそうなものなのに。なぜあんな態度をとってしまったのだ？

なぜなら、シビルがぼくとの結婚には興味がないと知って自尊心を傷つけられたからだ。かつてない経験のせいで、社交界にデビューしたての第一級の美女が自分の気に入った男性から相手にされなかったときのように、いらいらしてしまった。

早急になかに入ってみるしかない。ハンターは持ち歩いている小型拳銃《けんじゅう》をとりだして戸を押し開けた。雪の反射だけが唯一の明かりだった。

大きな黒毛の馬の姿が見えた。右側の壁近くにじっと立っている。ハンターはためらうことなく近づいた。彼にとって馬は常に生活の一部だった。「寒いか？　凍えていてもおかしくない。なんとかしてやらないと」馬には毛布一枚すらかけられていなかった。

ほかのものが目についた。馬の後ろに戸がある。馬がほとんど寄りかかるようにしてその戸をふさいでいるのだ。ハンターはそれ以上時間を無駄にせず、馬のそばへ行って手袋をはめた手で撫でてやった。頭をさすり、小声で話しかけながら、ゆっくりと馬を戸から離れさせた。わずかな隙間《すきま》ができると、さびた掛け金をはずして戸を開けた。馬も彼と一緒に奥の部屋へ入りこもうとした。

「わかった、わかったから」ハンターはそっと言った。「ここにいるんだ」

さまざまなものの影が目に入った。物が置かれた棚、壁のフックからさげられた馬具、重ねられた箱、薪《まき》と思われる束。

「ここはなにもないな」彼は馬に言った。「おまえの毛布はあるようだ」

毛布は床の隅に投げ捨てられていた。

ハンターが近づくと、それは動いた。動いただけでなく、長いため息をつくと小さくうめいた。彼の心臓が痛いほど激しく打った。急いで駆け寄って声をかける。「シビル？きみなのか？」

再びうめき声がした。今度はもっとはっきり聞こえた。

棚にランタンらしきものがある。ここで火は使いたくないが、やむをえない。ハンターはランタンをとって、いつも携帯しているマッチで芯《しん》に火をつけた。油が入っていないかもしれないと思ったので、火がついたときには喜びの声をあげそうになった。

「なんということだ」ハンターはつぶやき、すぐさま紐をほどくためにシビルのもとへ戻った。彼女が馬に会いにこの場所に来なければ。ふとした気まぐれでこんな時間に外に出なければ。そして羽毛の裏地とフードのついた黒いベルベットの外套を持っていなければ。

ナイトライダーが小さくいななき、厩の藁を前足で引っかいた。「大丈夫だ」ハンターはシビルと馬の両方に向けて言った。怒りと恐怖で手が思うように動かず、紐をほどくのに時間がかかった。ようやく頭にかぶせてある外套のフードをとめていた紐がはずれたが、シビルは彼のほうを見る代わりに、汚れた床へ顔を押しつけた。ハンターは一緒に縛られた両方の手首、次いで片方の足首を自由にしてやった。手足が縛られていても、この小柄な女性にはまだなにかできるとばかりにもう一本の長い紐が体じゅうに巻きつけてあった。

「さあ、起きて家に帰ろう。恐ろしい目に遭ったね」彼自身、あまりの恐ろしさに不安がこみあげていた。「体をあたためて、なにか食べたほうがいい。歩きながら、なにがあったか話してくれないか」

シビルは外套の下でできる限り体を小さく丸めようとするだけだった。

「シビル？」ハンターはシビルを抱き起こそうとしたが、彼女はすぐに体を丸めてしまった。まったく。「きみを助けてもいいだろう？」

「だめよ」シビルは答えた。「それこそあの人たちがあなたにさせたいことだもの。あの人たちは、ひどい目に遭ったわたしを、あなたが心配すればいいと思っているの。そうすれば、わたしを利用してあなたを脅せるから」

〝あの人たち〟が誰かきく必要はなかった。シビルはヴィラーズ－デボーフォート裁判に巻きこまれたのだ。

「連中がきみに言ったことなどぼくは気にしない。ぼくがなにをするか、ぼくの大事な人たちになにをしてもらうかは自分で決める。きみはこんなに冷たくてかたい床にもう一秒たりとも転がってちゃいけない」ハンターはそう言うと気をつかうのをやめ、シビルの上体を無理やり起こした。彼女は悲鳴をあげ、片方のお尻に全体重をかけた。「なにをされたんだ？　隠さないで。怪我《けが》をさせられたのか？」

「いいえ。震えているの。それだけよ。ぐっすり眠ればよくなるわ」

ハンターはしゃがんでフードを脱がせると、血が凍りついた。「ああ、シビル。これはぼくへの警告なんだね？　さっきそう言っただろう？」彼女の顎を持ちあげたとたん、ハンターは犯人たちをたたきのめしたくなった。

「ええ」シビルは裂けてはれた唇のあいだから答えた。髪が額の傷に張りつき、側頭部にはかたまった血がこびりついていた。

ハンターはゆっくりと傷を調べた。「何人だった？」

「ひとりよ」彼女の左目ははれてふさがっていた。「重いブーツを履いた大柄な男。しわがれた声の乱暴な人だった」

「そいつは死んでいたほうがよかったと思うだろう」ハンターは言った。「この傷は数日で治って、跡も残らないと思う。男の傷のほうはそうはいかなくしてやる」

「だめよ！　暴力はいけないわ。暴力がどれほど邪悪なものか、わたしは充分思い知ったもの」

ハンターは反論しなかった。なにをするべきかはわかっていた。「体が冷えきっているだろう。ほかに痛いところはないかい？」

「ないわ！」

答えるのが早すぎる、とハンターは思った。「よかった。家に帰ろう。さあ、マフをつけて」

彼が差しだしたマフを、シビルは受けとらなかった。

ハンターはそっとシビルの外套の前を開け、手をとろうとした。彼女は手を引っこめて、小さく声をあげた。彼はマフを下に置いて、シビルの腕を引きだした。両手首がはれてあざになっている。一方には五センチほどの傷があった。「手首になにをされたんだ？　これは紐の跡じゃない」

「踏まれたの」シビルは答えた。「神は彼のような人間には罰を与えるわ。だから報いを受けるでしょう」

「ああ、もちろんだ。だが、きみが今こんなふうに苦しんでいるのは耐えがたい。その男は人を蹴るのが趣味らしい」

シビルはゆっくり首を振ったものの、同意した。「ええ」

「ほかのところも蹴られたのか？」

シビルは立ちあがったが、脚が体を支えきれないかのようによろめいた。「すぐによくなるわ。あなたもそう言ったじゃない」

「ほかにも怪我をしているのか？　言ってくれ、シビル」

「たいしたことないわ」

彼女は棚に寄りかかって立ち、背中を丸めた。

シビルの外套を脱がせてみると、ハンターの思ったとおりだった。首の後ろから血が出ており、腰の近くにも小さく血がにじんでいるところがあった。彼が注意深く背骨に沿って手を滑らせると、彼女は悲鳴をあげ、やがてすすり泣き始めた。

ハンターはシビルの外套の上から彼の外套をはおらせ、手をあたため、手首を保護するためにマフをはめさせた。

「さあ、行こう」ハンターは落ち着いた声を出すようつとめながらも、夜が明けたらまずなにをすべきかせわしく考えをめぐらせていた。シビルを腕に抱きかかえ、彼女がしっかりと外套にくるまっていることを確かめた。

シビルは目を閉じていた。まるで猫のようで、自分がハンターを見ることができなければ、彼も自分を見ることができないと思いこんでいるみたいだ。ハンターは彼女の鼻の先と、頬のあざになっていないところにキスをした。すぐに犯人を見つけだしてやる。彼はそう誓って歩きだした。

「ナイトライダーのことは心配いらない。あいつは丈夫だし、ぼくが面倒を見る。塀沿いに裏庭を通って厨房《ちゅうぼう》から家へ入ろう。雪が積もっていて歩きづらいだろうが、そのほうが人に見られる確率が低い。それでいいかい?」ハンターは現代的な男であろうと努力していた。

「ありがとう。とにかく横になりたいわ。体を洗うほうが先だけれど。見られるような顔になるまで数日のあいだ病気ということで休むわ。ひどい顔をしているでしょう」

「ひどい顔なんかじゃないさ。それに、自分で傷を洗う必要はない。心配は無用だ。家じゅうの人間が集まってくるだろう。ヘスター伯母さんとバーストウが世話をしてくれる。きみは完全によくなるまでぼくの寝台で寝るんだ。絶対にひとりにはしないさ。きみは完全によくなるまでぼくの寝台で寝るんだ。絶対にひとりにはしないさ」


ハンターは七番地の裏庭へ入り、新雪のなかを歩いた。

「まあ」しばらくしてシビルは言った。「びっくりさせないで。あなたの寝台で寝るなんてできないわ。あなたがわたしを嘘《うそ》つきでずるい女だと思っていないとしても、そんな迷惑はかけたくないの。あなたは親切だから本当の感情を押し殺してわたしの面倒を見ようとしている。でも、そんなことしなくていいのよ」

「もうそうすることにしたんだ」ハンターは言った。「きみはぼくのところへ来て受け入れがたい要求をし、そのせいでぼくたちは気まずい別れ方をした。この状況は最大限に利用すべきだったのは全面的にぼくの責任だが、ぼくたちふたりとも、きみが恐ろしい目に遭ったのは全面的にぼくの責任だが、ぼくたちふたりとも、この状況は最大限に利用すべきじゃないかな。近くにいれば、相手の考えに対する感じ方も変わる。きみの言ったことがすべて心からのものだとわかれば、ぼくの気持も変わるかもしれない。そして身をもってきみの計画に協力しようという気になるかもしれないよ。説得しだいでね」

シビルは暗闇のなかにふーっと白い息を吐いた。「あのね、協力してくれるのはありがたいわ、ハンター。でもわたしは正直だから、こう言わざるをえないわね。あなたみたいに根っから傲慢《ごうまん》でつむじ曲がりな人にはこれまでに会ったことがないって」

ハンターは笑みをもらした。元気が出てきたようだ。どうやらぼくは、威勢のいいシビル・スマイルズのほうが従順な彼女より気に入っているらしい。

「そうかっかしないで」彼は言った。「あんなことがあったあとではヒステリーを起こすのもわからないではないがね。本当に気の毒だった。だが、これ以上逆らっちゃいけない。ぼくは自分の決めたとおりにするんだから。しばらくのあいだ、きみはぼくの保護のもとで暮らすんだ……」

16

わたしが今とは別の存在であったとき――つまり実体のある存在であったとき、わたしは常に冷静で、気持の乱れることがない、理知的な男として知られていた。

もちろん今とて気持が乱れているわけではない。ここ数日のとんでもない成り行きをまのあたりにして、自分の使命をいよいよ深刻で切羽つまったものと思うようになっただけだ。だが、わたしらしからぬ一、二の感情が胸に巣くっている。迷い？　後悔？　困ったものだ。どうも気になるのは、自分がなんらかの形で試されている気がしてならないことだ。だとしたら、なぜ？　わたしはどうしたらいい？　高位の方に話を聞いてもらい、胸の内を明かして、ここ七番地でなにが起きているか説明し、ほかの場所にいると襲ってくる奇妙な感覚のことを訴えて、彼らの同情と導きを請えばどうなるだろう？　そしてその高位の方がわたしの話をまるきり理解してくれなかったら？

わたしがこんなことを思い悩むのも、スマイルズ牧師がシビルの振る舞いをどう思うかスピヴィだ。

が心配だからだ。人間でさえ天界の反応を心配する。これまでのところ、わたしはかろうじて反感を買わずにすんでいるのだ。彼の娘たちの行状については言葉少なにやんわりと伝えた。赤ん坊のセリーナのことを話すと、スマイルズ牧師は頬を染めて表情を和らげ、翼をはためかせた。ところで、彼の翼は驚くほど大きくなっている。この男は今ではたいした力を持っているのだ。彼が人に重い罰を与える練習をする口実を与えたくはない。

ハンターがシビル・スマイルズとのあいだに結婚しないまま子供をもうけたら、わたしはおしまいだ。天界においてだけではない。

シビルは7Bにとどまりたいと思うだろう――子供とともに。ハンターとて7Bから出ていきたくなくなるに違いない。ヘスターはぼうっとしているように見えるが、洞察力がある。事情を察して赤ん坊をそばに置いておきたがるだろう。なんと言っても血のつながりのある子供なのだから。たちまちわが屋敷は福祉施設と化す。ヘスターは結婚を勧め、愛する小さな家族のために家庭をつくろうとする――まさにこの屋敷で。

ヘスターの友人が若い娘をここへ送りこみ、ハンターをうまく釣りあげるのではないかと期待していた。しかしその母親はもっと条件のいい結婚相手を見つけ、娘にヘスターの家を訪れることを禁じてしまった。

ヘスターにはひそかに考えていることがある。もちろん赤ん坊のことは知らないが、シビルとハンターのあいだになにかあるのをかぎつけているのだ。ヘスターはシビルにここにいてほしいと思っている。ハンターが家を出ていくのはうれしいが、彼とシビルが結婚してそろって引っ越してしまうのではと心配しているのだ。万が一そうなったとしても、ふたりが屋敷を訪れては長いこと泊まっていくようにするつもりでいる。それゆえ、すでに〝適当な〟建築家候補を招いて屋敷の簡単な図面を引かせているのだ。その一方で、アダム・チルワースに協力してくれるかどうかきいてみようと、ヘスターがバーストウにささやいているのを耳にした。彼は芸術家だから、だと。あの愚かな女はチルワースのようなへぼ絵描《えか》きと高度な修練を積んだ建築家の区別もつかないようだ。

まったく、あの女はどうしてああなのだ？

深呼吸をしたほうがよさそうだ——そう、頭を冷やさなくては。

これはいかん。わたしが本当に気難し屋だとしても——実際は違うが——根は正直であり、現実を認めていないから、真実をねじ曲げているのだ。はっきり言っておくが、真実については天界に少なからず噂《うわさ》が届いていて、スマイルズ牧師はシビルについて鋭い質問を浴びせてくるのだ。

シビルとラティマー・モアがどうなるかについて言及するのはやめておく。あのばか娘がハンターに望みを聞き入れられなかったからといって、今度はラティマーのところへ行ったなどと信じたくないからだ。一方ラティマーもまた厄介な問題で、お節介なやつらが彼に目をつけている。ラティマーが女たらしだという評判は聞いているが、それを言うならハンターもそうだ。そのふたりがそろってシビルにひどく関心を示している。とんでもないことだ。天使の裁判にかけられたらどうする？　わたしは法廷に呼ばれ、生涯の仕事——死後の使命——を言い渡されるだろう。なにが起ころうとうまく切り抜け、聖人のような顔をしていなくてはならない。全力でシビルが未婚の母になるのを妨げなくては。性交渉を持ちたいというなら、階段の手すりを滑りおりながらでも持てばいい。天界の人々はほかの用事で忙しくて、そんなささいなこと——わたしも変わったものだろう？——には気づかないだろう。だが、子供が生まれるとなると？　まったく別問題だ。新たに生を受ける子供はすべて登録される。隠れて産むわけにはいかない。ゆえに、独身のシビル・スマイルズが子供を産むことがあってはならないのだ。

　親愛なる読者諸君はわたしのことをよく知っているのだから、このつらさがわかるだろう。こういうときでなければ、こんな個人的なことを人に打ち明けたりはしない。だが、この話を他人にしゃべりたくなっても、思いとどまってほしい。脅すわけではないが、わたしはいつもぼうっとした人間を探しておる。わたしが用を足すために乗り移れる肉体が必要になったときのために。いつかわたしが諸君を探しあてる可能性は大いにあるわけなのだぞ。

　おほん、許してもらいたい。わたしはいらいらすると心にもないことを言う癖がある。目的を達成するためにはありとあらゆる手段を使わなくてはならない。アダム・チルワースはじきにここへ戻ってくるらしい。わたしはそう聞いた。彼もシビルの——つまり、ハンターのだが——寝台に駆けつけるだろう。厳しく監督していないと、あの三人がそろったらとんでもない事態になりかねん。厳しく監督するとも。アイヴィ・ウィロウはずいぶん進歩し、使えるようになった。反抗的な振る舞いをしがちで困惑させられるが。ハンターはアイヴィと顔を合わせているが、幸い、シビルの仲間——困った、ああ、困った、彼女たちも箱につめてどこかに送ってしまうなりなんなりしないと——のひとりだとは思っていない。もちろん、ハンターはいずれアイヴィに会うだろう。彼女がハンターに事務所で会いたいという伝言を送った言い訳なら、もう考えてある。大切なのはハンターとシビルをふたりきりにさせないことだ。アイヴィは大いに役に立ってくれるだろう。ヘスターと哀れなバーストウはシビルへの深い愛情に目覚め、かいがいしく世話を焼くに違いない。しじゅうハンターの部屋を訪れることになるだろう。

老クートはすぐに感傷的になるから、チキンスープやらなにやらを持っていくだろう。

シビルを若い独身男とふたりきりにさせないことが肝心なのだ。

アイヴィの話に戻ろう。わたしは彼女の人生を惨めにすることもできる。しかし、シビルの計画を変更させるのにひと役買ってくれたなら、褒美をやるつもりだ。アイヴィにそれとなくこう説かれたら、シビルは困惑するだろう。〝夫を持つべきよ、あなたのためではなく、あなたの子供のために。家族の美徳とは……〟

しまった。

見落としていたことがあった。わたしが――サー・セプティマス・スピヴィともあろう者が、そんなとんでもない過ちを犯すわけにはいかない。

いったいなにを考えていたのだ?

大変だ、諸君。考えてくれ、頼む。ともに解決方法を見いだそう。

シビルがどんな道を選ぶかはほとんど問題ではないのだ。わたしの計画はいずれにしても失敗に終わる運命にある。

さっきも言ったように、ハンターとシビルのあいだに子供が生まれ、それでもふたりが結婚しないとすれば、彼は自分の部屋に居座り続け、彼女も自分の部屋に居座り続けるだろう。互いに会いたいし、ハンターは子供の顔も見たいから、引っ越す気になるはずがない。

ふたりは恋人同士のままでいるかもしれないのだ!

そして子供が成長する。大きくなるにつれて、家のなかを歩きまわるようになり、あちこち傷つける。もはやどこにいても心の平安は得られないだろう。わたしの美しい親柱にいてさえ。

それに、もしハンターとシビルが結婚したら、この家は改築されて台なしになり、やがて次々に子供が生まれる。

問題はそれだけではない。どうしてこのことをもっとちゃんと考えてみなかったのか、われながら理解に苦しむ。

チルワースとモアをこの屋敷から追いだせたとしても――その点については計画に自信があるが――ヘスターが代わりの役立たずを見つけてくるということは充分考えられるではないか？　ハンターの家族にもっと部屋が必要ということになればわからないが、彼は非常に寛大だし、シビルも最後の一シリングまで人に与えてしまうたちだ。

そうなったら打つ手がない。そんな不愉快な成り行きになったら、わたしは天使学校に申し込みをするだろう。卒業までの数年のあいだに、性格をたたき直されるのは承知している。わたしはみんなに親切にし、人の役に立ち、人となんでも分かち合い、必要とされれば協力を惜しまないことから始めなくてはならないだろう。要は人に愛されるように努力するわけだ。

こんなのは不公平だ。八方ふさがりではないか。おっと、涙もろくてお節介なサー・トーマス・モアがやってきた。〝自分の信じるもののために立ちあがることはいとわないが、あの男に離婚を許すくらいなら死を選ぶだろう〟だと？

「〝あの男〟とはヘンリー八世のことだ」トーマス・モアは言った。この男は人の考えていることがわかるという腹立たしい能力を持つ。「貴公がわたしの助けを求めていると信じるに足る理由があるのだが、どうだ、スピヴィ？　スピヴィでよかったかな？」

失敬なやつだ。「サー・セプティマス・スピヴィです。せっかくですが、助けは必要ありません」

「名前がわからなくて申し訳なかった。弟子が大勢いるもので、覚えきれぬのだ。知ってのとおり、天使学校で教えているのでな」

我慢ならん。聖人ぶりおって。見てみろ。やつの顔ときたら、骨に皮膚が張りついているようで、まるで死人ではないか。

「わたしは昔からひどくやせておった。だが、死人というのはいただけないと言っておかねばなるまい」

不用意だった。わたしがどれほど愚かか想像できるか、諸君？　ばつの悪い思いをするようなことは言うだけでなく考えることもしないようにしなくては。

「けっこう。貴公が心を入れ替える決意をしたと聞いてどれほどうれしいか。さあ、すぐに授業を始めよう」

いよいよ困ったことになった。「おや、サー・トーマス。お逃げになったほうがいいですよ。こちらにやってくるのはヘンリー八世じゃありませんか？」

「においからすると、そのようだ」

「確かにいいにおいではありませんね」ひどく古くなったブルーチーズみたいなにおいだ。

「今となってはあの男を恐れる理由はない」サー・トーマスはそのことがすこぶる満足ら

しい。天使のなかの天使ともあろう人が。「あの男は永久に変わらぬよう運命づけられている」

王がよろよろと足を引きずりながらやってきた。さまざまな格好をした妻たちがあとに続いている。何度追い払おうともつきまとってくるのだ。

「王は具合が悪そうですね、サー・トーマス」

「利己的で貪欲《どんよく》で放埒《ほうらつ》な男のなれの果てだ。なんの楽しみもなく、さすらいながら朽ちていくのだ。あの姿を見れば、自分の望みをかなえるために他人の命をないがしろにしようとする者も考え直すであろう。ところで、貴公がわたしの親類を知っているというのは本当か?」

できれば知り合いになどなりたくなかった。「いいえ、サー・トーマス。そんなはずはありません」

「なぜわたしの子孫と知り合いになりたくないのだ?」モアは瓶のなかでビー玉を転がしているような声で笑った。「わたしは長いことラティマーを観察しているが、なかなか立派な男だ。同じ屋敷に住む者たちの知らない少々放縦《ほうしょう》な一面もあるようだが。メイフェア・スクエアだったな。そうか、今思いだした。ラティマーは貴公の建てた家に住んでいるのだった。思いだしてよかった。ときおり訪ねて、様子を見てやらねば。わたしが忘れているようだったら授業のときに言ってくれ」

やつが去ってくれて助かった。わたしはわめき散らしたりはしない。断じてしないぞ。やるべき仕事に戻り、これまで以上に必死でとり組むのだ。天使学校などには決して行くものか。

17

「ぼくは部屋を出ようと思えば出るし、そうでなければここにいる」

シビルは頭が割れそうなほど痛むなかでハンターのいらだちの募る声を聞いた。

「そうはいきませんよ」バーストウが言った。「もうじき奥様がここにいらっしゃいます。まだ夜が明けたばかりで何時間も眠っていらっしゃらないでしょうに、ミス・シビルの傷を洗浄するのに必要なものをとってくるとおっしゃっていました。今厨房《ちゅうぼう》で準備をなさっています。奥様がいらしたら、誰がこの部屋に残り、誰が出ていくかはっきりするでしょうよ」

シビルは目を閉じたままでいた。片方ははれて開かないので難しいことではない。眠ったふりをしていれば、ふたりも口論をやめるだろう。

「バーストウ、ここはぼくの部屋だ」ハンターは言った。「きみも知ってのとおり」

「奥様に出ていくように言われたら、出ていきます。いずれにしても、あなたはここにいてはいけないのです。もってのほかですよ。ミス・シビルは今着ている服を脱いで柔らかい素材のものに着替えなくてはなりません。体もふいてあげなくてはならないし」

「ぼくはここに残る」ハンターの声が大きくなった。「伯母が来たら、どうしてぼくがここにいるのか説明するよ。伯母はわかってくれるだろう。男が常にここにいて、シビルを守らなくてはいけないんだ」

シビルは、あざが頬の赤みを隠してくれるよう、自分は眠っているとふたりが思ってくれるよう祈った。

会話がやみ、ハンターのブーツが床を打つ音と、バーストウのグレーのドレスのきぬずれの音が聞こえた。

書斎へ続く扉が開いて、閉まった。軽い足音が部屋に走りこんできた。「ああ、シビルになにがあったの？」レディ・ヘスターのよく通る声はすぐにわかった。そうとう動揺しているのが明らかなときでさえ。「まあ、ハンター、こんなにひどいなんて言ってなかったじゃない。かわいそうに。すぐに医者を呼ばなくては」レディ・ヘスターがなにを持ってきたのか知らないが、強い酢のにおいがした。

シビルは開けられるほうの目を開けて言った。「いいえ、お医者様は呼ばないで。みなさん、大騒ぎしすぎですわ。一日か二日じっと寝ていれば、わたし――」

「わたし、なに？」レディ・ヘスターは最後の言葉をぴしゃりと遮った。シビルに近づき、身をかがめて彼女をじっと見つめた。「襲われたのね。ハンター、すぐに行って、ドクター・エンディットを呼んできてちょうだい」

ハンターはシビルとふたりきりになって世話を焼いてやりたかった。これほどなにかを切望したことはないような気がする。伯母とバーストウがしゃべったり嘆いたりしているのは耐えがたい。シビルとぼくに必要なのはお互いの存在だけなのに。

ハンターは呼吸がとまり、次いで心臓がとまったように感じた。ぼくはシビルのことをどう思っているのだろう？　くりかえし訪れる、胃がよじれ、そのくせ胸がふくらむようなこの感覚はなんだ？　彼女のことを――自分とともにいる彼女のことを考えると幸福感に包まれる。シビルに対する気持を分析したいのかどうか自分でもよくわからない。彼女のほうはぼくに対する気持をはっきりとさせている――ぼくのことが好きで、ぼくの知性や名声を賞賛しており、彼女がなにより望む子供の父親にはふさわしいと思っている。だが、ぼくに愛情を持っているとは言っていない。親密な関係へと発展するような愛情を持っているとは。

ヘスター伯母の手が前腕に置かれ、ハンターはびくっとした。彼女は背が高く、物腰に威厳があった。レディ・ヘスター・ビンガムは人の注意を引き、命令に従わせることが得意だった。「シビルの様子にわたくし同様、衝撃を受けているのはわかるわ。でも落ち着いて、言われたとおりになさい」

シビルはレディ・ヘスターに抗議しそうになった。彼にそんなことを言う権利はあなたにはありません。それが成功した立派な男性に対するものの言い方ですか？

　ハンターは伯母の真っ青な瞳をのぞきこんだ。「あなたの知らないことがあるんですよ、伯母さん。知るはずのないことが。あなたに、それと、もちろんバーストウにもお願いしたい。ぼくにシビルの安全を守らせてください」

「この方はいつもこうなんですから」バーストウは言った。「秘密や、誰かを面倒に巻きこむから言えないということばかり。たわごとですよ。わたしに言わせれば。ここには見えないなにかがあるんでしょうよ。でもそんなに込み入ったこととは思えませんね。わたしの言いたいことはおわかりでしょう、奥様」

　レディ・ヘスターはバーストウをにらみつけた。「もしあなたがわたくしの察するとおりのことを言おうとしているなら、次からは口を開く前によく考えることね。まるで甥《おい》とシビルのあいだに一種の恋愛感情があるみたいに聞こえるじゃない。しかも、どうしてそれをこの子の怪我《けが》と結びつけるのでしょう。まさかあなた、ハンターが――」

「とんでもない、奥様」バーストウは言った。「そんなことは言っておりません。ミスター・ハンターはどこから見ても紳士でございます。本当に疑っているわけではないんですよ。ただ、この方がミス・シビルを心配なさって寝室にいると言い張るし、ふたりきりになりたいような口ぶりでしたから、妙なことを想像してしまっただけです。お許しください、ミスター・ハンター。ミス・シビルのお世話はわたしがちゃんといたしますから。誰ひとり近寄らせません。常に目を離さないようにします」

「それは親切にどうも、バーストウ」ハンターは言った。

頭がどうにかなりそう、とシビルは思った。馬具庫の床にほうりだされたときからずっと震えがとまらなかった。歯がかちかち鳴る。

「では」レディ・ヘスターは言った。「そういうことで決まりね。バーストウとわたくしがシビルの傷の手当てをします。それから……どうして医者を呼んではいけないの？」

「わたしが普通でない状況で怪我をしたからです」シビルは言い争いを終わらせて眠りたい一心で口を挟んだ。「危険なんです。今朝の出来事が外にもれないように細心の注意を払わなくては。ほかの人に知られてはならないんです。お医者様は誰かに話すべきだと思うかもしれないし、ここでのことを人にしゃべるかもしれないでしょう。今そんなことになっては困るんです。レディ・ヘスター、信じてください。もしこの話がもれたら、人がひとり死ぬかもしれないんです。確かに体は痛むし、休息が必要だけれど、わたしはすぐによくなりますわ」

シビルはすばらしい、とハンターは思った。襲われて傷を負っていても、状況を的確に判断し、必死な心情と確信を示すことができるのだから。

シビルはレディ・ヘスターが深くため息をつくのを見守った。大きな胸が上下する。レディ・ヘスターはリボンつきのゆったりとした白いネグリジェの上にグリーンのベルベットの厚手のガウンをはおっていた。グリーンのリボンがついた白いナイトキャップから長い金色の巻き毛が垂れている。彼女は実に魅力的だった。

「わかりました」レディ・ヘスターはついに言った。「湯が来たらすぐに体をふいてあげますからね。それまでのあいだ、傷に効くこと間違いなしのお薬を塗ってあげるわ」

「体をふく？」シビルはぎょっとしてきいた。「そんなことをしていただくわけにはいきませんわ」

「バーストウもわたくしも驚くくらい力があるのよ、ねえ、バーストウ」

「ぼくだってじっと見ているつもりはない」ハンターは手を振りながらふたりの話に割って入った。「今は緊急事態だ。彼女をシーツにくるんで体の向きを変えますよ。ふたりが体をふいてあげているあいだは後ろを向いています」

「ハンター・ロイド、暖炉に石炭をくべてちょうだい。それから書斎に行ってわたくしたちの邪魔はしないで。バーストウの発言には思った以上に真実が含まれているのではないかという気がしてきたわ。まるで気の触れた犬みたいに振る舞って。シビルが襲われたとき、どうしてあなたがその場にいたの？」

「その場にはいませんでした」シビルはあわてて答えた。「ハンターは倒れていたわたしを見つけてくれたんです。でなければ、わたしは今ここにいないでしょう。彼は勇敢で、立派で、とても親切でした。彼を悪く言わないでください。わたしの親友なんですから。

いつもわたしの力になってくれるんです」ほとんどいつも。

ハンターは、ヘスター伯母ががっかりした表情を浮かべ、うめき声を押し殺すのを見守った。だが、シビルの言葉には心が和んだ。ぼくのことをなんとも思っていない女性の言葉とは思えない。

「シビルはどこで襲われたの？」

「厩《うまや》で」ハンターは答えた。「真っ暗な馬具庫に閉じこめられていたんです」

「ハンター」シビルは彼の顔がもっとよく見えるよう頭を傾けた。「ナイトライダーは大丈夫かしら？　毛布をかけてやらなかったわ」

ハンターはシビルに近づいてそっと髪を撫《な》でた。「あとで馬の様子を見に行くよ」それから伯母を見あげてつけ加えた。「シビルはほったらかしにされている馬に餌《えさ》をやりに行っているんです。ナイトライダーというのは馬の名前です」きかれる前に質問に答えたほうがいい。

「ということは、あなたは朝早くに厩へ行ったの？」レディ・ヘスターはきいた。

ハンターはガーゼをとって洗面器のなかの酢をまぜた水に浸し、シビルの顔の切り傷やすり傷をふいた。

「それにハンター、あなたはそこでなにをしていたの？　あなたもほったらかしにされている馬の様子を見に行ったの？」

シビルの側頭部の傷は弓形をしていた。ハンターは髪をかき分け、こびりついた血をぬぐい去った。「頭を蹴《け》られたんだな」男が女性の頭をブーツで蹴るなど考えただけでも怒りがこみあげてくる。

「あなたも言ったとおり」シビルは言った。「蹴るのが趣味だったみたい。すごく痛むわ」

シビルが泣きごとを言ったのはこれがはじめてだった。

「だろうね。こんなことをした男を捜しだすと思うと楽しくなってくるよ」

「ハンター、わたくしはあなたにきいて――」

「ぼくが厩でなにをしていたかということですね、伯母さん。シビルのあとをつけていったんです。さあ、これこそあなたが聞きたかった答えでしょう。眠れずにいたとき、彼女が家にいないことに気づいたんです。そしてたまたま玄関の扉を開けたら、彼女の姿が見えなくなる直前だった」

「まあ、運がよかったこと」レディ・ヘスターは言った。

バーストウは頬をふくらませ、それからふうっと息を吐きだした。頬がピンク色に染まり、全身グレーの彼女に唯一の色味を添えた。「細かいことを指摘したくはないけれど、どうしてミス・シビルが家にいないとわかったんです？　家にいないことがわかったとおっしゃいましたよね？　あの時間なら、彼女は自分の部屋にいて、寝台に横たわっていると考えるのが普通でしょう」

バーストウが息を継いだので、シビルは言った。「わたしを捜していたなら、ハンターはわたしの部屋の扉をノックしたでしょう。逆の立場だったら、わたしも彼の部屋をノックします。返事がないから、彼は扉から顔だけ出して呼んでみたんじゃないかしら。だから、ハンターが部屋のなかに入ってわたしがいるかどうか確かめた。みなさんがそう言いたいのでしたら、確かにそのとおりです」ハンターが手首に冷たい布を巻きつけたので、シビルは顔を枕《まくら》に押しつけて悲鳴をこらえた。

「もうおよしなさい、バーストウ」レディ・ヘスターは言った。「あなたはいつも人のあらばかり探しているのね。ハンター、あとはわたくしたちがやります。背中の怪我を見てあげないと。ラティマーのところに空いている寝台があるでしょう。彼ならあなたのために喜んで――」

「いいえ」あれこれ命令されるのは我慢ならなかった。なんであろうとラティマーに頼んだりはしない。「絆創膏《ばんそうこう》はありますか?」

レディ・ヘスターは唇を引き結び、容器の蓋《ふた》を開けて帯状のリネンをとりだした。そこにねっとりとした調合薬――鉛丹硬膏《こうこう》とロジンだとシビルは知っていた――を塗った。ハンターが傷口を注意深く合わせ、そこに彼の伯母が十字に絆創膏を貼《は》った。ほかの傷もすべて覆った。

「さあ、もう出ていってちょうだい、ハンター」レディ・ヘスターは言った。「今すぐに。

背中の手当てをしなくちゃならないから。ラティマーを起こしたくないなら、シビルの部屋で寝ればいいわ」

「それはだめです。打撲に効く薬はありますか？」

レディ・ヘスターの目が光った。「女性の仕事は女性に任せるものよ。にわとこの花、酢、パン粉をまぜたもので、打撲はすぐによくなるわ。さ、アダム・チルワースはまだ戻ってきていないのでしょう。彼の部屋で休んだら――」

「そうはいきません。ぼくは書斎のソファで寝ます。もう行きますよ。シビルの手当てが終わったら、ふたりとも休んでください、ぼくが近くにいれば彼女は安全だから」

「安全の意味にもよりますけどね」バーストウが小声で言った。

その無礼な発言を無視して、ハンターは書斎に入って古ぼけてはいるが快適な赤い布張りのソファに座った。

寝室の扉が閉まる音が聞こえたので、肩越しに振りかえった。ヘスター伯母が立っていた。青ざめ、くりかえしてのひらをこすり合わせている。

「伯母さん？　ああ、疲れたんですね、そうでしょう。ぼくも言いすぎました。許してください。でもシビルに対して責任を感じているんです。責任をとりたいんです」口を閉じたとたん言わなければよかったと思ったが、とり消すわけにはいかなかった。

ヘスター伯母はゆっくりと近づいてきて彼の前に立った。

「シビルは特別な子よ。わたくしは知り合えて幸運だったと思っているわ。あなたが夢中になるのもわかる」

ハンターはじっと伯母の視線を受けとめた。

「彼女を愛しているの？」

「バーストウを手伝ってやったほうが早く終わるんじゃないですか」ハンターは言い、ソファに横になって両手を頭の下で組んだ。

「愛しているの？」

ハンターは目を閉じた。答えがはっきりしているとしても、最初に伯母に打ち明ける気にはなれない。

「わかったわ」彼女は言った。「返事がないということがなによりの答えね」

18

コンスタンス・スミスは気分が悪かった。下腹部に恐怖と興奮が渦巻いているときによくあるように、熱っぽくて吐き気がする。彼が家に入ってくる音がした。悪態と、こぶしやブーツをそこらじゅうに打ちつける音が聞こえた。

彼は乱暴で要求が多いけれど、彼なりのやり方で感謝の気持を示してくれる。

コンスタンスは心の準備をしようと努めたが、簡単なことではなかった。彼が自分のもとへ来るとわかったときにしうる最大限の手立ては、雰囲気をつくり、彼がいちばん喜ぶことをする――つまり、興味をかきたて、驚かせ、性的にほぼ満足させることだ。〝ほぼ〟というのが秘訣《ひけつ》で、求めるものがなかなか得られないと、彼の支配欲は刺激されるのだ。今日もほどほどにしておかなくては。だが、グレートリックス・ヴィラーズを釈放させる計画がどうなっているのかは探りださなくてはならない。

彼が来る。機知と忍耐力の闘いが始まる。

「コンスタンス」彼の呼ぶ声がした。「コンスタンス、いったいどこにいる？」

コンスタンスは二階にある凝ったつくりの寝室で、円テーブルの上に座っていた。この家の前の持ち主だった女性が使っていた寝室だ。カーテンを引いて、冬の午後の灰色の日差しを遮ってあった。暖炉の火が部屋のなかで唯一の明かりだ。彼女は赤の紗《しゃ》にサテンの縞《しま》が入ったゆったりしたチュニックを着て、フードをかぶっていた。フードがすっぽり頭を覆っていたが、シニヨンから濃い茶色の髪がほつれ、胸もとに垂れていた。

黒檀《こくたん》製のテーブルには螺鈿《らでん》の星がついていた。コンスタンスは注意深く雰囲気をつくった。ジプシーのタロットカードを広げ、小さな石の鉢のなかで香をたく。高価なラピスラズリとソーダライトという、どちらも透視ができるとよく言われるふたつの石がテーブル中央に置かれていた。

シミアンがこうしたことをみな教えてくれたのだ。彼はジョージことフィッシュウェル卿《きょう》がアメリカ南部から連れてきた男で、大柄で不気味なほど無口だった。以前の主人であるニューオーリンズ近辺の大農場主同様に彼を奴隷扱いするジョージを憎んでいたので、ことのほか熱心に教えてくれた。

「コンスタンス」今度はジョージの怒鳴る声がした。「わたしから隠れているのなら、身のためにならないぞ。おまえが欲しいのだ、今すぐに」

コンスタンスはテーブルの上で両手を開き、頭を垂れた。シミアンは暖炉のそばの隠し扉のあたりをうろうろしていた。扉は壁の向こうの空間に続いている。前の女主人が必要とあらば男友達から隠れるために使っていたらしい。「そこへ隠れなさい、シミアン」コンスタンスは言った。「いいこと、今夜ここを出て二度と戻ってきてはだめよ」

「はい、ミス・コンスタンス。ありがとうございます。ですが、お気をつけて」

「ええ。決して戻ってきてはだめよ。それから、ここで見たことについてきかれても答えてはだめ」

「はい、ミス・コンスタンス。でも、あなたがあの恐ろしい男と一緒だと思うと不安でならないのです」

「ありがとう。どうか、もう行って。ここにいるところを彼に見つかるわ」

シミアンは言われたとおりにした。

足音荒く階下を歩きまわっていたジョージが今度は階段をのぼってきた。わずかによろめく音がするところからして酔っているらしい。珍しいことではなかった。

香の青みがかった煙が細く立ちのぼっていた。

「コンスタンス、くそっ、どこにいるのだ？」

わざと返事をせずにジョージにわたしを見つけさせる。彼は認めないだろうが、こうして捜しまわることで興奮が高まり、激しい気性がむきだしになるのだ。

コンスタンスはラピスラズリを見つめた。神秘的な深い青が心を落ち着かせてくれる。だが、波のように押し寄せる肌のうずきはおさまらなかった。

寝室の扉が勢いよく開き、壁にぶつかった。

コンスタンスは目を閉じ、てのひらをテーブルについて指先に螺鈿の星を感じていた。

「いったいなにを……」ジョージはふいに言葉を切って黙りこんだ。静寂のなか、扉がばたんと閉まる音がし、続いてしっかりとしたブーツの足音が近づいてきた。影がテーブルに落ちたが、彼は向かいに立ったまま彼女がなにをしているのかとじっと見つめていた。

コンスタンスはかすかにほほえんだ。行動を起こす前に状況を見極めるのはいかにもジョージらしい。

「これは呪《のろ》いか?」彼はようやく言った。「ブードゥー教か? 黒魔術か?」

コンスタンスはソーダライトを引き寄せ、でこぼこの青い表面を見つめた。「あなたはチャールズのことを怒っている。ロンドンを去るよう彼を説得するのに苦労しているからね」チャールズ・グリーヴィ・シムズが屋根裏部屋に隠れ誘拐されたように装うことに同意してから、ジョージはいつも彼に腹を立てていた。グリーヴィ・シムズは早くことを終わらせたいのだが、ジョージは急ぐのは危険だと考えていて、ふたりはずっともめているのだ。

「なるほど、人の心が読めるらしいな」ジョージの深いしわがれ声がいつものようにとどろいた。「おまえはわたしが来ることがわかっていた。ならばそれなりの用意をしておくべきだろう」

ジョージはそれとない誘惑というものをなかなか理解できない。コンスタンスは彼の顔を見据えて言った。「用意はできているわ、ジョージ。でも、わたしはあなたという人に興味があるの。世間が考えるあなたではなくて本当のあなたにね。あなたの望むこと、喜ぶであろうことを、あなた自身が気づく前にわたしは知っているのよ。どう、楽しみでしょう？」

ジョージはゆっくりと外套《がいとう》を脱ぎ、帽子や手袋と一緒に椅子の上に置いた。そしてステッキを隅に立てかけた。そのあいだ濃い茶色の瞳をコンスタンスから離さなかった。彼は五十絡みで、多くの人を威圧するほど大柄だ。顔も大きく、額が広くて鼻は平べったい。肌は浅黒く、あばたがあった。肉厚な唇は情熱を感じさせ、口づけは決してコンスタンスを失望させなかった。黒い髪はきっちりと後ろに撫《な》でつけられ、毛先だけが波打っている。それに見事な口髭《くちひげ》。ジョージは自分の強さと、自分ではすばらしいと思っている体つきを自慢にしていた。

「わたしの望むことが、おまえにはわたしより先にわかるというのか？　図に乗りすぎだな。そういうのはとりかえしのつかない過ちにつながるぞ。まあ、いい。わたしがこの手で後始末をしなければならないだけのことだ」

コンスタンスはあらん限りの勇気をかき集めた。「さあ、椅子にお座りになって、フィッシュウェル卿。わたしの向かいに」

「こういうのはあまり――」

「さあ」

彼は両手を腰にあて、明るい色のぴったりとしたなめし革のズボンに包まれた太い脚を広げて立っていた。不機嫌な顔をしていたが、やがて椅子をつかむと向きを変え、馬に乗るようにまたがった。

コンスタンスは石をどかし、てのひらを上にしてジョージに差しだした。彼はためらってから、大きなたくましい手をその上にのせた。彼はとても毛深く、手も例外ではなかった。「少しのあいだだけだぞ」

彼女はジョージの手に指を絡めた。それから目を閉じ、顔を天井へ向けた。

「服の下になにか金色のものを隠しているな。見えたぞ」

「黙って」コンスタンスは言った。

「ハンターが何度もここへ来た、とチャールズが言っていた。おまえはハンターに、自分を家政婦みたいなものと思わせているそうじゃないか。おまえはその気になれば下町娘みたいなしゃべり方をするから、ハンターはおまえを虐げられた貧しい娘だとすっかり信じているらしい」

「あの人の同情は利用できるわ」現にわたしは虐げられている。グレートリックスを自由の身にするためにジョージとグリーヴィ・シムズの言いなりにならざるをえないのだから。

早くグレートリックスを自由にしてあげたい。そうすればわたしは嫌悪しているふたりの男から逃れられる。でもジョージとグリーヴィ・シムズの計画はうまくいっていないようだ。どちらも、ハンター・ロイドがナイト爵を受けて事務所長になるのを妨げることしか考えていない。わたしは世慣れた女でよかった。でなければ今の状況に耐えられないだろう。

「こんなくだらないことはやめだ」ジョージことフィッシュウェル卿は言った。「おまえがするべきことはわたしが決める。このおかしなテーブルの上に立って服を脱ぐんだ。ゆっくりとな」

コンスタンスは目を閉じたままだったが、穏やかな笑みを浮かべてみせた。人さし指でジョージのてのひらに小さな円を描く。彼がびくっとした。彼女の笑みが広がった。

「あなたはこれまで不自由な暮らしをしてきた。冷淡な妻を田舎に残し、家を切り盛りする女性もいないまま、ひとりで生きてきた。そういう女性がいて当然な社会で。あなたには自分で判断しなくてはいけないことが山ほどある。重い責任がかかっている。すべて忘れて、コンスタンスにあなたの望むものを与えさせて。わたしを信じて。今だけは」コンスタンスは片手を離してラピスラズリの上にかざしてから、その手を左胸に押しあて、もう一度頭をのけぞらした。胸をさわって乳首を見つけ、愛撫《あいぶ》する。やがて乳首が大きくかたくなり、紗の布を押しあげた。

「おまえは実に見事な胸をしている」ジョージは言った。「わたしにやらせてくれ」

「だめ」彼女は言った。「ありきたりなやり方はだめ。ジョージ、あなたはこれまで味わったことのないものを求めているはず。今日のあなたはそれを求め、手に入れようとしている。わたしにはわかるわ。ラピスラズリに触れていると心が澄んで、あなたの胸の奥深くにひそむ願望が見えるのよ」

コンスタンスはもう片方の手も離し、ごつごつしたソーダライトの上に置いた。ジョージはすっかりおとなしくなった。ここまでは予想どおりだ。彼の両手はテーブルに置かれたままだ。

「それでいいわ。ブーツとズボンを脱いで」

ジョージはげらげらと笑いだした。「見世物になるのはわたしということか」

「でも、それじゃあ普通すぎる。あなたが求めているのはもっと別のもの。服を脱いで。そうしてよかったと思うから。約束するわ」

「けっこう。脱ごうじゃないか」ジョージはにやりとして脚を椅子の上に振りあげ、ブーツを脱ぎ始めた。それから立ちあがってズボンを脱いだ。コンスタンスは指でゆっくりとソーダライトを撫でていた。興奮している彼を見るのが好きだなんて賞賛ものだ。彼はこれまでに会った誰よりも男性的で、はじめてわたしを満足させてくれた人だった。

コンスタンスは時間をかけて立ちあがり、テーブルの縁に軽く手を触れながらそのまわりをまわった。ジョージに近づくと足をとめ、頭を傾けて彼の脚をじっと見つめた。「上着を脱いで」

彼はそうした。笑みは消えていた。手がベストにかかった。

コンスタンスはうなずいた。ジョージは楽しんでいる。そうでなかったらわたしの命令に従うわけがない。だが彼の顎はこわばり、鼻孔はふくらんでいた。彼女は彼を見つめた。彼も見つめかえした。

「シャツをはだけて。ゆっくりと」

ジョージは広い胸を激しく上下させながらネクタイをとり、シャツのボタンをはずした。そしてもう一度両手を腰にあて、足を開いて立った。

コンスタンスはさらにジョージに近づいた。シャツの下に手を入れて肩を撫で、乳首をきつくつまんだ。彼が鋭く息をのむ。彼女はジョージの太い前腕をつかみ、じっと下腹部を見つめた。あの部分が馬の生殖器ほどもある男がいるとは聞いていたが、ジョージことフィッシュウェル卿に会うまではお目にかかったことがなかった。コンスタンスは膝をついたが、彼には触れなかった。彼女が見ているうちに、ジョージの下腹部はますます大きくかたくなった。その巨大さに、コンスタンスはぞくぞくした。やっとのことで彼を見あげ、両手を腹部や胸や白いもののまじる胸毛に走らせた。ジョージがじっとこちらを見おろしているあいだに彼の下腹部が極限まで大きくなったので、彼女はどぎまぎした。持っているわずかな自信が崩れ去りそうだ。ジョージの目を見れば、彼がいつでもわたしを意のままにできるのだとわかる。それがなにを意味するかも。彼はわたしに覆いかぶさってなかに入り、やめてと懇願されるまでわたしの体をむさぼるだろう。

それを回避する方法がある——その場限りではあるけれど。コンスタンスは両手でジョージの睾丸《こうがん》を持ってぎゅっと握った。彼の脚がわずかに開く。彼女はジョージのペニスをむせそうになるほど深くくわえこんだ。彼のうめきは低い声だったが、はっきりと聞きとれた。コンスタンスはジョージのペニスに歯を立てた——優しく、だが確実に。彼女の唇の動きに合わせて、彼は腰を動かし、あえぎ始めた。

ひとまず安全だと思い、コンスタンスは唇を離して立ちあがった。頭はさげたままだ。「シャツを脱いで」彼女は言い、腕を前で交差させて胸を持ちあげた。あとずさりしていき、テーブルの端に触れると振りかえった。そして石やカードをどかして注意深く床に置いた。

ジョージはシャツを脱ぎ、精巧なつくりの東洋風の寝椅子にほうり投げた。「あまり時間をかけるな」そう言ったものの、すっかり心を奪われているような口調だった。

コンスタンスはあえぎながら、彼の体の隅々を食い入るように見つめた。

そしてフードをはずし、腰まで届く豊かな濃い茶色の髪をあらわにした。ジョージから目を離さずに肩から髪を払うと、チュニックをとめているリボンをほどいていく。急がず、チュニックの下がどうなっているかをなるだけ見せないようにしながら細いリボンを一本ずつ解いた。

ジョージの表情が変わった。コンスタンスの首を見つめている。彼の目にとまったものがなにか彼女にはわかっていた。首に巻かれた金色の縄が交差していて、その下は見えないのだ。

コンスタンスは一本、また一本とリボンをほどき、上半身をあらわにしていった。

「なんと」ジョージは言った。「おまえは魔女だ。触らせてくれ」

彼女は首を振った。香油を塗った肌がつややかに光っていた。金色の縄は鎖骨のあたりで交差し、胸の上を通って脇《わき》の下から背中へ行って再び交差したあと、大きな乳房の下へと戻り、胸の谷間から肩へとまわっていた。

ジョージが足を前に踏みだしたが、コンスタンスは手をあげて制した。

暖炉の炎が明るい光を投げかけ、部屋のすべてを照らしていた。綱を巻きつけた肌が輝いていることを、彼女は知っていた。

リボンをすべてほどき、チュニックを足もとに落とした。

縄はほっそりとした腰に巻きつき、その下の腿、ふくらはぎ、くるぶしにまわされ、そこで結ばれていた。

コンスタンスを見つめ、彼女を息苦しくさせていた男は、その姿にうめき声をもらした。

そそり立つものはあまりに大きく、たいがいの女性は受け入れられるだろうかといぶかるだろう。彼女はすでにその問いに対する答えを知っていた。

体の柔らかいコンスタンスは、背中をテーブルの上につけて腕を広げた。片方の爪先で床を押すと、テーブルの天板がまわりだした。はじめはゆっくりと、やがて勢いよく回転し始め、彼女は爪先を床から離した。両手を頭の上に投げだし、身をよじって膝を引き寄せてから大きく広げた。それからうつぶせになったので、形のいいお尻が丸見えになった。

やがて両腕と両脚をだらりとさせると――膝を開いたままで――テーブルの回転はゆっくりになった。「あなたはしじゅう寂しい思いをしているわ、ジョージ」コンスタンスは言った。「その寂しさを埋めてほしくてたまらなかったけれど、いつしかそれに慣れてしまった」

「そうだ」彼は暖炉の明かりがちらちら揺れるなかでつぶやいた。「富が愛情の代わりになるとよく言われるが、それは違う。力がなによりの武器となるのだ」

「ええ、そうよ、あなたの力がね、ジョージ。だからわたしはここにいる。このお芝居を楽しんではいるけれど、グレートリックスを釈放する必要がなければ、今あなたと一緒にはいない」

コンスタンスがその意図に気づく前に、ジョージは彼女の腿のあいだに手をのばし、大きく押し広げた。コンスタンスに覆いかぶさると、舌をリズミカルに動かしてなかを探り、充血して脈打つ皮膚に歯をあてる。彼女はびくっとして腰を持ちあげた。あと数秒で絶頂に達しそうだ。汗が噴きだし、体が燃えるように熱くなった。そそり立つものをつかもうとしたが、手を払いのけられた。彼はコンスタンスの腿をつかんで開かせたままにし、彼女のなかに半ば入りながら、肩をテーブルに押しつけて胸を吸った。

「あなたが欲しい」コンスタンスは言った。

「それがわからないと思うのか？　おまえはわたしの心が読めると言った。それは正しい。いつも同じやり方ではつまらん。おまえは娼婦《しょうふ》のごとき想像力でわたしに魔法をかけ、新しいやり方を示してみせたわけだ。我慢、ということだろう？　我慢することによって、いっそう欲望が燃えあがるのだ。それにしても、おまえは男に勝るとも劣らない性欲の持ち主だな」ジョージがすっかりなかに入ると、彼女は身震いし、なにかをつかもうとするように手を振りまわした。すぐに彼が体を離した。「わたしたちは相性がいい」

じらされるのは我慢ならない。コンスタンスは今度はジョージよりも素早く隆起したものをつかんで自分のなかに押しこんだ。彼が身を引こうとすると睾丸をつかんでぎゅっと握る。ジョージは身を震わせ、再び彼女のなかへ押し入った。コンスタンスの両腿のあいだにあるテーブルの縁に自分の腿を押しつけるようにして前後に動く。彼女の膝の後ろを持って脚を自分の肩にかけ、さらについた。コンスタンスの体はマホガニーと螺鈿の上を少しずつ滑っていった。

ジョージの理性はすっかり消えてしまった。ジョージが腿とお尻をこわばらせてついてくるあいだ、コンスタンスは彼のなかで荒々しい力が渦巻いているのを感じていた。ジョージはうなり声をあげると、まだ達しないままコンスタンスを肩に担ぎあげて大股で扉へ向かった。彼女はシミアンのことを思い、彼がこの男と鉢合わせしなかったことに感謝した。

ジョージは二、三段抜かしで階段をおりた。「おまえは光り輝く魔女だ。自分でもそれがわかっているだろう。おまえの演出は気に入った。もっともっとおまえが欲しくなった。あいにくわたしは結婚していて、田舎で贅沢《ぜいたく》をさせてやらねばならない病弱な妻がいる。できることなら、おまえと結婚して、おまえを腕に抱いて街を歩きたいが。それは無理としても、もっと頻繁に会いに来ることはできる。そのつもりだ」

コンスタンスはなにも言わなかった。以前にも似たような嘘《うそ》を何度となく聞いた。この先ずっと彼と一緒にいられる方法を考えるのも心をそそられることだけれど、目的を果たしたら、ここを出るつもりだ。

ジョージは大きな古い食料庫に入った。壁には調理器具がかけられ、竈《かまど》の上には大鍋《おおなべ》がいくつか置かれていた。棚には果物の瓶が並び、料理番の女性がすぐに使えるよう砂糖の壺《つぼ》が出してある。掃除やほかの家事いっさいはシミアンがしていた。ここに出入りする者はほとんどいなかった。

ジョージはコンスタンスのお尻を、彼女が悲鳴をあげるほど強くたたいた。何度も何度も。彼女は上体を起こして彼の肩を打った。髪が顔にかかって邪魔になる。コンスタンスが腕を上に向けて髪をかきあげた。ジョージは喉の奥から出したような声で笑い、コンスタンスにほおずりしたあと、胸を口に含み、彼女が頭をぶったり耳を引っぱったりするのもかまわず、乳首を吸った。

ついに彼はコンスタンスを胸の前に抱え直すと、ほほえみながら見おろした。「おまえがいけないのだ。わたしをじらすからだ」

彼女は身をよじった。「おろして」

ジョージは歯ぎしりした。「その程度の抵抗でわたしが引きさがると思うのか。上にあがっておいで」彼は棚の下のよく磨かれた木製の調理台にコンスタンスを横たえた。「とてもなめらかだ」そして髭ののびかけた頬で彼女の全身にほおずりをした。口髭が肌をなぞるとちくちくする。脚のあいだは特に。「さあ」ジョージは歯をむきだしにして言った。「ここでなにができるかな」

コンスタンスは素早く動いた。ぱっと脚を振りあげて石の床に飛びおりると駆けだした。部屋の中央にある大きなテーブルをよけて扉へ向かう。

彼のほうが先に扉に着いた。とめどなく笑い続けている。右手をあげて砂糖をひとつかみとると、彼女の香油を塗った肌に振りかけた。

「やめて」コンスタンスは叫び、反対方向へ逃げだした。ジョージが追ってきて、テーブルのまわりをぐるぐるまわった。コンスタンスは背中に砂糖の雨が降り注いだのを感じ、金切り声をあげた。

そしてジョージにつかまってしまい、ぐいと彼のほうを向かされた。だがコンスタンスは身をかがめてジョージの脚のあいだをすり抜けた。そのときに彼の下腹部を軽くつかんだ。彼女も笑いだした。

ふたりは床に積まれた瓶を飛び越え、テーブルの下を這《は》いまわって追いかけっこを続けた。だが、テーブルをくぐったコンスタンスを待ち伏せしていたジョージがついにつかまえた。

あっというまに、コンスタンスは再び調理台の上に寝かされた。「痛いわ。砂糖が肌にこすれるのよ」ジョージは文句を無視し、彼女にキスをした。激しく濃厚なキスをし、砂糖をなめとりながら、唇を脚のあいだへおろしていった。

コンスタンスはその精力に圧倒されて目をしばたたいた。彼は氷水を張ったシンクから、赤ワインに泡立てたクリームを加えたシラバブの入った鉢をとりあげ、彼女の腹部に置いた。

「ジョージ、冷たいわ」彼女は叫んだ。「どかして」

「どかしてやるさ」彼はそう言いながら、とろりとしたピンク色の液体をすくいあげ、コンスタンスの体に塗った。そのあいだじゅう、彼女はのたうちまわっていた。「グレートリックスの判決が出るのをハンター・ロイドが遅らせるように、わたしが仕向けなければならないのはなぜだ？」

　コンスタンスは体をひねって逃れようとしたが無駄だった。ジョージはまたシラバブをすくって彼女にかけた。

「コンスタンス、わたしがなぜおまえのためにこんなことをしているのか忘れたのか？」

「いいえ！」彼女はひんやりした甘い液体をぬぐおうとした。「グレートリックスは無実よ。だけどハンター・ロイドのような人ではなく、わたしを信用してくれる人なんている？」

「事件を担当したのがわたしでなかったことに感謝するんだな」ジョージは言った。

「してるわ」コンスタンスはそうつぶやいたが、あの男、ハンター・ロイドが事務所長に抜擢《ばってき》されたことを知っていた。「わたしを拷問しているのね、ジョージ。食料庫のなかがめちゃめちゃだわ」ジョージが事件を担当していたら、ふたりはここにいないだろう。たとえグレートリックスがいまだに牢《ろう》のなかだとしても。

「おまえはピンクが似合うな。感謝しろよ。おまえに似合うものを見つけてやったのだから。あの女はいい料理人だ。いいものがあったぞ。すぐりのジャムは好きか？　わたしの好物だ」彼は小さな瓶を開けて人さし指に少しつけると、コンスタンスの片方の乳首に塗った。もう一方にも同じことをした。

「食料庫がこんな状態になってしまったこと、どう説明したらいいの？」

「説明の必要などない。文句など言わせん。オレンジクリームはどうだ？」

「あなたにね。今晩の夕食に」

「おまえが給仕するのだぞ」

「ええ、もちろん」

オレンジクリームは彼女の脚の付け根の毛に塗られた。ジョージはたっぷりと塗りたくった。

「喉が渇いた」ジョージは言った。「ここに飲み物はあるのか？」

「チェリー・ブランデーがあるわ。ねえ、おろしてちょうだい」

「だめだ。それにチェリー・ブランデーは嫌いだ。どこにある？」

コンスタンスが戸棚を指さすと、ジョージは一本だけでなく二本とりだした。彼は一本を開け、瓶を逆さにしてブランデーを喉に流しこんだ。それからコンスタンスが抗議する間もなく、今度は彼女の口に注ぎこんだ。コンスタンスはむせて頭を左右に振った。息がとまりそうなほど咳《せ》きこんだ。この狂乱的なゲームと同じで、状況はなにひとつ彼女の思ったようには進んでいなかった。ふたりの男、グリーヴィ・シムズとジョージにはそれぞれに思惑がある。グレートリックスのことなど歯牙《しが》にもかけていない。ただグレートリックスを釈放し、ハンター・ロイドの名声を傷つけることが、自身の目的を達成する早道なだけだ。だが、そのあとで口封じのためにグレートリックスとわたしを殺さないと言いきれるだろうか？

ジョージが調理台に飛びのって腿のあいだに体を滑りこませてきたので、コンスタンスは物思いを遮られた。彼は笑みを浮かべて彼女を見おろした。「おいしそうだ」コンスタンスの脚の付け根に顔をうずめてオレンジクリームをなめ、それがたいそうなごちそうであるかのように笑った。さらになめ、確かな反応が得られる場所を舌で探る。彼女は腰を揺らした。ジョージは体を起こすと横の棚に目をやった。彼の笑みはコンスタンスを安心させるようなものではなかった。「見ろ、こんなものがあるぞ」彼は言い、瓶を開けた。なかから酢漬けのきゅうりをとりだした。それを冷たい水のなかに何度も浸した。

「ひどく寒いわ、ジョージ。寝台へ行きましょうよ」

「食事もしないでか？　そうはいかん」

「ロイドに再審理を求めさせる計画は進んでいるのか教えてほしいわ」

「進んでいるさ」彼は彼女にきゅうりをこすりつけながら言った。「どうだ？　感じてきただろう？」

コンスタンスは言葉が出なかった。言葉に表せない快感だった。

ジョージはきゅうりを離した。「チャールズはいらだってきている。おまえが定期的にあいつのもとを訪れ、相手をする約束だったと言っておる」

「彼が屋根裏部屋からおりてくるんじゃないかと不安なの」彼女は言った。

「それは心配ない。やつはおりてこんさ。わたしも同じことを考えて、鍵《かぎ》をかけて閉じこめておいた。かんかんだったがな。あいつはシミアンが一緒にいて逃げないよう見張っているときでないとごちそうにありつけない」

「そう」コンスタンスはグリーヴィ・シムズに好意を持っていた。貪欲《どんよく》で嫉妬《しっと》深いとはいえ、彼女に対しては礼儀正しく、グレートリックスは助かると言って励ましてくれる。

「明日あいつのところへ行くんだ。部屋を出るまで、シミアンに扉の前で見張りをさせて」

「わかったわ」逆らわないほうがいい。

「よろしい。いい子だ」

再びみだらな武器がコンスタンスの敏感な部分をこすり始めた。たちまち快感が高まる。動きが速くなるにつれ、彼女は絶頂へとのぼりつめていった。それをなかに入れられると、野菜の表面の小さな突起に刺激され、切望のあまり力が抜けた。

そのときジョージはきゅうりを脇に置いた。乳首からすぐりのジャムをなめとって満足げな声をあげると、大きく口を開けてシラバブをむさぼりだした。そしてコンスタンスの腰を両手で支え、なかに入って目を閉じた。「おまえを手放せない。グリーヴィ・シムズが憎い。あいつには最小限しか与えるな」

ジョージの動きに合わせて、コンスタンスは腰を揺らした。

「あいつに必要以上のことはしないと約束しろ」彼はつめ寄った。

「約束するわ」必要とあらば、グリーヴィ・シムズにも同じことを言うだろう。「もちろん。ロイドは明日、裁判所に行くと思う？」

「その件はわたしに任せておけ、コンスタンス。おまえの兄が釈放されたら、どこにでも好きなところに行ってもらおう。そして、わたしはおまえを決して放さない」

気をつけなくては……。あと一、二度つかれたら、絶頂に達してしまいそうだ。でもジョージのもとにとどまる気がないことを知られてはだめ。そう、その時が来たら、わたしは彼のもとを離れる。

だしぬけにジョージがコンスタンスの上に倒れこんできた。彼は重かった。非常に重かったが、そのたくましさが彼女にとってはたまらない魅力なのだ。

ジョージが体をすりつけてくる。コンスタンスは笑った。彼の髪はシラバブまみれだった。

ジョージも含み笑いをし、瓶からもう一本きゅうりをとりだして彼女の唇のあいだに押しこんだ。「おいしいぞ。食べてみろ」

コンスタンスはひと口かじり、噛《か》んだ。「すごくおいしいわ」

「もっと食べろ」コンスタンスが口のなかのものをのみくだすと、ジョージは歯のあいだに挟んでおいた次のきゅうりを彼女の口に押しこみ、自分も反対側から食べ始めた。ふたりで両端から食べていってなくなると、彼は顔をコンスタンスの首に押しつけ、再び腰を動かし始めた。

今回はコンスタンスがすすり泣くまで動きをとめなかった。ジョージは叫びながら彼女を満たした。かまわないじゃない、と彼女は思ったが、この瞬間にはいつも泣きだしそうになる。子供ができる心配はないのに。

彼はあえぐように息をしながら、コンスタンスの横に頭を置いた。「風呂に入ろう。一緒にな。シミアンに湯を張らせよう。おまえが欲しいと言ったのは本気なのだ。わかっているな？」

コンスタンスは答えなかった。

「コンスタンス？」

「わかっているわ」

ジョージは指で彼女の胸の脇をさすった。「いずれおまえに家を買い、欲しいものはなんでも与えてやる。なんでもだ。宝石も、ドレスも。おまえをどこかへ連れていって、ふたりきりで過ごすのだ」

「すてき」コンスタンスは怖かった。ジョージが怖い。彼が本気でそうするつもりになったら、わたしになにができるだろう？　表向き、おまえはわたしの愛人ということになる。だがコンスタンス、おまえとは夫婦のつもりだ」

「わたしは――」彼女はついグレートリックスにやらなければならないと言われたことをほのめかしそうになった。計画の邪魔になるなら、ジョージを殺すつもりなのだ。どんな計画であれ。

「なんだ？」彼は尋ね、コンスタンスの首にキスをし、ゆっくりと唇を下へ滑らせて胸のシラバブをさらになめとった。

「チャールズ・グリーヴィ・シムズをどう扱っていいかわからなくて。彼がわたしを自由にする権利があると言いだしたら」

「抑えつけるのが難しくなってきたら、ハンター・ロイドにやったのと同じ手を打つしかないな」

彼の言う意味はわかった。ジョージとグリーヴィ・シムズがハンター・ロイドをどうするつもりか知っているからだ。

「細い腰だ」ジョージはコンスタンスの腰が両手で包みこめるのに気づくと、うれしそうに言った。「ふたりを同時に自殺に追いこむのは簡単さ。どちらにも充分な理由があるのだから」

19

「ぼくの部屋から出ていってくれないか、モア」ハンターは言った。「きみを呼んだ覚えはないし、今も入っていいとは言っていない」

「礼儀を知らない男だな」ラティマーはハンターの反応に妙に満足げだった。皮肉をものともせず、不快な様子も示さない。「シビルを数日ここに置こうというのなら、当然客が来ることを予想しなくちゃならない。彼女にはたくさんの友人がいて、見舞いに来る権利はみんなにある。それがいやなら、シビルをぼくの部屋へ移したほうがいい。ぼくは誰でも歓迎するよ——きみも含めて」

ハンターは疲れきっていて、ラティマーと口論する気力が残っていなかった。毎晩眠るのはかたいソファの上だし、自分の寝室に入ろうとするとシビルのことを心配している伯母に言い含められたバーストウに何度となく拒否される。シビルに会いたくてたまらないのに。「死んでも彼女をきみの部屋になどやるものか。悪いが帰ってくれないか。なんなら花は置いていってかまわない。ほかにも持ってきたものがあれば、ぼくからちゃんと渡しておくよ」

酢よりも蜂蜜《はちみつ》のほうが蠅《はえ》をつかまえやすいということわざを思いだし、ラティマーは作戦を変えた。ピンクのシクラメンの花束をマントルピースに置き、美しく包装された箱を下におろすと、ゆっくりとハンターのほうを向いた。上着の裾《すそ》をさっと払って腰かける。

「ぼくたちは長年の友人だ」ラティマーは言った。「いがみ合わずに、今なにが起きているのか話し合えないかな」

ハンターは気持のよい態度でラティマーに接する気にはなりたくなかった。だが、腹の立つことにラティマーのことが好きであり、今の彼を冷たくあしらうことはできなかった。

「きみの友情には感謝するよ。いろいろ厄介なことがあってね」

「シビルはきみの身を案じていたよ。きみがなにを話したのか知らないが、彼女はカーゾン・ストリートでなにかあって法律事務所が大変なことになっているらしいと考えている。シビルはきみが危険にさらされていると思っていて、ぼくも同意見だ」

ハンターはソファに寄りかかって腕を組んだ。「否定しても仕方がない。ヴィラーズ－デボーフォート裁判については知っているだろう。物騒なことになっているんだ。あちこちから脅しを受け、深刻な事件がいくつか起きている。本当だ。ぼくには重大な責任が負わされている。だが、ぼくは責任から逃げるような男ではない」

「シビルのことが心配なんだな」ラティマーは言った。「彼女が裁判絡みの事件に巻きこまれたと考えているんだろう。知ってのとおり、シビルは口がかたい。彼女に事情を話して安心させてやるのもひとつの考えじゃないか？　シビルはみんなのことを気にかけている——きみも含めて」

ハンターはラティマーに鋭い視線を送ったが、蜂蜜には飛びつかなかった。「シビルのことは心配だ。彼女は早朝、きみの部屋を訪れたあとで襲われた。心配して当然だろう」

ラティマーの全身がこわばった。「襲われた？　どんなふうに？　どこで？」

「朝早く馬に餌《えさ》をやりに行ったとき、厩《うまや》で。めちゃくちゃに殴りつけられた。ほかに言いようがない。目のまわりは真っ黒で、頭に傷があり、顔はあざだらけ。背中からも出血していた。どこのどいつだか知らないが、その人でなしは無力な女性をブーツで痛めつけるのが趣味らしい。シビルにぼくへの伝言を残していった。裁判にかかわることだ。それで、例の裁判絡みだとわかった」

ラティマーは飛びあがった。「そいつを見つけて殺してやる。きみは犯人を見ていないと言ったな？」

「ああ、見ていない。シビルによると、大柄で、このうえなく残忍なやつだそうだ」

ラティマーは花と包みをとって寝室の扉へ向かった。そしてはっきり聞こえるようにノックして扉を開けた。ラティマーのささやき声がハンターにも聞こえた。「たった今聞いたんだが、シビルはかなりの重傷だそうだね、バーストウ。彼女の寝顔をちょっとだけ見て、花とささやかなお見舞いの品を置いていってもかまわないかな？　シビルはおとなしくて優しい女性だ。いったいどんな悪党がこんなことをしたのだろう？」

「この世の中に悪党は大勢いますよ」バーストウは言った。「あなたのような紳士にはなかなかおわかりにならないでしょうけどね。なかに入って顔を見ていってください。みんなの心づかいは励ましになりますからね。でもちょっとだけですよ。長居はいけません」

ハンターは立ちあがった。「ああ、いらいらする。ラティマーは堂々と入っていって、なかにいていいと言われた。なにが〝紳士〟だ。ぼくのほうは入っていいかどうか精いっぱい丁重におうかがいを立てているのに、バーストウの気分しだいで断られる。ぼくに心配されていると感じているシビルの気持はどうなるんだ？　無視していいのか？　まったく無礼だ」

数分して、ラティマーが戻ってきた。青ざめ、額に汗を浮かべている。「どうして彼女のようにおとなしい人にあんなことができるんだ？　ハンター、ぼくで力になれることはないか？　きみがひとりで動くほうが好きなのは知っているが、こんなとき人手があれば役に立つだろう」

確かにそうだ、とハンターは思った。「役に立ってもらえるよ。明晩もう一度、カーゾン・ストリートのグリーヴィ・シムズの家へ行ってみるつもりだ。家政婦は、前にも言ったとおりヴィラーズの妹なんだが、昼間は決して呼び鈴に応《こた》えない。押し入っていい法的理由はないから、その女性が夜になって外に出たときにつかまえて態度を軟化させるしかないんだ。今夜はシビルの様子を見たいからここにいる。すぐによくなるだろう。明日になってもチャールズの件でなにも起こらず、手がかりもつかめなかったら、家政婦を説得して、家のなかを捜索させてもらう。すんなりとは許してもらえないだろうが」

「ぼくの助けがいるかい？」

「おそらく」

書斎の扉がノックもなしに再び開き、アダム・チルワースがハンサムな顔をのぞかせた。

「やあ、ふたりともここにいたのか。久しぶりだな。会えてうれしいよ。ところで、なにがいたと思う？」「驚いたことに、アダムはデジレー王女のまるまると太った灰色の猫、ハリバットを掲げてみせた。猫は大きな緑色の目でまわりを見渡し、笑みらしきものを浮かべた。メイフェア・スクエアの十七番地と七番地にいるときはご機嫌なのだ。どちらでもたっぷりと甘やかしてもらえるからだ。

「どこにいたんだ？」ラティマーは尋ねた。

「きみの部屋の窓台さ。雪のなかで座っていたんだ。日曜日に魚のフリッターを食べるのと同じくらいあたりまえだって顔で。すぐに十七番地へ連れ帰ろうかと思ったが、誰もいないようだったから」

「そいつをおろせよ」ハンターはハリバットを示して言った。「まずきみの話を聞かせてくれ。旅はどうだった？　財産持ちのすばらしい女性と出会ったかい？　ここに落ち着くつもりなのか？　それとも荷物をとりに寄っただけで、さらに雄大な地を目指してまた旅立つのかい？」

「旅は最高だったよ。すばらしいものをたくさん見て、すてきな女性に大勢出会った。ぼくはひどく恥ずかしがり屋だから、別れを告げるのはやぶさかではなかったがね」

これにはあとのふたりは大笑いした。

気難しい北部人であるアダムはとまどった顔をしてみせた。「ぼくはここに落ち着くつもりで帰ってきたんだ。帰ってよかった。なんといってもロンドンがいちばん、ロンドンのなかでもメイフェア・スクエア七番地が住むにはいちばんさ。そう、それがよくわかった」

ラティマーは真顔になった。「シビルが危険な目に遭った」彼は寝室へ続く閉じられた扉を指さした。「数日前、厩で馬に餌をやっていたとき、どこかの悪党に襲われてひどく殴られたんだ。彼女は今そこにいる」ラティマーはハンターの寝室へ親指を向けた。「バーストウが看病しているところだ」

「信じられない。どうしてそんなことに」アダムの日に焼けた肌から血の気が引いた。

「今も危険な状態なのか？　怪我《けが》をしているのか？　それとも別の意味で？」

「怪我はすぐによくなるだろう」ハンターは答えた。「こぶができたが、治りつつある」

「有名なハンターの裁判が原因なんだ」ラティマーは言った。「シビルはまた襲われるかもしれない。ハンターに責任はないが」

「ありがとう」ハンターはアダム・チルワースから目を離さずに言った。アダムは大柄で血色がよく、ハンサムすぎるほどハンサムだ。ここにも種馬候補がひとりだ。ああ、確かに。アダムの体のある部分には、健康な子供の種がぎっしりとつまっているに違いない。

アダムをシビルとふたりきりにしてはならない。

ラティマーも同様。少しの親密さも生まれないようにするのが肝心だ。ラティマーのかの官能的な想像力を少々発揮し、戯れをしかけたら、ぼくの大事な、そして限りなく魅惑的なシビルの興味を引くかもしれないのだから。

「シビルは眠っている」ラティマーは言った。「あざがあっても美しいよ。もともと美人だからね。実を言うと、常々彼女をかわいらしいと思ってはいたが、遅咲きの人とは気づかなかった。魅力がぱっと花開いたね。どことなく官能的でもある。小柄なのは相変わらずだが、丸みを帯びた女性らしい体つきになってきた。自分の目で確かめたらいい、アダム」

ハンターははらわたが煮えくりかえる思いだった。ラティマーの喉を絞めあげてやりたかったが、そんな反応を見せたら自分の気持を暴露するも同然だ。そうする心の準備はできていなかった。この先ずっとできないかもしれない。

「シビルは変わったよ」ラティマーは、ハンターの募る怒りにまるで気づかない様子で能天気に続けた。「前より外向的になって、なんというかもっと……世慣れた感じになった。いい意味でね」

「ぼくも前からシビルを美人だと思っていたし、いずれとても魅力的な女性になると考えていたんだ」アダムは言った。「彼女の裸体画を描《か》いてみたいな。成熟した女性へと変わる瞬間をとらえたい。失礼するよ」彼は寝室の扉まで歩き、ノックしてなかへ入った。

「やあ、バーストウ、アダムだ。たった今帰ってきてシビルのことを聞いた。恐ろしいことだ。彼女の世話をしてくれる人がいてよかった。そうそう、あなたにちょっとしたフランス土産があるんだ。荷物をほどいたらすぐ持ってくるよ。ハリバットが外にいたから、つかまえて連れてきた。シビルはこいつが大好きだろう。動物は病気の人間を癒《いや》すというからね。寝台に置いて、彼女の相手をさせてもかまわないかな?」

ラティマーとアダムは、まるで舞踏会で結婚相手を品定めするみたいにシビルのことを話している。しかもアダムは裸体画を描きたいなどと言いだした。無作法なやつらめ。

「まあ、ミスター・アダム」バーストウはさえずるように言った。「あなたがいなくて、わたしたち寂しい思いをしてたんですよ。大きくて美男に見えること。娘さんたちはみんな夢中になってしまうでしょうねえ」

アダムは喉の奥で笑った。「あなたにそんなことを言われると、うぬぼれてしまうな。

猫のことはどう思う?」

「いい考えです。とてもいい考えですよ。シビルの横に置いてやってください。そっとね。背中に体重がかからないように横向きに寝かせているんですよ」

ハンターはバーストウの愛想笑いをまねした。ラティマーのからかうような目と目が合って視線をそらす。

「それですよ」バーストウが話していた。「強くて思いやりのある男性のキスには病を治す力があると言いますからね。本当のところはわかりませんけど」

「ちくしょう」ハンターはつぶやいた。「寝ている女性につけこんで」

ラティマーは派手に顔をしかめて言った。「ぼくも感心しないな。男をシビルとふたりきりにするのはよくないと思うだろう?」

「絶対にだめだ。許せない」

寝室の扉が閉められた。

ハンターはラティマーを見た。「どうして扉を閉める必要がある?」

「別に」ラティマーは答えた。「だが、バーストウが一緒なんだから、やきもきすることはない。どうしてきみはシビルを彼女の部屋ではなく、ここで休ませているんだ?」

そうきかれてハンターは落ち着かない気分になったが、言い訳は考えてあった。シビルにはぼくの望む場所にずっといてもらう。「彼女を発見したのも、彼女が襲われた原因もぼくだ。だから、面倒を見る責任があるんだ。最低限、再び襲われる危険からシビルを守らなくてはならない。様子を見にしじゅう階段を駆けあがったり駆けおりたりするわけにはいかないし、彼女の居間で寝るわけにもいかない。シビルの階のほかの部屋は掃除をして家具を配置し直さなければならないし、誰かが彼女の部屋に忍びこんでも、瞬時に駆けつけられない」

「立派な心がけだ」ラティマーは苦い顔で言った。「そういうことなら、ぼくのところには寝室がふたつある。フィンチの部屋はすぐにも使える状態だ。ぼくは家で仕事をして、きみの代わりに見張り役を務めてもいい。きみと違ってここから出なくても仕事はできるから」

そして、そのほうが都合がいいと？　ハンターは思わず、シビルとラティマーが長いこと部屋にふたりきりでいたとき、ふたりのあいだになにがあったのかとききそうになった。いや、ばかなことは口にするな。

「これはぼくの問題だ」ハンターはラティマーに言った。「ぼくがいけなかったんだ。ほかの誰でもなく。シビルをここから動かさず、知らない人間は屋敷に入れないつもりだ。必要なことは召使いがするし、伯母も喜んで協力してくれている」

ラティマーはむっとした。「きみはシビルの夫でもなんでもない。数日前の晩、彼女がきみを尋ねたときには冷たくあしらったくせに、今度はまるで自分のものみたいな言い方をするんだな」ラティマーの頬に赤みが差した。

ハンターははじかれたように立ちあがった。「いったいそれはどういう意味だ?」

「声を落とせ」ラティマーは言った。「その翌日の夜、シビルはぼくの部屋に来た。ひどく孤独で眠れずにいたとき、ぼくが玄関広間を通って自分の部屋に入るのを見かけたんで、勇気を奮ってぼくの部屋の扉をノックしたんだ。少しのあいだ友達にそばにいてほしいだけだとかいろいろ意味のない弁解をしていたが、じき全部話してくれたよ」

ハンターはこぶしをつくったものの、それを繰りださないようにポケットにつっこんだ。

「ぼくとシビルのあいだでちょっとした意見の食い違いがあっただけだ。たいしたことじゃない」どうして彼女を帰らせてしまったのだろう。ぼくは思いやりに欠けていた。これがその報いだ。

「内気な女性を袖《そで》にすることを〝ちょっとした意見の食い違い〟とは言わないと思うが」

「いい意味で世慣れた女性へと変わった、成熟した体を持つ内気な女性だろう? きみが言ったんだ。ぼくじゃない」ハンターはラティマーに近づいた。「きみは彼女を自分のものにしたいんだろう? さあ、思いきって本心を打ち明けてみろよ」

「自分のものにしたいさ」ラティマーは平然と言ってのけた。「正直、あの晩はじめてそう思った。それまで、シビルをそういうふうに見たことはなかったんだが。そして、彼女はぼくにある頼みごとをした。はじめはそのつもりではなかったんだろうが、きみに断られたのでぼくに頼んだのさ。シビルは自分をふしだらな女のように感じていた。そんなことはないのに。きみは古風な男らしいが、ぼくは違う」

「彼女がきみに直接なにか頼んだというのか？　それを口にしたのか？」

ラティマーはもともと弓形の眉をあげた。「ぼくはよく考えてから返事をすることになっている。引き受けるつもりだ。きみがいけないんだ、ハンター。シビルにそっけない態度をとるからだ。それで彼女はこの家のなかで唯一の本当の友人のもとへやってきたのさ。それをどれほどうれしく思っているか」

「シビルを愛しているからか？」ハンターは自分の犯した過ちを思って自己嫌悪に陥った。

ラティマーは少々長すぎる間を置いた。「シビルのことはとても好きだ」

「それよりさらに好きなのはシビルの成熟した体なんだろう」言いすぎなのはわかっていたが、ハンターは気にしなかった。「慰めを必要としていた彼女にそれを与えてくれたことには礼を言う。きみの仕事は終わったと思ってくれ」

寝室の扉が開き、ふたりは飛びあがった。アダムが笑顔で現れた。ハンターはてのひらを素早くこすり合わせた。

「シビルはどんな様子だった？」

「ああ、報いを受けなくちゃならない人間がいるようだな。ぼくがその悪党を捜しだして痛い目に遭わせてやる」

「そいつを捜しだすのはぼくの役目だ」ハンターは言った。

アダムはめったに見せない魅力的な笑みを浮かべた。「なら、協力するよ。でも、シビルはよくなってきたようだ。少しのあいだ目を覚ましてぼくにほほえみかけた。男ならあの猫になりたいと思うだろうな。彼女、上掛けに猫をもぐりこませていた」

「言葉に気をつけろ」ハンターは言った。

「ほう」アダムはくすくす笑った。「いつからシビルはきみのものになったんだ？　旅に出る前には気づかなかったが」

「そういうわけじゃない。シビルはぼくのせいで怪我を負ったから、ぼくは彼女を守らなくてはならない。危険な悪党から。そしてシビルを誘惑しようとする人間からも」

アダムは吹きだした。「誘惑する？」

「ハンターはいろんなことに少しいらだっているんだ」ラティマーは言った。「許してやってくれ。いつもの彼じゃないんだ」

喧嘩《けんか》腰で話す大きな声は隣の部屋のシビルにも聞こえた。だが、ハンターたちはすぐに声を落とした。

シビルは親切にしてくれたバーストウにほほえみかけた。家政婦がほほえみかえした。

「今日の午後はどうも雰囲気がぴりぴりしているんですよ」バーストウは言った。「男性ってあんなもんじゃないですか。怒鳴ったり威張ったりしないと、ものごとを主張できないんだから。でもわたしが思うに、あの体格がよくて、それでいて気品のある三人の殿方は全員あなたに気がありますね」

「まあ、ばかなことを」シビルは言ったが、急に顔が熱くなってきた。「ああいう男件たちがわたしのほうを振り向いてくれるはずないじゃないの」

バーストウはそっとほほえんでかぎ針編みを再開した。「目を光らせ、頭を使えば、わかることがあるんです。その猫を上掛けからお出しなさい」

「この子がいると気持が安らぐの」シビルは言った。「それにしても心配ね。きっとこの子、リバーサイドの屋敷で困ったことをしでかしたんで、ジャン・マルクが十七番地の召使いに世話をさせるつもりで御者に託したのよ。召使いたちはハリバットの面倒なんか見ないでしょうから、ここに置いておくわ。なんといってもこの子は家族の一員だし、デジレーのために危険から守ってあげなくては」

「デジレー王女ね」バーストウは夢見るように言った。彼女は上流階級の人たちには無条件に畏敬《いけい》の念を示す。王族となれば格別だ。

「そう。それと、いとしいメギーにわたしの身に起きたことについてなにも言わないと約束してくれない？　今回のことではあなたの助言と協力が本当に必要なの。妹が事件のことを知ったら、動揺してすぐに駆けつけるはずよ。メギーには赤ん坊のセリーナがいるわ。

お乳をもらえないなんてよくないし、赤ん坊は母親の手によって元気に育つんだもの」

「任せてください」バーストウは座り直して背筋をのばした。「メグは賢い女性です。子供にとっていちばんいいことをしたいから、あれくらいの地位の女性なら当然のことを拒否しているのでしょう。感心な人です。約束しますよ。なにも言いません」

「ありがとう、バーストウ」シビルはまぶたが重くなってきた。まだ体はずきずきするし、殴られた目のまわりが痛んだ。

シビルは上掛けにもぐりこみ、ハリバットを引き寄せて体に密着させた。

ふとあることに気づき、はっとして体を起こしそうになった。その代わりにシーツを顔が半分隠れるくらいまで引きあげ、考えごとに集中した。

ハンターとラティマーはまるで違うけれど、ひとつ共通点がある。恥ずかしがり屋だということだ。ハンターは特に恥ずかしがり屋だ。こと女性に関しては。わたしが驚かせたから、彼は世慣れた男性を気どったのだ。女性から積極的に迫られた経験などないと言わんばかりに。シビルは完全に頭がさえ、どうして今までこのことに気づかなかったのだろうと思った。本で読んだので、男性が欲求不満を抱えていて、それをさまざまな方法で発散させていることは知っていた。ハンターは雨が降ろうが槍《やり》が降ろうが狂ったように馬に乗る。ラティマーは一心に仕事をする。アダムは――彼の優しさと軽いキスを思いだし、シビルはほほえんだ――本当に見るからに男らしく魅力にあふれたアダムは、部屋にこもってひたすら絵を描く。その絵のほとんどを誰も見たことがない。それに彼が外で――しばしば出かけるのだが――なにをしているか誰も知らない。シビルはシーツの下で顔を赤らめた。旺盛《おうせい》な欲求のはけ口を持たない男性のための場所があることも知っている。

それよりも、愛するハンターのことだ。彼は驚くほど素早く反応した。そうだ、ハンターは定期的にベッドをともにしてくれる女性を必要とし、そうした面での刺激を求めているのだ。たぶんハンターは、わたしが彼を求める理由としてあげたことが信じられなかったのだろう。わたしへの気づかいから、先へ進むべきところで身を引いてしまった。真実がようやくわかった。彼は欲求不満を抱えつつも、わたしのことを少し怖がっていたのだ。

いいわ。わたしはじきに回復する。でも、よくなったことをすぐにはまわりに知らせず、時機を見てハンターを襲ってしまおう。まあ、ひどい表現。自分の部屋へ戻ったあとで彼のもとを訪ね、わたしがどれほど疲れ、おびえているかを訴える。そして守ってほしいと言う。そうすればハンターはまたわたしを寝台に導いてくれるに違いない。そこまで行けばしめたものだ。

シビルは注意深く寝返りを打った。即座に、ハリバットは太った体を彼女の腰の向こう側へと滑らせ、再び腹部にぴたりと身を寄せた。

さらにふたつの考えが頭のなかに渦巻いていて、どちらも厄介だった。

子供の父親は愛し、尊敬できる人でなくてはならない。今やそうであることは都合が悪い。子供への愛情とはその父親への愛情にも等しい。ハンターがあくまで望みを聞き入れず、ラティマーが男らしくその役を引き受けて自らを差しだしたとしたら、どうなるだろう？　ラティマーのことは好きだ。ある意味で愛している。でも兄に対するような愛情しか感じられない。

アダムのことは考えるのもいけない。彼は男らしくて力強い。さっきキスをされたとき、アダムの力強さと、それを注意深く加減していることを感じた。彼も力になってくれるだろうか？　それとも彼の強い倫理観が、わたしの頼みを〝悪いこと〟と判断し、その結果、実に厄介な問題になるだろうか？　最近、困ったことに呪《のろ》いをかけられたらしい。美しい男性を前にすると、彼らがちゃんと服を着ているにもかかわらず、裸の姿が目に浮かんでしまう。アダムを見たときもそうだった。老クートや、そのほかの年配の男性ならどうだろうとあえて試してみたが、なにも起こらなかった。女性を前にした場合も普通どおりだ。それで安心していたところに、アダムが帰ってきたのだ。

ああ、アダムに心惹《ひ》かれていなかったのは幸いというもの。寝台の横に立つ彼の腹部の筋肉は引きしまってかたそうだった。胸はきわめて広く、頭髪と同じ黒い巻き毛に覆われていた。肩は一日じゅう肉体労働に励む農夫のようにがっしりとしていた。腿もたくましく、左右がぴったりとは合わさっていなかった。

シビルは古い童話の一節を思いだした。〝それはね、わたしが楽しんで、そのあとおまえのなかに入るあいだ、おまえの体をしっかりつかまえておくためだよ〟おそらく『赤ずきん』のおばあさんになりすました狼《おおかみ》のせりふで、もっと別の言葉だったけれど。ともかく、アダムには狼を思わせるところがあり、シビルをどきどきさせた。彼の下腹部について言葉で説明するのは難しい――不可能ではないが。アダムはそれがズボンのなかにきちんとおさまるよう、大きさがあまり目立たないよう、両腿のあいだに押しこんでいた。あいにく彼が少し興奮すると、それは上を向き、彼がかなり興奮すると、それは腿のあいだからつきでてしまう。服によっていくらか押さえつけられているだけだ。その部分は長くてかたく、周囲は大きなワインボトルのそれくらいにふくらんでいる。先端からわずかに液体が染みだし、準備が整っていることを物語っていた。

シビルはさらに深く上掛けの下にもぐりこんだ。アダムの秘密の部分の皮膚は根元の濃くて黒い毛と対照的に青白く、胸の黒い巻き毛は柔らかそうだった。彼の体は実に美しい。わたしにとって唯一無二の男性がハンターであるとわかっていてよかった。ハンターもまた見事な体をしているけれど。

ああ、服の下が透けて見えるなんてぞっとする。不都合なときに見えてしまうと本当に困る。でも少なくとも男性を前にしたときだけだ――それも、若い男性を。

もしかすると、単にそうしたことに関する想像力が異常に発達してしまっただけなのかもしれない。

とにかく恐ろしいことだ。わたしは恐ろしい。恐ろしい女だ。教会に行って罪を告白しなくては。

「眠っているの、ミス・シビル？」バーストウがささやいた。

シビルはじっとして返事をしなかった。

床がきしむ音と、きぬずれの音が聞こえ、バーストウが椅子から立ちあがったのがわかった。彼女は一歩ごとにきぬずれの音をさせながら爪先立ちで歩き、扉を開けた。「ちょっとお茶を飲んできます」部屋の外の誰かに言った。「誰も部屋に入らないでくださいよ、いいですね。ミス・シビルは眠ってます。休息が必要なんです」

再び扉が閉められ、シビルはひとり残された。

もうひとつの考えが浮かんだ。わたしの振る舞い、頭の動かし方、人を見るときの目つき、歩き方はもう見せかけのものではない。わたしは変わった。それでどんな気分？　そう、人は変わる。それだけのことだ。わたしだってほかの人みたいに変わっていけない理由はない。わたしは成熟し、自分に自信が持てるようになり、求めるものがはっきりわかるようになった。そして男性に興味を持つようになった。外見、話し方、踊り方といったどうでもいいことに興味があるのではない。男としての男性に、彼らの本質に、女性と愛を交わすときのまなざしや、女性に対する態度に興味があるのだ。

当然受けるであろう嘲笑《ちょうしょう》に耐えられるくらい元気になったらすぐに教会へ行こう。

ハンターの奇妙な態度は——荒っぽいまねをしたあと、一緒にいたいと言い、それからまたしてもわたしを拒絶したのは——仕事において大きな悩みを抱えているせいなのだろうか？　今朝の出来事を考えると、かなり深刻な状況にあるようだ。わたしは彼を脅迫するための使者にされたのだから。

扉のノブがそろそろとまわった。何者かが音をたてないように扉を開けようとしている。シビルは息をつめた。

誰かがそっと部屋に入ってきた。男だ。ブーツの足音がする。ハンターのはずがない。ラティマーとアダムも帰ったようだし、これは見知らぬ男では……？

扉が再び閉まった。

シビルは襲われて以来ほとんど食事をとっていないので、胃が焼けつくようだった。全身がこわばり、さらなる痛みを感じる。

彼女は体をこわばらせたまま、ハリバットを近くに引き寄せた。猫は小さく不満げな声をあげたが、すぐにおとなしくなった。いい子だ。

「シビル？　本当に眠っているのかい、いとしい人？」

いとしい人？　シビルがはれていないほうの目を開けると、ハンターの顔があった。彼は寝台の脇《わき》に膝をついて身をかがめ、心配そうな顔を彼女の顔に近づけた。

「眠っていなかったんだね」ハンターは言い、彼女の頬を手の甲でなぞった。「気分はどう?」

シビルはほほえんだ。顔がはれているので、ゆがんだ笑みになっているだろう。「ひどい顔でごめんなさいね。気分はずいぶんよくなったわ」

「前よりもずっと元気そうだ。きみは勇気のある女性だね。美しくて、勇気がある」

すでに横になっているのでなかったら、卒倒してしまっただろう。「ありがとう」

「運命がほほえんでくれたら、ぼくたちは一緒になにかできるかもしれない」

「なにかって?」まあ、いやだ、またただわ。幸い上半身しか見えないけれど、立派な体つきだ。ハンターが今みたいに体をこわばらせていると、筋肉が盛りあがり、腕や肩に血管が浮きでていちだんとすてき。胸の毛の生え方も完璧《かんぺき》だ。

まったく、ほかの部分を見ていないときは男性の体のあちこちに生えている毛を見てばかりいて、だめじゃないの。

ハンターが手を差しだしたので、シビルは寝台から片方の手をのばした。彼はその手に口づけした。目を閉じて、あちこちにくりかえしそっと唇を押しつける。「将来、一緒になにかできると思うんだ」彼はついに言った。「辛抱していればふたりの未来があるかもしれない」

シビルの胸は早鐘のように打ち始めた。「もしかしたらね。どうして今そう思うの?」

「ぼくの肩には重い責任がのしかかっている。例の悪党がチャールズに関してなにを言ったか正確に覚えているかい？　ぼくが要求に応じなければ彼を捜しても無駄だということだったね。どういう意味かわかるかい？」

「新たな証拠を示して、刑の宣告を延期するように働きかけろということでしょう」

「そのとおり」ハンターにじっと見つめられ、シビルは目を伏せた。「だが、ぼくの上司はそれを許さない。少なくとも要求を実行せざるえないほど決定的な証拠が出てこない限り」ふと彼女は首に彼の唇を感じた。ハンターがキスをし、舌を這《は》わせていったので、シビルは体がぞくぞくし、欲望のあまり乳首がかたくなった。別の部分はうずき、濡《ぬ》れてきた。「シビル、きみほど官能的な女性には会ったことがない。不思議だ。どうしてだろう？」

「わたしたちは礼儀正しい隣人同士よ。そんな話はやめましょう」

ハンターは軽い調子で笑った。「そうだな。きみに頼みたいことがあるんだ」

シビルは再び息をつめた。どう答えたらいいのだろう。

「かまわないかい、シビル？」

彼女はうなずいた。

「ありがとう。きみを襲った犯人がチャールズ・グリーヴィ・シムズについて言ったことは口外しないでほしいんだ」

シビルの顔がぱっと赤くなり、失望と恥ずかしさで力が抜けた。「約束するわ」

「助かるよ。その男は脅しどおりチャールズを殺すつもりだろう。明日、カーゾン・ストリートにある彼の家へ行って、無理にでもなかに入る。そして隅から隅まで調べてみるよ。もし敵とでくわしたら、判事と話はしたが、友人を捜すのは自分の役目だと言う」

「わたしも一緒に行くわ」

ハンターは口をあんぐり開けて彼女を見つめた。「ばかなことを言っちゃいけない。きみは怪我をしていて、休息が必要なんだ」

「なにも駆けっこをしようというわけではないのよ。あなたについていくだけ。それと、わたしたちがいつまでも戻ってこない場合に備えて、誰かに近くで待っていてもらったほうがいいわ。ラティマーならやってくれるんじゃないかしら」

「ラティマーは来ることになっている」

「ならいいわ。彼は馬車を駆っていって、そのまま待っているの。わたしが一緒に家のなかに入ったほうがいいと思うわ。相手を警戒させることもないし、家にいる女性もわたしのほうが話しやすいでしょう。そう思わない？」

ハンターはシビルの唇に触れ、彼女をじっと見つめた。彼の険しい表情が和らいだ。

「確かにそうだね。きみはたいした女性だ。人を説得するのがうまいし……賢い。ぼくのそばを離れてはだめだよ。きみを殴った犯人がその家にいるかもしれないんだ」

「わかっているわ」シビルは静かに言った。「充分用心しなくてはね。ところで、決行は明日でしょう？　ラティマーにはあなたが話をしてくれる？　今日の夕方、ここでお友達と会合を開くの。みんながお見舞いに来たいとレディ・ヘスターに手紙を書いて、承諾をもらってあるのよ」

　なんの話かわからないらしく、ハンターはとまどった顔をした。それも当然で、シビルは彼に友達と会合を開いていることを話していなかった。

「お願いできる、ハンター？」

「ミス・スマイルズ、きみのためならなんだってするさ。わかった、ぼくからラティマーに話をしておく」

「明日、わたしを置いてこっそり抜けだそうなんてしないわね？」

　彼は唇を開きかけてとめ、口をすぼめるとゆっくり息を吐きだした。

「ハンター？」

「あ、ああ。きみを置いて抜けだそうなんて絶対にしないよ。今度カーゾン・ストリートへ行くときには必ずきみを連れていく。信じてくれるね？」

　彼女はじっとハンターを見つめた。彼に対する強い思いに涙がこぼれそうになる。「信じるわ」

　ハンターはもう一度シビルの首に口づけをしてから立ちあがった。「そろそろバーストウが戻ってくるだろう。ぼくは書斎にいたほうがいい」

「ええ」シビルは声がうわずっているような気がした。「急がないと」彼はまだじっと立ったままシビルを見おろしている。その目にあふれている感情がなんなのか、彼女にはわからなかった。

「さあ、もう行って」

ハンターはうなずき、歩いていって扉を開けた。そこで立ちどまり、シビルを振りかえった。

「ハンター」彼女は言った。「あなたに言わなくちゃならないことがあるの。でも、あなたが部屋を出ていかないと、バーストウが大げさに騒ぎ立てて、ありもしない話をでっちあげるわ」

「言ってくれ、シビル」

「あなたを愛しているわ。はじめて会ったときから愛していたんだと思う。この気持は強くなるばかりだわ。ふたりの関係において不可能なことがあるのはわかってる。それを求めているわけではないの。ただ、今でもあなたに協力してもらいたいと思っている。わたしの切なる望みをかなえるために」

「シビル。それは難しい。きみは――」

「バーストウが戻ってきたようよ。行って。ハンター、いつでもあなたを愛してる」

20

その夜ハンターが書斎に戻ってみると、伯母が待っていた。彼女の顔に浮かんだ愛想のいい笑みを見て、ハンターはいやな予感がした。「こんばんは、伯母さん。ちょっと用があって出かけなくてはならなかったんですが、今戻りました。バーストウはもう引きあげる準備ができています。そうしたほうがいいでしょう。ぼくはソファで充分ですから」

「まあ、ハンター、いい子ね」ヘスター伯母は駆け寄ると、彼の手を両手で包みこんだ。彼女の声はどことなく哀れむような調子で、甥《おい》はまだ子供だから、ちょっとした厄介ごとも手に負えないのだと言わんばかりだった。「あなたはこのことを深刻に考えすぎなのよ。事故は起こるものなの。シビルだってそう考えているはずよ。彼女はだいぶよくなったわ。今夜はあなたがシビルの部屋で眠るのがいちばんだと思うの。さあ、行ってぐっすり眠ってらっしゃい」

「そうはいきません」ハンターは言った。「もうその話はすんだはずです。ぼくはシビルのそばを離れないと言ったでしょう。彼女はぼくのせいで危険な目に遭った。だから、誓ってぼくが守ります。今日の夕方家を空けたのは、アダムがここにいると約束して、バーストウがなにかあったら彼を呼ぶと言ったからです」

「ええ、ええ、わかっているわ」ヘスター伯母は言った。「でも、もう大丈夫。あなたがこれ以上睡眠時間を削る必要はないわ。わたくし、シビルに小さな詩集を持っていってあげたの。バイロン卿《きょう》の作品よ。わたくしには少し仰々しすぎるけれど、若い人は頭が柔軟だものね。シビルが眠る前にバーストウが読んであげることになっているの。だから、邪魔をしないで」

ハンターはまわりを見渡した。ヘスター伯母があくまで追いだそうとするなら、ぼくはもう子供ではないことをはっきり示してやろうじゃないか。「この階に小さな図書室がありましたね。あそこならソファがある。書斎ほど快適ではないが、かまいません。ぼくはそこで休みます」

「ハンター――」

「伯母さん。この話は終わりです。それより、あなたがぼくをシビルに近づけまいとする理由を教えてもらいたいですね」

ヘスター伯母は首をそらし、凝りをほぐすかのように頭を左右に傾けた。「どういう意味かしら」

「わかっているでしょう。あなたはぼくをシビルに近づけたくない、ましてやふたりきりにしたくないんだ。ぼくが信用できる人間であることは知っているはずなのに」嘘《うそ》が許されますように。

「ハンター、あなたはそろそろ妻を見つけるべきよ」

彼は口を閉じるのにしばらくかかった。「ええ、まあ」

「そうよ。あなたには妻が必要だわ。この家に連れてきてくれたらと思う――ときどきね。大いに歓迎しますよ。そうなったら、この屋敷にお金を注《つ》ぎこまなくてはね」

スピヴィだ。ヘスターのたくらんでいることを考えると、わたしの骨は痛み、魂は震える。だが口を出すわけにはいかない。今ここでは。あとで話をしよう……。

「シビルはあなたの唯一の友人よね」ヘスター伯母は続けた。「でもあまりに近くにいると、理性的な判断ができなくなって、おかしくなってしまうものなの。あなたは彼女に間違った印象を与えているんじゃなくて？　シビルは普通の家の生まれだから、あなたの結婚相手にはふさわしくないわ。まさかと思うけれど、あなたが彼女をそんなふうに考えているとしたらの話よ。ただね、ハンター、気をつけてほしいの。あなたはシビルを傷つける可能性がある。そんなの絶対にだめよ。彼女もそのうちふさわしい相手と出会うでしょう。でも、出会わないかもしれない。それでも問題はないのよ。彼女にはここにわが家があるんだもの。それに考えてみて、シビルを守ろうと一生懸命になっているあいだに、あなたはすばらしい出会いを逃してしまっているかもしれないのよ」

ハンターはヘスターをにらみつけた。言い換えれば、伯母はシビルを手もとに置いておきたい一方、ハンターには社会的地位を高めてくれるような女性と結婚して家から出ていってほしいのだ。「本でも読むかな」彼は唐突に言った。「おやすみなさい」

彼は図書室の扉を閉めると、つるつるした革のソファにかけた布をはがして振るいながら、その下で眠ってもくしゃみを連発しなければいいがと思った。

まったく。伯母は応援してくれると思ったのに。ぼくの幸せにもっと関心を持ってもよさそうなものだ。

再びスピヴィだ。より詳しい経過説明をしようと顔を出したしだいだ。シビルのことは心底気の毒に思う。女性をあんなふうに痛めつけるなど恥ずべき所業だ。われわれが計画を実行する前に、さらに恐ろしいことが起きるのではないかと不安だ。とはいえ、このあいだと同じ失敗はくりかえさぬよう全力をつくすぞ。あのいまいましい猫のハリバットがいるとは最悪だ。あいつはなにかとわたしの邪魔をする。

アイヴィ・ウィロウは目覚ましい進歩を見せた。必要に迫られたら、ハンターを事務所に呼びだした理由を打ち合わせどおり説明すると約束した。さらに行儀よくして、わたしの目的、この屋敷から邪魔者を一掃するという目的のために尽力することを誓った。わたしも人間の扱い方がうまくなってきたようだ。いずれにしても、わたしにはときおり代弁者として目に見える使者が必要だ。その使者がわたしの声だけを聞き、わたしの言葉だけを話すようにしなくてはならない。

ヘスターに対してはどんな策をとったらいいか？　ハンターの言うとおり、あの女はシビルを自分のそばに置いておきたいのだ。実際のところシビルに結婚してもらいたくないのだろう。ハンターには自分の友人の娘と恋に落ち、結婚してどこかに新居を構えてほしいと本気で願っているようだ。甥にはメイフェア・スクエアを出ていってもらいたいのだ。わたしもハンターが屋敷を出ていく案に異存はまったくないが、シビルが子種を提供してくれた男の子供を産み、この屋敷にその子とともに居座るのは考えただけでも我慢ならない。

ヘスターは相変わらず屋敷を改装する計画をあたためている。さっきアダムに話があると言っているのを聞いて、そのことだろうと確信した。

いいか、これでシビルがハンターの子供を産もうものなら、この屋敷は家族の殿堂と化してしまう。ああ、われに力を与えたまえ。

なんということだ。スマイルズ牧師がやってくる。ここに――まさにこの屋敷に。まだ下界を訪れることは許されていないはずではなかったか。「おやおや牧師様、天界からおりていらしたのですか?」

「娘のシビルがどこかの狂人に襲われたと聞いてな。無事をこの目で確かめるために下界へおりる許しをいただいた」

「ああ、牧師様、わたしはさぞとり乱して見えることでしょう」まったくこんな芝居はうんざりだ。手を握り合わせたり、頭を振ってみせたり、面倒このうえない。「恐ろしいことです、牧師様。あなたの耳に届く前に娘さんがすっかりよくなってくれればと思っていました。娘さんは順調に回復しています。家の者がみなで看病しておりますから」

友よ、見てくれ。階段をすうっとのぼっているとき、牧師の鼻が上向いているところを。こんな謙虚な男でさえ、翼が体より大きくなると高飛車になる。こちらは敬意を示すためにここでしばらく待ち、あの御仁を見送ってやらねばならない。

「スピヴィ!」

もう戻ってきたのか? たった今のぼっていったばかりなのに。

「なんでございましょう、牧師様」

「娘のいる部屋から騒がしい女性の声がする。よって退散するとしよう。とにかく、おまえの言うとおり娘はずいぶん元気そうだ。よく聞くがいい、スピヴィ。おまえは監視されている。やるべきことをきちんとやれば、天界でより高い地位につけるだろう。だが、きちんとやらなかった場合は……こんなことは言いたくないが、おまえがシビルに目を配って二度と危険な目に遭わせないようにする努力を怠った場合、再訓練のために天使学校の厠番《かわや》をやってもらう。吐くのが大好きになるが、再訓練が成功することはめったにない。わかったな、スピヴィ」

「心得ました、牧師様」

アダムはそっと屋根裏部屋を出て階段をおりた。バーストウが助けを求めてきたわけではないが、妙な物音を耳にしたのだ。引っかくような音と忍びやかな足音。シビルのところへ忍びこもうとしている輩《やから》がいるなら、思い知らせてやる。

レディ・ヘスターの部屋の扉の下から明かりがもれていたが、扉はしっかり閉まっていた。バーストウはまだシビルと一緒なのだろう。ハンターの書斎の扉に耳を押しつけてみると、かすかに話し声が聞こえた。バーストウとシビルに違いない。シビルの裸体画を描《か》いてみたいというのは本気だ。大人の女への目覚めを美しく表現できるに違いない。シビルの目覚めは少々遅かったが、彼女なら十九か二十歳《はたち》に見えないこともない。

アダムはじっと耳を澄ました。そのときまた物音がした。きぬずれの音と、床がきしむ音。屋根裏部屋に住んでいると、こういうときに困る。必要なときさっとおりていけないのだ。ハンターが不機嫌だったことを考えると、書斎に入って様子をうかがうわけにもいかない。あそこなら都合がいいのだが。いや、やめたほうがいい。確か階段の後ろに納戸があったはずだ。アダムはそこに身を隠し、狩猟用のステッキを見つけて妙にわくわくした。それについている小さな折り畳み椅子を広げて座り、壁に寄りかかった。眠ったり、バランスを崩したりしないようにしなくては。悲惨な結果になる。アダムは悪党が行動を起こしてくれればいいのにとすら思った。そうすれば、犯人を捕まえて二度と脅迫などできないようにしてやる。それでハンターは安堵《あんど》し、みんなまたもとの生活に戻ることができるだろう。

納戸のなかは蜜蝋《みつろう》やフラー土のにおいがした。アダムはなるだけ楽な姿勢をとり、じっとしていた。かすかなきぬずれの音が近づいてきたが、さっきほど頻繁に聞こえるわけではなかった。

ハンターはくりかえしほこりっぽい布を体にかけようとした。ソファの表面がとてもつるつるしているのできちんとかけるのは不可能に近かった。しじゅう息を殺して、ふいにこの階で床のきしむ音がしないかと注意しているのは大変な心労だ。彼は鍵穴《かぎあな》をのぞいてみたが、廊下は真っ暗でなにも見えなかった。もし何者かがシビルに近づこうとしたら、バーストウが数キロ先でも聞こえるような大声で叫ぶはずだ。そう思ってハンターは気を落ち着けた。そして、バーストウがシビルに美しく長ったらしいバイロンの詩を読み聞かせるところを想像し、思わずほほえんだ。「時を待て、ハンター。そうすれば求めるものを得られるだろう」シビルの愛の告白は不意打ちだった。彼女はぼくをじっと見つめていた。青ざめて、あざのあるその顔には真の愛情と不安、そして拒絶されるという確信が満ちていた。

ぼくはシビルを拒絶したりはしない。けれども彼女の愛に応《こた》えるわけにもいかないのだ。どうか、やらなければならないこと、やりたいことをやる勇気が与えられますように。

「本当にここに残ってわたしたちの会合に参加したいの、バーストウ？」シビルは親切なたちではあるが、仲間の婦人たちが到着した今はバーストウに自分の部屋へ戻ってもらいたかった。

シビルの絆創膏《ばんそうこう》や、今や紫というより緑になったあざなどを見て、女性たちはみな彼女の手を握ったり額にキスをしたりした。寝台の横に座ったジェニーはいまだに日に怒りの涙を浮かべていた。

「みなさんさえよろしければ」ガートルード・バーストウは言った。「ご一緒させていただきたいですね。この会は異性との縁に恵まれなかった未婚女性の集まりでしょう。わたしもその基準にあてはまりますし」

「ブラボー」アイヴィ・ウィロウは言った。お気に入りの紫できらびやかに着飾っていた。

「確かにあてはまるわね。でもガートルードがある種の話題を不愉快に感じることがないかどうか確かめたほうがいいと思わない？」

「それはそうね」フィリス・スマートは言った。今日の彼女は濃い黄色のドレスを着ていて、いつもより陽気に見えた。「いいこと、ガートルード、わたしたちは男性について率直に話し合うことにしているの。男性がわたしたちに秘密にしている部分についても」

バーストウはぱっと両手を口もとにあてたが、すぐに立ち直ってうれしそうな顔をした。

「ちょうどいいですわ。わたしがそうしたことをどれほど長いあいだ疑問に思っていたか、おわかりにならないでしょうね」

「わたしたち、慎重にことを進めようとしてるのよ」ジェニーが愛らしいスコットランドなまりで言った。「でもみんな共通するものがあるようね」

「バーストウ」シビルはあわてて言った。「レディ・ヘスターに話さないと約束できる？　少なくともしばらくのあいだは」

「もちろんです」バーストウは請け合った。

「じゃあ、全員一致ね」アイヴィはバーストウ以外の面々を鋭い目つきで見渡した。「まずはあなたにわたしたちがとりあげている非常に興味深い本をお見せするわ。それからそこで隠されているものについて具体的に説明するわね」

デジレーの貴重な本がとりだされ、バーストウの膝の上で開かれた。シビルはアイヴィの耳もとでささやいた。「話さなくてはいけないことがあるんだけれど、バーストウには聞かれたくないの」

　アイヴィはまじめな顔で答えた。「任せておいて」

「まあ」バーストウはのけぞるどころか、身を乗りだして絵に見入った。「なんとまあ。実際の男性がこういう本のために自分の姿を描かせるなんて想像できます？」

「あなた、なにも知らないのね」ジェニーは言った。「わたしたちは真実を知っているの。この黒い四角の下に隠されているものについてもね。怖がることはないのよ、ガートルード。とっても興味深いし、実はかなり刺激的なの」

「本当に？」バーストウの灰色の瞳が大きく見開かれた。「ああ、ぜひこの目で見てみたいものです」

　シビルはほほえみながらも、バーストウを観察した。家政婦はがっしりとして姿勢がいい。器量よしではないが、魅力的な瞳と均整のとれた体つきをしている。どこかに彼女にぴったりの分別のある男性がいるに違いない。アイヴィが言ったように、結局のところそれがわたしたちのねらいなのだ。

「ねえ、ガートルード」アイヴィは如才なく切りだした。「わたしがお茶をいれてきたいところなのだけれど、あなたたちの厨房《ちゅうぼう》でへまをしないかと心配なの」

「わたしがいれてきましょう」バーストウは言った。「見ていたページがわからなくならないように本を伏せておきますね。みなさんはシビルから目を離さないと約束してくださらなくちゃいけません」

「ええ、もちろん」ジェニーは請け合った。「気の毒なシビル。わたしたち、彼女から絶対に目を離さないと約束するわ」

扉が閉まってしばらくたつと、みんないっせいに小声で話しだした。

ラティマーがわずかに扉を開けて自分の部屋の外をのぞくと、バーストウが珍しく頬を赤らめながら階段をおりて厨房へ向かうところだった。さっき聞こえたのは彼女が階段をのぼっていく音だったのかもしれない。彼は玄関広間に出て階段の下に立ち、目を閉じて意識を集中した。

まただ。なにかが壁沿いを移動しているようなこすれる音がした。だが、音はすぐにやんだ。ラティマーは爪先立ちで階段をのぼり、7Bの居間に入った。そしてシビルのうっとりするようなさわやかな香りを深く吸いこんだ。どうして、いったいどうしてぼくは彼女の申し出を受けることをためらったのだろう？　いや大丈夫。すぐに軌道修正してみせる。

暗闇《くらやみ》のなかで、ラティマーは扉をほんの少し開けて立ち、物音はしないかと耳を澄ました。また音がした。なにかが壁際でいきなり滑ったような妙な音だ。それも一瞬で、続いて紛れもなく押し殺した悪態が聞こえた。そのあともときどき誰か、あるいはなにかが床に倒れたようなどすんという音がし、布を勢いよく振るう音が続いてまた静かになった。

いったいどうなっているんだ？

「ということは、あなた本当に彼に言い寄ったの……つまり、シビル、本当にハンターに子供の父親になってくださいと頼んだの？」

「頼んだわ」シビルは言った。友人のあいだで嘘はいけない。「そして断られたの。いい雰囲気だったんだけれど、彼が急に、その、するのをやめてしまったのよ」

「まあ、シビル、かわいそうに。近くて遠い道のりね」

「本当にあと少しのところだったのに」

「どういう意味？」フィリスがきいた。「今度は全部服を脱いだの？　ハンターのほうも？」

全員息をつめてシビルの答えを待った。「ええ、ふたりとも」

いっせいにふうっと息がもれた。「あなたはつまり……」ジェニーは緑色の瞳を見開いた。「そのとき真っ暗だったんでしょう？　そうに違いないわね。それともなにか見たの？」

「なにもかも見たわ」シビルは少しばかり得意になった。

「信じられない」フィリスは手を胸もとに持っていった。「子供はいるけど、わたしはなにひとつ見ていないの。いいこと、なにひとつよ。不愉快な印象だけが残ったわ」

「不愉快でなくなるはずよ」シビルは主張した。「ここにいるみんなに、男性と分かち合う喜びを知ってもらいたいわ。絶対に得られると思うから」

ジェニーはまじめな顔になり、小声でつぶやいた。「まあ」

「手短に話すわね。でないとバーストウが戻ってくるから。そのうち彼女も本当にわたしたちの仲間に入ることになるかもしれないわ。いくつになっても愛は見つけられると思うから。ただ、彼女にはまだ心の準備ができていないわ。特にこういう複雑な問題に関しては。さて、みなさんの力をお借りしたいの。わたしは男性に恋なんてしないと誓ったけれど、実を言うとハンターを愛しているわ」

「すてきね」ジェニーは言った。

フィリスの反応は違った。「ろくなことにならないわ。忘れなさい」

アイヴィはため息をついて言った。「彼はすばらしい人だわ。でもあなたは彼が受け入れてくれなかったと言ってなかった？」

「そうなの」

「じゃあ、ほかの候補者が必要ね」

「ラティマー・モアが協力してくれるかもしれないわ」

「どなたのことかしら」ジェニーは言った。

「7Aの大柄で物静かな人よ」アイヴィが答えた。「美男だし、ああいう無口な人はベッドのなかで情熱的なものよ。彼に頼みなさいよ、シビル」

「どうしてあなたがそんなことを知っているの？」フィリスが目を細めて尋ねた。

アイヴィは顔を赤らめた。そして恐るべきかぎ煙草《たばこ》の箱をとりだして深々と吸った。

「まあ、わたしったら。別に知っているわけではないのよ。想像力を働かせすぎだわね」

「ともかく」シビルは言った。「わたしにはハンターしか考えられないの」

アイヴィは手の甲を額にあてて後ろによろめくと、バーストウの椅子に座りこんだ。それから飛びあがってバーストウが見ていた本をどかし、再びどさりと腰をおろした。「そういうのが危ないの。そういう少女趣味の愚かな感傷が道を誤らせるんだから」

「シビルがハンターを愛しているなら、仕方ないことだわ」ジェニーは言った。「わたしたちは彼女がハンターと結ばれる手助けをしてあげるべきじゃないかしら。なんだかんだ言ってもふたりは一緒に裸になったのだし」彼女は体を震わせた。「彼はどんな感じだった？　きいてもかまわないかしら」

「かまわないわよ」フィリスは答えた。「男に対するばかげた幻想なんかとっとと捨てるに限るわ。あの人たちは女のズロースのなかに入ることにしか興味がないんだから。それにしても、あなたはここ、ハンターの寝室にいるのよね、シビル。彼は寝台に寝ているあなたに全然関心を示さないの？」

「ハンターはわたしが襲われたのは自分のせいだと感じているの」シビルは詳細を説明した。

「恐ろしい話ね。でも、彼もあなたを愛していると思うわ」ジェニーはそう言うと、フィリスの鋭い視線を避けた。

「わたし、ハンターに愛していると告げたわ」シビルは静かに言った。「彼はなにも言ってくれなかった」

「ばかね。ばかよ」フィリスは言った。「今彼は好きなときにあなたを自由にできると思っているわ。まったく、あなたはすべてを台なしにしてしまったのよ」

「どうして？」ジェニーが反論した。「正直になってなにがいけないの？　シビル、ハンターが与えてくれるのがあなたの望んでいる子供だけだったとしても、すばらしいことじゃない。愛する男性の子供が産めるんだもの。彼がぼくも愛していると言わないのは、彼が正直な人だからよ。悪いことではないわ。どうだったと言ったかしら……彼が服を脱いだ姿は？」

「ハンターはラティマーやアダムよりすらりとしているの。もちろん、アダムは特別背が高くて肩幅が広いわ。画家というより長年肉体労働をしてきた人みたいに。ハンターも肩幅は広いわ。彼の筋肉のつき方が好きなの。胸板は厚くて、胴まわりは締まっていて、濃い色の胸毛は柔らかいわ。彼の……その、あの部分のまわりの毛はもっとごわごわしているけれど、ラティマーやアダムのと見比べてみたところ、そういうものみたい」

　部屋のなかは静まりかえっていた。シビルははじめとまどったが、ふと、仲間が懸命に解き明かそうとしている事柄をたった今自分が口にしたのだと気づいた。

「ラティマーやアダム？」ジェニーは言いかけ、頭を振った。「続けて」

「ハンターの脚は完璧《かんぺき》よ。長くて形がいいの。お尻も引きしまっていてすばらしいわ。きっと乗馬をするからね。睾丸《こうがん》は重くて、ペニスは膨張するとかたくなってほとんど動かないの。なにかしているときに、むやみに動いたら困るでしょうしね。その点アダムはすごかったわ。目立たないよう脚のあいだに挟んでおかなくてはならないんだけれど、興奮すると上向きに立つの。あの部分が馬並みの男性がいるって話、本当だったのね。アダムのを見るまでまさかと思っていたわ。ラティマーも見事な体をしているの。腹部が引きしまっているから、発達した腿の筋肉が際立って見えるし。贅肉《ぜいにく》なんて全然ないの。どこにもついてないのよ。いかにも男らしい体つきと言えるわね。でもやっぱりわたしが愛しているのはハンターなの」

「彼の体を愛しているの？」ジェニーは静かにきいた。

　シビルは唇を引き結んでから答えた。「ええ、そうね。ハンターという人間の次に愛しているわ。彼ってすばらしい人なの。知的で高潔で、賢くて優しくて理性的。申し分ないわ」

フィリスは扇を振った。「ちょっとひと息つかせてちょうだい。シビル、あなたのせいでぐったりだわ」

アイヴィが咳払《せきばら》いした。彼女はいつもより鮮やかな化粧を施していた。「かたいことは言いたくないけれど、あなたに三人の男性の裸を目にする機会があったとは驚きだわ」

シビルは激しく目をしばたたいてから言った。「いいえ、違うの。実際に見たのはハンターのだけよ」ため息をつき、目を閉じた。「なんてことでしょう。みんなが呆然《ぼうぜん》とするのも当然ね。説明するわ。ところでアイヴィ、シルクの紐《ひも》をありがとう。あの夜のことは一生忘れない。話を戻すわね。なんと言ったらいいのかしら。わたし、一種の特殊能力を身につけてしまったの。男性の服の下が見えるのよ。若くてたくましい男性の。年配の紳士や女性の場合はそういうことはないの。どう思う？　こんな話、聞いたことがある？」

花嫁が教会に入ってきた瞬間のように静寂がおりた。

「くっきり見えるのよ。秘密の部分を右に向けている男性もいれば、左に向けている男性もいるなんて知らなかった。そうなのよ、アダムを別にして」

「そうなの」フィリスは夢見るような表情で言った。「この目で見てみたいものだわ。でも、シビル、本当に男性の服の下が透けて見えるの？　確か？」

「確かよ。早くこの呪《のろ》いが解けてくれればいいのに。男性が後ろを向いて歩み去るとき、わたしがどんな気持か想像できないでしょう」

「わからなくもないわ」アイヴィは言った。「実は、手をのばして男性のお尻をつかんでしまわないように自制しなきゃならないの」ジェニーは寝台の足板に背中をもたせかけ、くすくす笑いだした。「信じられない。信じられないくらいすごい話ね。その呪いについてぜひ話し合いましょう。よかったらお茶でも飲みながら」

ラティマーは音をたてずに素早く階段をのぼった。いったん足をとめ、物音や落ち着かない気配は上の階のものだと確信した。彼が再び階上へ向かおうとしたとき、シビルの友人のひとりである赤毛の女性がおりてきた。黄色い更紗《サラサ》のドレスをほっそりした足首の上まで持ちあげ、楽しそうに段から段へと飛びおりている。薄暗がりだったので、彼女は階段の端によけていたラティマーに気づかなかった。

女性は鳶《とび》色の髪を頭頂部から編み込みにし、太い三つ編みを頭の上でまとめて横に小さな黄色い花を差していた。見たところあまり裕福ではなさそうだ。白いコットンの長靴下に穴が開いていることからもそれがうかがえる。ラティマーは向きを変えて階段をおりかけたが、近づいてきた彼女のほうを見て声をかけた。「驚いたな、お嬢さん。おりてくるのが見えなかった。ぼくはラティマー・モア」

「はじめまして。ジェニー・マクブライドです。エディンバラの郊外の生まれですの。エディンバラはご存じ？　とても美しい町ですわ。生まれ育ったところですけれどそう言いたくなります」

「行ったことがあります。美しいところだ。もっともその町の女性ほどではありませんが」おいおい、こんな口説き文句を言うなんて。女たらしとして有名だったぼくには、口説き文句など必要なかったのに。「シビルと一緒にいたんですか？」

「ええ。シビルが元気そうで安心しました。ガートルードがお茶とビスケットを用意してくれているので、手伝いに行くところなんです」

「どうりで上で物音がしたわけだ」ラティマーはあまり話していられないことにいくぶんがっかりしながら言った。

「わたしたちじゃありません。教会のねずみみたいに静かにしていたんですもの。シビルは物静かな人だし」ジェニーは肩をすくめた。「ひそひそ話したほうがいいこともありますでしょ」

「部屋から部屋へ、壁伝いにうろついたりはしていないでしょうね」

「もちろんですわ」ジェニーはラティマーの顔をじっと見つめた。彼女の美しい緑の瞳は鳶色の髪にとてもよく似合っている。色白で、鼻や頬のあたりにそばかすが散っていた。沈黙がおりたが、ぎこちない沈黙ではなく、互いになにかに気をとられているような感じだった。ジェニーは首を傾けて彼を見つめた。上から下まで余すところなく視線を走らせ、驚いたことに彼の大事な部分にも長いこと目をとめていた。

ラティマーは笑いそうになったが、なんとか抑えた。ジェニーはぼくに興味を持っており、しかもその興味は男性の象徴にまで及んでいるらしい。彼はいたずら心から両脚を開いて立ち、こぶしを腰にあてて上着の裾《すそ》を後ろに払い、ジェニーの好奇心に刺激されたことを隠そうともしなかった。

ジェニーはまだ視線をそらさず、唇を開いていた。ラティマーの興奮が高まるにつれ、彼女の目はさらに大きく見開かれた。やがて彼女は咳払いをしてから言った。「さあ、お茶の用意をしに行かないと」ジェニーは彼の横を通り過ぎた。

ラティマーは彼女の前腕に軽く触れた。「ジェニー・マクブライド、あなたはロンドンに住んでいるのですか？」

ほんのり染まった彼女の頬は愛らしかった。「ええ、そうです」

「お仕事はなにを？」

「あの、たいした仕事じゃないんです。帽子屋でお針子をしています。お給料はよくありませんけど、とてもいい素材を扱えるので楽しいし、なんとか暮らしていけます。運がよければ、わたしにもいつか帽子のデザインができるかもしれません」

ラティマーは今度は逆にジェニーを上から下までじっくりと眺めた。彼女の顔に視線を戻したとき、その顔は真っ赤になっていたが、顎は高くあげたままだった。彼はジェニーのドレスが古ぼけていることや靴下や上靴に穴が開いていることは気にしなかった。「あなたは帽子の話をするとき、本当に楽しそうだ。あなたのつくる帽子をかぶる女性は幸せですね」彼女は均整のとれた体つきだが、やせすぎだ。もっといいものを食べる必要がある。「きっといつかあなた自身のお店が開けるでしょう」

ジェニーは大げさに首を振った。「いいえ、とっても無理ですわ。帽子のデザインができないというわけではないけれど、わたしには……ともかく、そんなことはありえないと思います。お話ししてくださってありがとうございます。あなたって親切な方ね。もう行かなくては」

「そうですね」ラティマーは言い、彼女を見送った。

厨房の扉がある階段の裏へまわる直前、ジェニーが振りかえった。ラティマーはほほえみながらうなずき、階段をあがり始めた。

なかなか興味をそそられる女性だが、ぼくには向かない。経済的に困窮している女性につけこむようなことはしたくなかった。

ラティマーは階段をのぼりきるとハンターの部屋の扉をちらりと見たが、なかへ入るのはやめたほうがいいと思い直した。レディ・ヘスターの部屋やバーストウの居間も論外だ。選択肢はほとんどなかった。身をひそめて様子をうかがえる場所を見つけなくては。

彼の知る限り何年も使われていない小さな図書室がある。そこならひとまず腰を落ち着けて、怪しげな物音の正体を確かめられるだろう。シビルが会合を開いているのも厄介だ。彼女が順調に回復しているということだが。

ラティマーはそっと図書室に入り、布のかかった椅子を扉の近くに引き寄せて座った。その布で体を覆って耳を澄ました。

ちょうどそのとき鍵穴から廊下をのぞいていたアダムは、図書室の扉が閉まるところを目にした。なんとも奇妙だ。あの部屋は使われていないはずだ。先日シビルを襲った悪党が忍びこみ、再び彼女を痛めつける機会をねらっているのかもしれない。アダムがあたりをうかがいながらどうすべきか考えていると、レディ・ヘスターの部屋の扉が開き、ピンクのモスリンのガウンを着た彼女が足早にハンターの部屋へ入っていき、扉を閉めた。

騒ぎを大きくしてくれるのか？　それとも敵を寄せつけないでいてくれるのか？　これから起こるかもしれないことにほかの人たちがかかわるのは望ましくない。

ほかにどうしようもない。屋敷に忍びこんだ悪党と対決しなければ。

アダムは、狭い場所に長いこと身を縮めていたせいで全身がこわばっているのを感じながら納戸を出た。なかで時間を無駄にしたわけではなかった。実際に危険があるとは思わなかったので、彼は武器となるものをなにも持たずに屋根裏部屋を出た。納戸のなかで、どっしりとした衣料用ブラシを見つけた。背の部分はかたく、毛は新しい。力のある男ならこれで相手に打撃を与えることができる。相手が銃やナイフを持っているのでない限り。

アダムはブラシを手に身をかがめると、周囲に目を配って近づいてくる者がいないか確かめながら廊下を進んだ。誰にもでくわさなかった。図書室の扉のノブを音をたてずにまわし、なかに入った。厚いカーテンが引かれており、見分けられるのは布がかかった物体だけだ。

扉の近くに椅子があり、アダムはそれに座って身構えた。

「ぼくからおりろ」声がとどろいた。ラティマー・モアの声だ。「いったい全体ここでなにをやっているんだ?」

アダムは飛びあがった。ラティマーもだった。ほとんど真っ暗ななかでふたりは向き合い、ラティマーがアダムの顎に一発見舞った。「男の膝に座りたかったらほかの相手を探せ」ラティマーは再び殴りかかったが、腕に衣料用ブラシのかたい背が直撃した。アダムはフェンシングの構えをとり、ラティマーに向かってブラシを左右に振った。

「どこを見てるんだ」ラティマーは言った。「腕を怪我《けが》したじゃないか。そんな武器は置いてくれ」

アダムはブラシを置く代わりに、それをぐるぐるまわし、かたい毛のところをラティマーの無防備な部分に振りおろした。「きみはここでシビルとふたりきりになる機会をねらっていたんだろう。認めたらどうだ。彼女を見張っていて、ものにできればものにしようとたくらんでいるんだ」

「きみは？」ラティマーは大声で言いかえした。「きみはどうなんだ？　屋根裏部屋にいるかと思えば、こそこそうろつきまわって。彼女の裸体画を描きたいなどと言っていたのはきみだぞ。ぼくじゃない」

「彼女が成熟した女になったと言いだしたのはきみだ。あざがあってもきれいで官能的だと」

ラティマーは小像をとりあげた。「シビルはぼくのものになるんだ。よく聞け。ぼくのものだ。彼女はぼくの子供を産むのだから」

「なんだって？」

ラティマーが振りまわした小像が鏡にぶつかって割れた。鏡も割れ、壁に破片が飛び散った。

「ふざけるな」ソファにかかった布の下から人影が飛びだしてきた。「シビルがきみのところへ行ったのは、ぼくが結婚もしないで子供を授けることは考えさせてくれと言ったからにすぎない。きみは性行為がしたくてたまらないから、よく考えもせず安請け合いし、彼女は自分のものだなんて言っているんだ。冗談じゃない。そんなことあるものか。彼女はぼくのものだ」

アダムは暗闇で目をしばたたいた。一瞬身を守ることも忘れ、ブラシを脇《わき》に落とした。

すかさずラティマーが小像の台座でアダムの腕をしたたか打った。

「そうか」アダムは言った。「物音をたてていたのはハンター、きみだったんだな。ともかく少し頭を冷やして、話し合いで片をつけようじゃないか」

「片をつける?」ラティマーは再び身構えた。「シビルはハンターに子供の父親になってくれと頼んだ。そして彼に断られたから、ぼくに頼みに来たんだ。ぼくは断らなかった。とうに片はついている」

「シビルはぼくを愛しているし、ぼくもシビルを愛している」ハンターは言った。「そういうことで片はついているんだ」

「みんな、静かにして」小柄な人影がよろよろと部屋に入ってきて再び扉を閉めた。再び光が遮られた。「わたしのことを少しでも思ってくれているなら、わたしの問題を勝手に論じ合うのはやめて」

「シビル」ラティマーは言った。「答えを言う心構えができた。イエスだ」

「ありがとう。でも、待つべきだと思ったの。少なくともしばらくのあいだ」彼女はランプをつけ、ラティマーとアダムの傷を調べた。ふたりとも鼻から血を出しており、ラティマーは首の横にブラシの毛でつけられたらしい細かな刺し傷を負っていた。

「ぼくのところに相談しに来ればよかったのに」アダムが口を出した。「屋根裏部屋で休んだらいい。そうすれば、屋敷のなかに忍びこむやつがいたとしても、すぐにはきみのところにたどり着けないし」

「きみの考えそうなことだ」ハンターは鼻を鳴らした。「ヨーロッパにいたきみのところへどうやって行けるんだ?」

「チルワース、きみは昔から非現実的なことばかり言うな」とラティマー。

「きみたちふたりとも出ていってくれ」ハンターはラティマーとアダムに言った。「シビルに手を出そうなんて考えているなら忘れてくれ」

「つまり、きみが手を出すつもりだからだろう」ラティマーが指摘した。

「はじめ彼女はぼくのところに来たんだ」

シビルはアダムの手からブラシをとり、ハンターのお尻を音がするほど打った。そして驚いたような顔に笑みを浮かべてブラシを見た。「わたし……自分から人を殴ることがあるなんて思わなかった。でも殴られても仕方ないのよ、ハンター。あなたはひどいわ」

「きみを愛していると言っただろう」

「ええ。今そう言ったわね。ごく個人的なことをみんなの前で言ったわ。ふたりきりのときに言ってくれるのではなくて。しかも単にわたしが自分のものだと宣言したかっただけ。あなたには、わたしに愛していると言うよりほかに、するべきことがたくさんあるでしょう」

21

「じっとして」ハンターは言った。「音をたてないでくれ。誰かがこっそり階段をのぼっていく音がする」

「空耳だろう」ラティマーは言った。「シビル、きみの友人たちが帰っていくところなんじゃないのか？」

シビルは静かに休みたかった。目をあげるたびにハンターの探るような視線にでくわさずにすむ場所へ行きたい。「わたしがここに来るときにみんな帰ったわ。騒がしいから、帰ったほうがいいということになったの。会合を続ける意味がないって」

アダムは長い腕をあげ、大げさな足どりで扉に近づいた。「ハンターの言うとおりだ。誰かがこっそり動きまわっている」

「伯母かバーストウかもしれない」ハンターはシビルをまっすぐ見つめたまま言った。「でなければ召使いの誰かか」

シビルは不安そうにごくりとつばをのみこんだ。「バーストウはもうベッドに入ったわ。

レディ・ヘスターも少し前に部屋に引きあげたし、召使いは特に用がない限りこちらには来ない。もっともわたしにはなにも聞こえないけれど」

　ハンターが近づいてきて、シビルの肩に腕をまわした。まわりに誰がいようとそうする権利があると言わんばかりに。彼女は自分の爪先をじっと見つめていたが、彼の腕から逃れようとはしなかった。「心配しないで。きみもベッドに入ったほうがいい。すぐにね。でも、その前に危険のないことを確認させてくれ。ぼくたちが神経質になるのも当然だろう、ラティマー、アダム？」

　ラティマーはハンターの喉をかき切ってやりたそうな顔をしていたが、アダムは返事をした。「もちろんさ。なあ、あれが聞こえるかい？　なんてことだ、誰かがぼくの屋根裏部屋へあがっていくようだ。いい度胸じゃないか。きみたちはここにいてくれ」

「ぼくも行く」ハンターは言った。

　ラティマーもすぐに加わった。「ぼくもだ」

「ふたりともシビルのそばにいてくれ。男どもをおびきだす作戦かもしれない」アダムはそう言い残して部屋を出た。

　ラティマーはほこりっぽい部屋のなかを行ったり来たりし始めた。

「シビル？」ハンターは彼女の耳もとに唇を近づけた。「わかっているだろう。本当なんだ」

いくらいに愛しているよ。きみが欲しい。ぼくのものになってほしいんだ」

「きみたち女性は、男にそれを言わさずにはすませないんだね。きみを愛している。苦し

「今はだめよ」

「だめ？　じゃあ、きみはいつ子供が欲しいんだ？」

シビルは体から力が抜けていくのを感じ、ハンターにしがみついた。

「答えて」ラティマーが古本に没頭しているのを確かめながら、ハンターはささやいた。

「いつ子供が欲しい？　いつから始めたい？　今夜はどうだい？」

膝ががくがくする。シビルは首を振った。目から涙があふれるのをどうすることもできなかった。「あなたはしたくないんでしょう？」

「そんなことあるもんか。きみとなら、当然したいさ。すごく。今夜みんなが寝静まったころに試してみようか？」

「わたし、気を失いそう」

ハンターはこぶしで自分の額をたたいた。「許してくれ。厚かましいことを言ってしまった。もちろん、今のきみはそんなことができる状態じゃない。恐ろしい目に遭ったばかりだというのに。きみの望みを、そしてそれをいつかなえればいいのかを教えてほしい」

シビルは顎をあげ、首をかしげた。ハンターの緑の瞳が、日差しのせいで先端が明るい

色に見えるまつげのあいだから彼女を見つめていた。「今夜」シビルは言った。「もう待てないわ」

「ひとつ条件がある」

ラティマーが同じ部屋のなかをうろうろしているときにこんな会話をしていることが、シビルには信じられなかった。「なに？」

「ぼくに内緒で子供をどこかにやったりしないと約束してほしい。それからぼくが息子――あるいは娘に接することを許してもらいたい。いいだろう？」

ハンターは子供が欲しいのだ。胸が裂けることが本当にありうるなら、たった今わたしの胸は裂けたに違いない。「今夜できないかもしれないのよ」

「ならば努力を続けないと」

シビルはうなだれた。「そうね。あなたの条件をのむわ」

「ありがとう」ハンターの手が彼女の肩をぎゅっとつかんだ。

ラティマーはかがみこんで本棚の下の扉を開けた。そこから翡翠《ひすい》でできた人形をいくつかとりだした。「驚いたな。なかなかの値打ちものだ」彼は言った。「妙なところにしまわれているな。部屋には充分な広さがある。どこにでも置いておけるのに。どうしてこんな見事な品を隠してあるんだ？」

「伯母は一時期生活に困っていてね」ハンターは愛想よく答えた。「伯父の遺産を相続する前のことだ。ほとんどの部屋を閉め、使用人もあらかた解雇した。今はつましくする必要はないのだが、昔の習慣が抜けないんだろう」

「もう下宿人を置く必要もないのかもしれないわね」シビルは言った。

ハンターがにっこり笑ったので、シビルの心臓はとまりそうになった。「伯母は芸術家の卵の面倒を見るのが生き甲斐《がい》なんだよ。みんながいるおかげではつらつとしていられるんだ。あまり社交的な性質ではないしね。実際、新しい家族がいるから——伯母はきみたちのことをそう呼んでいるんだが——外に出るようになったんだよ。きみたちが伯母に外出する口実を与えることがなければ、かつてのようにぼくがやるはめになる。伯父は気難しいうえに吝嗇《りんしょく》家だった。それでも伯母は決して夫を悪く言わない。誠実な女性だよ」

「あんなに親切な人、ほかに知らないわ」シビルはハンターに肩を抱かれたままで言った。今夜から、わたしの体内に子供を宿す試みが始まる。

「レディ・ヘスターはぼくがそれまで知らなかった家庭のぬくもりを与えてくれた」ラティマーは言い、カーテンを少し開けて紫がかった冬空を眺めた。「フィンチもぼくもコーンウォールの自分たちの家ではぬくもりというものを知らずに育ったが、ここでそれを味わえた。また雪が降ってきそうだぞ」

「今年はよく降るな」ハンターは言った。

シビルは横にいるハンターのぬくもりを感じられてうれしかった。「わたしは雪が好き」

った。

彼女は言った。「レディ・ヘスターはわたしの力になってくださるわ」

「伯母はぼくに自分の家を持てと言うんだ」ハンターがいささかぶっきらぼうな口調で言った。

廊下から、せわしない足音とハリバットの怒っているような鳴き声、そしてかすかにもみ合う音が聞こえてきた。

ラティマーとハンターが様子を見に行こうとすると、扉が開いてデジレーが転がりこんできた。アダムの腕にしがみつかなかったら、彼女は倒れていただろう。アダムは面食らった顔をしていた。ハリバットは本棚の上の高いところへ飛びのり、低くうなって目を細め、美しい毛を逆立てた。小さな魚を口にくわえている。頭が一方の口の端から、しっぽがもう一方の端から垂れていた。

「まったく」デジレーは言った。「あの人たちひどいわ。誰ひとり分別というものがないのね。わたしの大事なハリバットになにをしたと思う？　ひどく怖がって隠れているじゃない」

「口にうまそうな魚をくわえて、以前より太ったように見えるけど」ラティマーはやんわり指摘した。「どこで魚を見つけたんだろう？」

「こいつが隠しておいたのさ」アダムが答えた。「ぼくの夕食の皿にあったやつだろう。食べた記憶がないいんだ」

デジレーがさっと頭をあげ、そのせいでまだほつれていなかった巻き毛までがはらりと落ちた。ボンネットも上靴も外套《がいとう》も身につけておらず、薄手のシルクでできたミントグリーンのドレスだけではこの寒い夜に薄着すぎる。

デジレーはアダムを指さした。「わたしは大事な猫を捜しに来たの。ジャン・マルクにメイドのファニーと一緒にロンドンへ帰るよう言われたわ。シビルとレディ・ヘスターが面倒を見てくれるだろうからって。兄からあなたたちへの手紙があるわ。でもそれを届けに来る時間がなかったの。ここ二日くらい気分がすぐれなくて、ずっと十七番地にこもっていたから。それにしても、七番地にはずいぶん人の出入りがあったわね。今夜はシビルに会いに来たんだけれど、見つからなくて捜していたのよ」

「どうしてロンドンに着いてすぐに使いをよこしてくれなかったの？」シビルは言った。「広場の向こうからこっそり様子をうかがっていたりしないで。ジャン・マルクとメグはあなたが無事に着いたというわたしからの手紙を待っているでしょうに」

デジレーは形のいい眉をあげて言った。「わたしが代わりに手紙を出しておいたわ。あなたに迷惑かけたくなかったから。兄は違いに気がつかないわよ」

「いけない子ね、デジレー」シビルは言った。「アダムの屋根裏部屋でわたしを捜していたの？　どうしてわたしがそこにいると？」

デジレーの魅力的な下唇が震えた。「ほかのどこにもいなかったから」

「もういいじゃないか」アダムは勢いよく眉をひそめて言った。「ぼくがあんなふうにこっそり近づいたりしたから、王女様はすでに動揺しているんだ」

「アダムは約二日間ハリバットを預かっていたのよ。あなたがイートンからあの子を連れてきたんでしょう」シビルは言った。

「もちろん、そうよ」

「どうしていなくなってすぐに捜さなかったの？」

「具合がよくなかったと言ったじゃない。それにハリバットがここに来て、アダムが家のなかへ入れたところを見たから、安心だと思ったのよ」

シビルは疲れきっていたのでなにも言わなかったが、デジレーがアダムに近づくための言い訳に猫を使ったのは明らかだった。デジレーはひとりでこっそりアダムのもとを訪れるつもりだったのに、七番地ではいろいろあったのでうまくいかなかったのだろう。

「上靴はどうしたの？」シビルは尋ねた。

デジレーは泣きだした。「上の屋根裏部屋よ。ずっと待っていて、いつ出ていこうって考えていたらすごく疲れてしまったの。それで、アダムがいなかったから――いないと思ったから――少し休むことにしたのよ。みんながこんなところにいるなんてわからなかったんだもの。おかしな女性たちが家を出ていくところを見たから、あなたも出かけたと思ったし」

シビルはこんな白々しい嘘《うそ》は聞いたことがないと思ったが、元気が残っていたとしても、少女を憧《あこが》れの人の前で困らせるようなまねはできなかった。「いいのよ、デジレー。休んだほうがいいわ。わたしの寝台に寝かせてあげる」

ハンターに肩をつかまれた。シビルがちらりと顔を見ると、彼には今夜の約束を変更するつもりがないことがはっきりわかった。

「わたしはメグの古い寝台で寝るから」シビルは言った。「でもどうしてジャン・マルクはあなたひとりをロンドンに帰したのかしら?」

デジレーは大きな灰色の目に悲しそうな色を浮かべた。「わたしにうんざりしたのよ。そう言ってたわ。わたしがしょっちゅう退屈だとぼやくから、そんなに帰りたいならロンドンへ帰りなさい、ここもなにもないからどうせすぐに退屈するだろうって」彼女は少しだけほほえんだ。「でも好きなだけ買い物をしていいことになっているの。だから新しいドレスを買うつもりよ。あなたの分も買うように言われたわ。それと、わたしがなにかいけないことをしたら伝えてくれって」デジレーは鼻にしわを寄せ、熱いまなざしでちらちらアダムを見ていた。

「あなたの猫と仲よくなったところだが」アダムは言った。「もうお返ししたほうがよさそうですね。十七番地では誰があなたのお目付役なんです? メイドは別にして」

デジレーは両手でアダムの前腕を包み、彼の顔をうっとりと見つめた。「ハリバットをあなたのそばに置いてやって。ここが気に入ったみたいだから」

　つまり猫をアダムと一緒に過ごすいい口実にしようとしているのだ、とシビルは思った。「ファニーは口やかましくてよ」下唇を噛《か》みながら言った。「ファニーとわたし、そしてレディ・ヘスターでデジレーがはめをはずさないように注意していなくては」

　デジレー王女は足で床をとんとたたいた。「わたしはもうすぐ十九歳なのよ、九歳ではなくて。ジャン・マルクはちょうどいいから肖像画を仕上げてもらいなさいって言っていたわ。アダム、あなたの都合がよければ。新しいドレスが必要になりそうなのよね……」

丸みを帯びてきた自分の体を見おろした。「そうしたらまた描《か》き直してもらわなくては」デジレーを見つめるアダムの目は物思わしげだった。シビルは、ハンターとラティマーが目を見合わせたのに気づいた。少女は明らかにアダムに子供っぽい一途《いちず》な思いを寄せている。アダムはそれを承知しているし、ほかの人たちもそうだった。

「いい考えだと思わなくて、シビル？」デジレーは尋ねた。

「もっと時間をかけてことを進めたほうがいいと思うの」シビルは言った。「今はとてもばたばたしているから」人の命が危険にさらされないかと不安に思ったり、暗闇《くらやみ》で襲われたりで。

「シビル！」デジレーは友人のあざや傷に目をとめた。「まあ、シビル、あなた怪我《けが》をしているじゃない。なにがあったの？」

「今夜は詳しい話はできないわ」シビルの本音だった。「数日前に襲われたの。もっとひどい状態だったところをハンターに見つけてもらったのよ。だいぶよくなってきたわ。そういうこと。お願いだからこれ以上きかないで」

「でもメグとジャン・マルクに知らせなかったじゃない」デジレーの顔にずるそうな表情が浮かんだ。

「心配かけてどうするの?」ジャン・マルクが駆けつけてあれこれどうにかしようとしたら、事態がなおややこしくなる。

「じゃあ、知らせたくないの?」

「ええ、そうよ、デジレー」

「わかったわ。わたしたち理解し合えたわね」

シビルは唇を結んで頭を振った。

「あなたは困った人だ、殿下」ハンターは言った。「残念ながら、伯爵の言ったことが正しいとすぐに気づきますよ。今の時期ロンドンは実に退屈だ」彼はシビルに流し目をくれた。「たいがいの場合は」

「ファニーはどこ?」シビルはデジレーのしたたかさにあきれながらきいた。

「寝ているんじゃないかしら」デジレーは悪びれもせず答えた。「すごく眠たがり屋だから朝まで目を覚まさないわ。朝になったら、わたしがあなたのところにいるって伝えれば

にすることいいでしょう」シビルには逆らう気力が残っていなかった。「朝一番に使いをやること
にするわ。さあ、もう寝ましょう。こちらへ来て」

　7Bに入り扉を閉めたとたん、デジレーはシビルに腕をまわし、傷に触れないように両頬にキスをした。「あなたと離れていると寂しくて。お母様でありお姉様のような存在だから。ほんとの母や姉以上よ」

「お姉様はいないじゃないの」シビルはそう指摘しつつも抱擁を返した。この頑固な少女が大好きなのだ。「それにお母様はおきれいな方だわ」

「わたしが生きていることすら知らないわよ」デジレーは後ろにさがり、シビルの両手をつかんだ。「あなたはどうなっているの?」

　シビルは眉をひそめた。「どうって?」

「ごまかさないで。あなたとハンターは愛し合っているんでしょう」

　話し相手が欲しい気分だったので、ハンターは男ふたりを自分の部屋に招き、最高級の白ワインを供した。シビルはぼくが彼女のもとへ行くのを待っているだろう。でもデジレー王女を寝かしつける時間をたっぷりあげたほうがいい。

「風向きが変わったな」アダムがふいに言った。「きみのことだよ、ハンター。さっきま

では違って少しは人生に満足しているようだ。なにかあったのか？」

「別に。ほっとしただけだよ」ハンターは即答できたことに満足だった。

「ぼくに言わせれば」ラティマーが口を挟んだ。「今シビルが無防備な状態だと思うと、さっきまでと同様、落ち着いていられないがね。ハンター、どうしてきみは平気なのか理解に苦しむよ」

「平気なわけじゃない」ハンターはワインのおかげで全身に心地よいあたたかさが広がっていくのを感じながら答えた。「だが、マスターズ——新しい召使いだ——が玄関で見張っている。屈強な男だし、さっき彼と話したら、ぼくたちが王女の訪問を断るとは思えなかったと言っていた。なにかあれば大声をあげてぼくたちを起こしてくれる。もし雪をものともせずに裏庭から入ろうとするやつがいたら、さっきぼくと老クートがしかけた上からものが落ちる罠《わな》にかかることになる。クートはすっかりおもしろがっていたが、実際に誰かがかかったら、近所から安眠妨害だと苦情が来るだろう」

「ならいいが」ラティマーは言い、グラスを持ちあげてなかで揺れる液体にほほえみかけた。「ハンター、どうもきみとぼくの、その、放蕩《ほうとう》の日々も終わりが近い気がするよ」

アダムの驚いたような表情に、ハンターはきまりが悪くなった。「やめてくれよ、ラティマー。ぼくたちはロンドンじゅうを荒らしまわったわけじゃないぞ」

「どうかな？」ラティマーはさらに白ワインを注《つ》ぎ、ハンターのグラスも満たした。アダムは断った。「じゃあ、きみに乾杯だ。かの有名な――」

「ラティマー」

「自慢にしていいじゃないか。かの有名な〝絶倫紳士〟に乾杯だ」

「まさか」アダムがつぶやいた。

ハンターはグラスを振った。「ばかなことを。昔の話だ」

「ほんの数カ月前じゃなかったかな。そして、このぼくは」ラティマーはワインをあおった。「〝イングランド一の恋人〟だ」

「なんてことだ」

ラティマーは片脚を後ろに引いてアダムにお辞儀をした。「そしてこれは昔のことというわけじゃない。ただしぼくは一風変わったかわいい女性を見つけて結婚を考えるのも悪くないと思い始めているよ。結婚したからといって、その女性に性の喜びや、そのほかの楽しいことを教えられないわけではないしね」

お手あげだ、とハンターは思った。ワインが入ったラティマーをとめることはできない。分別も日ごろの自制心もどこかへ行ってしまうのだから。

「いいかい」ラティマーは言った。「図書室で小声で話していたのが、ぼくにまるで聞こえていなかったわけじゃない。きみは今夜シビルの脚のあいだに侵入するつもりだろう」

「黙らないか」ハンターは言った。「シビルのことを二度とそんなふうに言わないでくれ」

「ぼくのこぶしを浴びたくなかったらな」アダムも加勢した。「女性にもいろいろいる。シビルは売春婦みたいに扱っていい女性じゃない。言葉のうえでも」

　ラティマーは両手を振った。「わかった、すまない。ぼくはただ〈ウィリーズ・アレイ〉にちょっと行ってみないかって言おうとしただけなんだ。昔をしのんでね。ひとり、ふたりの古い友人にさよならを言うのさ。それだけだ。悪さはなし。少しならいいが。マダム・ソフィの店へ連れていこうというわけじゃない。どうだい？」

「やめておくよ」ハンターは答えた。

　アダムもくりかえし首を振り、ワインの残りを横に置いた。飼い主についていかなかったハリバットは、どすんと着地すると、絨毯《じゅうたん》の上で羽毛のクッションのようになり、不運な魚の骨についた身を丁寧に平らげ始めた。

「かまわないじゃないか」ラティマーはからかった。「つき合えよ。ぼくは今夜以降そうした遊びはいっさいやめて、いい娘を見つける」

「きみはまだシビルに気があるんだろう」ハンターは指摘した。

「どうかな」ラティマーは答えた。「彼女はとてもきれいで、貧しい生まれだ。ぼくも貧しかった。ぼくたちはうまくいかないだろう。どこかにぼくにぴったりの女性がいるはずだ。さあ、昔を懐かしんでウィリーの店で一杯やろう」

　ハンターはアダムを見た。アダムは再び首を振った。ハンターはどうするべきか決めかねた。

「一杯だけ」ラティマーは言った。

「まあ行って悪いこともなかろう」ハンターは言い、アダムに向かってつけ加えた。「女性たちを頼む。すぐに戻るから。約束する」

「わかった」アダムは答えたが、への字に曲げた唇が不快感を示していた。

ふたりで家を出たとき、ラティマーが言った。「チルワースはどうしたんだろう。宗教にでもはまっているのか？」

「彼はいい男だよ」ハンターは、やはりラティマーについてこなければよかったと思いながら答えた。

〈ウィリーズ・アレイ〉は雪が積もって凍った道を少し歩いたところにあり、ふたりが着くころには窓は霜で白くなり、外の看板の金具が凍って揺れもしなかった。扉を押してなかに入ると、いつものようにビールのにおいや、煙草《たばこ》の煙、体臭、人々の熱気がどっと襲ってきた。騒々しい笑い声に、猥雑《わいざつ》なことを言う女性の甲高い声がまじる。

ハンターは帽子をとって手袋を脱ぐと、ステッキを脇《わき》に挟み、ラティマーのあとに続いてカウンター近くのテーブルへ向かった。歓声に出迎えられる。ハンターは何度目かでこう思った。ハンター・ロイドとラティマー・モアが〈ウィリーズ・アレイ〉に集まる雑多な人々と親しくしていることを知ったら、メイフェア・スクエア七番地の住人はなんと言うだろう?

きらきら光る真鍮《しんちゅう》が張られた大きな暖炉のそばのお気に入りの席につくや、それぞれの膝の上に女性がのり、大ジョッキを彼らの唇に押しあてた。主人のシルベスターがどろりとした無色の酒が入った瓶と小さなグラスをふたりの前にたたきつけるように置いた。

「ここのもてなしが懐かしくなったのかね? 去年以来顔を見てねえな。でも忘れられっこないさ」

ハンターの膝にのったブルネットの女は彼に身を寄せ、小さなグラスに注いだ強い酒をせがんだ。彼がグラスをひとつ渡してやると、彼女はひと息に飲んだ。

女は手をハンターの腿のあいだにあてた。アルコールのせいで反応が鈍いのはありがたかったが、まるで反応しないわけではなかった。しだいにかたくなると、女はほほえんだ。きれいな女だった。

ラティマーの腕のなかの女も膝にのっていたが、ハンターは友人が目にうんざりしたような表情を浮かべているのがわかった。

ブルネットの女はブラウスのボタンをはずして前を開け、見事な胸をあらわにした。それからテーブルの端に座ってスカートをめくりあげ、脚を広げた。ここはぼくの来るところではない、とハンターは悟った。来るのは今日限りだ。

「来て、ダーリン」女は言った。「彼に自分の役割がわかってないって思われると、あたし、困ったことになるの」

ハンターは彼女にのしかかるようにして、スカートで自分の腹と腿を覆った。「ぼくからはなにも言わないさ。ふたりで楽しんでいるように見えるくらい大きな声を出すといい」

しかるべきときに、彼女はあえぎ、むきだしの乳房を揺らした。おがくずをまいた床にかかとをつき、体を上下させ、声をあげて頭をのけぞらせた。

ハンターが女の体越しに目をやると、コンスタンス・スミスのあざ笑っているような顔が見えた。彼女は大柄な男のあとについて入口近くの個室を出るところだった。男のほうは陰になっていたが、ケープを重ねた形の外套をまとったその姿には、なぜか見覚えがあった。男の広い肩から足もとへと視線を走らせる。重そうなあつらえのブーツを履いていた。

やがて男が外に出ると、コンスタンスが最後に訳知り顔でちらりとこちらを見てからあとに続いた。

22

デジレーはようやく眠りについた。シビルはかつてメグのものだった寝台の端に腰をかけていた。デジレーが眠るまで長いことかかったが、それまでのあいだふたりで楽しく過ごした。孤独を感じることはめったにないが、横にいるデジレーとおしゃべりをしたり、ドレスのデザインやダンスについてあれこれ感想を求められたりすると、メグが戻ってきたような気分になった。少なくともずっと年下のメグがいるかのようだ。

デジレーもばかではない。一度もアダム・チルワースについて触れなかったが、少女の心が彼のことでいっぱいなのはシビルにもわかった。

今、王女はシビルの寝台——こちらのほうが寝具をよく風にあててあるからだ——で、ぐっすりと眠っている。シビルは座ったまま、ハンターとラティマーが戻ってくる音がしはしないかと必死で耳を澄ましていたので、耳鳴りがするほどだった。

今夜。

今夜わたしたちは子供をつくるための試みをすると約束した。でもそれだけ。そのあとはなにごともなかったように振る舞わなくてはいけない。

苦境に陥っているハンターを救いたいという決意は揺るがなかった。事件のことをもっと知りたい。自分の頬に触れてみた。驚くことではないが、まだひどくはれていた。背中や腰もひりひりし、ピアノが弾けるようになるにはどれだけかかるかわからない。左手首にはみみずばれができていた。

ひょっとするとハンターは来てくれないかもしれない。わたしから彼の部屋に行けないことは承知のうえで。

通りから馬車の音が聞こえた。蹄《ひづめ》の音がとまると、馬の鼻息と、馬具ががちゃがちゃ鳴る音がした。シビルはじっと座っていた。髪はおろして櫛《くし》ですき、背中の真ん中くらいまで届くひとつの三つ編みにまとめていた。ネグリジェとガウンはあっさりした白のリンネルだが、淡いピンクで美しい刺繍《ししゅう》が施してある。もちろんメグの手によるものだ。以前は裁縫で生活費を稼いでいた妹は、針で魔法を生みだすことができる。

玄関の扉が開き、広間に笑い声が響いた。ラティマーと扉の前で見張りをしているマスターズのようだ。

どうしてこんな厳粛な夜に笑えるだろう?

ハンターの引きずるような足音が階段をのぼってきた。シビルの部屋の前で少しとまり、またのぼっていく。やがて静かになった。

シビルはまだ腰をおろしたまま、膝の上で手を組み、目を伏せていた。彼は来ないかもしれない。でも来るとしても、心の準備をする以外になにをすればいいのかわからなかった。

緊張のせいで背骨が痛む。

ハンターはわたしを愛していると言った。わたしも彼を愛している。子供をつくるには最高の出発点だ。

それ以上は望むまい。ただし、ハンターは子供のためになんらかの役割を果たしたいと思っている。

もし子供ができたら。

ああ、神様。わたしに子供を授けてください。

息が苦しい。空気がのしかかってくるようだ。

扉をノックする音がした。ほとんど聞きとれないくらいの音だったが、シビルの心臓は激しく打ち始めた。やっとのことで気持を落ち着け、扉を開けに行った。

ハンターはシャツにズボンという姿で、上着やベストやブーツは身につけていなかった。シビルをちらりと見ると、ひとことも言わずに彼女を廊下へ連れだし、静かに扉を閉めた。先に立って階段をのぼり、自分の部屋へ入る。そしてなかから鍵《かぎ》をかけた。「バーストウやヘスター伯母さんがぼくの様子を見に来たときのためにね」彼は小さく笑った。「しばらく一緒に座っていたいんだ。話しておきたいことがある」

「わたし、怖いの、ハンター」

「わかるよ。だから話をしたほうがいいんだ」

「わたしに勇気が出るまでね。すごく簡単なことに思えたのに、以前は……いえ、そんなことないわ。本当はとっても怖かった。あなたの言葉にすぐ傷ついてしまうから。あなたに笑われるのではないか、わたしの言うことを信じてもらえなくて、ただの冗談だと思われるのではないか、そんな気がして怖かったの。でも自分の求めるものがはっきりわかってくるにつれ、あきらめることはできなくなってしまった。わかるでしょう、わたしは変わったわ。前より強くなったし、自信もついた」

「きみの求めるものとは？」ハンターはシビルとともに書斎の中央に立ち、彼女の顔の傷のあるほうに軽く触れた。「きみが本当に求めるものとは？」

シビルはつばをのみこみ、彼の手に自分の手を重ねた。「自分の子供よ」そうささやく。

「そして、ぼくに協力を求めに来た。どうしたら子供ができるのかさえ充分わからないまま。どうしてぼくだったんだ？　どうして？　ぼくのことをよく知っていて、親近感を持っていたからだね。それにぼくが以前、兄としてきみを守りたいと言ったから」

「兄として守ってもらう必要はないわ」

「いや」ハンターは言った。「そうは思わない。もしそうなら、なぜきみがぼくのところに来ることを選んだのか疑問だね。ぼくが身近だから。つまり、長年身近にあって慣れ親しんだ椅子みたいなものだからに違いない」

シビルは彼に無性に腹が立った。「わざととぼけているのね、ハンター。わたしが言った言葉をくりかえさせたいんでしょう。わけがわからなくなってきたわ。でもはっきりしているのは、尊敬していない人の子供を産むのは耐えられないということ」

「ならばぼくたちは尊敬し合っているから、生まれてくる子供は二重に幸せだ。そうだろう？」

「そうよ」彼女は答えた。

ハンターはシビルの肩からガウンをとり、暖炉の前の絨毯《じゅうたん》に落とした。カーテンは開いていて、いっこうに降りやまない雪が窓ガラスを打っては滑り落ちていった。美しい夜だった。外はひんやりとし、なかはあたたかく神秘的だ。

「〝尊敬し合ういい友人同士〟以上の関係の両親のあいだに子供が生まれるとしたら、すばらしいことだと思わないかい？」

シビルは失望を覚えた。将来を語る彼の言葉にはすでに興奮が感じられない。「あなたを困らせるようなことはしたくないわ。もうじきナイト爵を授かるのに」

「その前に牢《ろう》にほうりこまれなければ」ハンターはつぶやいた。

シビルは首をかしげ、眉をひそめた。

「なんでもない。白ワインのせいで余計なことをしゃべった。つい愚痴が出てしまった」

〈ウィリーズ・アレイ〉で飲んだビールやシュナップス、そしてコンスタンス・スミスが帰り際に向けた嫌悪のまなざしについては黙っていた。

「あなたが牢に入るわけないわ」シビルは言った。「明日には、あなたとラティマーとわたしで力を合わせて、なにか手がかりはないかカーゾン・ストリートの家を捜索するのよ。お友達のチャールズはきっと見つかるわ。わたしの言うことを信じて」

信じられればいいが、とハンターは思った。「話がそれたね。ぼくたちの子供の両親は結婚を考えるべきなんじゃないだろうか?」

「わたしがあなたに言い寄ったから? ベッドに誘ったから? ああ、これからもたびたびそういうことがあるでしょうね。今のところはまだ子供はいないけれど、もし運命がほほえんでくれて妊娠したら、考えるべきかもしれないわね。同じような身分の人と――」

「なにを言っているんだ」ハンターは声をひそめた。「そんなことは二度と言ってはいけない。ぼくたちやぼくたちの子供には関係のないことだ。身分が違ったって、メグは伯爵と結婚したじゃないか」

「メギーは違うの。彼女は……わたしとは違うのよ」

「確かに違う。だが、きみより優れているわけではない。いつか胸の内をすっかり話すつもりだが、今夜はほかにすることがある」ハンターは曲げた指の関節でシビルの顎を持ちあげ、そっと口づけした。口づけはいつまでも続いた。

彼女は目を開けていることも、立っていることもできそうになかった。ハンターに腕をまわし、彼にもたれかかった。「そう、ほかにすることがある」ハンターがつぶやいた。「真の愛情の単純さと複雑さについて学ぶんだ。それらは表裏一体なんだ」

シビルの編んだ髪に指を差し入れ、怪我《けが》をした額に触れないように注意しながら、ハンターは彼女の顔を包みこんだ。シビルの顔を見つめていることは無上の喜びだ。彼女の顔を見つめ、見つめかえしてくる目に甘美な欲望が映っているのを発見することは。

シビルは体の内側が熱くなり、全身の力が抜けて、このあとなにが起こるにせよ受け入れる準備ができているのを感じた。今回はシルクの紐《ひも》もステッキも必要ない。彼は愛ではなく愛情の話をした。けれどもそんなことは考えないようにしなくては。

ハンターはシビルを放し、シャツを脱いだ。続いて素早くズボンを脱いだ。彼女はすでに彼の裸は目にしていたが、服を着ているときよりもいっそう堂々として見えた。服を脱いだ彼は生身の男であり、欲望の印がうかがえた。ハンターの裸身を何度見たとしても飽きることはないだろう、とシビルは思った。

ハンターはほほえんだ。ほほえむと、若々しく茶目っ気たっぷりに見える。唇の端をあげて再び彼女にキスした。笑みをたたえたまま唇に歯をあてて、内側の濡《ぬ》れた粘膜を、さらには舌の先を軽く噛《か》んだ。それからシビルの口のなかで自分の舌を丸め、彼女の上唇を吸いこんだ。

シビルはハンターのすることをまねようとしたが、それには稽古《けいこ》が必要だった。彼女はすぐさま稽古を開始した。

ハンターの体のどこに腕をまわしても、手触りはなめらかだった。肩甲骨のあいだには汗が噴きでていた。巻き毛の先は湿っている。彼は自分を抑えているようだ。必死の努力でふたりのあいだにわずかな間隔を保っていた。

シビルは少し大胆になって、ハンターの毛が生えていてざらざらする胸をなぞった。それからなめらかで湿った脇《わき》を通り、引きしまった腰やお尻のあたりへと感覚の鋭くなった手をゆっくりおろしていった。ハンターが息をのんだ。シビルは片手で彼の睾丸《こうがん》を包みこみ、もう一方の手でペニスをつかんだ。

ハンターは彼女の肩に置いた手をやっとのことで持ちあげた。彼は震えていた。

ふたりはむさぼるように口づけを交わした。

ハンターはネグリジェの首もとにあったリボンを引っぱって脱がせ、ガウンの上にほうった。

「いいかい」彼は言った。「単純で、しかも複雑なんだ。シビル、今きみを愛したい。ぼくの体で。そして子供ができることを願う。できないかもしれない。だが子供をつくるためにこうして愛を交わすんだ。優しく、情熱的に。わかるね？」

「ええ」ハンターは体でわたしを愛してくれる。この愛の行為は子供をつくるためだ。彼はシビルを書斎の暖炉の前の服を重ねた上に寝かせた。影が壁に躍り、窓の外では雪が舞い続けている。

ハンターはくりかえしシビルに口づけした。唇にも、体にも。触れられるたび、胸を吸われるたび、彼女は想像したこともないような感覚に包まれた。彼はシビルの命を吸いとり、自分のなかに蓄えているかのようだった。口づけのあとには優しい手の愛撫《あいぶ》が続いた。ついにハンターは言った。「これ以上待てない」

シビルは首を振った。

ハンターはシビルの指に指を絡ませ、彼女の両腕を頭の上へ持っていった。そして耳もとに唇を押しつけて尋ねた。「どこか痛むかい?」

「いいえ」嘘《うそ》だった。でも傷がときどき痛むくらいなんだというの?

「ぼくがなかへ入ったとき、きみははじめちょっと不快感を覚えるかもしれない。だが長くは続かないし、痛みもすぐになくなるよ。きみはすでにある程度準備ができている」

「ハンター、あなたがすることならなんだって怖くないわ」

ハンターは身を引いてからシビルの腿のあいだに下腹部を押しつけ、一気になかに入った。彼女は強い興奮と焼けつくようなうずきを感じただけだった。ずっとこのままでいたい。シビルは精いっぱい彼を受け入れた。

「ああ、シビル。ぼくのシビル」ハンターはあえぎ、動き始めた。「痛かったら言ってくれ。時間はいくらでもある。ゆっくり慣れていけばいい」

「やめないで」彼女の呼吸は激しくなった。「やめないで。ああ、どうか続けて」

彼はシビルの手を放すと、自分の親指を下腹部に置いて、くりかえし彼女のなかに入れるようにした。快感のあまり、シビルの心臓はとまりそうになり、頭は真っ白になった。

ハンターは歯を食いしばりつつもほほえんだ。シビルこそぼくにぴったりの女性だ。ずっとそばにいたのに気づかなかった。彼は驚いていたが、この驚くべき女性に屈するつもりはなかった。親指にさざ波のような震えが伝わり、彼女がのぼりつめていくのがわかった。体を弓なりにそらし、激しく揺れ、体重をかかとと肩にかけて頭を左右に振っている。

ハンターはできるだけ長く待った。そしてシビルの体内に精子を注ぎこむと、解放されてぐったりした。彼女の体は暖炉の火にきらきら輝いていた。豊かな髪はまだ二つ編みのままで、中世の王女を思わせた。ふたりの下で、ネグリジェやガウン、彼の服がくしゃくしゃになっていた。

終わった。

ハンターは絨毯の上に横向きに寝そべり、シビルを腕のなかに引き寄せた。

はじめ、シビルの発した言葉の意味がわからなかった。だが、彼女がもう一度言うと、彼はその言葉をくりかえした。「たぶんね」

23

「ミスター・ハンター？　ミスター・ハンター、起きてください、今すぐに！」

シビルはハンターの腕のなかで寝返りを打った。まぶたをほんの少しだけ持ちあげ、彼の寝顔をのぞきこんだ。

うっ！　昨夜の痛みなど、今朝の激しいうずきに比べればほんの一瞬のことだった。でも決して忘れない。苦痛も夢のような一夜の証《あかし》だから。

書斎の扉を大きくたたく音がし始めた。「ミスター・ハンター。あの、サー！」

ハンターは緑の瞳を開けてシビルを見ると、すぐに完全に目を覚まし、寝台の上で体を起こした。外から狂ったように扉をたたく音と騒々しい声が聞こえる。シビルは同時に馬車の音や通りで叫ぶ声を聞いたように思った。

「まったく」ハンターはようやく言った。「火事でも起きたに違いない」寝台から飛びおりてガウンをはおると、シビルの上に上掛けを何枚もかけ、それを持ちあげて彼女をのぞきこんだ。シビルはくすくす笑った。「すまない。すぐに戻ってくるから。まずは外の様子を確かめなくては」

ハンターが窓のそばまで足早に歩いていく音がした。しばらくして驚いたような声があがり、寝台の横に戻ってくる足音がしたかと思うと、ハンターが再び上掛けを持ちあげた。

「立派な馬車が来ている。見るからに金がかかっているが、どこの紋章も入っていない。あえて目立つ模様を避けたみたいだ」彼はそう言って上掛けをかけ直した。

ハンターが寝室を出ると、ほどなくして彼の低い落ち着いた声が、ほかの数人の興奮した早口に割って入るのが聞こえた。

「お断りだ！」ハンターの断固とした声が響いた。

またしばらく口論が続き、やがて明らかにレディ・ヘスターとわかるゆったりした口調の声が聞こえた。「必要なものは持っているじゃないの。選択の余地はないわ。こんなときのために従者を雇っておくべきだと言ったのに。マスターズでなんとかなるかしら」

それより低い震えた声がしゃべったあとに、ハンターが言った。「そうですよ。老ツートに任せればいい。ほかのみなさんはお引きとりください」

またひとしきり騒ぎ立てる声がした。シビルはシーツの下で身を縮めていた。書斎に入っていってネグリジェをとってくる勇気はなかった。とはいえこんな状況でも、昨夜のこと、ハンターのこと、ふたりのことを考えると笑みがこぼれた。

「そしてこの先一生笑い物になるんですか？」ハンターは大声を出した。「冗談じゃない。

ぼくがサテンのズボン下をはいて呼びだしをじっと待っていると思いますか？　そもそもあの方はカールトン・ハウスでなにをしているんだ？　今ごろあのおぞましい愛人とブライトンにいると思っていたが。でなかったらウィンザー城に。サテンのズボン下なんて冗談じゃない」

「ハンター」レディ・ヘスターの口調はとげとげしかった。

「じゃあ、膝丈ズボンでもいい。でもやっぱりお断りだ。みなさんの意見はもっともですが、どうかお引きとりください。そうしたら、ぼくは言われたとおり急いで出向くかもしれない。まったく」

「あの方は議会が開かれるのでロンドンにいるのですよ」老クートは言い、咳《せき》をした。

ハンターは不満そうに言いかえした。「それくらいぼくだって知っている」

シビルはできる限り身を縮め、寝台の下のほうへもぐっていた。

声は遠のいていったが、老クートとハンターは書斎で静かに話し続けていた。

寝室の扉が開いたので、シビルは耳をふさいだ。

手が、間違いなくハンターの手がシーツの下へのびてきた。なにかを持っている。「もう大丈夫だよ、かわいい人。クートとぼくは古い友人だ」

「今日はすっかり気分がよくなったことでしょう、ミス・シビル」クートは言った。

シビルは再び耳をふさいだが、完全に音を遮ることはできなかった。

「数分後に戻るから」ハンターは言った。

まわりに誰もいなくなったと思うや、シビルはくしゃくしゃのネグリジェを身につけ、それよりはましなガウンをはおった。髪は乱れているものの三つ編みがほどけていないことにほっとした。気をとり直し、再びハンターの寝台に横になって上掛けを顎の下まで引っぱった。

しばらくしてハンターが扉から顔を出した。「急な呼びだしを受けたんだ。クローゼットから服をとりだしてもかまわないかな？」ハンターのあとに続いて入ってきた老クートは、シビルにいたずらっぽい笑みを向けた。

「もちろんよ」シビルは言った。「わたしは上掛けを頭までかぶっているから、着替えてかまわないわよ」

「いや、ぼくは――」

「それがいい」クートは言った。「一刻を争うのですから。ミスター・ハンターが出かけられたら、ミス・シビルにチョコレートをお持ちしましょう。それとバーストウに様子を見に来させます」

シビルはハンターと目を合わせられなかった。

再び上掛けの下にするするともぐりこむ。

「よろしいですね、サー？」老クートは言った。「しきたりはしきたりですから――」

「しきたりなんか関係あるか。ぼくは弁護士だ。それらしく見えればいい」

「ならばかつらとローブをつけなくてはなりませんな、ミスター・ハンター。そうとう時間がかかりそうだ」

クートとハンターは声をあげて笑った。年老いたかすれ声と、若々しく力強い声が響く。しばらくブーツのことでもめたあとで、クートがいらだたしげに言った。「ネクタイは白にするべきです、ミスター・ハンター」

「黒のほうがいいだろう」

「絶対に白です」

こんなやりとりが続き、やがてハンターが言った。「わかったよ、白にする。ただし、きみの年を考えて、この調子じゃ脳卒中を起こしかねないと思うからだぞ」

シビルは寝台のなかでほほえんだ。この愛は棘《とげ》みたい。彼のちょっとした癖や強い一面――譲歩することもあるが――を知るたびに、ますます深く胸に刺さる。

「髪は後ろに撫《な》でつけてくれ」

「ふーむ」

「髪だけは好きにさせてくれよ、クート」ハンターは言った。「今朝はなにもかもきみの言うとおりにしただろう」

シビルは上掛けの下から顔を出し、枕《まくら》に頭をのせた。ハンターを見ると、彼は黒いベストをはおり、懐中時計が入っているか調べながら振りかえったところだった。

「とってもすてきよ」シビルは言った。「彼が髪を後ろに撫でつけたいと言うなら、そうしてあげて、クート。でないとあまりに若く美男に見えるから」

ハンターは眉をひそめてたしなめるようにシビルを見たが、彼女は無視した。なにも気にならないくらい晴れやかな気分なのだ。

クートは椅子を持ってきてハンターを座らせ、銀色のブラシで彼の希望どおりに髪を整えた。

やがて用意がすんだ。

クートはサテンの襟がついた美しい黒のケープをハンターの肩にかけ、帽子、手袋、銀の柄がついたステッキを渡した。

「国王に謁見するんだ」ハンターは言い、両腕を広げた。「どう見える?」

クートは顔をしかめて言った。「合格ですな」

シビルもクートにならって言った。「合格よ」

24

押しこまれた。これこそハンターがカールトン・ハウスに足を踏み入れたときの状況を言い表しうる唯一の言葉だ。カールトン・ハウスは国王ジョージ四世が自らの住まいとして改装した巨大な建造物だが、バッキンガム宮殿を王宮にするため廃棄されようとしていた。

なかは天井が高く、シルク、サテン、金、大理石がふんだんに使われ、華美な――このきらびやかさを表現するにはあまりにありきたりな言葉だが――装飾がなされていた。重重しい静寂があたりを包んでいる。召使いたちは一分の狂いもない厳かな動作で仕事をこなしていた。全員が絶対的な命令のもとに動いているのだ。

金モールがたくさんついた紺の上着にサテンの膝丈ズボンをはいた紳士がハンターに一礼し、ついてくるように小声で言った。

ふたりは、ずらりと並ぶお仕着せ姿の召使いの敬礼を受けつつ豪華な廊下を進んだ。見事な装飾の数々にハンターは目がくらみそうだった。ラティマーがここに来られたら――

ひとりで——じっくり品定めして楽しむだろう。

ついに扉の前にたどり着いた。扉の外には真剣な顔つきの男たちが寄り集まって話をしていた。着ているものはお仕着せではなく、堂々たる貫禄《かんろく》を備えた男たちだ。彼らは振りかえって疑わしげにハンターをじろじろ見た。

案内役の紳士が言った。「お待ちを」扉を開けて静かになかに入る。すぐに戻ってきて言った。「こちらへどうぞ、ミスター・ロイド」

ハンターは部屋のなかへ入った。きっとあとでこのときを振りかえると、すべてが想像の産物だったように感じるのだろうと思いながら。

巨大な中国風装飾様式《シノワズリー》の長椅子に半ばもたれかかっているのは、赤紫のベルベットのガウンを着た超肥満体で赤ら顔の男だった。彼が体を動かすたびに、長椅子は苦しげなうめき声をあげた。ガウンと同じ色の室内履きは、白い肉がぽってりした層をなす足にはいかにも小さすぎる。手首と首まわりを白いレースが覆っていたが、それは寝間着に施された贅沢《ぜいたく》な装飾なのだ。かぶっているかつらは傾いているうえにきちんととかされておらず、両頬とつきでた唇に滑稽《こっけい》なほど紅を塗りたくっていた。国王は顔をしかめてハンターを見た。

「例の弁護士ですわ」王の右隣の太った女性が言った。サテンのドレスをまとい、肌が露出しているところはほとんど宝石に埋めつくされていた。深くくれた豊満な胸もとでさえ。

彼女が敬愛の念をこめて王を見つめると、王も愛情深いまなざしを返した。「ネヴィルのこと、覚えておいででしょう。エリザベスに――わたくしの娘のエリザベスに思いを寄せていた男ですわ。ええ、あなた様もご存じとは思いますけれど」彼女は下唇を震わせた。「こんな恐ろしいことになるなんて思ってもみませんでしたわ。あの男が勘違いして娘を……。ハムステッド・ヒースでのことが公になったら娘の評判はどうなるか。そしてこれがあの不埒《ふらち》なネヴィルを見事に弁護した男でございます。ありがたいことですわ。みんなわたくしの愚かな過ちなんです。もちろんあのヴィラーズという男があの場にいなかったら、娘は今ごろ結婚式をあげていたかもしれません。祝福を受けていたでしょう。娘というのはまったくもって厄介なものですわ」

「よし、よし、かわいい人よ」王は長椅子の側面の引きだしに手をのばし、緑のベルベットの箱をとりだした。「もう泣くでない。そなたはいちばんよいと思ったことをしたのだ。だが今後はそなたを心から案じ、守ろうとしている人間に相談せねばならぬぞ。わかっておるな？　われわれがエリザベスに立派な夫を探してやろう」

「ええ、わかっております」彼女はか細い声で言った。

レディ・カニンガムは――彼女が王の愛人であることはハンターも知っていた――宝石に埋まった太い指で箱を開け、なかから豆粒大の見事なダイヤモンドをつなげたネックレスをとりあげると、声をあげてすすり泣き始め、庇護者《ひご》の膝に身を投げだした。王はネックレスを彼女の首にかけてやった。

そのネックレスを直し、すでに身につけているたくさんの宝石のなかにおさまらせると、レディ・カニンガムは尋ねた。「似合いますかしら、ベルベットをまとったわたくしの鉄の戦士様？」

「うっとりするよ」王はささやいた。

ハンターはどうしてレディ・カニンガムが大勢の貴婦人のなかから王の愛人に選ばれたのか不思議に思っていたが、ようやく合点がいった。要はこの女性はこうした高価な品々を展示するに充分な肉体を持っているからなのだ。王と金のかかる愛人は音をたてて口づけをした。

ハンターは深く頭をさげ、じっとしていた。

「立たねばならん」だしぬけに王が言った。「座ったままではできぬゆえ。剣を持て」

驚いたことに、お仕着せ姿の男が鞘《さや》におさめた黄金の剣をクッションにのせて部屋の隅のほうから現れた。

王は長椅子の横に足をおろそうとしたがうまくいかなかった。ハンターは駆け寄りたい衝動に駆られたが、国王に触れないほうがいいことはわかっていた。

「手をお貸ししましょうか、陛下？」ハンターを案内してきた紳士が尋ねた。

レディ・カニンガムがうなずくと、もうひとりの召使いも剣とクッションを危なっかしく脇《わき》の下に挟んで王を支えた。ふたりのあいだでバランスをとりながら、不健康な王はよろよろと歩いた。

そしてハンターの前に来ると、王の前ではひざまずくものだとわかっているなとばかりに、彼の肩に手をかけた。

ハンターの耳に剣を抜く音が聞こえた。首をはねられることになろうと、自分にはなにもできないだろう。彼は覚悟を決めたが、剣が振りおろされる代わりに言葉が発せられた。そして剣で肩を軽くたたかれた。王によってナイト爵が授けられた印だった。立ちあがるように言われ、ハンターが顔をあげると、国王ジョージ四世は愛敬《あいきよう》たっぷりとしか表現しようのない笑みを浮かべた。

「よく来た、サー……」王はぼそぼそと言って召使いのほうを見た。召使いが耳もとでささやいた。「サー・ハンター。異例なことではあるが、そなたにコーンウォールの地所を授けよう。それと金一封だ。そなたの祖先が先の王に仕えておったそうな。確か建築家だったと聞いている。なにを建てたのかはよく知らぬが。サー・ハンターにしかるべきものを与えよ、ソームズ」

ハンターはいくつかの巻き物とひどく重いシルクの財布を手渡された。

「コーンウォールの土地はロンドンからは遠いがいいところだと聞いている。行ったことはないのだが。とにかくイングランドほどよいところはない。イングランドのどこにかかわらず」

王からナイト爵、土地、そして金を授けられたハンターはどう感謝の気持を示していいかわからずに言った。「光栄に存じます」これでいいのか。「わたしは常にあなた様の忠実なしもべです」

王は再び子供のように無邪気な笑みを浮かべた。「ではもうデボーフォートの件は忘れることだ。よいな？　もうひとりの男はすでにしかるべき場所にいる。適切な罰を受けるであろう。ほかのことはすべて忘れるな？」

ハンターのなかでなにかが凍りついた。彼を見おろす王の目は鋭く狡猾《こうかつ》な色を帯びていた。この事件には少なからずおかしなところがある。今受けとったものは沈黙の代償なのだ。グレートリックス・ヴィラーズは無実の罪を着せられたに決まっている。ハンターは確信を持ってそう結論を出した。

「答えがないのね」レディ・カニンガムは言った。

王の視線がハンターに据えられた。「気圧《けお》されているに違いない。われわれは理解し合っていると考えてよいな？」

すべての証拠を再検討するまで刑の宣告を保留にすべきだということをどう説明したらいいかとハンターが考えていると、扉を大きくノックする音がして、険しい顔つきの尊大な若者が大股で入ってきた。濃い緑のベルベットといかにも特権階級らしい雰囲気を身にまとっている。

ネヴィル・デボーフォートが現れたことに、ハンターはいたく驚いた。彼は弁護士にちらりと見くだすような鋭い視線を投げかけたあと、まずレディ・カニンガムのほうへ向かい、王が満足げに見守るなか、慇懃《いんぎん》にお辞儀をした。デボーフォートはレディ・カニンガムに言った。「謁見をたまわるのに数週間かかってしまいました。そうでなければもっと早くうかがったのですが。お許しください、美しい方。謝罪の言葉をお聞き届けになり、すべてを水に流していただけますね。わたしが気づいておりましたら、事態は違っていたでしょう」

レディ・カニンガムはデボーフォートの頬に軽く触れた。「すべて最善の結果になったと信じています」彼女はほほえんでえくぼをつくり、顔を縁どる濃い茶色のつややかな巻き毛をかきあげた。「あの恐ろしい男に負わされた傷の具合はどうです？　もう回復しまして？　怖い思いをなさったでしょうね」満足げだ。ハンターは思った。彼女はすこぶる満足げだ。この事件は見た目ほど単純ではないのかもしれない。レディ・カニンガムは先ほど、娘のエリザベスのことを口にした。どうやらその娘がハムステッド・ヒースでデボーフォートに〝乱暴されかかった〟女性に違いない。もっと詳しく話を聞きたくてならなかった。この状況で口を挟むわけにはいかないが、国王がいないところでデボーフォートをつかまえられたらすぐに尋ねよう。

「傷はすっかりよくなりました」デボーフォートは答えた。「腕が完全に回復するまでにはまだ少し時間がかかりそうですが」そう言って、左肩の動きがいくらかぎこちないことを示してみせた。「まあ、命があっただけでありがたいと思わなくては」

「まったくですわ」レディ・カニンガムは同意した。

緑の似合う魅力的なデボーフォートは王に近づいた。王はデボーフォートにほほえみかけた。デボーフォートは苦心の末に王を長椅子に座らせ、足を椅子の上に持ちあげながら小声で長々となにかを伝えていた。

「本当か?」王は言い、ハンターをじろりとにらみつけた。ハンターは頭が麻痺《まひ》したようになって、緊張するどころではなかった。「今となってはもう遅い。すんでしまったことだ。返せと言うわけにもいかん。まあ、いいだろう。さがってよい、サー・ハンター。わたしの信頼を裏切らぬことだ。そなたも知っておいたほうがよかろう。グレートリックス・ヴィラーズは今朝死んでいるところを発見された。喧嘩《けんか》があったらしい。刺されていたそうだ。あの男は罪の重みに耐えきれなかったに違いない」

25

スピヴィだ。

読者諸君もこんなことわざを聞いたことがあるだろう。〝待てば海路の日和あり〟わたしは今、歓喜に打ち震えている。光明が見えてきた。すでに親愛なるあの男、トーマス・モアのところへ行き、天使学校に申し込みをすませてきたところだ。彼が喜んだのは言うまでもない。

もうここですることもなくなりそうだ。もちろんときおり戻ってきてお気に入りの親柱で憩うこともあるだろう。そこで家のなかを眺めるのだ——ただしほとんどなにごとも起こらない。

喜ばしい。

完璧《かんぺき》だ。

ヘスターは元来社交的な女性ではない。彼女の言うところの、ほら、芸術家の卵たちと暮らすことによって、自分も少しは充実した人生を生きているような気持になっていたのだろう。今日のわたしは格別寛大だ。だが、ひとりにしておけば彼女は物静かな人間であり、邪魔者どもがいなくなったらまたそうなるはずだ。

アダムとラティマーのことはどうするかって？　簡単だ。アダムは画家としてなかなかの評判を得ているとわかった。生前に珍しいことだ。彼は特に肖像画に才能を発揮し、さらなる成功が期待されている。当然メイフェア・スクエア七番地の屋根裏部屋では思うように仕事ができまい。よってまもなく彼はロンドンのもっと快適な、そして客が殺到するような地域に広い仕事場を持つだろう。ふむ。あのひどくませた気難しいデジレー王女とよろしくやるかもしれん。だが、ミスター・チルワースは王女よりも少なくとも十歳は年上だ。まあ恋愛関係においてまれな状況とは言わないが、彼はじきに別のもっと興味深い女性に心を奪われるだろう。

そして、ラティマー？　〝ロンドン一粋《いき》な恋人〟だったかな？　その偉大な恋人が一種の倦怠感《けんたい》を抱いているのをわたしは感じている。そろそろ身をかためたいと思っているらしい。ハンターとシビルのあいだがうまくいかない場合、ラティマーがそこにうまいこと割りこむのではないかと考えていた。だが、それは見込み薄と知ってラティマーはほかをあたることにしたようだ。でなかったらどうなるか。いずれにしてもこの家に若い者がひとりもいなくなってしまったら、彼も退屈して出ていくだろう。

いや、もはやなにものもわたしを意気消沈させることはできんぞ。愛すべきわが屋敷はかつての栄光をとり戻す。ハンターがそれを実現するだろう。ふさわしい職人はいるであろうし、この屋敷も多少手直しする時期にきていることはわたしとて認めざるをえない。全面的にではないぞ。ほんの少しだ。

読者諸君、めかし屋のジョージ四世がよくわからぬ理由でハンターにナイト爵を授与する際、彼の〝先祖〟について話したのを聞いたか? 愚か者め。わたしこそその先祖である。自分の業績を大声で吹聴《ふいちょう》するつもりはないが。

ああ、ありがたい。

ハンターがナイトとなった。前々からあの賢い青年にはわたしのあとに続くだけの才覚があるとにらんでいた。こうなったら彼はシビルと結婚するだろう。結婚しなくてはならない。伯母の家で誘惑した無垢《むく》な女性をほうっておくわけにはいかないだろう? 妊娠しているかもしれないのに。ハンターはシビルと結婚し、王から与えられた遠いコーンウォールの地に彼女を住まわせる。きっとそこにはみすぼらしいあばら家程度の家が立っているに違いない。シビルはその家を上手に切り盛りするだろう。一方サー・ハンターはロンドンとコーンウォールを行ったり来たりしなくてはならず、じきに町で美女に心を惹《ひ》かれ、どこかの快適な家に囲うことになる――そこで本人も快適に過ごすわけだ。まあ、そんなふうになるだろう。

ところでわれらが友、ジョージ四世はハンターにいくらやったのだろう。気になって仕方がない。なんとかして探りだしてみよう。なに、難しいことではない。

ああ、ついに平和が訪れる。みなに幸いあれ。ただひとり、あの女を除いてだ。どうせまたなにか厄介ごとを探して、くだらんことを書き散らかしているに違いない。

さあ、ひとっ走りしてスマイルズ牧師にこの吉報を伝え、その足でサー・トーマスの学校へ行こう。サー・トーマスは人間の本質にかかわるわたしの幅広い知識を授業で大いに役立てたいはずだ。

26

「あなたはどう思って?」デジレーはシフォンのドレスをひらひらさせながらきいた。ドレスはときにラベンダー色、ときに薔薇《ばら》色と彼女が向きを変えるたびに違う色に見える。「このドレス、肖像画で映えるかしら?」

シビルがハンターとすばらしい夜を過ごしてから一週間がたっていた。彼女は今ハンターの書斎の窓際にあるすり切れた大きな革張りの椅子に座り、彼がいつ帰ってくるかと機会あるごとに窓の外を眺めていた。少なくともデジレーは、あの運命の夜にシビルが7Bを抜けだしたことについてなにも言わなかった。またシビルがすでにほぼ完全に回復しているにもかかわらず、ずっとハンターの部屋で過ごしていること――特に彼がいないときは――についても。シビルはハンターのものに囲まれていたかった。彼は気に入らないかもしれないが、彼女にそうは言わなかった。

「美しいドレスね」シビルは答えた。「でもアダムはもう絵を描《か》き始めているじゃない。ジャン・マルクがあなたのために開いた舞踏会用にあつらえた豪華な衣装を着たあなたの肖像画を。すっかり描き直すとなると、たいそう時間がかかるでしょうね」

「あら」デジレーは言った。「あのときのわたしは今よりずっと幼かったもの。ずっとやせていたし」大胆にも手で胸もとをなぞってみせる。確かに胸はかなりふっくらしてきた。

「その服を着たあなたはすてきだと思うわ」シビルは正直に答えた。「ドレスもあなた自身も官能的よ。その凝ったらせん状のはぎ布は、生地ではなくて素肌みたいに見えるわね。とてもぴったりよ。あなたとそのドレス。賢明ね。きっと仕立て直すのも簡単よ」

デジレーは口をとがらした。「またそんなこと」

シビルの仲間の婦人たちが遅い朝のおしゃべりに集まっていた。バーストウがおいしいサンドイッチや小ぶりのパイ、果物などを紅茶とともに振る舞ってくれた。バーストウはシビルが心配でならないらしく、そばをうろついてはことあるごとに食べ物を勧めようとした。シビルが足を足台にのせ、すっかり毛布にくるまっていないと気がすまないらしい。

シビルは、ハンターがナイト爵をたまわった日、老クートがバーストウになにかほのめかしたのではないかといぶかった。マスターズがたびたび火をおこしにやってくるのだ。

「アダムは自分の部屋にいるかしら？」デジレーは言った。「彼の意見を聞いてみたいわ」

「彼にはあなたの肖像画よりも興味を引かれることがあるのかもしれません」フィリスがにべもないことを言った。「実を言うとわたしたちもそうですわ、殿下。シビルにはその気になればわたしたちに教えられることがたくさんあるようなんです。わたしたち、殿方の服の下がどんなふうに見えるのか聞きたくてたまりませんの」

デジレーは声をあげて笑った。「みんな本当にそんなことを信じているの？　シビルは確かに物静かな人だけれど、とってもユーモアのセンスがあるのよ。わたしたちをからかっているんだわ」

ジェニー・マクブライドはシビルの目をとらえ、いたずらっぽい笑みを浮かべた。「おっしゃるとおりだと思いますわ、殿下。シビルはあなたに、あなたも見たことのないアダム・チルワースの裸が見えると思わせたいだけなのでしょうね」

デジレーは気の毒なハリバットをぱっと抱きあげると、猫が不満そうな声をあげるのもかまわず乱暴に撫《な》でた。「ただの冗談なのでしょう、シビル？」

「違うの。そうだったらどれほどいいか。とてもきまりが悪いんだもの」

「本当かどうか試してみるわ」デジレーは言った。「あの召使い。マスターズ。彼はせいぜい二十代だし、見栄えも悪くないわね」

「そんなふうに召使いをじろじろ見てはいけないわ」シビルはたしなめた。

「彼の肩幅は広い？」デジレーはおかまいなしだった。

「裸を見るまでもなくわかることだわ」

「脚は？　形のいい脚？」

「恥知らずな」ジェニー・マクブライドはそうつぶやいてからはっとして口を覆ったが、

デジレーは無礼な発言にも気づかない様子だった。

「マスターズは均整のとれた体格をしているわ」シビルは言い、窓の外を見た。「馬車よ。美しい馬車がこの家の前でとまったわ。ハンターが戻ってきたのよ」思わず声に興奮がまじり、頬が赤く染まって、たちまち目に喜びの涙が浮かぶ。

「恋をしているのね」アイヴィ・ウィロウは言った。「お目が高いわ、シビル。彼のほうもあなたを愛しているようだから、お幸せね」

「ハンターと結婚しても、わたしたちの研究に協力し続けてくれるでしょう？」デジレーは目に心配の色を浮かべてきいた。「メグみたいにはならないわよね？」

「今のところ、興奮するようなことも、心配するようなこともなにもないのよ」シビルは言った。

ノックもなしにレディ・ヘスターが部屋に入ってきた。薄紫《ライラック》色のドレスをまとっている。一年ほど前に喪服をやめて以来、ときおり地味な色も着るもののライラック色が定番だ。彼女は部屋に集まっている人々を明らかに非難めいたまなざしで見渡し、デジレー王女に目をとめるとなんとか笑みを浮かべた。

「殿下」レディ・ヘスターはぎこちない口調で言った。「それにみなさん」彼女は窓際へ行き、シビルの横から外を見おろした。ちょうど家のなかへ入るハンターの頭のてっぺんが見えた。

レディ・ヘスターは腕を組み、片方の室内履きで床をたたきながら待った。シビルの客たちは居心地悪そうに顔を見合わせた。

ハンターの足音が階段をのぼってくるのが聞こえた。老クートになにか呼びかけている。沈んだ声だ。レディ・ヘスターがシビルの友人をひとりずつじろじろ見つめたので、女性たちは帰り支度を始めた。

「おや、みなさんおそろいですね」部屋に入ってきたハンターはそう言ったが、笑みは弱弱しかった。「お友達を正式に紹介してもらっていないね、シビル」

「フィリス・スマートといいます」フィリスはすぐさま名乗り、感じのいい笑みを浮かべて略式のお辞儀をした。

ジェニー・マクブライドもそれにならった。ハンターは彼女の陽気な笑みに笑顔で応《こた》えずにいられなかった。

「アイヴィ・ウィロウです」アイヴィはお辞儀はせず、うつむき加減に自己紹介した。「この名前に聞き覚えがあると思われたでしょう。そうなんですの。わたし、いつかあなたを事務所に呼びだしておきながら現れなかった女ですわ。実はシビルのことが心配だっただけなんです。あなたが彼女を傷つけるのではないかと思い、そんなことのないよう注意を促したかったんです」

ハンターはアイヴィ・ウィロウをじっと見つめ、やがてシビルに視線を移した。「なるほど。友人を守りたいと思うのは当然だ」

シビルの視線をとらえたハンターの目は、ほかの人たちと世間話をする気分ではないと明らかに語っていた。

そこへアダムがラティマーとともに入ってきた。「扉が開いているじゃないか」アダムは深刻な表情で言った。「ぼくたちはお祝いを逃したらしいな」

「とんでもない」レディ・ヘスターは無表情のまま答えた。

「わたしはもう帰ります」ジェニーは言った。「仕事が遅れているので、今日は店に出ることになっているんです」

「土曜日だというのに」ラティマーは言った。「こんな若い方が週末店に閉じこめられているなんて気の毒だ」

「そんな。かまわないんです。あんないい仕事につけて幸せだと思っているくらいですもの。とっても勉強になりますし。帽子をつくるのが好きなんです。なかにはとても美しいものがあるんですよ」

「そうでしょうね」ラティマーはジェニーを上から下まで眺めた。「よろしければお送りしましょう。自分の馬車を使うことがめったにないんです。少し馬を運動させないと」

ジェニーは色白の肌をぽっと染めたが、うなずいてラティマーに促されるまま部屋を出た。

「お茶があるんだ」アダムは目を輝かせた。「こつのわからない者にとって、うまいお茶をいれるのがどれほど難しいか想像つかないだろうね」

「おいしいお茶をいれるこつなら知っているわ」デジレーは言った。「シビルから教わったの。来て、アダム。屋根裏部屋で新しくお茶をいれてあげるわ。そして肖像画について話し合いましょう。そんな話題はここにいる人たちには退屈だろうし、それは仕方ないことだものね」

アダムにはふたつの選択肢がある。デジレーとともに屋根裏部屋へ行くか、無礼を覚悟で断るか。アダムはデジレーに従った。彼女が前を通り過ぎたとき、彼は頭をさげていたが、不安そうな表情が浮かんでいた。

「ファニーをすぐにそちらにやるわ」シビルはアダムに笑いかけ、デジレーのむっとした顔には気づかないふりをした。

ハンターはシビルのそばに立ち、髪を撫でた。身をかがめて彼女の顔の側面を調べ、耳の後ろの、見知らぬ男にブーツで蹴《け》られた部分を見た。それから手首を見せてというように両手を差しのべた。シビルがハンターの手に手首をのせると、彼は言った。「よくなっているが、まだ大事にしないと」

「おいしい昼食をありがとう」アイヴィは黄色い外套《がいとう》を着て、同色のボンネットをかぶりながら言った。「フィリス、一緒に歩かない？」

アイヴィは首をかしげてハンターとシビルにほほえみかけた。それからふっとため息をついてフィリスとふたりで立ち去った。レディ・ヘスターは部屋に残った。

「お茶をいれましょう、伯母さん」ハンターは言った。「だが、これはもう冷めてしまっただろうね、シビル」

「そうね。バーストウがいれてくれたのはずいぶん前だから。あの人、わたしにとても親切なの。まるでそうしなくてはいけないと思いこんでいるみたい」

「みんながそう思っているわ」レディ・ヘスターは言った。彼女はシビルの膝に、におい玉の入ったレースの袋を置いた。薔薇の香りで、端の襞《ひだ》飾りには小粒の真珠が縫いつけられていた。「あなたが気に入ると思って。さあ、ハンター、話を聞かせて」

シビルはレディ・ヘスターのハンターに対するそっけない態度にとまどったが、口出しできる立場ではなかった。「ありがとうございます」においの玉のお礼を言うと、それを鼻へ持っていった。

「コーンウォールの土地はすばらしいとわかりました」ハンターは冷めた口調で言った。「屋敷はエリザベス朝様式で、〈ミンバーの屋敷〉と呼ばれています。ミンバー湾に面していて、手入れは行き届いていました」

シビルは目をそらした。ハンターはナイトなのだ。そして土地を持っている。もうわたしのことなど……。

シビルの肩にハンターの手が置かれた。「今すぐコーンウォールの土地をどうこうするつもりも、生活を変えるつもりもありません。あそこはロンドンからは遠すぎます。ぼくの仕事はこちらにあるんですよ」彼の手に力がこもるのを感じ、彼女の胸は高鳴った。わたしの想像ではなく、ハンターはふたりが共有したものはまだ終わっていないと伝えようとしているのだ。

「あなたはそのうちここロンドンにも自分の家が必要になるわ」レディ・ヘスターはハンターに向かって言った。「あなたの身分にふさわしい家とふさわしい妻がね。おめでとう、ハンター。あなたの両親もきっと鼻が高いでしょう」

レディ・ヘスターの顔を見つめていたシビルは、彼女が身をこわばらせているのに気づいた。怒りか、あるいは涙をこらえているかのようだ。

ハンターは言った。「両親はぼくがなにをしても誇りになど思ってくれませんでした。でもそれは昔のことです。あなたがぼくにすぐこの家を出ろと言うのでなければ、少なくともしばらくのあいだここにとどまりたいのですが」

バーストウが入ってきて、黙ってカップや受け皿をトレイにのせ始めた。

「わたしもそろそろこの家にひとりになるときね」レディ・ヘスターは言った。

「ひとりに?」ハンターはシビルの肩をさすり始めた。「アダムとラティマーも出ていかせるつもりですか? シビルも?」

「アダムには、やってきた依頼人が落ち着ける場所が必要でしょう。今や有名な方々が彼に描いてもらいたがっているんだから。ラティマーは誰の助けも借りずに成功した。もう長くはここにいたがらないはずよ」

バーストウがだしぬけに立ちあがった。はずみでカップが床に落ちて割れた。「奥様、差しでがましいようですが、言わせていただきます。あなたは甥御《おいご》さんを愛していながら追いだそうとしていらっしゃる。亡くなられた娘さんのことを――」

「バーストウ、もうさがりなさい」

「いいえ、奥様。いずれにしてもこの家はミスター・ハンターのものでもあるんですよ」

「サー・ハンターよ」レディー・ヘスターは訂正した。

バーストウの顔が喜びに輝いた。「サー・ハンター。なんとすてきな響きでしょう。この家は半分はあなたのものなのです。あなたはお優しい方ですからそのことについてどうこうおっしゃらないでしょう。伯母様に差しあげてしまうでしょうね。でもあなたの知らないことがあるのです」

「やめて」レディ・ヘスターは遮った。「聞きたくないわ。お願いだからそれ以上言わないでちょうだい」

バーストウは顔をこすった。「奥様には生後一週間で亡くなられた娘さんがいらっしゃいました。噂《うわさ》によると、ビンガム卿《きょう》は冷たい方で、奥様が病気の赤ん坊の看病をすることを許さなかったとか。ちゃんとした看護婦もいなかったそうです」

「やめて！」レディ・ヘスターは泣きながら懇願した。「嘘《うそ》よ、そんなこと」

シビルは立ちあがってレディ・ヘスターに腕をまわした。

「奥様はあなたを愛しているのですよ、シビル」バーストウが言った。「亡くした子供のように思っているのです。キャサリンが生きていたら、今ごろあなたのようだったに違いないと奥様がおっしゃったのを聞いたことがあります。だから、ミスター——サー・ハンターがあなたを連れていってしまいそうで不安なのですよ。あなたがいなくなることに耐えられないのです。またしても子供を失うような気がしているに違いありません」

シビルはレディ・ヘスターをしっかりと抱きしめ、好きなだけ泣かせた。ハンターを見ると、彼の顔には哀れみと無力感が浮かんでいた。これも男と女の違いだ——嘆き悲しむ人を公然と慰めることができるかどうか。シビルは皮肉っぽくそう思った。

「誰もどこへも行きません」ハンターはようやく言った。「バーストウ、伯母を部屋へ連れていって、休ませてあげてくれ」彼は伯母に近づき、ぎこちなく背中をたたいた。「ぼくはあなたのたったひとりの甥です、ヘスター伯母さん。あなたの親切は忘れません。ひとりになどしませんよ。いいですね。決してあなたをひとりにはしません」

レディ・ヘスターは体を起こした。ハンターの顔に手を触れ、シビルにほほえみかけると、バーストウに支えられながら足どり重く部屋を出た。

「知っていたの？」シビルはきいた。「赤ん坊のこと」

ハンターは首を振った。「彼らはあまり幸せな家族じゃなかったんだ。ぼくたちの一族は、人間関係や人を愛することがうまくないんだ」

シビルの胸はぎゅっと締めつけられ、息をするのも苦しくなった。その先例を打ち壊す気はない、と彼は言うつもりなのだろうか？

「今日は具合はどうだい？」ハンターは尋ねた。「なるべく座って休んでいたほうがいい」

扉を閉めに行った彼が戻ってくると、シビルは言った。「どうして？　歩くのになんの支障もないわ」

ハンターはじっと彼女を見つめた。「本気で妊娠を望むなら、女性はできる限り安静にしていたほうがいいと聞いたことがある」

「まあ、そう？　すぐにでも妊娠したいけれど、歩いたり普通に動いたりしても問題はないと思うわ」

彼はまだ深刻そうな顔をしていた。「最後に生理があったのはいつだい？」

シビルは恥ずかしさのあまり失神するのではないかと思った。「二週間前よ。もしかしたらもう少し前かも」

「わかった」ハンターはかすかな笑みを浮かべた。「この計画の実現に向けて努力を続けるべきだと思うかい？」

シビルはそれには答えなかった。「サー・ハンター。どう感じる？　サー・ハンターになってみて」

「実感がわかないね。このことは黙っていたんだが、実は利用されたという気がするんだ。責任はぼくにある。提示された証拠をそのまま信じてしまった。気の毒なヴィラーズはなんの機会も与えられなかった。国王を敵にまわしたんだからね。冒頭陳述が始まる前から有罪は確定していたようなものだ。ぼくは真実を明らかにする。あの晩チャールズの家へ行ったのは無駄足だったが、もう一度行ってみようと思う。真夜中過ぎに。家に忍びこむつもりだ。つかまらないことを祈るよ。あたりまえのやり方は通用しない。家宅侵入しかないんだ。チャールズを見つけなければ」

「ハンター」シビルは彼の淡々とした口調が気になった。事件のことは彼から詳しく聞いている。「もしヴィラーズが無罪なら、それを証明し、彼を釈放してあげて。コンスタンスという女性から事実をききだして、なにができるか考えてみることだわ」

「そうだ」ハンターは上着のポケットから見るからに重そうなシルクの袋をとりだし机の上にほうり投げた。袋の口が開き、ソブリン金貨がこぼれでた。「これはなんだと思う？」

「お金でしょう」シビルはばかにされたような気分で答えた。

「そう。どうしていいかわからないからここへ持ってきた。大金だ。いくらあるのかも知らない。たぶん金貨で三十枚ほどだろう。王の覚えがめでたい忠実なしもべに与えられた贈り物だ。血にまみれた金だよ。グレートリックス・ヴィラーズは数日前に死んだ。刑務所内の喧嘩《けんか》でナイフで刺し殺された。たぶんこの金はコンスタンス・スミスに渡すべきだろう。彼女はヴィラーズの妹だから」

ラティマーは連れたちの顔から片時も目を離せなかった。通りのところどころに立つガス灯《とう》があたりを照らすだけの暗闇《くらやみ》のなかでも、サー・ハンター・ロイドとシビル・スマイルズがめったにないほど沈んだ顔をしているのはわかる。

「きみはまた馬車に残っていてくれ」ハンターはラティマーに言った。

「もう何回も聞いたよ」ラティマーは答えた。

ハンターは冷ややかな表情を浮かべた。「じゃあもう一度言う。シビルと一緒に馬車で待っていてほしい。彼女を連れていてはなかに入れない」

「コンスタンスには女性がそばにいてあげたほうがいいわ」シビルは言った。「たぶん警察はわざわざ彼女を見つけて、兄の死を知らせるなんてことはしていないと思うの。わたしがいれば彼女も心を許し、悲しみを表に出すことができるんじゃないかしら」

「きみにその役目は任せられない」ハンターは言った。「体に負担をかけてはいけないよ」

「殴られたからというだけではなさそうだな？」ラティマーが口を挟んだ。「きみたちふたりは幾晩も一緒に過ごしている。さぞお疲れだろう」

ハンターはラティマーの上着の襟をつかんだ。「夜中にのぞき見しているのか？　きみには関係のないことだろう」

「ハンター」シビルは弱々しくたしなめた。

「そうはいかない」ラティマーは一方の手でハンターの手をつかんだ。ふたりは顔を寄せてにらみ合った。「この女性を大事にしなかったら、ただじゃおかないぞ」

「やめて」シビルは言った。「もうじき着くわよ。それに、自分の面倒は自分で見られるわ。せっかくだけど」

「ああ、それはわかっている」ラティマーはハンターの手を放し、ついでに力いっぱい押しかえした。

ハンターもお返しをした。「まったく余計なお世話だ。助けを借りる必要がなければ、今きみを通りにほうりだしているところだ」

「おとなげないこと言わないで」シビルはハンターから顔をそむけて言った。

馬車は車輪をきしませてとまった。「もう遅い時間だ」ラティマーは窓から顔を出して外を見た。「この通りの端からふたつ目の家だろう。ここに馬車をとめておけばあちらからは見えない」

ハンターはまだ荒い息をしながら言った。「そうだな。シビル、きみには馬車に残っていてほしい」

「同感だ」ラティマーも言った。「馬車に残って、必要とあらば助けを呼んでほしい」

「わたしはハンターと行くわ」自分の発言がどう思われようとかまわない。「彼の行くところなら、どこへでもついていく。だめだと言われても行くわ。それにさっきも言ったとおり、わたしがいたほうがいいと思うの」

「女性にはかなわないな」ハンターはあきらめ顔で言った。「ラティマー、もしぼくたちが四十五分以内に戻ってこなかったら助けを呼んでくれ」

ハンターが御者に合図すると、御者は御者台をおりて踏み段をおろした。ハンターが先におり、シビルがおりるのに手を貸した。それから御者と小声で言葉を交わした。彼女はハンターのそばへ急いだ。

家のなかは真っ暗だった。

「コンスタンスは寝ているに違いない」ハンターは言った。

シビルは息をのんだ。「彼女を起こして悲しい知らせを告げなくてはならないのね」

「すでに知っているかもしれない」ハンターは鋭く扉をノックした。

すぐに家のなかのどこかで明かりがつくのが見えた。

明かりは近づいてこず、足音も聞こえてこなかった。

「怖がっているのよ」シビルは言った。ハンターはもう一度ノックした。

頭上の窓が開いて、ささやき声が聞こえた。「どなた?」

「ハンター・ロイドとシビル・スマイルズです」シビルは答えた。「コンスタンス、ハンターからあなたのことは聞いています。あなたに話があるんです」

「なんの話?」

シビルは目を閉じた。「おりてらして、こちらで話をしません?」

「まずなんの話か聞いてからよ」

「グレートリックス・ヴィラーズのことだ」ハンターは言った。「彼のことである知らせを持ってきた」

「まあ」コンスタンスは声をあげ、開いた窓を離れた。裸足《はだし》で階段を駆けおりる音がし、玄関の扉が開いてコンスタンスがふたりを招き入れた。それから彼女は外の通りを見渡した。

ハンターは馬車を見えないところにとめておいてよかったと思った。

「知らせというのを聞かせて」コンスタンスは冷えきった玄関広間に立ち、凍るような夜気のせいだけとは思えないほど激しく身を震わせていた。

ハンターは扉を閉めた。シビルがコンスタンスの肩に腕をまわし、玄関からすぐの部屋へ導いた。立派な調度品のそろっている惜しみなく金をかけた部屋だった。暖炉にはまだかすかに火が燃えていたので、ハンターはすぐに石炭をくべ、ふいごを使って火を燃え立たせた。

コンスタンスは美しい濃い茶色の目でその様子を見つめていた。濃い茶色の髪は、目を引くつややかな巻き毛だ。ベージュの上品なガウンの下にネグリジェを着ていて、いかにも高価そうなレースがのぞいていた。

「お座りになって」ハンターとシビルが持ってきた悪い知らせをコンスタンスがまだ知らないのは一目瞭然《りょうぜん》だった。落ち着いた物腰からも明らかだ。

シビルはコンスタンスを、一面に刺繍《ししゅう》が施され、肘掛けと脚には見事な彫刻がされた黒檀《こくたん》を使った座り心地のよさそうなソファのところに連れていった。

コンスタンスはソファの端に座り、背筋をのばした。「聞く態勢は整ったわ。なにがあったの？」

シビルはハンターが暖炉の前から戻るのを待たなかった。「グレートリックス・ヴィラーズが亡くなったわ」

コンスタンスは両手でぱっと口と鼻をふさいで叫んだ。

シビルは抱きかかえようとしたが、コンスタンスはむせぶような声をあげ続けながら身を振りほどいた。「どんなふうに？」ようやく声をしぼりだした。

「喧嘩があったそうなの。ナイフで殺されたらしいわ」

ハンターはコンスタンスに与える飲み物はないかと部屋のなかを探していた。

「いつ？」コンスタンスは尋ねた。

「先週の土曜日の朝だと思う」ハンターは答えた。

「でも、わたしはなにも聞かされていないわ」コンスタンスは言った。「喧嘩なんかじゃないわよ。グレートリックスの死は偶然じゃない。彼は喧嘩をするような人じゃないもの。これも計画されていたことなのよ。あの人はデボーフォートを撃ったと言われているけれど、そんなはずはないの。グレートリックスはヒースを歩いていて、デボーフォートがあの女性と一緒にいるところを目撃した瞬間から死ぬことに決まっていたのよ」

「お兄さんは絶対に無実だと考えているんだね？」ハンターはきいた。

「告発されたような罪は犯していないわ」コンスタンスは答えた。「グレートリックスはあんなところにいるはずじゃなかった。ほかの誰かと過ごしているはずだったの。でも彼の見てしまったものが彼の命を奪ったのは確かよ。もうどうでもいいことね。グレートリックスは死んでしまったんだもの。いい人ではなかったけれど、こんな運命はあんまりだわ。わたしにとっても」

シビルにはコンスタンスの反応が信じられなかった。「気が動転しているのね。当然だわ」

「もっと早くそうならなかったことに驚いているだけよ」コンスタンスは声を出さずに泣き始めた。開いた目から涙があふれていた。自分を抱きしめて体を震わせる。

「それでいい」ハンターは言った。「思う存分泣くことだ」ようやく戸棚の隅にデカンタを見つけ、コニャックを少量注《つ》いだ。

「あなたはわかっていないわ」コンスタンスは喉をつまらせながら言った。「彼はわたしの兄ではないの。夫なのよ」

「まあ、コンスタンス」シビルは言った。「お気の毒に。なんと言っていいかわからないわ」

「わかるはずがないわ。それより、ききたいことがあったのよ。どうすればバーディをとり戻せるのかってこと。どうやってあの子を見つけたらいいの？　グレートリックスはわたしをつなぎとめ、わたしを言いなりにするために、あの子を利用したわ。彼の命令に従ったら、あの子の居場所を教えてもらえることになっていたのよ」

ハンターはコンスタンスに近づき、グラスを口もとに持っていってコニャックを飲ませた。

「コンスタンス、バーディって誰だい？」彼は尋ねた。

シビルはハンターの顔を見ることはできなかったが、彼にも答えがわかっているのだろうと思った。

「わたしの娘よ」コンスタンスは言った。「六歳なの」

27

馬に乗ったふたり組が近づいてきた。外套《がいとう》をはためかせ、馬の脇腹《わきばら》に激しく鞭《むち》をあてながら、雪と泥を蹴《け》散《ち》らしてラティマーが隠れている物陰のほうへ駆けてくる。御者はラティマーを乗せた馬車を建物のあいだの路地にとめていた。ふたり組は馬車があることに気づかないはずだ。

乗り手が手綱を引くと、馬はいななき、夜空に向けて白い息を吐いた。体から汗がしたたり落ちて光っている。

ラティマーはふたり組には見えないほうからそっと馬車をおりた。ゆっくりと馬車をまわりこみ、御者の注意を引いた。御者はびくっとして胸もとを押さえたが、声は出さなかった。「ここにいてくれ」ラティマーは言った。「不穏な気配がする。待っていられる限り待っていてほしい。行かなきゃならなくなったら、仕方がないが」

「ミスター・ハンターを置いてですか?」御者はかなりの年で、目は垂れさがったまぶたの下からちらりとのぞくだけだ。「わたしはちゃんとここにいます。神のご加護がありますように。あの方はほんとにいい方ですから」

ラティマーはうなずいて先へ進んだ。鉄柵《てっさく》に沿って植えられた雪をかぶった生け垣の後ろに隠れ、馬上の男たちの押し殺した会話に耳を傾けた。

「じゃあ、向こうで待っていてくれ」ひとりが言った。「〈スナッフ・アンド・ボトム〉に戻っているんだ。それがいい。とっとと終わらせるから。片をつけるのに十分もかかるまい」

もうひとりが言った。「今来た道を戻ればいいのか？」

「そうだ。うまくいくよう祈っているんだな。王の話を聞いただろう。このことがわずかでも世間にもれたら、われわれの命はないし、あの男は二度とわれわれのことを耳にしないだろう」

ラティマーはひとり目の男が口にした酒場を知っていた。ありがたいことに馬車をとめてあるほうとは反対方向だ。

「行くよ。馬は中庭につないでおく。ふたりのために大ジョッキで乾杯しているよ」ふたり目の男が小声で笑った。仲間のほうは地面におりた。

声の主が何者か、ラティマーにはわからなかった。はじめ気づかなかったが、馬をおりた男は肩になにか包みを抱えていた。そして外套の前が開いたとき、銃かナイフ――もしくはその両方――がきらりと光った。

二頭の馬は向きを変え、もうひとりの男に手綱を引かれて来た道を戻った。すでに四十五分たっていた。だが、ラティマーが今家に飛びこむわけにはいかなかった。男は並はずれて大柄だった。背中を丸めて玄関まで歩くと、鍵《かぎ》を使ってなかに入った。男が音もなくなかに忍びこんだので、ラティマーは一抹の期待を抱いた。見るとはたして扉は閉まっていなかった。

ラティマーは数秒待ち、充分と思える時間を置いてから男のあとに続いて家に入った。玄関の右側の部屋から会話が聞こえた。ときおり女性の――シビルではない――泣き声が聞こえてはまた静かになった。

前方には階段がある。

その先にも部屋があったが、ラティマーは頭上からかすかな音が聞こえた気がした。なにかが軽く壁にぶつかったような、とんという音。しばらくするとまた聞こえた。ハンターとシビルは泣いている女性と同じ部屋にいるのだろう。でなかったら二階にいて誰かの不意打ちを食らいそうになっているのかもしれない。

ラティマーは階段をのぼることにした。

二階を過ぎたあたりで、荒い息が聞こえてきた。例の男がすぐ近くにいるようだ。ラティマーの胸は不安に締めつけられた。階段をあがりきると、隙間《すきま》風を防ぐ厚手のカーテンで覆われた扉がいくつか並んでおり、端には数段の狭い階段があって、その先にさらに扉が見えた。

ラティマーが短い階段の下に着いたとき、ちょうど大男がその前の扉を入るところだった。ラティマーはあとずさりしてほこりっぽいカーテンの後ろに身を隠した。

人と人がぶつかり合うような鈍い音が続いた。言葉は発せられなかった。家具が倒れて壊れたらしい衝撃音がした。

武器をなにも持ってこなかった自分の愚かさを呪《のろ》いながら、ラティマーはカーテンの後ろから出て階段をのぼり始めた。

一発の銃声が響いた。

続いてもう一発。


「コンスタンス！　まったく女っていうのは！　どこにいる？　なにがあった？　コンスタンス、返事をしろ！」

「フィッシュウェル卿《きょう》だ」ハンターはとっさにシビルの体をソファの後ろに押しこんだ。そして厳しい目つきで彼女を見おろした。「ここを動かないように。きみもだ」彼はコンスタンスの腕をつかんだ。「身をかがめていろ。あの男がここでなにをしているのか知らないが、すぐにわかるだろう」

「あなたには自分の言っていることがわかっていないのよ」コンスタンスは身を振りほど

いた。「邪魔しないで。でないとわたしたち全員殺されるわ。いいわね？」

立ちあがりかけたシビルは、ハンターにまた乱暴に押しこめられた。

「フィッシュウェルとグリーヴィ・シムズが仕組んだのか」ハンターは頭を振った。「ぼくにはなにひとつ言わずに。一度だけグリーヴィ・シムズがぼくに裁判所に行くよう迫ったことがあったが。きみは手を出すな」コンスタンスに言った。

「だめよ。全員殺されるわ」

「彼はすでに二発撃っている」ハンターは指摘した。「たぶん階上で」

「なんでもないの」コンスタンスは言った。「ジョージはふざけるのが好きで、ときどきやるのよ。こっそり家に入ってあんなことをするの。それからわたしを求めるの」彼女は床を見つめた。「ジョージはゲームが好きなの」

シビルは再び立ちあがっていた。「フィッシュウェルはあなたの夫を殺させたのかもしれないのよ」

「そのせいできみは子供の居場所がわからないままだ」ハンターはつけ加えた。

コンスタンスはふたりのどちらとも目を合わせず、首から髪をかきあげた。「でも、わたしはジョージを愛しているの。彼なしでは生きていけない。あなたたちさえその気なら、無事に逃げられるようにしてあげるわ。ふたりともわたしに親切にしてくれたから」

「そしてあの男に――」

「それはどうも」ハンターはシビルの言葉を遮った。「だが、ぼくたちとしてもできるだけのことをするしかない。それがきみの意思に反していても」

「コンスタンス、すぐに来るんだ」フィッシュウェルがわめいていた。

「行かなくちゃ」コンスタンスはささやいた。「彼がここに来たら、ふたりとも殺されるわよ」

「そうとは限らないわ」シビルは言った。「彼は――」

「逃げてしまうかもしれない」ハンターはなるだけ冷静な口調で言った。「行くといい、コンスタンス」

「そうね」シビルが言った。「行きなさい、コンスタンス。あなたの娘さんが無事であることを祈るわ。さあ、ハンター、窓から外に出ましょう」

ハンターはぐるりと目をまわした。コンスタンスが言った。「やめたほうがいいわ。窓台に割れたガラスをまいてあるの」

コンスタンスは部屋を出ていった。ほどなく家のなかの少し離れたところから、牛の交尾のときの声にも似た情熱的なあえぎ声が聞こえてきた。シビルは耳をふさいでいたが、ハンターは時間をもう少し有効に使った。廊下を見渡し、玄関の扉が開いていることに気づいた。

シビルを連れて逃げることはできる。

シビルをひとりで逃がすこともできる。いや、その前にラティマーが家のなかにいるかどうか確かめなくては。

「フィッシュウェルとグリーヴィ・シムズはぐるだったんだ」ハンターは言った。

シビルは彼女らしくないほど顔をしかめた。「そのようね」

「きみには馬車に戻ってほしい……ラティマーはいったいどこだろう?」ハンターは銃声のことを思った。「すぐに馬車に戻るんだ、シビル。メイフェア・スクエアに帰って、アダムを見つけてくれ。エトランジェ伯爵はじきロンドンに戻るつもりだと言っていなかったかい? 今夜じゅうにも?」

「わたしが助けを呼びにロンドンを走りまわっているあいだ、あなたはどうするつもりなの?」

ラティマーを助け、フィッシュウェルをとらえ、コンスタンスを落ち着かせてグリーヴィ・シムズが隠れている場所を見つけるつもりだ。「様子を見ているだけだ」ハンターは答えた。「少なくともアダムの援護があれば助かる」

「わたしが援護するわ。なにをすればいいか教えて。まあ」再びうなり声が家じゅうにとどろいたかと思うと、恍惚《こうこつ》の叫びがそれに続いた。シビルは指を耳の穴につっこんだ。

「辛抱して、ハンター。あの男はいつもこんなふうだってコンスタンスは言っていたわ。ラティマーはもうすぐ来ると思うの。そうしたら向こうはふたり、こっちは三人よ」

「声を落として」ハンターは彼女の耳もとでささやいた。「こっちは三人。そのうちひとりはおなかに子供がいるかもしれないだろう？」

シビルがはっと息をのんだのを見て、ハンターは彼女がそのことを考えてもみなかったのだとわかった。「ひとりで行かないで」シビルは目に涙をためて言った。

「そうするしかないんだ」シビルの顔には愛があふれていた。間違いなく愛だ。ハンターは体に力がみなぎるのを感じ、彼女の肩をつかんで言った。「きみに助けを呼んでもらうだけの時間がないことは認めるが、ぼくはラティマーを助けに行く。すでに殺されているのでなければね。引きとめないでくれ。万が一なにかあっても」彼はシビルの腹部に手をあてた。「絶対に危険を冒してはいけない。ぼくは戻ってくる。約束するよ」自信を持てればいいのだが。

どうしてこんなことになってしまったのだろう？

ハンターは階段をのぼらなかった。代わりにシビルが待つ部屋の横の階段の手すりにぴたりと体を寄せて立った。

事件の真相を知る手がかりがわずかにせよあったとしても、ぼくはまるでそれに気づかなかった。どんな事件においても証拠書類を読み、犯人への尋問をするあいだになにか重要な手がかりが浮かびあがってくるものだ。だが今回はどうだっただろう？　ぼくとしてはこの事件を引き受けたくなかった。だが押しつけられ、事務所内の立場上言われたことをやるしかなかったのだ。

ナイト爵の話が出たのは、ヴィラーズのデボーフォートに対する傷害罪、そして偽証罪――ヴィラーズはハムステッド・ヒースでメイドに乱暴しているデボーフォートをとめようとしたのだと主張した――が、ほぼ決定的になってからだ。確かに王がデボーフォートの潔白を望んでいたことは知っていた。もっとも、高い地位にある友人がいる者が必ずしも罪人というわけではない。また王の愛人はなぜか真実が明らかになることを恐れていた。ミセス・カニンガムが口にしたエリザベスというのが彼女の娘であり、エリザベスこそ運命の朝デボーフォートとともにいた〝メイド〟であることは間違いなかった。

そしてフィッシュウェルとグリーヴィ・シムズはそれぞれぼくに嫉妬《しっと》していた。口では反対のことを言いながら、フィッシュウェルは所長の後釜《あとがま》をねらっていた。グリーヴィ・シムズは競争相手がナイト爵を授かり、所長の覚えがめでたくなるのがおもしろくなかった。

それぞれの利害が絡み合い、悲劇を引き起こしたのだ。もうとりかえしがつかない。

フィッシュウェルの声が響いた。「荷物をまとめろ、コンスタンス。数週間、イングランドを離れなくてはならん」

「イングランドを離れる?」コンスタンスは驚いた声で言った。

「言われたとおりにしろ。わたしはイングランドにいないことになっている、忘れたのか？　それがいちばんだからな。この事件のさなか、わたしは国を離れていたことになる。おまえを安全なところに連れていってやろう」

「でもみんな、わたしがここにいたことを知っているのよ」コンスタンスの声は震えていた。

ばかなことを、とハンターは思った。わざわざ指摘するなんて。

「心配いらない。後始末はすべてやる。部屋に入っていろ。それでいい。いろいろ持っていく必要はないぞ。欲しいものはなんでも買ってやる。高価で上等なものばかりだ」

「まあ、ジョージ」コンスタンスの声から懸念が消え、貪欲《どんよく》な響きがまじった。

いきなり銃声が響いた。ハンターは思わず身を伏せた。

立ちあがりながら、撃たれたのがラティマーではありませんようにと祈った。ラティマーがこの家か、家のすぐ近くにいたとしてもフィッシュウェルの銃口の先にはいませんように。

なるべく足音をたてないように爪先立ちで階段を二段ずつ駆けあがり、上の階に着いた。左手の扉は開いていて、レースやドライフラワー、安っぽい装飾品であふれた女性の寝室が見えた。整えていない天蓋《てんがい》つきの寝台の横にはコンスタンス・スミスが横たわっていた。うつぶせになっていて、ピンクの絨毯《じゅうたん》がみるみる血に染まっていく。

フィッシュウェルはチェストの前に来ていた。枕《まくら》カバーを持って、なかに奇妙なものを投げ入れていく。ストッキング、レースの下着、リボンでまとめた手紙の束、美しい扇がいくつか、宝石箱。

コンスタンスに贈った品々を捨て、証拠を隠滅しようとしているに違いない。

「袋をおろして、手をぼくに見えるようにあげろ」ハンターは言った。そしてフィッシュウェルがベルトに手をのばしかけると続けた。「やってみろ、女友達の横に転がることになるぞ」

フィッシュウェルは枕カバーを落とし、両手をあげた。「振り向いてもいいかな、ロイド？ 敵の目を見たほうがいいと思わないか？」

「どうしてもというならこちらを向け。ただし、ゆっくりとだぞ」

フィッシュウェルはすぐに肉づきのいい赤ら顔をこちらに向けた。ハンターは前からこの男が好きではなかった。今は憎しみさえ感じている。

「まあ、コンスタンス」ハンターの背後からシビルの声がした。「彼女を助けてあげないと」

「部屋に入ってはだめだ」ハンターはシビルが階下でじっとしていると信じた自分を呪いながら言った。「コンスタンスは死んでいる。今きみにできることはない」

「まさか」シビルは言った。「まさか、嘘《うそ》でしょう」

「悲しいことだが」ハンターは同意したものの、コンスタンスの死をシビルほど悼んではいなかった。

「この女、淑女になろうとあらゆる努力をしたがな」フィッシュウェルがあざ笑うように言った。「お笑いだ」

「この人だわ」シビルがつぶやいた。「どうしてすぐにこの声に気づかなかったのかしら。わたしを襲った男よ。この人がコンスタンスを殺したのね？」

ハンターには答える余裕がなかった。

「彼女は娘を愛していたのよ」シビルはフィッシュウェルに言った。「すでに夫は死んだわ。誰が娘の居場所を知っているの？」

「ヴィラーズのがきか」フィッシュウェルは言った。「あの女とは血のつながりはないのさ。コンスタンスは娘を愛してなどいなかった。ただヴィラーズがちびの服の内側に縫いつけておいたものが欲しいだけなんだ。つまり、金さ」

重たげな足音が屋根裏部屋の階段を駆けおりてきて、ラティマーが叫んだ。「ぼくだ。ラティマーだ。グリーヴィ・シムズを助けようとしていたんだ。フィッシュウェルに撃たれたが、まだ生きている。でも手を触れさせようとしない」

「すぐに行くわ」シビルは言った。

「きみはここに残れ」ラティマーとハンターが同時に言った。

ハンターはラティマーに言った。「こいつを縛るのを手伝ってくれ」

「時間がない」ラティマーはあとずさりしながら言った。「きみひとりでなんとかしてくれ。〈スナッフ・アンド・ボトム〉でこいつの仲間が待っている。この先の酒場だ。おそらくじきに待ちくたびれて様子を見にここへ来るだろう。ぼくはそれを阻止するつもりだ。その男は脚を撃つなり、殴りつけるなりして――」

「助言をありがとう、ラティマー」ハンターは言った。「きみは仲間のほうがここへ来る前になんとかしてくれ」

ラティマーは思った。こうした状況で命令を出すよりも、一歩兵になるほうがときとしてつらいものだ。

彼は足音を響かせて階段をおり、玄関の扉から外へ出た。

信じられないくらい寒い。ますます寒くなってくる。

なにかがラティマーの頭の後ろを直撃した。感覚が麻痺《まひ》したかと思うと、ラティマーはくずおれて意識を失った。

ラティマーが出ていってすぐに、シビルは戻ってくる足音を聞いた。「ラティマーはもう戻ってきたようね。ねえ、わたしが拳銃《けんじゅう》なりなんなりを構えているから、あなたはフイッシュウェルを縛ればいいわ。もう手は震えていないもの。彼に一回くらい蹴りを食らわせたいくらいよ。そうすべきだって気がするわ」

「手は震えていない、だと?」シビルが振り向くと、そこにいたのは見知らぬ男だった。「けっこうなことだ。わたしから顔をそむけているのはいい考えかもしれない。ふたりともな。だが、きみは腕をおろせ、ロイド。きみときみの女友達の両方に銃を向けているからな。そうそう、きみの友達は外で凍え死なないとしても、当分意識をとり戻さないだろう。音をたててもかまわなければ、撃ち殺してやったんだが。いずれにしても、もう使いものにならないいさ」

フィッシュウェルは顔を輝かせた。「おやおや、これはデボーフォート。いいところに来てくれた」

「こいつらふたりは始末しなくてはならない」デボーフォートは言った。「もちろんわかっているだろうが。グリーヴィ・シムズは片づけたな?」

フィッシュウェルの顔が不気味な赤に変わった。「まだ息の根はとめていない。屋根裏部屋へあがって始末してくる」

「では、そろって屋根裏部屋へ行こう」デボーフォートは言った。「最期のひとときを友達と過ごせれば、こいつらも喜ぶだろう」

今日もまた緑の服に身を包んだデボーフォートは全員を――フィッシュウェルを含めて――自分より先に行かせた。階段をのぼって屋根裏部屋へ入る。そこにはまた恐ろしい光景が待ち受けていた。

チャールズ・グリーヴィ・シムズが左肩の大部分を吹き飛ばされ、異様な姿で体を丸めていた。腕が気味の悪い角度で肩からぶらさがっている。意識を失っているようだ。

フィッシユウェルが言った。「すべては王と国のためだ。デボーフォート、われわれはすばらしい仲間だった。わたしのことをよく言っておいてくれるな？　その、国王陛下に」

デボーフォートはフィッシュウェルに向けて発砲し、テーブルに近づいた。そしてふたつめの銃でシビルにねらいをつけたままもうひとつに新たに弾をこめた。隅に転がっている血に染まった袋を見やり、目を細めた。「少なくともこの間抜けもまともなことをしたらしい。子供は始末したようだ」デボーフォートはグリーヴィ・シムズをブーツの先で押しやった。「こいつも死んでいる。さっさとことをすませよう」シビルに向かって言った。「ここへ来い」

彼女は動かなかった。

ハンターは全身から汗が噴きだしていた。ブーツには予備のナイフが隠してある。使い方は心得ていた。一瞬でもデボーフォートの気をそらすことさえできれば。でもシビルを犠牲にするわけにはいかない。

デボーフォートは銃を二丁ともハンターに向けた。「こいつのことが心配なら言われたとおりにするんだな」ハンターが言葉を発する前にシビルはデボーフォートのほうへ歩きだした。「このテーブルの横まで来い。ドレスの裾《すそ》を持ちあげて前かがみになるんだ。好機を無駄にしてはいけない。そうだろう?」デボーフォートはズボンをゆるめ始め、ハンターに言った。「きみは見て楽しむといい、サー・ハンター」

ハンターの頭は麻痺していた。再び銃声が聞こえた瞬間、彼の足はすでに床を離れ、手にはナイフが握られていた。デボーフォートに飛びかかると同時にナイフをつき立てる。孤を描く刃が男の喉に食いこみ、ハンターの顔に血しぶきがかかった。

ハンターは再びナイフを振りあげたが、動きをとめた。デボーフォートは目を見開いたままがっくりと仰向けに倒れた。

「グリーヴィ・シムズが撃ったのよ」シビルは言った。「彼はあなた以上にこの人たちを憎んでいたに違いないわ」

ハンターが顔をあげると、ラティマーがよろめきながら部屋へ入ってくるところだった。

「ぼくも見た。グリーヴィ・シムズがフィッシュウェルの銃でデボーフォートを撃った」

彼は頭を抱えて、がくりとくずおれた。

「ああ、なんてことでしょう」シビルは言った。

ハンターははっとしてシビルのほうを見た。テーブルの上にひどくやせた子供が立っていて、彼女の外套にしがみついていた。六歳と聞いていたが、四歳くらいにしか見えない。だが、バーディ・ヴィラーズに間違いなかった。「この子はどこから?」

「こんなにたくさんの人が死んだなんて」シビルはてのひらを子供の頭の後ろにあて、自分の胸に引き寄せた。「グリーヴィ・シムズという人の下敷きになっていたわ。だから助かったの。彼は悪い人じゃなかったのね。でもこんなに血が流れ、こんなに人が死んだなんて」

ラティマーとハンターは長いこと視線を交わしていた。「もうここを出たほうがいい」ハンターは言った。「そしてこの少女が落ち着ける場所を探してやらなくては。さあ、馬車に戻ろう、ラティマー。メイフェア・スクエアに着いたら警察に通報する。それでどうなるわけではないが」

「そこにある袋の中身はなに?」シビルは尋ねた。そしてほかのふたりがとめる間もないほど素早く粗布の袋のところへ歩いていった。それを開けたとき、彼女の顔から血の気が引いた。シビルはふーっと息を吐いた。「金よ」燭台《しょくだい》をひとつとりだしながら言った。「王家の紋章が入っているわ。デボーフォートは飼い主の手を噛《か》んでいたのね」

ラティマーは押し黙っているシビルを階下へ連れていった。ハンターはまだ口のきけないバーディを抱いていった。

一行は馬車に乗りこんだ。メイフェア・スクエアに着くころになって、ふいにハンターの頭に真実がひらめいた。一度だけでなく、二度までも真実が明るみに出た瞬間があったのに、二度とも見過ごしてしまった。ひとつ目はフィッシュウェルだ。コンスタンスの先に立って〈ウィリーズ・アレイ〉を出ていった男は彼だったのだ。さらに嫌悪を催すことに、ハンターを罠《わな》にかけたのは彼の擁護者だったのだ。どれだけ年をとって病に冒されても、金銭欲、権力欲の衰えない人間がいる。パーカー・ボウルがまさにそれだ。

だが、おそらくサー・パーカー・ボウルは王と裏取り引きをしたとき、今夜の惨劇を予想してはいなかったのだろう。

28

「この春にみんなそろって旅行をすることになるなんて思わなかったわ。家には誰ひとりいなくなってしまって。でもわたしに同情などしてくれなくてよかったのに」

うっすらと日の差す陽気だったが、ハンターはシビルがかすかに震えているのに気づいた。カーゾン・ストリートの戦慄《せんりつ》の夜以来、シビルは彼に対して冷ややかとも言える態度をとり続けている。「きみのほうこそぼくに同情してくれたんじゃないか。ロンドンからコーンウォールへの旅は寂しいひとり旅になるところだったのに、ミス・アイヴィ・ウィロウまで同行してくれた。これ以上望めないだろう？　寒いのかい？　ここは風が強いからね」

道中、興奮気味のアイヴィがはじめて見る光景のひとつひとつに息をのんでいた様子を思いだして、シビルはくすりと笑った。「寒くはないわ、ありがとう、ハンター。ミンバー湾って」眼下には芽吹いたばかりの柔らかな緑に覆われた崖《がけ》と灰紫色の水をたたえた湾があった。「きれいな名前ね。その名のとおり美しいところだわ。あなたもはじめ、荒野の真ん中のやせた土地を与えられたと思っていたでしょう」

ハンターはほほえんだ。「そうでないなんてわからないからね」ふたりはじっと見つめ合った。言葉には出さないが、ふたりとも自分たちをコーンウォールとミンバーの屋敷へ導くことになった一連の異様で悲しい出来事を思いだしていた。ハンターは昨日、この土地とエリザベス朝様式の屋敷をはじめて訪れたのだった。

「ここの人たちはみんなあなたを歓迎しているわ」シビルはさわやかな潮の香りを吸いこんだ。「使用人からあんな出迎えを受けるなんて思わなかったでしょう。しかも村人まで」

ハンターは笑った。シビルを腕に抱きしめたかったが、やめておいたほうがいいと思い直した。まるで崖っぷちに立っているような気分だ。背後には、はるか下に海が広がっている。目の前に立つシビルが彼を押すか引くかで運命が決まるのだ。ハンターは生まれてはじめて、自分の人生が他人の手に握られていると感じていた。「村は全部で一家族なんだ。学校の先生がひとり。実を言うと驚いたよ。小さな校舎に先生ひとりなんだ」真顔になって続けた。「とはいえこれまでにない責任を感じている。彼らは魚をとるんだ。ところが漁のことなどぼくはなにも知らない」

「そのうち覚えるわ。それにあなたはここでずっと暮らすわけではないでしょう。あなたがロンドンにいるあいだここの人たちはこれまでどおりの生活を続けるのではなくて？」

ハンターはうなずき、手をポケットに深くつっこんだ。「たぶんね。でもぼくの生活は以前とまったく同じというわけにはいかないだろう。ここに彼らがいると思うと」

「もちろんそうよね。あなたは責任感の強い人だもの。牧師さんが挨拶《あいさつ》に来なかったことに気づいている？」

彼も気づいていた。「ぼくから挨拶に行くよ。小さな教会で信者も少ないんだ」

「きっとあなたと一緒にいる未婚女性を淑女らしからぬ女と思っているんだわ」シビルは口にしてから、不注意な発言を避けるという誓いを破った自分に猛然と腹が立った。そして肩をすくめた。後悔してももう遅い。「事実そのとおりだけれど。変なことを言いだしてごめんなさい」

「いや、うれしいよ」ハンターはシビルを抱きしめてキスしたいくらいだった。彼女がなにを言いかけたのかはわかっていた。「シビル、今は五月だ。二月は遠い昔のこと。ぼくたちの意見の食い違いも過去のことにできないだろうか？」

シビルは再び歩きだした。「この家、主人がいなかったことなどなかったようね」ハンターが追いついて横に並ぶと、彼女は言った。ハンターはシビルに山側を歩かせた。そんな紳士らしい心づかいがうれしい。「ゆうべはよく眠れた？」彼女は自分のブーツを見つめながらきいた。ハンターの寝ている姿はなるべく思い浮かべないようにしている。

「よく眠れたよ」嘘《うそ》だった。だが、もう何週間も本当の感情を隠し続けていた。ときおり並んで散歩するときも、今はハンターのものとなったナイトライダーや小さな牝馬《ひんば》リビーをふたり一緒に訪ねるときも、七番地ですれ違って穏やかな笑みを交わすときも。よく眠れたためしなどない。近ごろはほとんど眠れなかった。愛する女性を求め、頭がどうにかなりそうになっている。

シビルは言った。「よかったわね」落ち着いた灰色のボンネットの縁からのぞく淡い金髪の巻き毛がそよ風になびく。

「あの猫がぼくの足もとで眠る権利があると思っているのが困るが」本当のことを言えば、猫がそばにいるだけでもありがたい。

「あれってマラムグラスと呼ばれている草?」シビルは別段興味はないながらもきいた。「ずいぶんと長くてごわごわしているのね。見て、風が吹くといっせいになびいて波みたいに見えるわ」草を波立たせる風が体に吹きつけた。

「このあたりになにが生息しているのか、まだよく知らないんだ」ハンターは例の考え抜いたせりふを切りだすには、この人気のない場所しかないと思った。「ふたりのあいだにあった不幸な出来事を忘れられるかとぼくは尋ねた。きみはまだ返事をしてくれていない。きみがぼくに冷たくなった原因をわかっているふりをする気はない。だが教えてくれればどうにかするつもりだよ」

シビルは肩越しに振りかえってハンターを見つめ、ほほえんだ。つかのま彼のよく知っているシビルが現れた。「あなたは悪いことなどなにもしていないわ。そんなことは考えないで」

それならいい。でも、まだ言うべきことがある。言ってすっきりしてしまおう。「本当にミンバーの屋敷が好きかい？」

「ええ、とても好きよ」

「ときどきここを訪ねたいと思う？」どう言葉にしていいかわからない。

シビルは顎をつんとあげた。あの恐怖の夜以来なりをひそめていた虚勢が少しだけ顔をのぞかせた。「招待してもらえるならうれしいわ。ありがとう」

約束はなし。あいまいなものさえ。

シビルは顔を屋敷のほうへ向けた。屋敷は木の茂る高台の向こうに立っているので、ここからは見えない。喉がつまり、激しく痛んだ。今回の誘いを受けたとき、シビルはするべきことをする絶好の機会だと思った。ほかに選択肢のない女性というのは愚かなものだ。

彼女はじっと立ったまま森を見つめていた。海岸線へ近づくにつれて木々はまばらになった。

「どうしたんだい？」ハンターはきいた。

「なんでもないわ」心の葛藤《かっとう》を語るにはすべてを打ち明けるしかない。「森には鹿《しか》もいるんじゃないかしら、サー・ハンター。のどかで美しい場所ね」

「ぼくから逃げないでくれ、シビル」ハンターは歯を食いしばり、あえぐように言った。

心臓が激しく打っている。「頼むから行ってしまわないでくれ」

シビルは彼から顔をそむけ、数歩走った。

「きみがなにを考えているか、ぼくにわからないと思うのか？」ハンターはシビルのあとを追い、腕をつかんだ。彼女は身を振りほどこうとはしなかった。彼は目を閉じた。

「誰から聞いたの？」

嘘は言えない。「ラティマーから」

「ラティマーから？」シビルは首を振った。

「アイヴィが彼に話したんだ。彼に協力を求めた。とはいえ、きみの変化にぼくが気づかないと思うかい？」

アイヴィ。信頼できる友人だと思っていたのに。

「これ以上悲しみは必要ないよ、シビル。悲しみはもうたくさんだ」

「あなたにはあなたの人生があるわ。あなたは偉い人で、わたしはあなたにとってもわたしにとっても起こってはいけなかったことを思いださせる存在なの」

「もしきみが行ってしまったら、ぼくは大陸へなりどこへなりあとを追うよ。ぼくをきみの人生から締めださせやしない。お願いだ、ぼくたちの子供をイングランドで育ててくれ。ロンドンで、でなければここコーンウォールで。ぼくと一緒にいるという条件を満たせば、きみの好きなところでかまわない。そこで家族や友人に囲まれて暮らすんだ」

「まあ」彼女はうなだれて腕を体に巻きつけた。

ハンターはシビルを後ろから抱きしめ、彼女の肘の下から滑らせた両手を腹部にあてた。

「まだあまり目立たないね」そう言いながらシビルの首の後ろにキスをした。「でもぼくくらいよく見ていればわかる」

「あまり見栄えのいいものではないわ」彼女はつぶやいた。

「この子は」ハンターは厚手の外套《がいとう》の上から腹部をさすった。「きみの子供であると同時にぼくの子供だ。ぼくは面倒を見るべきなんだ。ぼくたちは互いに愛し合っていることを認めたじゃないか。シビル、きみとこの子を愛している」

シビルはなにも言わなかった。ハンターが彼女を自分のほうに向かせると、まつげは濡《ぬ》れ、涙が頬を伝っていた。シビルはかたくなに顔をあげようとしなかった。

「ぼくの過ちを罰するのはやめてくれ、シビル」

「あなたを罰したりはしないわ」

「いや、しているとも。ぼくは何年も前にきみに妻になってくれと頼むべきだった。当時のぼくは分別がなかった。それがぼくの過ちだ」

彼女が目をあげたとき、ハンターはどきりとした。その瞳はどこまでも青く、率直で、憧《あこが》れと不安に満ちていた。「でもわたしたちがベッドをともにしたあとも、あなたは真剣に結婚を口にしたことはなかったわ。もちろんそうしなくてはいけない理由はなかったけれど。わたしが愛していると言い、あなたもそうほのめかしたからといって。赤ん坊のことがわかったとき、あなたに知らせたいと思ったのよ。でもあなたはずっとふさぎこんでいた。それにわたし、伯母様のおっしゃるとおりだと思ったの。あなたにはもっと身分の高い奥様がふさわしいのよ」

「なにを言うんだ」ハンターは腹立たしげに行ったり来たりした。「きみはぼくの人生で最も大切な女性だ。伯母は身勝手な理由できみをぼくから引き離そうとした。わかるだろう、伯母はきみを自分のそばに置いておきたかったんだ。信じてくれ。きみだって信じたいはずだ。それが真実なんだ。ぼくはといえば、自分にこう思いこませていた。きみはいつまでもあの家にいて、いつかぼくが妻や家族のことを考えるようになるときを待っていてくれると。男とはなんと傲慢《ごうまん》で、愚かなんだろう。でも、いつ誰がなにをするべきだったかなど、もうどうでもいいことだ」

真剣に気持を伝えようとしている男性は、このような表情でこのような声を出すものなの？　シビルにはわからなかった。「つまりわたしに、自分に素直になれと言うのね？　自分を罰するのはやめろと。分別を持ち、賢くなり、自分の幸せを第一に考える欲張りになって、あれほど望んだ子供のことを喜べと。そしてあなたの妻になれと。そう言いたいの？」

ハンターはシビルの顔を両手で包みこんでボンネットを払いのけると、音をたててキスをした。

「そうだ。まさしくそうするべきだよ。なぜいけない？　シビル……」

彼女はハンターの顔をじっと見つめていた。

「シビル、ぼくはもう猫と寝るのはうんざりだ。でもひとりで寝るのもいやなんだ」

「ええ」手袋をしていたので手間どったが、シビルは彼の外套のボタンをひとつとめた。

「ええ、わかったわ。わたしもそう思う。そうしましょう、ハンター。わたしたち、結婚しましょう」

「ああ、神よ、感謝します」ハンターは彼女をきつく抱きしめ、はっとして腕をゆるめた。

「すまない。一瞬赤ん坊のことを忘れていた。この子はぼくたちがはじめて愛し合ったときの子供なんだろうか？」

シビルが彼の背後に目をやると、鹿が森を駆け抜けるのが見えた。それからいくつかの人影が現れ、こちらに向かってくるのがわかった。向かってくるというより、なりふりかまわず走ってくる。

「きっとそうだと思うわ、ハンター」シビルは言った。「あなたの男らしさの証《あかし》よ。それに赤ん坊を身ごもっているからといって、あなたに抱きしめられたせいで流産したりしないわ。この話の続きは今度にしたほうがよさそうね。ほかの人たちが来たみたいだから」

「ごきげんよう、ふたりとも」レディ・ヘスター・ビンガムが青いドレスの裾《すそ》をはためかせながら呼びかけた。バーディの手を引いている。少女は妖精《ようせい》のようなドレスを着ていた。ベルベットのボンネットの縁から見事な細い巻き毛がのぞいている。

「ごきげんよう、伯母さん」今日のハンターはなんでも許そうと決めていた。今ぼくは生まれ変わった。二度と自分に嘘はつかない。予想はしていたものの、邪魔が入ってうれしいとは言えなかった。

アイヴィ・ウィロウは赤と黄色のベルベットのドレス姿で、笑いながら、ずんぐりした白髪の紳士に向かって黒いまつげをぱちぱちさせていた。メグとジャン・マルク、そして腕を曲げることもできないほど服を着こんだセリーナも一緒だ。シビルの仲間の女性たちもあとから駆け寄ってきた。

エトランジェ夫妻はいささか間が抜けて見えるほどにこにこしていた。だが、淡い緑のドレス姿が優雅なデジレーは目に涙を浮かべ、深刻な顔でシビルを見つめている。アダムとラティマーの表情も真剣だ。

成り行きを心配しているのだと気づき、ハンターはアダムにウインクしてみせた。それを見たアダムは眉をひそめただけだった。彼は少々鈍いところがある。世慣れていない、と言ったほうが適切かもしれない。

「これで全員が集まったわけだ」ジャン・マルクは言った。「偶然だが、わたしの友人のキルルードと奥方のフィンチもまもなくここに来ることになっている」

「集まったはいいが」ラティマーが気難しい顔できいた。「いい知らせはあるのかい?」

「もちろんよ」メグは答えた。「ふたりを見てごらんなさい」

「見ているわ」デジレーはじっと見つめていた。「シビル、泣いていたのね。体によくな——」

「すばらしい知らせなのよ」シビルはあわてて言った。

「そう、すばらしい知らせなんだ」ハンターは見知らぬ男に目をとめながら同意した。

「二、三人足りないようだ。ミンバーの屋敷の者か、七番地の者か。村人たちは集められなかったのかな?」

「ああ、お許しください」ずんぐりした男は言った。「悪気はなかったのです。すぐに村人をかき集めてきましょう」

ハンターはほほえみ、手を差しだした。男はその手をしっかりと握った。ハンターは片腕をシビルの腰にまわし、胸に引き寄せた。「すみません。冗談です。これは……そう、わたしの家族で、なにかあると信じられないくらいあっというまに集まるんですよ」

「そうなんです」メグが言った。「ハンター、シビル、紹介させて。こちらはテルスカディ牧師、ここミンバーの聖ピレン教会の牧師様よ。テルスカディ牧師、サー・ハンター・ロイドとシビル・スマイルズです。ふたりは婚約したんです」

エピローグ

一八二二年六月
ロンドン　メイフェア・スクエア七番地

友よ――イングランド人であろうと、不幸にもそうでなかろうと――幸せを願う者たちよ、裏切り者よ。

この親柱は唯一わたしが信頼できるものだ。この世においてであろうと、ほかのどこであろうと。どんなに残酷な仕打ちを受けようと、この見事な芸術品が消耗しきったわたしの心と体をいつなんどきも、昼夜を問わず受け入れてくれる。だが、わたしは学んだ。そう、多くのことを学んだのだ。

知ってのとおり、ヘスターはいまだに下宿人を置いている。相変わらずだ。それが、このすばらしい屋敷を守るために最善をつくしてきたわたしへの報いなのだ。みな屋敷に残っている。ハンターとシビル、そして彼らの子供はときおり田舎のミンバーで過ごしておる。だが不安が的中し、ヘスターはシビルをハンターにぴったりの妻と認め、すでに無能な間抜けを雇ってこの完璧《かんぺき》な屋敷をハンマーでがんがん打ち壊している。家族にふさわしい部屋に改装するのだそうだ。はん、まったく。

再びすべての部屋が空けられた。それがわが家族のためであるなら歓迎だが、そうではない。赤の他人のためだ。素性のよくわからない六歳の孤児が、屋敷のなかでもいちばん瀟洒《しょうしゃ》な一画を占めるのだ。

ラティマーもまだここにいる。アダムもだ。人々が出入りし、ここが〈フォートナム・アンド・メイソン〉であるかのように闊歩《かっぽ》している。こんなことならジャムやゼリーを陳列する棚をつくっておくべきだった。

読者諸君はまったくもって非協力的だ。あの女とともにただ黙って傍観し――あの女は今ごろ高笑いしているに違いない――わたしになにも教えてくれなかった。

諸君は全員満足しているだろう。先ほども言ったようにわたしは多くのことを学んだ。なにより重要なのは、人に優しくするのは危険であり、時間の無駄だということだ。

二度と人に優しくなどするものか。

スピヴィ

アウトウエスト
ウォーターズビル
フロッグ・クロッシング

親愛なる皆様へ

読書家だったわたしの父は〝三流作家〟を女性にふさわしい仕事とは考えていませんでした。父は一度としてわたしの書いたものを読んだことはありません。手紙は別にして。手紙もときおり文法の間違いを正して送りかえしてきたものです。そんなとき、わたしは父とあの頑固な幽霊、スピヴィは気が合うのではないかと思ったりしました。でもそれは間違いでした。父にはユーモアのセンスがありましたから。

ああ、それに、父はすばらしい物語を話して聞かせてくれましたし。

スピヴィは自分を過大評価しています。それゆえ彼はトラブルを引き起こすのだと、わたしはついに気づきました。この哀れな男は自分を偉いと思いこんでいるのです。

自分の洞察力に感謝し、今後は少しばかり彼を懐柔してみなくてはいけません。もっとも、すでにいくらか進歩が見られているのではないでしょうか。彼にも幽霊なりの良心があると言っていいようですから。これからおもしろくなりそうです。しばしお待ちを。

献身的な永遠の三流作家　ステラ・キャメロン

訳者あとがき

本書はメイフェア・スクエア・シリーズ、邦訳二作目です。自分が建築した壮麗な屋敷に下宿人がいることを屈辱と考えるサー・セプティマス・スピヴィが、幽霊となって下宿人たちの縁結びをし、結婚によって屋敷から追い出そうとするという、ちょっとユニークな設定のこのシリーズ、本国における一作目（未訳）でフィンチ・モアが結婚、また前作『エトランジェ伯爵の危険な初恋』ではメグ・スマイルズがモン・ヌアージュ公国の庶子であるエトランジェ伯爵と紆余《うよ》曲折の末に結ばれました。さて、今度はスピヴィはメグの姉シビル・スマイルズを弁護士のハンター・ロイドと結びつけようと画策します。ふたりは口には出さないものの相思相愛の仲なのだからほんのひと押しですんだはずなのですが、思いも寄らない誤算が生じ、ハンターの手がける裁判絡みの事件が次々と起こって、やがててんやわんやの大騒動に……。

前作『エトランジェ伯爵の危険な初恋』はモン・ヌアージュ公国の継承権をねらう陰謀が絡んだ波瀾《はらん》万丈のロマンスでしたが、今回は女性の成長小説といった趣も強く、内気で世間知らずだったシビル・スマイルズが性に目覚め、愛を知り、強く情熱的な女性へと変身していく過程がコミカルに描かれています。シビルが進歩的な女性たちと定期的に会合を開き、男性や性行為について大まじめに討論する場面など、現代のわたしたちが読むと微苦笑を禁じ得ませんが、実際に当時、女性の多くは徹底した淑女教育のせいでなにも知らないまま不安におののきつつ新婚初夜を迎えたといいます。女性には性的感情がないとされていた時代なのです。もっとも時代や社会は違っても人間性はそうそう変わるものではありません。当然ながら、当時の男女にも年ごろになれば異性に関する興味は生まれたでしょうし、ひょっとすると一部のませた若い娘たちはあんなふうに独自の研究（？）を重ねたのかもしれません。やはり適切な性教育というのは必要なのだと痛感させられますね。また男性の婚前交渉の相手は売春婦ということになりますから、当時はこの手の職業はかなり盛んだったのではないでしょうか。ハンターとラティマーのように隠れて奔放な生活を送っていた紳士も少なくなかったかもしれません。

さて、シリーズ三作目の主人公は〝イングランド一の恋人〟と密《ひそ》かな異名を持つラティマー・モア。そんな彼が本気で愛した女性にはある秘密が……。またまたホットなロマンスになりそうです。どうぞご期待ください。

二〇〇三年三月　　井野上悦子

訳者　井野上悦子

1962年東京生まれ。早稲田大学第一文学部英文科卒。商社勤務を経て翻訳家に。おもな訳書はシャロン・サラ『偽りの任務』、マリーン・ラブレース『危険な逃避行』（ハーレクイン社）、V・C・アンドリュース『旅立ちの花園』（扶桑社）ほか。

メイフェア・スクエア7番地
弁護士ロイドの悩める隣人
2003年5月15日発行　第1刷

著　　者／ステラ・キャメロン
訳　　者／井野上悦子（いのうえ　えつこ）
発 行 人／浅井伸宏
発 行 所／株式会社ハーレクイン
東京都千代田区内神田1-14-6
電話／03-3292-8091（営業）
03-3292-8457（読者サービス係）
印刷・製本／大日本印刷株式会社
装 幀 者／土岐浩一
表紙イラスト／田村映二

定価はカバーに表示してあります。
造本には十分注意しておりますが、乱丁（ページ順序の間違い）・落丁（本文の一部抜け落ち）がありました場合は、お取り替えいたします。ご面倒ですが、購入された書店名を明記の上、小社読者サービス係宛ご送付ください。送料小社負担にてお取り替えいたします。ただし、古書店で購入されたものについてはお取り替えできません。

ISBN4-596-91065-0

MIRA文庫

ノーラ・ロバーツ
森 あかね 訳

真珠の海の火酒

勝気な敏腕女ディーラー、セレナ・マクレガーは、豪華客船のカジノで出会った男と、人生の賭に出る！ 大人気シリーズ、待望の第1弾。

ノーラ・ロバーツ
森 あかね 訳

夢よ逃げないで

結婚した兄との20年ぶりの再会は、運命の出会いを連れてきた。駆け出し弁護士ダイアナの、恋の駆け引きの行方は？ マクレガー・シリーズ第2弾！

ノーラ・ロバーツ
入江真奈 訳

ハウスメイトの心得

作家志望のジャッキーが借りた家に、構想中の西部劇の主人公そっくりな男性が現れた！ ベストセラー作家が描くハッピーなラブストーリー。

ノーラ・ロバーツ
佐野 晶 訳

アリゾナの赤い花

建築技師アブラは、さぼっている男に怒ってビールを浴びせかけた！ 『ハウスメイトの心得』のコーディが主役で登場。爽やかなラブストーリー。

ノーラ・ロバーツ
飛田野裕子 訳

砂塵きらめく果て

一八七五年、父の消息を求めてアリゾナの砂漠を訪れたセーラ。しかしそこに父の姿はなく、ある孤独なガンマンとの出会いが待っていた。

アン・メイジャー
細郷妙子 訳

一つの顔、二人の女

奇跡のような美貌をもつ、同じ顔の聖女と妖婦。天才外科医が運命を操り、女たちを愛憎の罠へといざなう。女性セブン連載漫画『ゴールド』の原作。

MIRA文庫

リンダ・ハワード
松田信子 訳

炎のコスタリカ

捕らわれの屋敷から救い出してくれたのは、危険な匂いのする男。深い密林の中、愛の炎が熱く燃える。ロマンスの女王、MIRA文庫初刊行！

リンダ・ハワード
落合どみ 訳

ダイヤモンドの海

全裸で浜辺に流れ着いた、瀕死の男。理由を聞かずかくまうレイチェルの周りに、次第に不穏な影が…。運命が呼び寄せた、危険な愛。

サンドラ・ブラウン
霜月 桂 訳

星をなくした夜

孤児たちを亡命させるため、ケリーは用心棒を雇い密林を抜ける。守ってくれるはずの男が最も危険な存在となった。情熱的な冒険ロマン。

サンドラ・ブラウン
新井ひろみ 訳

27通のラブレター

自分宛でないとわかっていても、傷を負った男にとって、それだけが生きる支えだった。手紙が心を結びつけたせつなくやさしいラブストーリー。

ペニー・ジョーダン
小林町子 訳

シルバー

純愛をふみにじられ父を殺された伯爵令嬢シルバーは、復讐を誓い魔性の女に変身する！P・ジョーダンが描く会心のサスペンス・ロマンス。

ペニー・ジョーダン
細郷妙子 訳

パワー・プレイ

4人の男に陵辱された17歳の日の記憶。金と力を手にした美貌の女実業家ペパーは、忌まわしい過去を償わせるため、男たちに復讐の牙を剥く！